D1727092

Nikolaos Katsouros
Der Fall des Sozialpädagogen Bernward Thiele

Nikolaos Katsouros

Der Fall
des
Sozialpädagogen
Bernward Thiele

Roman

Telesma

Bibliographische Information durch die Deutsche
Nationalbibliothek: Die Deutsche Nationalbibliothek
verzeichnet diese Publikation in der Deutschen
Nationalbibliographie; detaillierte bibliographische Daten
sind im Internet über http://dnb.d-nb.de abrufbar.

ISBN 978-3-944064-29-1
© 2015 Reihe Telesma bei Arnshaugk
Alle Rechte vorbehalten
Einbandphoto von Nicholas Monu
www.istockphoto.com
Gedruckt in Deutschland
www.arnshaugk.de

INHALT

06:00 Erwachen..9

08:00 Büro...30

08:30 Strafe...43

09:00 Falle...59

10:00 Dorf...70

12:15 Arzt 83

12:45 Telefon...99

13:00 Rollenspiel..107

13:30 Gisela..115

14:00 Macht..123

14:30 Meeting..132

15:00 Mediation...145

15:45 Erzeuger...157

16:00 Audit..164

17:30 Lauf..174

18:00 Justus...182

18:45 Seherin...193

19:30 Familienrat...206

20:00 Bruder..218

22:00 Nacht..230

00:00 Spiegel...250

03:00 Frieden...257

Weil du milde bist und gerechten Sinnes,
sagst du: »unschuldig sind sie an ihrem
kleinen Dasein.«
Aber ihre enge Seele denkt: »Schuld ist
alles grosse Dasein.«

NIETZSCHE

06:00 ERWACHEN

Giselas Augen sind dunkel und tief, so tief, daß Bernward Thiele den Sog spürt. Er sieht hinein, fällt, weiß nicht, wie lange, fragt sich, wie tief noch, bis er wieder in dem dunklen Gang ist. Der Korridor, den er schon seit Jahren in seinen Träumen sieht, scheint ihm nach beiden Seiten endlos.

Schmutzig flackernde Kerzen in Leuchtern an den schmierig dunkelbraunen Wänden. Durch kleine Spalten unter wuchtigen, barocken Türen dringt das Licht in den Gang, aufdringliches, zinnoberrotes Leuchten. Die barocken Türen sind links, rechts, aber auch im Boden und in der Decke. Bernward Thiele weiß gar nicht, wo oben und unten ist, schwebt, taumelt, bis er bemerkt, daß er läuft. Gisela schwebt durch den Korridor in Richtung Fluchtpunkt, schnell und lautlos. Sie winkt ihn zu sich, zwinkert ihm zu. Bernward Thiele bemerkt, sie hat nur das luftige Sommerkleid an und der Wind läßt ihr Kleid wehen, ihren Körper erahnen, genau wie damals in der warmen Nacht in der Kaiserstadt. Als sie wieder an ihm vorbeischwebt, zeigt sie in die unendliche Dunkelheit des Flurs, ruft ihm mit verführerischer Flüsterstimme zu, er solle ihr folgen. »Wie kann das sein? Sieht sie mich dabei an?« Er schwebt durch den Gang, läuft dann, ohne zu wissen, worauf er eigentlich zuläuft, aber er läuft hinter Gisela her, und er weiß, da ist etwas Bedrohliches. Moment! Ist der Thorsten da hinter einer der Türen verschwunden? Bernward Thiele ist sich nicht sicher. Kaum ist die Frage verschwunden, geht ein halbnacktes Mädchen mit verträumtem Blick an Bernward Thiele vorbei in Richtung der Tür. Ihre Brüste schimmern durch ihr Hemd, lange dunkle Haare fallen ihr über die Schulter. Das muß sie sein! Klar, er hat das schon angedeutet. Daß sein eigener Bruder so unvorsichtig ist! Die Internet-Freundin. Weiß der denn gar nicht, daß die alle AIDS haben? Dann ist es also doch wahr, sie ist diese Alicia, von der er spricht! Er trifft sich mit ihr in einem dieser plüschigen Zimmer. Peinlich! So etwas in der eigenen Familie zu haben. Stockende Atmung, Zittern! »Ist das jetzt die Straße oder der Korridor?« denkt er und sagt sich, er sei doch gerade von der Straße hier herein geflüchtet, hat sich hinter dem großen Tor in Sicherheit gefühlt!

Nacht, der Widerhall seiner eigenen Schritte auf dem uralten Berner Pflaster mit den sich aneinander schmiegenden Häusern. Geduckte Bogengänge an der Straße, grau-grün und so eng, als würden sie sich zu einer einzigen Wand schließen. Vor dem Bär mit den fletschenden Zähnen und den glühenden Augen flieht er in die Bogengänge. Weg! So schnell er kann, weg von diesen glühenden Augen. Wieder und wieder lugt der Bär aus den Bogengängen der grau-grünen Häuser und Bernward Thiele weiß nur zu genau, er sucht ihn, will ihn zerreißen, in ganz kleine Stücke. Dann ist alles verloren. Angst. Schnell öffnet er eine der barocken Türen. Die Tür wieder hinter sich geschlossen und dann der Gang mit den schmutzig flackernden Leuchtern. Sicherheit? Nein auch hier ist er nicht sicher. Er ahnt, daß ihn jemand verfolgt, kann sich aber nicht vorstellen wer, bis dieses matte, aschfahle Licht des Arbeitstages durch seine verklebten Wimpern kriecht.

Hinter der Gardine aus ökologisch gewonnenem Leinen mit den Weissagungen der Cree deutet sich der aufkommende Tag mit milchig grauer Dämmerung an. Noch einmal gleitet Bernward Thiele in den Traum hinüber, läuft ein Stück den finsteren Gang mit den barocken Türen entlang, sieht seinen Vater, Justus' Opa. Opa sitzt in einem Rollstuhl. Der Pfleger des Hospiz schiebt ihn in den Garten für die letzten Tage. Opa erkennt Bernward Thiele, fragt, wo denn der kleine Frechdachs ist, aber Bernward Thiele versteht nicht, was Opa meint. Zum zweiten Mal entrinnt Bernward Thiele dem Traum und damit dem Schlaf. Schon wieder einer dieser gesichtslosen, lichtarmen, nichtssagenden Tage, an denen er am liebsten in seinem Bett liegen geblieben wäre, sich einfach auf die andere Seite gedreht, wieder eingeschlafen wäre. Er hätte seine Augen dann geschlossen halten können, um die trübe Dämmerung nicht sehen zu müssen. Aber er ist jetzt aufgewacht und wenn er auch nur einen einzigen Gedanken zu seiner Arbeit oder zu Karin und Justus wandern läßt, fühlt er die Reste der Lebensenergie aus seinen Adern weichen, so als würden Arbeit und Familie ihn aussaugen, anstatt ihn auszufüllen. Die machen dich kaputt, langsam, aber ganz sicher! Gleich wendet er einige der Techniken an, die er beim Bewußtseinstraining erlernt hat. Vielleicht würden sie ihn dann in Ruhe aufwachen lassen. Solche Gedankengänge mußte man immer im Keim ersticken, erinnert er sich. Hinweg mit euch, ihr macht alles negativ! Eure Macht würde schon nach kurzer Zeit viel zu groß, wenn man euch nicht Einhalt gebietet. Das kurze Gefecht der Gedanken läßt Bernward Thiele jetzt endgültig aufwachen, so daß er keine Möglichkeit mehr sieht, noch einmal in den Schlaf hinüberzugleiten. Noch liegen bleiben hat keinen Sinn. Kaum wäre sie wieder im Haus, würde sie ihm ja sowieso sofort die Decke mit einem Ruck wegreißen, ihm »Morgenstund hat Gold im Mund« zurufen oder »Morgähn!« singen, dann schnell die Leinengardine mit den Weissagungen der Cree aufziehen und das Fenster weit öffnen, so daß frische Luft hereinströmen könnte. Er würde sich sprichwörtlich aufgerissen fühlen. Aufstehen, sagt er sich dann und denkt an sie, die jetzt sicher schon wieder seit einer Stunde in den Wiesen und Feldern herumtollt, der Erdgöttin Gaia ihre Ehrerbietung erbringt, Luft, Wasser, den Duft des Waldes genießt und sich dabei der wiedererlangten Freiheit und ihrer natürlichen Weiblichkeit erfreut. Ja, das ist schon toll, wie sie sich der Erdgöttin zuwendet. Irgendwann sagte Pastor Helmann, bei dem Karin sich jahrelang gegen das Unrecht und den Hunger in der Welt engagierte, sie sollte sich doch auf ihr Wesen als Frau besinnen. Allein dieses Wort ›besinnen‹ macht sie schon rasend. Und da wird ihr klar, daß das ganze Christentum eigentlich nur verkapptes Patriarchat ist. Es ist schon in Ordnung, daß sie jetzt Mutter Erde anbetet.

Seit den Demos in den siebziger Jahren und den vielen Diskussionen hat sich Karin für ihre Stellung als Frau engagiert. »Wir Frauen sind einfach viel näher an Mutter Natur als ihr mit eurem Herrschaftsdenken. Denk nur mal an die vielen Kriege, Bern. Bei uns hätte es die nie gegeben.« Zwar hatte schon damals eine Erinnerung an fiese Streitigkeiten zwischen seiner Mutter und einer Tante in ihm aufgeblitzt, aber das waren sicher Verhaltensformen, die das Patriarchat den Frauen aufgezwungen hatte wie einen bösartigen Virus. Karin ist mittlerweile auf dem Weg, ihren wahren Ursprung zu entdecken, und bringt sich in verschiedenen Gruppen ein. Bernward Thiele schmunzelt, wenn er an den »Frauen nehmen Frauen mit«-Aufkleber auf dem Wagen denkt. Karin fährt ja gar nicht selbst, meint aber, die Thieles sollten unbedingt ein Zeichen setzen. Andere Frauen sollten ihre und natürlich auch seine Solidarität spüren. Also öffnet er die Augen, starrt auf den Wecker, der in einer Minute wieder anfangen würde zu klingeln, richtet sich mühsam auf, zieht die Leinengardine mit den Weissagungen der Cree zur Seite und öffnet selbst das Fenster. Der Himmel schaut mit aschfahler Gleichgültigkeit zu Boden, die Straße ist aber noch trocken. Hätte es nicht wenigstens etwas regnen können, so daß jetzt schon alles in tiefem Schlamm versinken würde? Aber wie er sein Glück kennt, würde er noch bei Trockenheit mit dem Fahrrad wegfahren und der Regen setzt dann einige Minuten später ein. Solange es noch trocken ist, flüstert er sich selbst zu, muß er die ganze Strecke zum Büro des Landkreises zurücklegen.

»Denk an die Weissagung der Cree«, sagt Karin, wenn sie ihm die Grundsätze ökologischen Handelns vermittelt, »vergiß nicht, dieses Thema haben wir schon mehrmals ausdiskutiert.« In einem Anflug von Tollkühnheit kommt Bernward Thiele jetzt der Gedanke, sich so schnell er kann zu duschen und für die Arbeit fertig zu machen und dann, noch bevor Karin zurück ist, mit dem Wagen wegzufahren. Später könnte er dann behaupten, beim ersten Blick aus dem

Fenster habe ihm der Erdboden naß und verregnet geschienen und als er sich dann für die Autofahrt vorbereitet hatte, sei es schon zu spät gewesen, um das Fahrrad noch hervorzuholen. Nein! Nein, lieber nicht! Das hätte bestimmt unangenehme Diskussionen am Abend zur Folge. Er kann ihre Worte jetzt schon hören. »Bern, nimmst du denn unsere Ideale überhaupt nicht mehr ernst? Ist dir dieser Anflug von Bequemlichkeit und Macho-Gehabe denn wirklich so wichtig?« Nein, wirklich nicht! Er will sich nicht darauf einlassen, seinen wohlverdienten Feierabend auf diese Weise verbringen zu müssen. Vielleicht ist es das beste, sich einfach so schnell es eben geht für den Arbeitstag fertig zu machen und mit dem Fahrrad zu fahren. Noch während er mit sich ringt, seine Gedanken pro und contra laufen läßt, hört er, wie die Eingangstür aufgeschlossen wird. Das Schlüsselbund klimpert, Karin streift sich die Füße ab, betritt den Flur. Nachdem sie die Tür hinter sich geschlossen und ihre Jacke an die Garderobe gehängt hat, läßt sie ihrer überschäumenden Lebenslust freien Lauf und ruft so laut, daß selbst die Nachbarn es noch gut verstehen mußten: »Hop, hop, ihr Schluffis! Aus den Federn, aber schnell. Ihr glaubt gar nicht, wie nah ich heute an Gaia und den Ursprung gekommen bin.« Nachdem darauf aber keine Antwort zurückkommt, fährt sie ebenso laut fort. »Morgähn! Glaubt ihr Machos, daß Gaia ewig wartet? Raus aus den Federn und verdient euch den Segen eurer Erdenmutter!«

Die letzte Chance, noch unentdeckt mit dem Wagen in die Kreisstadt zur Arbeit zu fahren, ist jetzt vertan. Viel zu lange ist er in seinem Bett liegen geblieben und nun würde sie ihm gleich zurufen, er solle sich mal schnell auf sein Rad schwingen.

Aber eigentlich hat sie ja recht. Er ruft sich die Weissagungen der Cree in sein Gedächtnis zurück. Außerdem würde die frische Luft ja auch ihm selbst gut tun. Auf Dauer würde ihn der Wagen zu einem schlaffen Sack machen, je öfter er aber mit dem Fahrrad fährt, desto besser ist er trainiert.

Natürlich im Verhältnis zu seinem Alter, denn das zeichnet sich schon langsam ab. Sein Haar wird allmählich licht. Wenn er des Morgens aufwacht, kommt er sich vor wie ein Reptil, das Winterschlaf gehalten hat, und überhaupt drängt sich schon wieder das Wort Alter in den Vordergrund seines Bewußtseins.

»Sie haben die reale Chance, dieses Baudarlehen noch während Ihres Erwerbslebens vollständig abzutragen.« Der Berater der Sparkasse hatte ihm damals, vor nunmehr fast zehn Jahren, bei der Vergabe des Baudarlehens für das Reihenhaus vorgerechnet, in wie vielen Jahren er das Darlehen komplett zurückbezahlen konnte und daß er danach völlig unbeschwert seine Rente genießen würde, vorausgesetzt natürlich, daß er das Rentenalter bei guter Gesundheit erreichte. Bernward Thiele schmunzelt ein wenig. Er hatte einfach nur das Angebot unterzeichnet, damit der Traum vom Eigenheim Wirklichkeit wurde. Er, damit sind natürlich Karin und er gemeint. Also sie hatten jedenfalls die Möglichkeit, dieses Baudarlehen abzubezahlen, noch bevor sie in Rente gehen würden. Dann könnten sie ihren Lebensabend... Hier brechen seine Gedanken ab, denn Karin kommt jetzt den Flur entlang geschnaubt. »Hopp, hopp, ihr Faulpelze! Raus aus dem Bett! Immerhin ist es schon fast sechs. Macht euch nützlich.«

Ist schon besser so, eigentlich meint sie es ja gut. Klar wäre es angenehmer, noch 45 Minuten länger schlafen zu können, aber bequem sind viele, Verantwortung zeigen wenige. Die Karin zeigt uns ja den Weg, so gut sie eben kann. Diese Uhrzeit ist eben seit Jahren Konsens. Das Thema Weckzeit morgens haben die Thieles schon vor langem endgültig geregelt und seitdem gibt es daran nichts mehr zu rütteln.

Immer, wenn Bernward Thiele Karin bei einer ihrer Diskussionen entgegenhält, sie müsse doch auch die Erhaltung seiner Arbeitskraft im Auge behalten, erinnert sie ihn an die Lemminge, diese kleinen Tiere, von denen es in der Legende heißt, sie seien bereit, sich für das Wohl der Gemeinschaft zu opfern. »Sei nicht so kleinherzig, Bern«, sagt sie dann, sieht ihn mit strafendem Blick an und doziert, »wie du sehr gut weißt, stürzen die Lemminge sich in die Tiefe, wenn es irgendwann zu viele von ihnen gibt, und du glaubst, daß sich alles nur um unser kleines Leben dreht?« Nur zu gern hätte Bernward Thiele ihr auch hier wieder rechtgegeben, sie in ihrem Kampf um den Planeten unterstützt, als er aber an die Lemminge denkt und an ihr gewaltiges Opfer, überkommt ihn Angst um sein kleines Leben. Er kontert, es sei ja schön, so von ihrem kleinen Leben zu sprechen, aber für ihn und auch für Justus sei dieses kleine Leben eben das einzige, was sie hätten. Als Bernward Thiele hört, wie Karin sich langsam in Richtung Treppe bewegt, steht er hastig auf und geht in Richtung Badezimmer, um sich so schnell wie möglich dort einzuschließen. Ein undefinierbares, mulmiges Gefühl rät ihm, sich jetzt unsichtbar zu machen. Er will Karins Blick nicht begegnen. Wie ein gejagtes Tier hastet er aus dem Bett. Für eine Weile will er noch für sich allein sein. Den Rasierer oder die Dusche würde sie schon von der Treppe her hören und ihn in der Küche erwarten. Dann könnte er so tun, als sei er einfach nur aufgewacht und ins Badezimmer spaziert. Knapp zwei Sekunden, bevor Karin die Treppe erreicht, schließt er die Tür des Badezimmers hinter sich zu, sieht sich im Spiegel. Ist er das wirklich, dieser halb ergraute Mann mit schütterem Haar? Sind seine wilden, jungen Jahre wirklich schon vorbei? Hastig verscheucht er diesen ketzerischen Gedanken. Mit dem Gekreisch einer Kreissäge hobelt der Rasierer die Bartstoppeln von Bernward Thieles Gesicht. Er atmet auf und ihm ist klar, er hat gerade noch rechtzeitig das Badezimmer erreicht. Schon dreißig Sekunden später hätte Karin ihn abgefangen, ihn angelächelt, ihn hinter dem Lächeln aber aus einer ihrer Masken beobachtet. Ob er ihr Lächeln denn nicht mag? Da ist einfach nur dieses mulmige Gefühl, das er gar nicht einordnen kann und ganz für sich behält. Ihm ist eben unwohl zumute und er will jetzt lieber für sich sein.

Sich allein zu rasieren, zu duschen, aufs Klo zu gehen, zumindest morgens ganz früh einmal völlig unkontrolliert zu sein, ist ihm sehr wichtig. Aber in einer reifen Beziehung muß man auch nicht jede kleine Gefühlsanwandlung auf die Goldwaage legen. Schnell wischt er diese Gedanken weg, indem er versucht, an etwas Konstruktives zu denken, beispielsweise die Lösung eines dieser schrecklichen Fälle, die ihn auch heute wieder erwarten. Bernward Thiele genießt das warme Wasser, das jetzt an seinem Körper hinunterläuft, spürt, wie seine vom Schlaf noch steifen und starren Muskeln sich wieder lockern. Er liebt die Wärme, die Weichheit. Warm duschen! »Denk an die Lemminge!« Das Gewissen holt ihn ein, scheucht ihn auf und er wird sich bewußt, daß sein Genuß gar nicht so ungetrübt sein kann. »Bequem sind viele, Verantwortung zeigen wenige.«
Immerhin ist diese Wärme, die ihm jetzt seine Muskeln und seinen Körper wärmt, erzeugt worden, indem Kohle verbrannt und dann mit der Kraft der Turbinen Elektrizität erzeugt wurde. »Erst wenn der letzte Baum gerodet, der letzte Fluß vergiftet...« Die Cree haben das schon vor langem sehr richtig erkannt. Für eine kurze Weile kann er diese Gedanken noch verscheuchen, bis er Karins Stimme durch die Tür des Badezimmers hindurch hört. »Denk an die viele Energie, die du verbrauchst, Bern, und mach mal lieber halblang. Gib dem Planeten doch eine Chance!«
»Ist schon klar. Ich bin gleich fertig«, schreit er durch die Tür hindurch, duscht sich so schnell wie möglich zu Ende, steigt aus der Dusche, trocknet sich ab und zieht sich an. Karin hat die gute Unterwäsche gekauft, garantiert ohne Gifte in den Baumwollfasern und aus fairem Handel. Die Cordhose hat er vor drei Jahren bei Leinewebers & Wolle gekauft, und das Fischerhemd erinnert ihn heute noch an den Abend, als sie von der Wattwanderung zurückkamen. Der Geruch des Meeres, das Lagerfeuer, der rauhe Wind und die Angst vor dem Bau eines zweiten Atomkraftwerkes an der Küste. Damals waren die Lemminge allen ein Begriff.

»Versprich mir, daß du uns nicht allein läßt, Bern, wenn es darauf ankommt.« Karin hatte in seinen Armen gelegen und geweint, als Jochen auf der Gitarre das Lied gegen den Atomtod sang. Das Lagerfeuer brannte hell, bis der immer stärker werdende Küstenwind es verlöschen ließ. In ihrem übergroßen Norweger-Wollpullover hatte Karin sich in seine Arme gekuschelt und sie hatten die Wyhlmaus gesungen.

Es lebt im Wyhl am Rhein
die Wyhlmaus klitzeklein.
Sie raschelt dort im Unterholz.
Das kränkt des Landesvaters Stolz,
weil's raschelt dort im Holz.
(schnips) (schnips) Was soll's.

Das waren ganz andere Zeiten damals. Viele der lieben Leute hatten sich echten Gefahren ausgesetzt, um dem Atomstaat entgegenzutreten und der Verfassungsschutz hatte sie bestimmt schon in seiner Kartei. Noch heute hört Bernward Thiele jede einzelne Strophe der Wyhlmaus, wie Jochen sie spielte, als der heulende Küstenwind das Lagerfeuer schon fast ausgeblasen hatte.

Die Wyhlmaus ward verscheucht
und hat das Land verseucht
und hat sich äußerst schnell vermehrt
und ist zum Platz zurückgekehrt
da wars mit Polizei
... vorbei.

Karin hatte sich ganz eng an ihn geschmiegt und ihren eigenen Refrain ›laß mich nicht allein, Bern, vergiß nicht... Ich bin eine Frau...‹ angestimmt. War schon toll, wie der Atomtod sie so hilflos in seine Arme getrieben hatte. Noch unter der Dusche wird ihm klar, wie schnell er doch vom wahren Weg ins Abseits gerät, und stellt den warmen Wasserstrahl schnell ab. »Klar! – wenn es darauf ankommt.« Seit Jahren wußten sie, daß es immer darauf ankommt.

Auf dem Tisch unten in der Küche findet er nur einen Zettel. »Heute schon um sieben ein Patient – chronische

Fehlernährung mit Junk-Food – Justus soll seine Latein-Übungen mitnehmen. Kauf nachher noch Grünkern für heute Abend (Frikadellen), aber nur bei Süßkorn in der Schmiedegasse, Karin.« Die wissen gar nicht, was sie tun, denkt Bernward Thiele. Die fressen einfach diesen Junk-Food in sich hinein und wundern sich dann über die Folgeerkrankungen. Immerhin gut, daß Karin in der Bio-Ökotrophologie-Praxis arbeitet. Unserer lieben kleinen Familie kann so etwas nicht passieren, uns bleiben diese furchtbaren Erkrankungen erspart.

Justus kommt die Treppe herunter. »Hallo Bern, den Zettel habe ich schon gelesen und die Bücher gepackt. Karin hat ja schon alles aufgeschrieben.« Justus wirkt schon fast wie ein Erwachsener, ernst und sachlich. Manchmal kann Bernward Thiele kaum glauben, daß der kleine Junge, den er noch vor ein paar Jahren auf der Schulter trug, ihn überragt. Da steht er, schlank und hochgewachsen und lächelt ihn an. »Keine Zeit mehr, Bern, ich muß weg. Bis dann.« Sein Lächeln verschwindet so schnell, wie es gekommen ist. Bernward Thiele lächelt in sich hinein. Auf den Justus können wir stolz sein. Kaum jemals hat er Schwierigkeiten in der Schule gehabt, nicht wie alle diese verhaltensauffälligen Problemkinder, die er aus seinen Fällen beim Landkreis kennt. Justus bekommt fast nur Einsen und Zweien, ist eben kognitiv weit voraus. »Nee, der Justus ist schon in Ordnung.« Justus dreht sich kurz um, zieht dann die Tür hinter sich zu und Bernward Thiele trinkt seinen Früchtetee und genehmigt sich noch einen Schokokeks, »Denk an die Altersdiabetes!«, sagt Karin voller Fürsorge, um ihn zu warnen. Nach dem letzten Schluck Früchtetee schnallt er sich den Rucksack mit dem Tagesproviant um, den Karin ihm vorbereitet hat, besteigt sein Fahrrad und fährt in Richtung Kreisstadt. Immerhin sind die Radwege trocken. Der aschfahle Himmel stimuliert zwar nicht unbedingt die Sinne, aber Bernward Thiele ist dankbar für jede Fahrt ohne Matsch, der ihm ins Gesicht spritzt. Fahrrad fahren, laufen, alle gleichförmigen

18

Bewegungen lassen ihn nach einer unterschiedlich langen Eingewöhnungsphase meditieren.

»Da komme ich dann endlich zu mir selbst«, sagt er zu Freunden. »Plötzlich merke ich dann auch die Anstrengung des Sports nicht mehr.« »Ja, klar«, bestätigen seine Bekannten dann, »Runner's high!«. Er fährt durch einen kleinen Wald und schon ist er wieder in dem Korridor mit den schweren barocken Türen. Da ist auch der Alfredo, der ihn durch den Flur verfolgt hat. Ja, natürlich, jetzt wird es ihm klar, Alfredo ist der Verfolger! Es ist der gleiche Alfredo, der schon als Sechzehnjähriger ein Frauenschwarm war.

»Bist du denn überhaupt glücklich, Bernward?« fragt Alfredo und zwinkert Bernward Thiele zu. Wahnsinn, diese Frage! Natürlich erwidert er nichts auf diese Frechheit. Er schmunzelt in sich hinein. Klar, der Alfredo, aus der Nachbarschaft. Kurze Haare, mit Gel frisiert, eben einer aus dem Viertel. Nachmittags, wenn er in der Cappuccino-Bar seines Vaters aushalf, attraktiv gekleidet, von den Mädchen des Viertels umschwärmt und natürlich immer einen frechen Spruch auf den Lippen, so schmeichelte er den jungen Mädchen.

Alfredo setzt sogar noch einen drauf, fragt, ob er denn alles noch einmal so machen würde, wenn er wieder jung wäre, ob er denn seinen Bruder Thorsten gesehen hat, wie der mit der Alicia hinter einer der barocken Türen verschwunden ist. Dann lächelt er noch süffisant. Bernward Thiele erwidert, er sei sehr wohl ein glücklicher Mann, er stehe zu sich, schließlich habe er sich doch gerade letztes Jahr den neuen Wagen gekauft, von dem er schon so lange geträumt hat, und während der WM dürfe er jetzt auch alle Spiele im Fernseher betrachten. Das sei jetzt Konsens. »Du träumst von Autos?«, der Freund wirft ihm nur noch ein mitleidiges Lächeln zu und leider auch Gisela, so wie sie da in ihrem leichten Sommerkleid vorbeischwebt. Immer stärker tritt er jetzt in die Pedale, um schneller zu fahren, so als wollte er dieser furchtbaren Frage entkommen, der Frage, die Alfredo ihm gestellt hat. Manchmal ist ihm, als könnte er fliehen, kaum fühlt er sich frei, sinkt er sofort wieder in den barocken Korridor zurück, zu den Bildern, denen er nicht entkommen kann. Er wendet sich ab von diesem unendlichen Korridor mit den barocken Türen. Was für ein durch und durch irrealer Traum?!« Dann tritt er wütend in die Pedale, aber er weiß, den Alfredo ist er noch nie losgeworden, denn der ist stärker, mogelt sich immer wieder in seine Gedanken zurück. Nachts besucht er ihn auch in seinen Träumen.

Bernward Thiele versucht schon lange, dem Alfredo für immer zu entkommen, aber das schafft er nicht. Er muß jetzt so schnell wie möglich versuchen, in den konstruktiven, meditativen Zustand zurückzugelangen, der ihm schon in der Vergangenheit so gut geholfen hat, seinen inneren Streß abzubauen, eben den lieben Frieden zu finden. Einige der Hecken, an denen er vorbeirast, erscheinen ihm wie grüne Mauern, die seine Fahrt in Richtung Landkreis lenken und schon nach wenigen Umdrehungen ist ihm, als habe er endlich wieder die meditative Ruhe des Fahrradfahrens erreicht. Karin hat das immer mit einem flüchtigen Lächeln honoriert, so als wollte sie sagen, »Siehst du, wenn du Gaia, unserer Erdengöttin, etwas Gutes tust, dann vergilt sie es dir. Karma grüßt dich, Bern!« Die Umwelt rechnet schnell und so würde er auch für seine Schulden bezahlen müssen.

Wehe denen, die das nicht wissen, die hier mit geschlossenen Augen durch's Leben gehen. Der zuerst noch lichtgraue Himmel hat sich verdunkelt und die ersten schweren Tropfen fallen zu Boden. Da, wo eben noch der graue Asphalt war, werden bald Pfützen stehen. Er bemerkt, wie der Regen stärker fällt, und ihm wird klar, daß er den größten Teil der Strecke im Regen fahren wird. Lastwagen überholen ihn, schleudern Staub, Matsch und Dreck in sein Gesicht und er muß im Angesicht der Karma-Gedanken milde lächeln. Wozu duscht man sich eigentlich des Morgens und wäscht sich die Haare, wenn man dann doch völlig verdreckt und verschwitzt ins Büro kommt? Bei uns im Landkreis geht das, sagt er sich sogleich. Wirtschaftsleute, von

20

denen in der Zeitung berichtet wird, die können sich so etwas nicht leisten, die müssen adrett aussehen, auf wessen Kosten auch immer. Da es mittlerweile angefangen hat, stark zu regnen, muß er durch einige Pfützen fahren und spürt, wie die Rückseite seines Regencapes mit Matsch und Dreck besprengt wird. Ein etwas tieferes Schlammloch gibt ihm dann sogar das Gefühl, ein Maurer werfe mit der großen Kelle breiig angemischten Zementputz an seinen Rücken. Wenn man in der Wirtschaft arbeitet, dann hat man sich sowieso schon für den anderen Weg entschieden, nämlich für den, der den Erfolg, die Karriere und das Geld über die Natur und die Einheit mit ihr stellt. Gaias Weg ist steinig und hart, wie Karin sagt, aber das ist es wert, ganz sicher! Wieder wirft der Maurer ein volle Kelle Zementputz an seinen Rücken. Die werden sich wundern! »Erst, wenn der letzte Baum gerodet, der letzte Fluß vergiftet, der letzte Fisch gefangen, werdet ihr feststellen, daß man Geld nicht essen kann!« Ein Lastwagen überholt ihn in einem lebensgefährlich geringen Abstand und fährt dabei durch ein Loch voller Schlamm. Einige Zentimeter weniger und es hätte ihn umgehauen. Die Verputzer haben sich zu einer Kolonne zusammengetan und bewerfen Bernward Thiele jetzt von allen Seiten mit schwarz gefärbtem Putz, der danach wie ein zäher Brei von ihm heruntertropft. Wie die Verputzerkolonne scheint sich auch die Karawane der Berufspendler verschworen zu haben, ihn mit Dreck zu bewerfen. Was fällt diesem frechen Alfredo denn eigentlich ein? Der sollte erst einmal zu sich selbst stehen. Arroganter Machotyp! »Hau ab, Alfredo, ich brauche dich nicht! Verschwinde endlich ganz aus meinem Leben!« Wutentbrannt tritt Bernward Thiele in die Pedale, als gelte es, einen Verfolger, der auf einer Leiter ein paar Stufen weiter unten klettert, so heftig ins Gesicht zu treten, daß er von der Leiter stürzt.

Merkwürdig nur, daß eben doch dieses unbestimmte Gefühl bleibt. Was ist nur los mit ihm? Warum beschäftigt ihn dieser Traum? Irgendwie ist ihm, als kenne er dieses Gefühl

schon, als habe er das schon gefühlt, wußte aber nicht, wo und wann. Der aufgeblasene Alfredo soll bloß von ihm weichen mit seiner negativen Energie! Jetzt sitzt er von allen Seiten gut und gleichmäßig mit Matsch gesprenkelt auf eben diesem Fahrrad und hat noch zehn Kilometer bis zum Landkreis vor sich. Aber er ist doch zufrieden! Für eine kurze Weile erreicht er sogar diesen meditativen Zustand, den er so sehr liebt und wenn überhaupt, dann haben nur diese Andeutungen alles zunichte gemacht. Wären ihm die Bilder dieses Traumes nicht immer wieder erschienen, hätte er in Frieden zur Arbeit fahren können, in Eintracht mit sich. Ja, völlig richtig! Er wäre zwar dreckig und matschig gewesen, aber doch in Eintracht mit sich selbst. »Hast du das gehört, Alfredo? In Eintracht! Weißt du, was Eintracht ist? Weißt du, was das bedeutet, sich in die Welt einzubringen, für andere da zu sein? Leute wie dich, Alfredo...«
Nein! Lieber nicht, das geht zu weit. Er darf sich nicht zum Werkzeug des Hasses machen lassen und sei es auch nur des Hasses auf dieses Bild von Alfredo. Den hat er doch seit Jahren nicht gesehen, nichts mehr mit ihm zu tun gehabt, und trotzdem mischt Alfredo sich wieder in seine Gedanken, aber der Haß ist natürlich keine Lösung. Der Haß schlägt immer am Ende den Hassenden. In der Selbsterfahrungsgruppe ›Wir besiegen ihn, den Haß!‹ haben sie das Thema besprochen. Wenn man dem Haß gestattet, sein Feuer zu entzünden, so greift es schnell um sich und verbrennt alles, was sich in Reichweite befindet. Nicht auszudenken! Die haben das in der Gruppe schon ganz genau skizziert. Das Feuer lodert auf, verbrennt zunächst all diejenigen, auf die der Haß sich bezieht, aber später verbrennt es auch den Hassenden selbst. Und dennoch, Bernward Thiele spürt stärker und stärker, wie sich das Feuer ausbreitet. Auch die Anmaßung, ihm, dem erfahrenen Pädagogen, zu suggerieren, er stehe nicht zu sich selbst. Bernward Thiele sagt sich immer wieder, er werde es nicht zulassen, sich aus der Einheit zerren zu lassen.

22

Alfredo hat Lina verführt und dann einfach weggeworfen, eben ganz auf ihre Sexualfunktionen reduziert. Sie hätte ihm gesagt, es sei jetzt aus, sie habe jetzt einen anderen. Klar, die böse Schlampe läßt den armen Alfredo sitzen. Das war wieder eine dieser Macho-Schutzbehauptungen.

Der nasse Matsch spritzt zu Bernward Thiele hoch, kalt und schmutzig. Er tritt weiter hastig in die Pedale.

Die 70er Jahre, Geschäfte und Kneipen, alles viel einfacher als heute. Diesen halb kitschigen Charme von Schlager und Schützenfest gibt es schon lange nicht mehr.

Da ist er, der charmante Schönling aus dem Viertel. Leise ertönt die Straße unter Bernward Thieles Sportschuhen und laut unter Alfredos harten italienischen Ledersohlen. Nach dem Sommergewitter ist die Feuchte gerade dabei, sich aufzulösen. Kleine Pfützen, die noch auf der Straße verdunsten, hartes Licht über der Stadt. Bernward Thiele schlendert neben Alfredo durch das Viertel mit seinen schmierigen Bars, den türkischen Geschäften mit allerlei Kitsch in der Auslage, den Kiosken, an denen Mittags schon die Biertrinker stehen. Klarer Himmel, frische Luft, und die Sonne leuchtet, taucht die abziehenden Gewitterwolken in rosagoldenes Abendlicht. Alfredo redet schon wieder über seine Zukunftspläne. Eine eigene Bar, vielleicht sogar ein Restaurant oder einen Nachtclub. Nachdem er ›Nachtclub‹ gesagt hat, legt er seinen Arm um Bernward Thiele, so als wollte er ihm sagen: »Na Kleiner, so etwas wagst du noch nicht einmal zu träumen.« Sie biegen dann von dem Kreisel in die Straße mit dem stadtbekannten Bordell ein, schlendern weiter und Alfredo zwinkert ihm zu ›Nichts für dich, Bernward‹. Sie passieren das große Tor mit dem lackierten Stahlgitter und der Aufschrift »Für Frauen und Jugendliche unter 18 Jahren verboten«. Aber Bernward Thiele ist verliebt in Lina, so richtig verliebt, wie man als Fünfzehnjähriger verliebt ist. Gerade vor einigen Tagen hat er sich geschworen, es soll für immer sein, wenn er eine Chance bei ihr bekäme. Natürlich hat er niemandem etwas davon gesagt, dafür ist er viel zu schüchtern. Aber jetzt auf diesem Spaziergang durch das Viertel hat er sich nach langem Zögern überwunden und es seinem Freund gesagt. Alfredo hat aber nur gespottet. »Du? Die Lina? Vergiß es, Bernward, die steht nur auf Kerle. Such dir eine, die auf Typen wie dich steht. Ich weiß das genau. Ich hatte sie schon.« Alfredos geschmacklose Worte haben die Gebäude seiner Träume einfach eingerissen, genau wie eine Abrißbirne. »Ich hatte sie schon.« Bernward Thiele konnte nicht sagen, wie oft er diesen Satz seitdem repetiert hat. »Ich hatte sie schon.« Da hätte er ja gleich sagen können: »Sie ist 'ne...« Bernward Thiele verbietet sich, dieses Wort zu denken. Außerdem diese bodenlose Frechheit: »Such dir eine, die auf Typen wie dich steht.« Nein, die sollen sagen, was sie wollen, in der Gruppe. Es gibt eben Situationen, in denen selbst der Haß gerechtfertigt ist. Hier ist die Ausnahme erlaubt. Hier darf er zuschlagen, also sagt er sich, er will eine Ausnahme machen, nur dieses eine Mal. Verbissen und verkrampft reißt er am Lenkrad und stößt in die Pedale, als wolle er Ziegelsteine zerschmettern, und wundert sich über sich selbst. Ihm ist merkwürdig zumute mit dieser ganzen Wut. Auf diese Weise fährt er eine Weile, bis ihm die wie ein Mantra wiederholten Flüche nicht mehr so recht gelingen wollen. Noch einmal versucht er, sich in diesen Haß hineinzusteigern, aber ohne Erfolg. Eigentlich ist er sogar sehr froh darüber, denn das beweist einmal mehr, daß er eben ein friedliebender Mensch ist, der Konflikte verbal und zivilisiert löst, anstatt sich der Wut hinzugeben. Noch etwa zehn bis zwanzig Mal tritt er verzweifelt in die Pedale, versucht sich dabei vorzustellen, er trete den ganzen Traum von sich weg. Es bleibt beim erfolglosen Versuch und irgendwann ist er sich sicher. Ab jetzt schafft er es nicht mehr, den aufdringlichen Traum hinwegzutreten. Der Traum hat den Kampf gewonnen! Innerlich zerbirst Bernward Thiele jetzt vor Wut. Er hat diesen Kampf verloren und der Traum hat ihn ausgetrickst. Nun gut, das werde er ja noch sehen, wer als Sieger aus diesem Kampf hervorgeht, bis er sich erinnert, daß es bei der Konfliktbewältigung gar keine Sieger und Verlierer gibt, sondern alle den Nutzen davontragen sollen. Klar, ich muß sofort auf den Weg der verbalen Konfliktbewältigung zurück. Er schwört weiteren Tritten gegen den Traum sofort ab. Dann hofft er, sich mit dem Traum nicht mehr auseinandersetzen zu müssen. Er muß sich einfach damit abfinden, daß er diesen einen Kampf verloren hat, eben ein guter Verlierer ist. Zum Glück weiß die Karin nichts von seinem kleinen Wutausbruch auf den Fahrrad. Er muß seine negativen Emotionen unbedingt für sich behalten. Karin würde bestimmt an seiner Treue zu ihren Einstellungen zweifeln und außerdem würde es eine unangenehme Diskussion geben. Wer will denn so einem glauben, daß er lieben kann? Unwillkürlich muß er wieder schmunzeln, wenn er an ihre kleinen Eigenheiten denkt. Daß er das Schlafzimmer meiden muß, wenn sie sich für ihr Gebet zu Gaia vorbereitet, ja das ist schon ganz speziell. Karin steht eben zu ihrer innersten Überzeugung und setzt auch durch, daß keine Männer anwesend sind, wenn sie mit Gaia in Verbindung tritt. Auch Justus darf zu dieser Zeit die Tür des Schlafzimmers nicht öffnen, in dem auch der Schrein aufgestellt ist. »Da habt ihr Männer wirklich nichts zu suchen!«, sagt sie dann energisch und fügt des öfteren hinzu, »Justus, wenn du ein Mädchen geworden wärst, dürftest du jetzt zuschauen und mitmachen.« Sie schaut Justus dann mit einem leicht spöttischen Lächeln an, etwa so, als wollte sie sagen: »Gib dich mal mit dem zufrieden, was du geworden bist, aber begehre bloß nicht auf!« Justus senkt dann seine Augen und geht bedächtig in sein Zimmer. Vor kurzem mußte Bernward Thiele besonders schmunzeln, als er Zeuge dieser Szene wurde, denn er hatte sich in einem rebellischen Anflug inneren Aufbegehrens gefragt, wie Karin wohl reagieren würde, wenn er neben ihrem Gaia-Schrein im Schlafzimmer seinen eigenen Schrein des Donnergottes Thor aufbauen würde, etwa so wie Ulf der Biker von den Heavy-Riders, denen er nicht

beitreten durfte. Sofort hatte er diesen Gedanken wieder
fallen gelassen, denn er wußte, daß Machokultur in seiner
Familie ausdiskutiert ist. Mann, Mann, der Ulf hatte ihm
damals sogar das Hammeramulett in einer geschmiedeten
Ausfertigung angeboten. Wie gut, daß Karin bis heute nicht
weiß, wo er es versteckt hat. Abgesehen von Gaia umgibt
sich Karin mit keltischen und, wie sie oft wiederholt, durch
und durch matriarchalischen Accessoires. Schon als Bernward Thiele sie kennenlernte, war Karin männliche Dominanz zutiefst zuwider. Sie entsagt der Machowelt, wie sie
unsere Gesellschaft nennt.

Jeden Frühling, wenn die Planung des Jahresurlaubs ansteht,
wendet sich Karin zaghaft an Bernward Thiele:»Du, Bern,
vielleicht ist es ja dieses Jahr mal möglich, nach Irland oder
Wales oder auch nach Schottland zu fahren. Du weißt ja,
wie gern ich mal ganz nah bei den Kelten wäre.« Diese
Augenblicke sind dann Bernward Thieles Stunde der Macht
und er freut sich jeden Frühling auf diese Frage seiner Frau,
denn im Angesicht dieser einen Frage, dieser Bitte, die sie
wieder und wieder an ihn stellt, kann er die seltene Gelegenheit nutzen, sie in ihre Schranken zu weisen. Er verdient
das Geld der Familie, also hat er auch das erste und das letzte
Wort, wenn es um die Verwendung eben dieses Geldes geht.
Die Gedanken an Karin, die ihn bittet, in die keltischen
Regionen Westeuropas zu fahren, lenken ihn jetzt sogar von
den tiefsten Pfützen und Schlammlöchern ab und er spürt,
wie die Wärme des Blutes ihn durchströmt. Eigentlich hat er
ja dem Verlangen nach Macht abgeschworen, aber diese
eine Frage, die Karin ihm jeden Frühling stellt, läßt ihm die
Möglichkeit, Macht zu spüren, so als wäre er im Stande, die
Geschicke der Familie allein zu entscheiden. Aus seinem
Schmunzeln wird jetzt ein hilfloses Lachen. Kichernd fährt
er über die Landstraße. Es sind nur noch drei Kilometer bis
zum Landkreis. Nur noch drei Kilometer und Bernward
Thiele lächelt immer wieder in sich hinein, denn jetzt malt
er sich Karins bittendes Gesicht aus und genießt die Frage:

»Du, Bern, vielleicht ist es ja dieses Jahr mal möglich, nach Irland oder Wales oder auch nach Schottland zu fahren. Du weißt ja wie gern ich mal ganz nah bei den Kelten wäre.« Er grinst und spult ihre Worte noch einmal ab. Dabei versucht er sich so gut wie möglich ihren bittenden Gesichtsausdruck vorzustellen, sich vorzustellen, wie sie dieses eine Mal jedes Jahr vor ihm auf die Knie geht, wie sie sich dieses eine Mal jedes Jahr vor ihm erniedrigt, denn sie weiß ja nur zu genau, wie seine Antwort lauten wird. Sie weiß, daß sie seit vielen Jahren den Sommerurlaub ausdiskutiert haben. Sie weiß, daß Bernward Thiele nicht mit sich reden läßt, daß er auf dem Urlaub in einem warmen Land beharrt. Karin hat sich seit langem damit abgefunden, das Land der Kelten nicht mehr zu Gesicht zu bekommen, und Bernward Thiele weiß nur zu genau, daß dieser stillschweigend geschlossene Handel zwischen ihnen besagt: »Wir beide müssen akzeptieren, besonders dann, wenn es ein Opfer bedeutet.« Eigentlich interessieren die Kelten ihn sehr, aber jetzt, nach so vielen Niederlagen, nach so vielen Themen, die zu Karins Gunsten ausdiskutiert wurden, kann er sich einfach keine weiteren Niederlagen mehr leisten. Er darf hier nicht klein beigeben, denn dies ist eine seiner letzten Bastionen, auf der er sich noch verschanzen kann, auf der er überhaupt noch Macht spüren kann, indem er auf ihre Frage antwortet: »Du, ich glaube, das müssen wir nicht jedes Jahr wieder vertiefen. Wie du weißt, finde ich die Kelten auch interessant, aber du weißt auch sehr gut, daß ich meinen wohlverdienten Jahresurlaub in der Sonne brauche.« Ein anderes Jahr hatte er seine Macht sogar noch tiefer ausgekostet, als er lakonisch feststellte: »Nee, Karin, du weißt sehr gut, daß die Ferien ausdiskutiert sind. Wir fahren ans Mittelmeer.«
Gerade will Bernward Thiele noch lachen, um seine Freude über diese kleinen Siege zu genießen, als in ihm die verrückte Idee hochsteigt, mit der Karin ihn vor zwei Jahren konfrontierte. Da glaubte sie doch allen Ernstes, er werde ihr das ganze Geld geben für eine Reise in den Herbstferien.

Sie hatte ihn darum gebeten, denn eine ihrer Freundinnen aus der Selbsterfahrungsgruppe ›Frauen gegen Dominanz‹, oder nein, es war die Gruppe ›Grenzerfahrung der Weiblichkeit‹, hatte ihr gesagt, wie schön Irland im Herbst sei. »Zum Glück ist es ja noch mein Konto!«, denkt er jetzt. Das darf sich auf keinen Fall wiederholen, denn Schmerz breitet sich in ihm aus, wenn er an das Geld denkt, das diese Reise gekostet hätte. Außerdem, was hatte sie sich überhaupt gedacht, als sie versuchte, ein eindeutig ausdiskutiertes Thema einfach so zu umgehen, ihn damit von rechts zu überholen. Letztendlich ging er ja auch nicht abends mit Gisela aus oder gar ins Bett, um mal schnell nachzuholen, was er bei Karin nicht bekam. »Bloß weg mit diesen unseligen Gedanken an den Sex!«, sagt er sich gleich darauf, verbannt den Gedanken an Gisela und auch an das erkaltete Ehebett zu Hause in den tiefsten Keller seiner Seele, um zur Tagesordnung zurückzukehren, die da heißt: »Eintausendfünfhundert Euro für eine Herbstreise nach Irland!« Welcher Teufel hatte Karin nur geritten, als sie meinte, sie könnte einfach so den Konsens der Familie umgehen? Bernward Thiele verkrampft sich. Sein Schmunzeln und Lächeln ist einer angespannten Miene gewichen. Diese Frage! Daß sie das wirklich gewagt hatte! Er konnte sich nur zu gut daran erinnern. »Du, Bern, die Gertrud meint, daß der Herbst in Irland ganz tolle mystische Erfahrungen zuläßt.« Und nach dem dritten Satz ist sie dann auf die Kosten der Reise zu sprechen gekommen. »Wir haben da ein besonders günstiges Angebot...« Sein Herz verkrampft sich, denn wie eine Glocke tönt in ihm ständig der Preis. Sie hatte doch wirklich volle eintausenfünfhundert Euro für diese Mystiktour nach Irland von ihm erwartet. Wenn er sich jetzt an die Bitte-lieber-Bern-gewähre-mir-diese-Freude-Maske erinnert, die sie noch schnell aufgesetzt hatte, um ihm das Geld aus der Tasche zu ziehen, kommt ihm das einfach nur noch zynisch vor.

Das ist schon toll, wie Karin so aus dem Nichts heraus in weniger als einer Sekunde die genau zur Situation passenden Masken generieren kann. Ja, denkt er, das war eine zynische Bitte! Aber immerhin hatte ihm die verrückte Idee seiner Frau die Möglichkeit gegeben, seine Aktiva aus dem Konsens einmal mehr klar herauszustellen. Er hatte dann tief Luft geholt, um anzudeuten, wie sehr Karin den beiderseitigen Konsens mit ihrem Begehren in Frage stellte. Lars, dem er von Karins Wunsch berichtet hatte, meinte zwar, er solle seiner Frau auch mal etwas gönnen, ohne bei jeder Kleinigkeit darauf zu schielen, ob denn der Konsens noch ausgewogen ist, aber da ist er eben ganz anderer Meinung. Der ist gut, der Lars! Seiner Frau auch einfach mal etwas gönnen! Der lebt mit einer Freundin zusammen, die er erst seit kurzem kennt. Klar! Eine von diesen Lust- und Laune-Beziehungen, in der es wahrscheinlich zuvorderst um Sex geht! Karin kannte er seit über zwanzig Jahren und er wußte, sie würde es nicht bei diesem einen Urlaub belassen. Sie würde sich immer mehr und mehr nehmen, wenn er einmal zu viel gab. Da konnte er nicht einfach mal kurz eintausendfünfhundert Euro herausrücken, ohne darauf zu achten, ob das auch ausgewogen ist. Überhaupt, der Lars ist ihm schon mehrmals suspekt gewesen und dann auch noch dieser tolle Ratschlag. »Gib ihr doch einfach mal das Gefühl, daß du etwas nur für sie tust, ohne auf den Ausgleich zu schielen.« Der Krampf in Bernward Thieles Gesicht wird stärker. »...zu schielen«, hatte Lars gesagt. Der hatte ja ganz und gar nicht verstanden, wie der Konsens funktionierte. Eintausendfünfhundert Euro! Seine Muskeln spüren den Krampf jetzt noch stärker und ihm wird klar, daß er damals richtig und vollkommen nach dem Konsens reagiert hatte, als er Karin zunächst nur wortlos ansah und, nachdem sie ihre Frage präzisiert hatte, tief durchatmete und sagte: »Du, Karin, was würdest du sagen, wenn ich unseren Konsens und alles, was wir je ausdiskutiert haben, einfach so aufkündige? Du, denk mal genau nach! Und was den Lars angeht, was weiß der denn überhaupt von reifen Beziehungen?«

08:00 BÜRO

Bernward Thiele betritt das Gebäude des Landkreises in der kleinen Kreisstadt, legt das Regencape auf ein Regal in der Umkleide. Vorher hat er es schon so gefaltet, daß Schlamm und Dreck nach innen gekehrt sind und sich nicht unvermittelt in den Raum, das Regal oder gar die Garderobe ergießen können. Er achtet darauf, so wenig Wasser wie möglich auf den noch aus den Nachkriegsjahren stammenden grün-braunen Linoleumfußboden tropfen zu lassen, denn er weiß nur zu genau, wie die Kollegen asoziales Verhalten mit stiller Abwendung sanktionieren. Hier wird nicht laut gebrüllt, na ja, zumindest nur selten zwischen den Kollegen. Verhält sich hier im Landkreis jemand daneben, so wenden sich seine Kollegen einfach wortlos von ihm ab. Hier, in der lieblichen und friedlichen Mittelgebirgsregion braucht man keine Streitereien. Die Sanktionen, die alle Kollegen über die Jahre gut eingeübt haben, bringen einen Abweichler binnen kurzem auf den rechten Weg zurück. Das Fahrrad, das jetzt einer Moorleiche ähnelt, hat Bernward Thiele in den Fahrradständer im Hof gestellt und bemerkt, daß außer seinem nur drei Räder im Ständer sind. Die Besitzer wohnen alle in unmittelbarer Nähe. Niemand außer ihm hat sich die Mühe gemacht, über eine große Entfernung mit dem Fahrrad zu kommen. Offenbar läßt die Disziplin auch bei Umweltverbundenen nach. Der grün-braune Linoleumfußboden führt ihn von der Garderobe über den Flur des Erdgeschosses zur Treppe, dann zwei Etagen höher.

Auf seiner Etage angekommen, bemerkt er, daß der Kaffee schon lauwarm und trüb in der Kanne steht. Auch riecht er abgestanden und unappetitlich. Bernward Thiele entscheidet sich für Tee, füllt den kalkbesetzten Wasserkocher auf, wobei er penibel darauf achtet, nicht mehr Trinkwasser, als unbedingt notwendig, zu verbrauchen, und brüht dann seinen Kräutertee auf. Mit der Teetasse in der Hand betritt er sein Büro, zieht das verschwitzte Sweatshirt aus, wischt sich mit einem alten Handtuch den mittlerweile kalten Schweiß der Fahrt aus dem Gesicht und streift den Pullover über, den er für solche Tage im Büro lagert. Nachdem er sich gesetzt hat, genießt er mit geschlossenen Augen einen Schluck Kräutertee, fühlt die wohlige Wärme des Pullovers und richtet seine Augen auf den Aktenstapel, der sich auf der Ablage seines Schreibtisches türmt. Durch das Fenster schielen ihn von der anderen Straßenseite längst verlassene Industriegebäude an. Altweißer Putz mit Streifen des an ihnen heruntergelaufenen Regenwassers und Fenstern, die das Tageslicht wie mattes Silber reflektieren. Darüber ein vergilbtes Plakat ›Hofmüller Baustoffe‹. Bernward Thiele konnte damals, als er seine Stelle hier antrat, noch einige Lastwagen von dort Steine und Zement abtransportieren sehen. Seit siebzehn Jahren steht das Gebäude leer. Der Himmel heute paßt dazu. Lichtgrau trifft Silbergrau.

In der obersten Akte geht es um einen Fall, den er schon oft auf den Tisch bekommen hat. Ralf Jörgens, ein elfjähriger Junge aus einem der Dörfer hat wieder einen Automaten geknackt und ist dabei von der Polizei überrascht worden. Der würde vielleicht irgendwann als Intensivtäter eingestuft, wenn die Maßnahmen keine Wirkung zeigten, denkt er und blättert in der Chronik von Diebstahl und Körperverletzung. Bernward Thiele überlegt, ob er noch einen dieser Plätze in der Natur hat, wo straffällige Jugendliche in einer Art Feriendorf resozialisiert werden. Der Bauernhof im Allgäu ist schon voll belegt, ebenso wie auch das Camp in der Vulkaneifel. Er blättert noch etwas in dem Prospekt, bis er sich sagt, diesen Fall könne er ja auch noch am Nachmittag bearbeiten, und nimmt dann die nächste Akte zur Hand. Ilse Ahrens! Eine Stammkundin! Das Wort läßt ihn unwillkürlich lächeln. Mit 13 Jahren ist sie das erste Mal aus einer verwahrlosten Familie geflüchtet, hat sich auf ihrer Flucht mit Leuten von der Straße eingelassen. Bald darauf wieder zu Hause, und dann geht alles wieder von neuem los. Bei denen hätte man vom Fußboden essen können, so viel lag darauf herum. Dreck und Essenreste! Mensch, Mensch! Was ist das für eine verrottete Patchwork-Familie?! Die Ilse haben wir bestimmt bald im Milieu, aber dann gilt sie auch als erwachsen und das ist dann zum Glück nicht mehr unsere Sache. Bernward Thiele verharrt kurz, ist dann erleichtert, als ihm der Gedanke kommt, wie glücklich er sich schätzen kann, daß er mit solchen Verhältnissen nur während der Arbeit konfrontiert ist. Nur gut, daß es auch Kinder gibt, die in geordneten Verhältnissen bei verständnisvollen Eltern aufwachsen. Ilse Ahrens kann warten. Statt die Akte zu bearbeiten, nimmt Bernward Thiele seinen Kalender zur Hand, um die Termine des Tages planen. Dort ist nicht mehr viel hinzuzufügen:

- 10:00   Sinti-Dorf am Stadtrand mit Arpad
- 12:15   Arzt, Telefon – Justus
- 15:00   Meeting Vortrag Dr. Pereira
- 17:00   Audit bei Hiltrud

Also muß er viertel eins mit Justus' Arzt telefonieren. Der Justus hat irgendwie eine Menge Pech gehabt. Bernward Thiele vergleicht wieder und wieder die Szenarien, die er sich mit Karin vor Justus' Geburt über Schwangerschaft, Geburt, Kindheit und Jugend ausgemalt hatte, mit der Wirklichkeit. Sie hatten alles sehr gewissenhaft geplant und dennoch sind viele Dinge ganz anders gelaufen, als sie sich das vorgestellt hatten. Der Arzt würde wahrscheinlich auch dieses Mal kein organisches Leiden feststellen. In letzter Zeit stimmte sogar die Gisela in diesen Kanon ein. »Laß den Justus sein Leben doch selbst bestimmen. Karin und du, ihr dringt zu sehr in ihn ein. Es ist, als wolltet ihr, daß er euch in jeder Hinsicht gleicht«, hat sie gerade vor einer Woche gesagt, als er mit ihr zu Mittag aß. Später hat sie dann noch hinzugefügt, der Justus sei doch mittlerweile geboren und damit ein Mensch ganz für sich selbst. Als ob Karin und er das jemals in Frage gestellt hätten. Dann drängte sich ihm ein unbestimmtes Gefühl auf, er wolle davon einfach nichts mehr hören. Er ist Pädagoge und weiß genau, was er tut, ganz genau, und der Justus ist ernsthaft körperlich krank. Da konnten sie behaupten, das sei alles psychisch, so oft sie wollten. Er sieht doch keine Gespenster. Als Bernward Thiele den Tagesplaner zurechtgelegt hat, öffnet sich die Tür und Gisela betritt sein Büro. Sie schließt die Tür hinter sich und zeigt auf den freien Stuhl, als fragte sie nach seiner Erlaubnis, sich setzen zu dürfen. Er macht eine einladende Geste. »Das hat mir wirklich leidgetan«, beginnt sie und dreht die Hände in der Luft auseinander, um anzudeuten, sie wisse nicht, was sie damit anfangen solle. Bernward Thiele, der auf diese Direktheit nicht vorbereitet ist, sucht schnell nach einer passenden Ausrede. »Du, Gisela«, beginnt er und senkt den Blick auf den Schreibtisch. »Wie ich dir schon letzte Woche gesagt habe, ist mein Schreibtisch mit einem ganzen Berg Akten gefüllt. Du weißt ja, wie die Hiltrud einem kommt, wenn die Akten nicht in der gesetzten Zeit weggearbeitet werden.« Gisela sieht ihn traurig an, zögert etwas, ob sie noch einmal versuchen soll, offen mit ihm zu reden, und sagt dann: »Mir ist das anders in Erinnerung, Bernward. Durch den kalten Wind des zurückgekehrten Winters sind wir fast gerannt, haben ein bißchen gescherzt und dann vor den Schneeflocken Zuflucht im Kebabhaus gefunden, wo es warm und gemütlich war. Wir haben uns dort sehr angeregt unterhalten. Du warst die ganze Zeit über locker und entspannt.« Sie macht eine kurze Pause und setzt dann nach: »Du hast mich dann einige Zeit mit einem sehr tiefen Blick angeschaut. Glaube nicht, ich würde das nicht bemerken. Jedenfalls war danach alles anders. Plötzlich hattest du es eilig, konntest mich nicht mehr ansehen, wolltest sofort wieder hier ins Büro zurück und hast mich dort im Kebabhaus mit einer ganzen Menge unbeantworteter Fragen zurückgelassen. Ich frage mich – warum?« Nachdem sie das gesagt hat, merkt sie, daß dies wahrscheinlich der letzte Versuch ist, wirklich offen mit Bernward Thiele zu sprechen, der letzte Versuch, den vielen Lügen zu entgehen, die hier im Gebäude des Landkreises allgegenwärtig sind.

Bernward Thiele sieht immer noch auf die Dokumente, bis die Worte einfach aus ihm herausrutschen. »Du, Gisela, ich weiß gar nicht, wie ich das in Worte fassen soll, aber das war schon grenzüberschreitend.« Er wirft ihr ein verstohlenes Lächeln zu. »Du, sieh das einfach mal klar. Ich kann so etwas nicht. Wir sind da einfach sehr unterschiedlich. Du lebst viel offener als ich. Weißt du, die Karin und ich, wir haben uns vor vielen Jahren auf einen Konsens geeinigt. Seitdem leben wir eben so.« Hier unterbricht Gisela: »Laß mich raten Bern, ihr versagt euch alles, was auch nur auf Entfernung so aussieht, als könnte es den Konsens brechen.« Bernward Thiele sagt gar nichts. Er steht auf, geht die drei Schritte zum Fenster und starrt versunken in die blinden Scheiben jenseits der Straße, als könnten sie etwas spiegeln, ihn und auch Gisela in seinem Büro. Dann dreht er sich um und schweigt weiter. Gisela zweifelt, ob es sinnvoll ist weiterzusprechen. Aber sie rafft ihren Mut zusammen, das Gespräch zu Ende zu führen: »Wir haben einfach nur zu Mittag gegessen, weiter nichts! Und was meine Gefühle angeht, ja, ich mag dich. Ich arbeite gern mit dir zusammen und bin auch sonst gern eine Weile mit dir zusammen. Aber du tust so, als wollte ich dich gleich verführen.«
Bernward Thiele sieht Gisela verschreckt an, als hätte sie ihn in die Enge getrieben: »Nein, also so habe ich das nicht gemeint, aber ich habe eben gemerkt, daß das irgendwie grenzüberschreitend war, wenn du verstehst.«
»Armer Bernward, wenn das für dich schon grenzüberschreitend ist! Wir haben zusammen die Mittagspause verbracht und etwas geplaudert. Ja gut, du hast mich sehr tief angeschaut. Das ist mir nicht entgangen. Aber es ist doch sonst nichts passiert! Es ist doch gut, sich zu mögen, auch im Arbeitsleben! Wenn du meinst, du müßtest dir auch das versagen, um dem Konsens zu entsprechen, dann kann ich dich wirklich nur bedauern. Sieh dich vor, denn dein Konsens entwickelt sich zu einem Gefängnis.« Gisela senkt nun auch den Blick, sie faltet die Hände wie zum Gebet, bis

sie plötzlich nach einer Weile mit den Achseln zuckt: »Ich glaube, meine Sympathien für dich werden sich wohl bald in Bedauern auflösen. Sehr schade, aber so ist es eben.«
Sie dreht sich um, öffnet die Tür, geht hinaus und schließt sie sorgfältig und leise hinter sich.

Das schweigende Büro füllt sich mit der Erinnerung. Ja, dieses Mittagessen! Der Winter feiert vor dem Fenster ein Comeback. Gisela zieht ihn in dieses kleine, einfache, gemütliche Kebabhaus. Auch andre Gäste hasten in die Wärme des Restaurants, um sich bei türkischem Tee aufzuwärmen, Kebab mit Knoblauch und scharfer Soße zu essen und sich von der Hitze der Grills bestrahlen zu lassen. Während der Wochen zuvor hatten Gisela und Bernward Thiele den Fall Jan zu einem Abschluß gebracht. Jan ist ein mehrfach mißbrauchter Siebenjähriger. Es ist zwar kein Happy End aber der Junge lebt ab jetzt ein würdiges Leben in einer zuverlässigen Pflegefamilie. »Komm, Bernward, das feiern wir«, spricht Gisela und winkt lächelnd mit der Hand ab, als sie bemerkt, daß er in einen inneren Konflikt gerät, wenn er mit ihr zusammen essen geht. Gisela lächelt ihn schelmisch an, winkt ihm mit der Hand zu, so, als wolle sie sagen, »Laß die Karin mal deine Frau sein, aber wir sind eben Kollegen, die etwas geschafft haben und jetzt gehen wir zusammen essen.« Dann sind sie auf der Straße und kurze Zeit später sitzen sie zusammen bei Kebab, Tee und Spieß, scherzen und verlieren sich in Belanglosigkeiten, bis Gisela sich nach Justus erkundigt. Bernward Thiele spürt, wie ungern er über Justus spricht, denn egal, wie sich das Gespräch auch gestaltet, es läuft immer darauf hinaus, daß die Menschen ihn entweder bemitleiden oder ihm irgendwelche Ratschläge erteilen, die er als gestandener Pädagoge ja nun wirklich nicht braucht. Am allerschlimmsten sind aber diejenigen, die einfach nur fragen: »Du, Bern, warum passiert gerade dir und der Karin so etwas, wo ihr euch doch so viel Mühe gebt? Warum gerade euch?« Bernward Thiele fürchtet diese Frage, denn wie er sich fast jeden Tag eingesteht, ist es genau die Frage, die er sich selbst wieder und wieder stellt und die er sich noch nie beantwortet hat. Warum hatte es der Herrgott, an den er zugegebenerweise nur sehr bedingt glaubt, nur so schlecht mit Karin und ihm gemeint? Aus welchen Gründen unterzieht er Karin und Bernward Thiele einer so harten Prüfung? Und jetzt fragt Gisela nach Justus. Gisela stellt keine dieser aushorchenden, mißgünstigen Fragen. Sie fragt einfach nur, wie es dem Justus geht. Da ist keine Andeutung, nichts, was auf die Spasmen hindeutet, nichts, was sagt: »Bernward, jetzt stehe aber mal Rede und Antwort. Ich würde da gern Genaueres über das Leiden deines Sohnes hören.« Nein, nichts dergleichen! Sie fragt einfach nur: »Wie geht es dem Justus?« Bernward Thiele weiß zunächst nicht, wie er die Frage einordnen soll. Da ist etwas Liebes, Wärmendes in ihrer Stimme, fast als wollte sie sich erkundigen, wie es einem Menschen geht, der ihr sehr am Herzen liegt, und für einen blitzartig aufflackernden Moment leuchtet vor Bernward Thiele ein Bild von Justus, wie er von Gisela umarmt wird. Gleich darauf verbannt er dieses Bild wieder in den Keller seiner Seele und denkt schuldbewußt an Karin. Mechanisch erzählt er etwas über Justus' Zensuren in der Schule, wie Justus sich mehr und mehr zum Primus der Klasse entwickelt. Die Zuckungen und das introvertierte Wesen läßt Bernward Thiele gekonnt aus, ist sich aber bewußt, daß Gisela alles weiß. Irgendwann in seiner Erzählung hält er inne, senkt die Augen, denn er bemerkt, daß er jetzt an einem Punkt angekommen ist, an dem Justus' Krankheitssymptome zu beschreiben wären. Also spricht er am besten gar nicht weiter, denn er weiß, Gisela wird ihm etwas sagen, das nicht im Konsens enthalten ist. »Laßt den Justus doch einfach mal unzensiert atmen. Versucht doch einfach mal, sein Leben nicht immer und überall im voraus zu planen und zu bestimmen. Karin und du, ihr dringt zu sehr in ihn ein. Es ist, als wolltet ihr, daß er euch und euren Idealen in jeder Hinsicht gleicht.« Das hätte sie nicht sagen sollen,

denkt Bernward Thiele. Was soll er denn damit anfangen? Karin hatte sowieso ein Problem damit, daß Gisela über lange Zeiträume seine Partnerin war. Schon das Wort ›Partnerin‹ brachte sie in Aufruhr. »Das bringt dich nur vom Weg ab, Bern.« Gisela sitzt ihm gegenüber, wartet auf seine Reaktion, sieht ihm direkt in die Augen. Bernward Thiele lächelt ihr zu, fühlt sich schuldig, fragt sich, was Karin jetzt wohl denken würde. »Das ist eine von denen, die nie Verantwortung übernehmen«, hatte Karin kurze Zeit vorher gesagt. »Die hat ihren Freund ja nur so zum Spaß. Bei denen wird bestimmt alles über die Lenden abgewickelt.« Gisela bemerkt jetzt, daß er mit seinen Gedanken woanders ist, wirft ihm einen fragenden Blick zu. Er weicht aus, weil ihm bewußt ist, daß Gisela seine abschweifenden Gedanken bemerkt, senkt den Blick zu Boden, bis er seinen Mut wieder zusammengerungen hat und ihr erneut in die Augen sehen kann, in diese Augen, in denen er sich regelmäßig so schnell verliert. Tiefe! Er sieht für den Bruchteil einer Sekunde noch Giselas Gesicht, dann ihre Augen und darin Unendlichkeit. Bernward Thiele meint jetzt, er habe keinen Kontakt mehr zu der Welt, die ihn umgibt. Nur seine Augen und Giselas Augen sind wirklich! Nichts sonst. Dann fragt er sich, ob Gisela auch auf diese Weise in ihn hinein sieht, ob auch sie sich in seinen Augen verliert. Er bemerkt, wie die Zeit sich jetzt auflöst. Bernward Thiele spürt nicht mehr die Grenzen der Zeit und des Raums, sieht nur noch Giselas Augen, läßt Gisela in seine Augen hereinblicken, öffnet sich für ihren Blick, weiß nicht mehr, ob sie denn noch lächelt oder was sie sonst tut, gibt sich ihr einfach nur noch hin.
»Zwei Dürüm mit Cacik und scharfer Soße und der Tee! Genau das Richtige gegen die Kälte da draußen!« Sie ist nicht mehr da, der Kontakt reißt ab und Bernward Thiele sieht nur noch, wie der Kellner sich von ihnen abwendet, hastig wieder zur Theke eilt, um den nächsten Auftrag entgegenzunehmen. Panik ergreift ihn, denn der Zauber, dem er sich für einige Sekunden hingegeben hat, ist nicht mehr

da. Wie kann er den Zauber wieder zurückholen? Vorbeihastende Passanten auf dem Gehsteig. Kalte Luft schießt durch das undichte Schaufenster. Ihm ist, als verirrten sich auch Schneeflocken in den geheizten Innenraum. Klirren der Teegläser, Schnarren des elektrischen Messers am Dönerspieß. Giselas Augen, jetzt weit weg. Die Verbindung ist gekappt. Warten, warten auf das Essen, warten auf Verbindung mit Gisela. Er rappelt sich auf, nimmt die Welt um sich herum wieder wahr, bis er bemerkt, daß Gisela ihm sein Dürüm Döner und auch den türkischen Tee schon richtig in Position geschoben hat. Als er den Blick wieder vom Tisch hebt, ißt sie schon, trinkt zwischendurch vorsichtig Schluck für Schluck den heißen Tee und blickt ihn an, als wolle sie ihm sagen, er solle nur essen, bevor es kalt wird. Er versucht, Gisela wieder direkt in die Augen zu sehen, bis sie ihn anspricht. »Willst du essen oder weiterträumen?« Bernward Thiele beginnt, bedächtig zu essen, und langsam wird ihm bewußt, daß er sich noch einige Sekunden zuvor vollkommen in Giselas Augen verloren hatte. Eigentlich hatte er sich in Gisela verloren, denkt er dann und fragt sich, was das zu bedeuten hatte. Was für ein Gefühl ist das? Muß er der Karin das noch am gleichen Abend erzählen, wenn sie einander die Erlebnisse des Tages berichten. Lieber nicht, sagt ihm sein Gespür, denn die würde bestimmt wieder eine Gefahr wittern. Bernward Thiele ißt weiter, wärmt sich etwas an dem heißen Tee, bis ihm auffällt, daß Gisela ihm zwischen ihren Bissen zulächelt. Ihr Lächeln hat etwas Schelmisches, etwa so, als wollte sie ihm zuflüstern: »Siehst du, Bernward, dieser Augenblick gehört nur uns beiden. Diese eine Mittagspause lassen wir unsere sein.« Wärme durchflutet ihn und er fühlt sich von Gisela umarmt, als drücke sie ihn an ihre Brust. Er ißt weiter und genießt es, sich umarmt zu fühlen, bis ihm Zweifel kommen, ob das alles hier denn auch rechtens ist. »Du, das geht gar nicht! Hier in der Mittagspause verliebte Blicke mit der Gisela tauschen.« meckert jetzt eine innere

Stimme und Bernward Thiele beginnt, Unbehagen zu spüren, ißt schneller, sieht auch Gisela nicht mehr an. Irgendwann hört er Gisela fragen, aus welchem Grunde er denn jetzt plötzlich so schnell ißt, als wolle er einfach nur fertig werden. Er schaut auf seine Uhr, ißt noch schneller, weil das Unbehagen sich weiter in ihm ausbreitet. Gisela bemerkt, daß die Atmosphäre zerstört ist, ist sich aber nicht sicher, ob sie etwas falsch gemacht hat, fragt dann, ob er sich hier beim Essen nicht wohl fühle, ob sie ihm vielleicht irgendwie zu nahe getreten sei. Bernward Thiele ißt und sagt zwischendurch, daß er einfach nur daran denke, wie viel Arbeit er noch habe für diesen Nachmittag.

Gisela denkt über ihr Verhalten nach und überlegt, ob sie die plötzliche Kühle womöglich selber verschuldet habe. Aber sie findet nichts. So fragt sie sich, was sie eigentlich sympathisch findet an Bernward Thiele, diesem freundlichen, ängstlichen Kollegen, der in seinem kleinen Gefängnis sitzt und sie durch die selbst eingesetzten Gitterstäbe hindurch ansieht. Sie fragt sich, was sie für Bernward Thiele fühlt. Ist es Liebe, Zärtlichkeit, Zuneigung oder ist es streng betrachtet nur Mitleid? Sie ist sich nicht sicher, fühlt aber, daß sie schon bald gar nichts mehr für ihn empfinden wird.

Bernward Thiele ist sich ganz sicher, daß die Blicke zwischen ihm und Gisela grenzüberschreitend waren, und damit hat Karin ein echtes Problem. Grenzüberschreitungen sind seit langem ausdiskutiert. Also ißt er jetzt noch schneller und belügt Gisela, schützt Arbeit vor, obwohl sie genau weiß, daß er sich einfach nur unbehaglich fühlt. Gisela läßt sich von seiner Hast nicht anstecken. Nachdem Bernward Thiele sein Dürüm Döner buchstäblich hinuntergeschlungen und das Teeglas geleert hat, steht er auf. »Du, Gisela, Entschuldigung, aber mir ist da eben noch eine Menge Arbeit eingefallen, die ich heute Nachmittag...« Er kommt nicht dazu, seinen Satz zu beenden, denn Gisela erteilt ihm die Absolution: »Ist schon gut, Bernward, geh nur. Ich esse hier in Ruhe zu Ende und komme dann nach. Vielleicht können wir ja ein anderes Mal noch etwas reden.« Der letzte Satz ist schon fast eine Verlegenheit. Überhaupt breitet sich allmählich ein fader Nachgeschmack über die gemeinsame Mittagspause aus. Gisela fragt sich, was ihn denn so erschreckt, ja eingeschüchtert habe. Der tiefe Blick kann es nicht gewesen sein. Das Gefängnis darf nicht angesprochen werden.

Als Gisela in das Büro zurückkehrt, merkt sie beim Laufen, daß sich ihre Gefühle für Bernward Thiele verändert haben. Der heiße Wirbel mit jäher Abkühlung verlangt eine Eindeutigkeit, die sich nicht mit der bisherigen Zuneigung verträgt. Zusammen haben sie mehrere schwierige Fälle gelöst, sie hat sich mit ihm zusammen geärgert, mit ihm zusammen gelacht. Und doch, jetzt, wo sie das nur für eine Mittagspause feiern wollten, kann er ihre Nähe nicht ertragen.»Armer Bernward«, sagt sie sich.

Nachdem Bernward Thiele den letzten Gedanken an seine Flucht aus der Mittagspause mit Gisela verdrängt hat, sieht er wieder auf den Terminkalender, der vor ihm auf dem Tisch liegt. Das Gespräch mit Justus' Arzt steht ihm viertel eins bevor. Bis dahin kann er noch einiges abarbeiten. Seit der Fahrt mit dem Fahrrad spürt er eine Neigung zu Schweiß und Hitze. Er entscheidet sich für einen zweiten Tee. Vielleicht sollte er dieses Mal den Lindenblütentee nehmen. Er schaut in die Aufzeichnungen, die Karin ihm für Tage gemacht hat, an denen er sich nicht wohl fühlt, blättert, bis er es findet. Schwitzen, Schweißausbrüche, dort steht es. Der Lindenblütentee wird genau das richtige sein.

Aber die Offenheit der Worte, die er eben gehört hat, rufen nach einem Vergleich, um eingeordnet werden zu können. Hat er so etwas schon einmal gehört oder wenigstens etwas von ähnlicher Art? Er brütet ein Weilchen. Dann aber meldet sich sein Gewissen, das ihm zuflüstert, er habe gerade Worte gehört, die seine Familie und alles, was er sein ganzes Leben lang aufgebaut hat in äußerste Gefahr bringen. Gefahr! Sagt er sich und wiederholt es. Was hat Gisela sich überhaupt gedacht, so mit ihm zu sprechen? Gefängnis, hat sie gesagt! Gefängnis! Weiß die denn gar nicht, daß er glücklich verheiratet ist? Weiß sie denn nicht, daß Karin, Justus und er in einer reifen Beziehung leben? Weiß sie denn gar nicht, daß es absolut ausdiskutiert ist, eine andere Frau als Karin zu mögen oder gar ihr tief in die Augen zu schauen? Und in Gedanken ruft er ihr jetzt zu:»Du, Gisela, das ist grenzüberschreitend, weil es ausdiskutiert ist! Ja, ausdiskutiert, und wir haben die Grenze überschritten. Was fällt dir eigentlich ein, mich zu bemitleiden, nur weil ich dem Konsens treu bleibe? Was fällt dir ein? Ich bleibe dabei! Hörst du das?« Dann hält er inne, kommt sich ganz plötzlich mutig und stolz vor, stellt sich vor, Gisela wäre noch im Raum und er könne ihr jetzt mal ganz klar die Meinung sagen. Sie wolle ihn bemitleiden? Das meine sie doch wohl nicht wirklich ernst! Das könne sie doch unmöglich ernst meinen. Wer von ihnen beiden lebe denn eigentlich einsam? Oder wolle sie ihm etwa weismachen, daß diese Lebensabschnittspartnerschaft oder wie sich ihre Beziehung zu ihrem Freund auch immer schimpfe mehr sei als eben nur Einsamkeit? Ihr Freund holt sie in einem Cabrio ab, so daß es alle sehen und das, obwohl sie sehr genau wisse, daß diese Dinger hier im Landkreis nicht gern gesehen sind. Habe sie eigentlich mal daran gedacht, wie geborgen er sich fühle, wenn er des Abends in den Schoß seiner Familie... – ach, was denkt er denn da? Diese Macho-ausdrücke von wegen Schoß der Familie. Wie auch immer, Gisela hat offensichtlich noch nicht daran gedacht, wie geborgen er sich fühlt, wenn er am Abend zu Karin und Justus heimkehrt. Geborgenheit! Gemütlichkeit! Heimlich-keit! Gisela kennt das wohl gar nicht, sonst würde sie nicht so locker mit Gefühlen umgehen und das ist ihr ja auch wirklich nicht zu verdenken. Für einige Sekunden zieht ein leichtes Lächeln über Bernward Thieles Gesicht, das sich aber gleich wieder verfinstert, als ihm ihr Mitleid in den Sinn kommt. Das ist wirklich der Hammer, daß sie ihn jetzt auch noch bemitleidet. Mensch Mädchen! Merkst du denn gar nichts mehr? Raffst du es denn gar nicht, daß ich dich eigentlich bemitleiden müßte? Als er sich diesen Satz zum dritten Mal laut ausmalt, zeichnet sich das Lächeln wieder auf seinem Gesicht ab und blitzschnell kommt ihm der rettende Gedanke, ein Gedanke, der ihm eindeutig zeigt, aus welchem Grunde die arme Gisela so tut, als bemitleide sie ihn. Es ist der blanke Neid! Klar, Neid, denn die Arme kennt doch gar keine echten, tiefen und reifen Beziehungen! Mit dem Cabrio-Fahrer ist sie seit einem Jahr oder vielleicht noch weniger zusammen und davor hat sie... Bernward Thiele versucht kurz an den Fingern aufzuzählen, mit wie vielen Männern er sie schon gesehen hat. Moment mal, der Luxus-Frisör, dann der Muskelmann aus dem Fitneß-Center und jetzt der Cabrio-Fahrer mit dem feinen italienischen Anzug. Warum ist er nicht früher darauf gekommen? Ist doch eindeutig, sie kannte eben keine Vertrautheit und deswegen konnte sie auch auf seine Vertrautheit mit Karin keine Rücksicht nehmen. Und dann ist da natürlich noch dieser namenlose Neid, den oberflächliche Leute oft gar nicht als solchen erkennen. Wer weiß, wie gern sie auch eine reife Beziehung geführt hätte und wie schnell sie bereit gewesen wäre, sich dafür einem Konsens zu beugen. Ja, Gisela, sagt er sich nach diesen Gedanken, du mußt wohl noch einige Fehlgriffe begehen, bevor auch du diese Erkenntnis an dich heranläßt. Mit einem völlig neuen Lächeln lehnt Bernward Thiele sich zurück und sagt sich, daß es doch so einfach ist, so eine Projektion wie Giselas Mitleid aufzudecken. Er fühlt sich jetzt entspannt, als habe er soeben ein hartes Stück Büroarbeit erledigt. Dann fühlt er wohlige Sicherheit bei dem Gedanken, abends zu Karin und Familie zurückzukehren, zu einer reifen, stabilen Partnerschaft, die frei ist von den Wirren offener Beziehungen. Nur gut, daß Justus in geordneten Verhältnissen bei verständnisvollen Eltern aufwächst.

08:30 STRAFE

Während der ganzen letzten Woche war die Tür von Hiltruds Büro verriegelt und alle wissen, was Gerd und Hiltrud dort hinter der verschlossenen Tür verhandelt haben. Von Strafe als pädagogischem Mittel hat man sich völlig entfernt. Auch, wenn die Klientel die Menschenrechte der Schwachen noch so sehr mit Füßen tritt, halten die Kollegen nichts von Strafe. Vielmehr gilt schon seit Jahren der Konsens, daß selbst die furchtbarsten Verfehlungen nicht mit Strafe, sondern eher mit einer Art Eingliederungshilfe zu beantworten sind. Gerade vor zwei Wochen hat Torge Hormann diese Milde zu spüren bekommen, nachdem er zwei Jungen aus der Nachbarschaft zusammenschlug und danach eine streunende Katze gegen eine Mauer schleuderte, bis deren Kopf zerplatzte. Der Landkreis hat sofort versucht, für Torge Hormann eine individuelle Resozialisierung auf einer Nordseeinsel zu erwirken, anstatt ihn der Jugendstrafanstalt zuzuführen. Torge Hormann ist schon seit seinem siebten Lebensjahr bedrohlich gewalttätig. Wenn er Ärger mit seinen Verwandten hat, liegen später tote Tiere auf der Straße herum. Offensichtlich braucht er diese Wutausbrüche als Ventil gegen die übermäßige psychische und physische Gewalt seiner eigenen Familie. Die konservative Presse fordert in solchen Fällen harte Strafen und Gefängnis, aber hier im Landkreis ist man über dieses Zivilisationsniveau hinaus. Niemand sympathisiert hier mit der rechten Ecke, aus der immer wieder nach Strafe gerufen wird. Hier glaubt man nicht an harte Strafen. Auch als letzten Monat der Ali aus einer kurdischen Großfamilie wieder drohte, den Freund seiner volljährigen Schwester Aishe zu töten und Aishe mit üppigen Narben zu zeichnen, galt der Konsens, der auch auf einem Schriftzug im Flur steht, »Wir respektieren die Sozialisierung jedes Einzelnen und leben in einer multikulturellen Gesellschaft«, so daß selbst der überaus gewalttätige Rolf Rottgers, der mit zehn zum ersten Mal versuchte, dem örtlichen Motorradclub beizutreten, und schon oft Kinder in seiner Umgebung entführt und dann in einem Keller gefangen gehalten hatte, eine Resozialisierung im Allgäu bekam, anstatt das Jugendgefängnis von innen zu sehen. Was würde es auch bringen, diese Jugendlichen in eine Strafanstalt zu stecken? Dort würden sie noch schneller als draußen mit Drogen, noch mehr Gewalt und härteren Praktiken Bekanntschaft machen, so daß man im Ergebnis einen kleinen Kriminellen einsperrt und später ein gut ausgebildeter Schwerverbrecher entlassen wird. In mehreren Besprechungen wurde daher das Thema Strafe diskutiert, so daß der Konsens sich jetzt gefestigt hat und in jedem Fall versucht wird, Strafe abzuwenden und zu resozialisieren.

Umso mehr wundern sich alle über die geschlossene Tür von Hiltruds Büro und das davor hängende Schild, »Bitte nicht stören!« Alle Kollegen beschleicht die Ahnung, hinter dieser verschlossenen Tür werde jeden Tag über Strafe verhandelt. Wenn jemand den Gang entlang schleicht, traut er sich nicht, länger vor Hiltruds Tür stehen zu bleiben um dort zu lauschen. Oft sind aber wilde Ausbrüche von Hiltrud und beschwichtigende Worte von Gerd zu hören. Niemand weiß Wort für Wort, was verhandelt wird, und doch wissen es irgendwie alle. Hochverrat! Der Straftatbestand, der hinter Hiltruds Tür verhandelt wird, ist Hochverrat! Jedenfalls wäre er es, wenn es sich bei Hiltruds Büro um das höchste Gericht eines Staates handeln würde. Als Gerd im Herbst letzten Jahres ankündigte, er würde bald in Ruhestand gehen und daher für seinen Platz einen Nachfolger suchen, glaubten einige der Kollegen, darunter auch Bernward Thiele, an die im wesentlichen von Hiltrud als Ablenkungsmanöver in die Gegend gestreute Geschichte, Gerd versuche für diesen Posten einen Bewerber aus einer ganz anderen Gegend, vielleicht aus einer Großstadt mit sozialen Brennpunkten zu finden. Dann hätten alle die Möglichkeit, von der Erfahrung und Kompetenz des neuen Sachgebietsleiters oder natürlich der neuen Sachgebietsleiterin zu profitieren.

»Du, ich finde das ganz spannend, was der uns dann alles erzählen kann. Der hat dann bestimmt Erfahrungen, die wir hier in der Kreisstadt nie bekommen«, bemerkte Bernward Thiele und Detlef bestätigte ihn darin. Wie sich später herausstellte, hatte Detlef nur vorgetäuscht, die Geschichte zu glauben, um Hiltrud Rückendeckung bei ihrer Machtübernahme zu geben, von der er sich insgeheim erhebliche Vorteile versprach. Selbstverständlich tat auch Hiltrud so, als glaubte sie an die Sache mit dem Kollegen aus der Großstadt, schließlich war dies ja ein wichtiger Schritt zu ihrer eigenen Machtübernahme. Hätte Bernward Thiele sich um die Stelle als Sachgebietsleiter beworben, wäre er zwar nicht mit Sicherheit die erste Wahl gewesen, hätte aber wegen seiner vielen Dienstjahre beim Landkreis durchaus gute Chancen gehabt. Dieter und Lars hatten diese Geschichte von Beginn an als Seilschaft entlarvt und während der sich anschließenden Tage versucht, so viele der Kollegen wie möglich auf ihre Seite zu ziehen. Da Hiltrud, Gerd und Bernward Thiele nicht zu überzeugen waren, traten sie an Detlef und an Gisela heran. Detlef tat ängstlich und unentschieden. Um seine wahre Position zu verschleiern, tat er, als wäre er aus Angst nicht bereit, in Opposition zu der Führungsriege zu treten. Gisela war zwar wie Lars und Dieter der Meinung, es handele sich um ein Täuschungsmanöver, machte sich aber schnell klar, daß keine Alternative in Aussicht war, da Bernward Thiele sich offensichtlich nicht bewerben wollte. Aus diesem Grunde interessierte sie sich auch nicht für den ganzen Vorgang. Lars und Dieter meinten, für ihre Etage würden schwere Zeiten anbrechen, wenn Hiltrud Sachgebietsleiterin werde. Daher kamen sie zu dem Schluß, sie könnten sich unmöglich diesem abgekarteten Spiel beugen, und ersannen Möglichkeiten, Hiltrud zu Fall zu bringen. Die erste Idee bestand in einer Disziplinarmaßnahme. Lars und Dieter hatten darüber nachgedacht, Hiltruds Berufung zur Abteilungsleiterin zu verhindern, indem sie eine Disziplinarmaßnahme gegen sie intrigieren würden. Bei genauerer Überlegung wurde beiden aber klar, daß dieser Weg viel zu offensichtlich und daher wohl nicht gangbar war. Es würde publik, wer die Maßnahme beantragt hatte, und selbst wenn sie dafür jemanden losschickten, solche Maßnahmen verliefen fast immer im Sande. Da wurde irgendeine Beschwerde gegen irgend jemanden gerichtet. Die Supervisoren bekamen sie zu sehen, fragten noch ein- oder zweimal nach, und das war es dann auch. Also besprach sich Lars und Dieter etwas Besseres ausdenken. Sie suchten nach Möglichkeiten, Hiltrud einen Knüppel vor die Knie zu schlagen und sie zu Fall zu bringen. Da dies auf offiziellem Weg nicht möglich war, wurden immer fiesere und hinterhältigere Möglichkeiten erwogen. Hiltruds Privatleben kam unter die Lupe, ihr Freund, von dem nicht klar war, ob er sich als V-Mann im Drogenmilieu wirklich immer an die Vorgaben gehalten hatte, und andere ähnlich gelagerte Dinge, wie sie auch in Wahlkämpfen gern genutzt werden, um den Gegner in der Öffentlichkeit zu verunglimpfen. Lars und Dieter waren aber mit allen Varianten unzufrieden, da sie entweder nicht gut genug belegbar waren oder als Hindernis für das Amt der Sachgebietsleiterin nicht ausgereicht hätten.

Den vermeintlich rettenden Hinweis brachte ihnen dann völlig überraschend Bernward Thiele. Einen Monat zuvor hatte Hiltrud es versäumt, einen klaren Fall qualifizierten Kindesmißbrauches zu melden, was eindeutig ihre Pflicht gewesen wäre. Mit *qualifiziert* ist in der Fachsprache ein besonders schwerer Fall gemeint. Niemand wußte, aus welchem Grund sie den Fall nicht weiterverfolgt hatte. Man sollte doch den Eltern noch eine echte Chance geben. So hatte sie es nach außen vertreten. Na ja, sie habe mit dieser Familie schon seit einigen Jahren gearbeitet und sei überzeugt gewesen, daß da auch nichts mehr passieren werde. Bernward Thiele hatte sich zu diesem Fall keinerlei Gedanken gemacht, bis ihm durch einen Zufall die Hintergründe bekannt wurden.

»Greiner hier, spreche ich mit Herrn Thiele?« Bis heute ist
Bernward Thiele erstaunt, wenn er an die direkte Art denkt,
mit der Jan Greiner zur Sache kam. Draußen der erste
Graupelschnee, in einigen Wochen wird Hiltrud die Macht
übernehmen und nun dieser Anruf. »Ich würde Sie gern zum
Lunch einladen, Herr Thiele. Wahrscheinlich haben wir
etwas sehr Wichtiges zu besprechen. Wann können wir uns
treffen?«

Bernward Thiele weiß zuerst gar nicht, was er mit dieser
Direktheit anfangen soll, tut dann aber, als wäre es normal
für ihn »Gern, ich sehe nur mal kurz nach.« Und nach kurzem Blättern in seinem Terminkalender: »Leider habe ich
mittags keine Möglichkeit. Moment, vielleicht am späten
Nachmittag. Halb sechs habe ich noch Zeit.« – »Gut, dann
aber ein Café. Ist das San Marco in Ordnung?«

Er erinnert sich an diesen Nachmittag und spürt noch die
ungewohnte Erwartungshaltung, die ihm sagte, er werde bei
diesem Treffen wichtige Neuigkeiten erfahren. Jan Greiner
sitzt an einem der runden Bistro-Tische, hat die Beine über-
einandergeschlagen. Sein anthrazitgrauer Anzug, vermutlich
ein italienischer, sitzt gut. Die Krawattennadel schimmert
golden über der bordeauxroten Seidenkrawatte. Hier in der
Kreisstadt sind wenige Menschen so gekleidet, und Bernward Thiele kennt solche Leute sonst nur vom Fernsehen.
Sein karger Espresso steht schon bald, nachdem er eintrifft
auf dem Tisch, und Herr Greiner kommt auch schnell zu
den Fakten. »Wie ich erfahren habe, sind Sie bei der Vergabe des Postens des Sachgebietsleiters übergangen worden,
Herr Thiele. Nun, mir geht es noch schlechter. Ich bin vor
einer Woche komplett gefeuert worden. Na ja, vielleicht ist
es ja auch besser so, aber das ist hier nicht weiter von Be-
lang. Wir sind also in ähnlicher Situation.«

Er hält bedeutungsvoll inne und grinst ein bißchen: »Und
jedenfalls würde es mir Genugtuung verschaffen, ein paar
Fakten weiterzugeben, damit Sie die irgendwann – zu einem
geeigneten Zeitpunkt – gut plazieren können.«

Bernward Thiele schaut ungläubig drein: »Woher wissen Sie...?«

Herr Greiner läßt ihn nicht ausreden. »Frau Struck hat es selber vor kurzem großspurig verkündet. Die ganze Filiale weiß es. Etwa so, wie auch die ganze Filiale weiß, daß ich gekündigt wurde, weil ich nicht alle Spielchen mitgemacht habe, die der fette Möhlhenrich sich so ausdenkt.«

Frau Struck! Die Wut beginnt zu brennen in Bernward Thiele. Hiltrud hat also noch nicht einmal genug Anstand, die Sache für sich zu behalten. Nein, sie prahlt herum, wie sie ihn zusammen mit Gerd ausgetrickst hat, stellt ihn vor aller Welt als dümmsten Ochsen dar. Sein bisher nur höfliches Zuhören verwandelt sich in gespannte Erwartung.

»Ich will nicht um den Brei herumreden«, fährt Herr Greiner fort, »lassen sie mich gleich zur Hauptsache kommen. Vor etwa fünf Monaten bat Herr Möhlhenrich, unser Chef, mich, gewisse Zahlen zu schönen. Ich weiß, unser Berufsstand genießt in der Öffentlichkeit nicht den besten Ruf, aber so etwas ist mir bis dahin noch nicht passiert und seitdem auch nicht mehr. Auf jeden Fall bestand der Job, wenn man ihn mal so nennen will, darin, die Vermögenszahlen unserer Frau Struck so zu verändern, daß sie für einen besonders attraktiven Kredit als kreditwürdig erschien. Sie verstehen, worauf ich hinauswill.«

Bernward Thiele schmunzelt in sich hinein. Auf einen Schlag paßt alles wieder, was vorher nicht paßte. Das Bild ist jetzt vollständig. Hiltrud bekommt das Darlehen, das ihr eigentlich gar nicht zusteht, und Horst Möhlhenrich darf weitermachen oder zumindest wird er für die Vergangenheit nicht belangt. Bernward Thiele blickt seinen lächelnden Gegenüber an: »Das glaubt sowieso niemand. Na ja, ich glaube es schon. Es paßt auch alles, aber die von der Supervision...«

»Vergessen sie mal ganz schnell die Supervision! Wenn das hier herauskommt, dann haben sie ganz schnell die Staatsanwaltschaft im Haus.«

Nun huscht ein herzhaftes Lachen über Bernward Thieles Gesicht: »Warum haben Sie das nicht gleich der Staatsanwaltschaft oder der Polizei erzählt?«

»Die Beweise, die ich hier in der Akte habe«, er holt eine prall gefüllte braune Versandtasche aus seinem Aktenkoffer, »entfalten ihre größte Wirkung, wenn sie zu geeigneter Zeit richtig ins Feld geführt werden. Und genau aus diesem Grunde bin ich auf Sie gekommen.«

»Was verlangen Sie als Gegenleistung dafür?«

»Die Genugtuung, die ich erfahren werde, reicht mir als Gegenleistung aus. Ich habe die wichtigsten Daten kopiert und übergebe Ihnen hier die vollständige Akte.«

Nachdem er Bernward Thiele die Versandtasche übergeben hat, steht er auf, grüßt formell, geht zur Kasse und ist verschwunden. Die Akte öffnet Bernward Thiele erst Tage später, als er allein zuhause ist. Das Material ist eindeutig.

Als er hört, welche Pläne Lars und Dieter schmieden, um Hiltruds Ernennung zur Sachgebietsleiterin zu verhindern, schwankt er ständig zwischen dem Gedanken, die Sache einfach auf sich beruhen zu lassen und zu schweigen, und dem Wunsch, hier vielleicht doch noch etwas zu bewirken, bis dieser Wunsch in einem entscheidenden Augenblick stärker wird, als das Bedürfnis nach Harmonie.

»Ich habe Unterlagen, die eindeutig beweisen, daß die Hiltrud sich schmieren läßt«, platzt er ganz ohne Vorbereitung von der Seite in das Gespräch hinein. Lars und Dieter sprechen noch einige Worte weiter, ehe sie ihren Redefluß abbrechen und ihn schweigend ansehen. Dieter hat sich als erster gesammelt.

»Klar haben wir an diese Sache gedacht. Der perverse, dicke Möhlhenrich, der sich auch in seiner Bankniederlassung an alle Lolitas heranmacht, ist uns schon öfter in den Sinn gekommen. Da gibt es leider nur einen kleinen Haken. Die Hiltrud hat sich da freigezeichnet, indem sie zwar gegen den Alten selbst nichts mehr unternommen, aber eine Aufsicht bestellt hat.«

»Das ist aber nur die bisher bekannte Variante des Falles«, kontert Bernward Thiele, »denn vor kurzem bin ich, sagen wir mal durch einen Zufall, an Unterlagen gekommen, die beweisen, daß der Möhlhenrich Hiltruds Finanzdaten geschönt hat, um ihr einen sehr günstigen Kredit zu ermöglichen. Ich kann euch aber nicht sagen, wie ich an diese Unterlagen gekommen bin und wo sie sind. Ich sage nur so viel, sie sind in Sicherheit.«

Fragende und bittende Blicke. Und schließlich: »Wenn du nichts sagen kannst, dann interessieren uns die Unterlagen auch nicht.«

Bernward Thiele fährt fort: »Ich würde sie der Untersuchungskommission vorlegen, wenn es dazu käme. Wie ihr wißt, bin ich kein großer Freund von Hiltruds Ernennung zur Sachgebietsleiterin.«

»Du, Bern, das finde ich ganz wichtig, daß du der Supervision die Unterlagen vorlegst. Eine einmalige Chance«, platzt Dieter heraus, als er endlich eine reale Aussicht wittert, Hiltrud zu Fall zu bringen.

Aber Bernward Thiele zweifelt schon wieder: »Ich weiß nicht, eigentlich bin ich mir da auch nicht so sicher, ob wir das wirklich durchziehen sollten. Die sind bestimmt sehr ärgerlich, wenn die Sache platzt.«

Die beiden dringen weiter auf ihn ein und versuchen, ihn für ihre Sache zu gewinnen. Die Intervention sei nicht nur berechtigt, sondern geradezu Pflicht! Und sie sei seine Chance, an den Posten des Sachgebietsleiters zu kommen, und dies sogar jetzt noch, wo die Dezernatsleitung schon alles zu Hiltruds Gunsten entschieden habe. Aber seine Zweifel bleiben bestehen, denn Bernward Thiele sieht sich selbst schon als Hauptschuldigen, als den, der nach dem Scheitern des Komplotts unehrenhaft aus dem Dienst des Landkreises entfernt wird. Er weiß genau, wie sich das in seinem Lebenslauf machen würde. Da steht dann irgendeine verklausulierte Notiz, die jedem, der solche Dinge zu entziffern weiß, sagt, daß er der Anführer einer gescheiterten Revolte war. Na toll! Damit auf Arbeitssuche gehen dann auch noch mit Mitte vierzig! Er ist zwar noch nicht in das Alter gekommen, in dem man sich für den vorzeitigen Ruhestand abfinden läßt, aber jung ist er auch nicht mehr. Mittlerweile haben Lars und Dieter bemerkt, daß Bernward Thiele hadert und sie versuchen ihm zu erklären, daß es nach seinen Andeutungen keinen Rückzug mehr gibt.

»Du, ist dir eigentlich klar, daß wir jetzt handeln müssen? Seit wir wissen, wie die Hiltrud die ganze Sache unter den Tisch gekehrt hat, bleibt uns gar keine andere Wahl. Als ich meinem Onkel, der Rechtsanwalt ist, den Fall vor kurzem mal andeutete, meinte er lakonisch, wir sollten alles anzeigen, und auf die Frage, ob das denn mit unserem Arbeitsvertrag auch vereinbar sei, schmunzelte er nur und sagte, wir hätten Kenntnis von einer Straftat im Amt. Wenn wir die nicht anzeigten, würden wir uns selber strafbar machen.« Aber Bernward Thiele ist noch immer nicht überzeugt und malt sich das immer wieder gleiche Szenario aus. Sollte die Revolte scheitern, würde alles auf ihn zurückfallen, denn er wäre ja der Begünstigte im Erfolgsfall. Mitgefangen mitgehangen, darauf würde es hinauslaufen. Eines Nachmittags würde er zu Karin zurückkommen, ihr alles sagen und nur noch Verachtung in ihrem Gesicht wiederfinden. Mann, Mann! Wird die böse mit ihm sein! Für Bernward Thiele ist sicher, er muß die Sache mit Karin zuhause klären, bevor er sich mit Lars und Dieter verbündet. Er weiß, daß er sich Lars und Dieter damit nicht zu Freunden macht, aber er bittet sich Bedenkzeit aus. Klar wissen auch die beiden, daß er jetzt nachhause rennen und Karin um Erlaubnis fragen wird. Er hört schon Dieters Standardspruch auf sich einhämmern.

»Bern, ich finde das ganz wichtig, daß du dich da mit uns zusammentust. Denk daran, daß es auch deine Chance ist. So schnell wirst du hier nicht mehr aufsteigen. Die Hiltrud macht sonst schon in kurzer Zeit, was sie will, hier auf unserer Etage«, legt Dieter noch einmal nach.

Lars wiegelt etwas ab, um das Gespräch harmonischer verlaufen zu lassen: »Laß mal, du weißt ja, der Bern hat Familie. Ist doch klar, daß die Sache auch zuhause ausdiskutiert werden muß.«

Glücklich über die unverhoffte Entlastung, versichert Bernward Thiele den Kollegen, daß er sich kräftig für die Sache einsetzen werde, und geht für den Rest des Arbeitstages reiner Aktenarbeit nach. Es fällt ihm aber schwer, sich zu konzentrieren, denn die Aussicht, am Abend mit Karin über einen möglichen Aufstand gegen Hiltrud sprechen zu müssen, zerstreut ihm sprichwörtlich jeden Gedanken.

An das Gespräch mit Karin nach dem Abendbrot wird er sich noch lange erinnern. Sie putzt ihm erst einmal alle Revolutionsflausen aus dem Kopf heraus. Schon vor dem Essen hat er beim Früchtetee herumgedruckst, ihr angedeutet, daß es da wohl bald Ärger geben werde auf der Etage, daß der Lars und der Dieter sich nicht alles gefallen lassen wollten, und hat zu seiner Erleichterung bemerkt, daß Karin gewillt ist, sich sein Anliegen anzuhören.

»Du, Karin...« beginnt er wie üblich und berichtet ihr haarfein, was an diesem Morgen zwischen Dieter, Lars und ihm besprochen wurde. Sie reagiert mit einer Frage:

»Bern, warum erfahre ich zu allerletzt von der Sache im Eissalon? Da frage ich mich doch, an welcher Stelle ich hier rangiere. Du erzählst das alles nur so nebenbei, wenn die Sache auf deiner Etage schon am Kochen ist. Da kann ich kaum noch Vertrauen aufbauen. Ich finde das ganz schön enttäuschend. Und jetzt, wo du nicht mehr weiterweißt, bittest du mich um Rat.«

Mit weinerlichem Drucksen weicht Bernward Thiele dem Konflikt aus, schildert die Lage und fragt erneut, ob er sich an der Revolte beteiligen soll.

»Bern, noch vor kurzem habe ich dich gefragt, ob denn deine wilden Tage wirklich schon vorbei sind, und jetzt sehe ich, daß du doch noch eine Menge Wildheit in dir hast. Das ist toll, Bern!«

Sofort nach diesem Satz verändert sie ihre Mimik, so als setze sie die lächelnd wohlwollende Maske ab und ersetze sie durch streng anklagende. Mit der Tu-uns-das-nicht-an-Maske gekonnt in Position gebracht, sieht sie ihn vorwurfsvoll an und bleibt eine Weile still, bis sie in eindringlichem Ton sagt: »Sieh dich mal im Spiegel an, Bern. Du bist nicht mehr jung und du hast Familie. Sieh dich nur im Spiegel an und sage mir, ob du da einen Helden der Revolution siehst. Laß den Dieter und den Lars mal ihre kleine Revolte anzetteln. Die werden ihre Rechnung dafür schon schnell bekommen. Wir machen bei diesem Gedöns nicht mit. Die haben doch gar keine Chance. Und deine Stellung haben wir auch schon ausdiskutiert. Ich hoffe, du erinnerst dich noch. Du bist Mitarbeiter. Wir haben uns doch im Herbst über das Thema unterhalten und festgestellt, daß du keine Führungsperson bist. Das mußt du auch gar nicht. Bern, wir sind zufrieden mit dem, was wir haben. Das unterscheidet uns von all diesen aufgeblasenen reichen Leuten, die mit dem Geld herumprotzen. Wir sind zufrieden und auch du bist zufrieden. Du brauchst nicht Sachgebietsleiter zu werden. Ich sage dir, mach nicht solche Dönekens.«
Und als Bernward Thiele angenehm überrascht von so viel warmem Verständnis nachfragt, wie er sich denn jetzt am besten verhalten soll, um aus der Sache herauszukommen, setzt Karin eine etwas weniger streng aussehende Maske auf und doziert weiter: »Bern, du tust einfach eine Weile so, als ob du es dir überlegst, läßt durchscheinen, daß du mitmachst, und wenn die dann die Revolte wirklich starten, verweigerst du einfach die Aussage, sagst einfach, nichts davon sei wahr, und du hättest niemals eine Akte erhalten. Damit ist die Sache dann ausdiskutiert. Die sind dann die Aufrührer und du hast dir nichts zuschulden kommen lassen. Die Akte vernichtest du bis dahin.«
Aber Bernward Thiele kommen Zweifel wegen der damit verbundenen Falschaussage. »Du, Karin, aber dann muß ich die ja belügen.« Karin setzt jetzt in Sekundenschnelle die

allerstrengste ihrer Masken auf, sieht ihren Ehemann mit vernichtendem Blick an und dringt auf ihn ein: »Bern, das ist jetzt ausdiskutiert! Du bist kein Revolutionär und du bist auch kein Sachgebietsleiter. Hast du gehört? Wir sind zufrieden mit dem, was wir haben. Und mach mir keine Dönekens bei euch im Landkreis! Denk da gut dran.« Sie bemerkt seine Skepsis und tritt sofort noch einmal nach: »Wenn ich sage, du vernichtest die Akte, dann tust du das auch. Ich kann nicht sagen, was ich tue, wenn ich diese Akte hier jemals finde, Bern.«

Kaum hat Karin diese Worte an Bernward Thiele gerichtet, ist ihm bewußt, daß Widerstand jetzt keine Option mehr ist und er fügt sich, was sie an seinem zu Boden gerichteten Blick auch sofort erkennt. Zufrieden setzt sie eine leicht wohlwollende Maske auf, zieht ihre Gesichtszüge zu einem ungekonnt hölzernen Lächeln zusammen und nimmt seine Hand, läßt aber bis zum Schluß ihre Lippen schmal zusammengezogen, um anzudeuten, es sei ihr ernst.

Bernward Thiele schleicht die darauf folgenden Tage wie ein Hund mit eingezogenem Schwanz über den Flur der Etage und hört noch oft Alfredos höhnische Stimme hinter sich in dem dunklen Korridor, die ihm aus ganz verschiedenen Richtungen zuraunt: »So sage mir nun: Was macht man mit Verrätern?« Die Türen des Korridors öffnen sich ein wenig und Bernward Thiele erahnt die drallen Körper dahinter. Zum Glück kann er die Stimme und ihren teuflischen Hohn immer schnell abwimmeln und sich sinnvollen Angelegenheiten zuwenden.

Die folgenden Tage kommen, wie sie unter den gegebenen Umständen kommen müssen. Lars und Dieter, die Bernward Thiele auf ihrer Seite glauben, wenden sich mit ihrer Beschwerde an die Supervision des Landkreises und der Termin zur Anhörung wird anberaumt. Wie nicht anders zu erwarten, vertuschen Hiltrud und auch der von ihr schon seit Beginn eingeweihte Gerd die Sache natürlich nach Leibeskräften. Lars und Dieter lassen ihre eingeübten Angriffe gegen Hiltrud und Gerd niederfahren wie Blitze und schließlich ist Bernward Thiele an der Reihe. Kurz zuvor hört er noch Alfredos krächzende Stimme: »Was macht man mit Verrätern?«

Auf die Fragen während der Supervision druckst Bernward Thiele in der gewohnten unschlüssigen und undefinierten Weise herum und dementiert, jemals eine kompromittierende Akte in den Händen gehalten zu haben. Als er dann auch nach mehrmaligem Nachfragen sagt, die Sache mit der Akte sei frei erfunden, geraten Lars und Dieter außer sich und platzen mit der Frage, warum er denn hier plötzlich umfalle, in den Raum. Darauf werden Dieter und Lars jedoch sofort von den Supervisoren zur Ruhe und zur Einhaltung des Ablaufes der Verhandlung aufgerufen. Hiltrud lehnt sich beruhigt zurück und tauscht zufriedene Blicke mit Gerd aus. Nach der dritten ergebnislosen Befragung ist die Beweisführung für die Supervision gescheitert und man beraumt einen neuen Termin für ein Disziplinarverfahren gegen Lars und Dieter an. Lars nimmt den Ausgang der Anhörung mit Fassung auf, versucht Dieter zu beruhigen, schafft es aber nicht mehr, ihn zurückzuhalten, als der sich über den Tisch beugt und schreit: »Du Bern, ich finde das ganz, ganz scheiße, daß du uns hier verraten hast. Mieses Verräterschwein! Mann! Sind wir blöde, daß wir nicht kapiert haben, wie sehr die Karin dich an den Eiern hat. Eh, Lars, eigentlich haben wir es doch gar nicht anders verdient, so dämlich, wie wir uns angestellt haben. Ich kann es kaum glauben!« Dann zwingt er sich ein zynisches Lachen ab, das irgendwo zwischen Kichern und Schluchzen liegt, während Lars mit versteinerter Miene schweigt.

»Was sind wir nur für eingebildete, dumme Esel gewesen? Ohne dich hätten wir von der Sache in der Eisdiele nichts gewußt. Das hat noch ein Nachspiel, daß du uns hier in das offene Messer hast laufen lassen. Hoffentlich bist du jetzt fein raus und kannst zu deiner Karin nach Hause gehen und gleich wieder den Bückling machen.«

Bernward Thiele hofft nur, daß diese Szene irgendwann einmal zu Ende ist, denkt noch einmal kurz an die Alternativen und entschließt sich dann einfach, nur noch zu schweigen. Die Verhandlung wird dann zum Glück für Bernward Thiele bald aufgelöst, so daß er Lars und Dieter nicht mehr in die Augen blicken muß. Während der darauf folgenden Wochen ist von der Sache nicht mehr zu hören als ein paar Wortfetzen im Flur. Etwa, wenn Dieter zu Lars oder auch zu Detlef sagt: »Du, der Bern, das ist 'nen ganz mieser Verräter und ein scheißkleiner Faschist!«

Aber das kümmert Bernward Thiele nicht wirklich, denn er hat die Angelegenheit mit Karin ausdiskutiert und ist sich sicher, die richtige Alternative gewählt zu haben.

Jetzt aber, mehr als drei Monate später, ist die Tür von Hiltruds Büro den ganzen Tag verschlossen und alle wissen, Hiltrud tobt dort drinnen, verlangt, daß Gerd ihr dabei behilflich ist, Lars und Dieter abzustrafen. Die Frage schleicht wie ein giftiger Hauch durch den Flur in die einzelnen Büros: »Was würde Hiltrud von Gerd verlangen und was würde am Ende entschieden werden?« Mittlerweile liegen insgesamt vier Akten auf Bernward Thieles altem, schadhaftem Schreibtisch. Er versucht sich auf den Inhalt zu konzentrieren aber seine Gedanken kommen, wie auch sicherlich die seiner Kollegen auf dem Gang, wieder und wieder auf die Frage zurück, worin denn das Ergebnis der Verhandlung in Hiltruds Büro bestehen werde. Für Bernward Thiele selbst verkettet sich jedoch ab und an auch die Frage nach seiner Rolle in dieser Sache mit den allgemeinen Gedanken nach dem Ergebnis der Besprechung. Die Unsicherheit, ob er sich denn bei der Anhörung richtig verhalten habe, hat Bernward Thiele schon früh überwunden. Lächerlich! Als ob er Dieter und Lars gegenüber zu irgendetwas verpflichtet gewesen wäre. Die haben die ganze Intrige auf eigene Faust ausgeheckt und sollten jetzt auch selbst die Konsequenzen tragen. Er ist nicht für sie beide verantwortlich und sieht auch keinen Grund, sich dafür zu rechtfertigen, daß er den beiden nicht vorher klargestellt hat, daß er falsch aussagen würde. Ach was?! Falsch aussagen. Worüber wurde hier eigentlich geredet? Er hat doch nur gesagt, daß er sich an nichts mehr genau erinnern kann und schon gar nicht an eine Akte. Worin sollte denn da eine Falschaussage liegen? Für ihn ist wichtig, hier einen geraden Kurs zu fahren, und der besteht darin, alles einzuhalten, was schon ausdiskutiert ist, und nichts zu tun, was seine Stellung hier im Landkreis gefährden kann. Ein kurzes Aufblitzen. Der Gedanke, Wahrheit sei doch immer Wahrheit und schließlich sei auch eine Notlüge, so sie denn überhaupt der Not entspringe, trotz allem noch eine Lüge. Seine Aufgabe besteht darin, sich so zu verhalten, wie der Konsens es von ihm erfordert. Und die Omnipotenz-Träume von der Stellung als Sachgebietsleiter hatte Karin ihm zum Glück auch schnell ausgetrieben. Er grinst einen Augenblick in sich hinein. Wie gut, daß er auf so einen Machokram nicht anspricht. Karin und er sind zufrieden mit dem, was sie haben. Daher brauchen sie auch diesen ganzen Karriere- und Konkurrenzkampf nicht mitzumachen. »Bern, mach bloß keine Dönekens!« Nein, er hat sich vorbildlich verhalten, hat an genau dem festgehalten, was er zuvor mit Karin ausdiskutiert hat. Und da er ja wirklich der einzige ist, der von der Akte wußte, und außer ihm niemand von Jan Greiner wußte, würde ihm daraus auch niemand einen Strick drehen. Nur wenn er Lars' oder Dieters Augen auf dem Gang begegnet, fühlt er sich für einen Moment schuldig, aber eben nur für diesen Moment. Manchmal muß man eben Opfer bringen, auch dann, wenn die Kollegen die Opfer sind. »...kein Gedöns, Bern!« Er ist glücklich, daß er sich so und nicht anders entschieden hat, wendet sich wieder seinen Akten zu und versucht, ein gekonnt mildes Lächeln aufzusetzen, so wie Karin es tut, wenn sie in Windeseile die Lächel-milde-Maske aufsetzt.

Die Tür von Hiltruds Büro wird aufgerissen und gleich darauf wieder so kraftvoll ins Schloß geworfen, daß es sich so anhört, als sei das Oberlicht zersprungen und liege nun als ein undefinierbarer Scherbenhaufen auf dem Boden des Flurs. »Hau ab! Hau ab und komm nicht wieder«, hört Bernward Thiele Hiltruds Stimme hinter Gerd her schluchzen. Dann Schritte, zwei, drei, dann wieder gar nichts. Gerd wartet auf dem Flur. Vielleicht ordnet er seine Kleidung neu. Bernward Thiele stellt sich Gerd jetzt zerzaust bis zerfetzt vor. Was mochte die von ihm da drinnen alles verlangt haben. Wer weiß, also sieht Bernward Thiele wieder auf seine Akten und versucht seine Gedanken auf ein Ziel zu konzentrieren, was ihm jedoch nicht gelingt. Wieder Schritte auf dem Gang, diesmal gleichmäßig. Sie kommen näher, bis Gerd die angelehnte Tür leicht aufdrückt. Als er sicher ist, daß er Bernward Thiele nicht stört, tritt er ein, blickt sich im Büro etwas um, so als sähe er es zum ersten Mal, und setzt sich dann auf einen der noch freien Stühle, die um den kleinen, runden Konferenztisch gruppiert sind.

»Wie du siehst, ja eigentlich mehr hörst, Bern, ist es nicht einfach, seinen Platz geregelt und korrekt zu übergeben, wenn man vorhat, außer Dienst zu gehen. Ich hätte solche Konflikte lieber vermieden aber es kommt eben doch vieles anders, als man es sich erhofft hat.«

Gerd hat recht mit seiner Einschätzung, so denkt Bernward Thiele und wendet sich ihm zu, als sei er mit dem eben Gesagten voll einverstanden. Dann beginnt Gerd von neuem: »Als wir mit Lars' und Dieters kleiner Revolte fertig waren, hatte ich noch gedacht, damit ist es nun auch wirklich vorüber. Aber ich täuschte mich. Die will einfach nur ihre Rache. Ich habe ihr dann gesagt, daß wir die Grundsätze, die wir nach außen vertreten, auch intern zur Anwendung bringen müssen, aber davon wollte sie nichts hören. Da ich schon in zwei Monaten endgültig außer Dienst gehe, glaube ich, daß ich für euch nicht mehr viel tun kann. Immerhin habe ich ihr deine Rolle noch einmal als die positivste verdeutlicht, aber sie scheint irgendein Problem damit zu haben, daß Lars und Dieter behauptet haben, du hättest von einer angeblichen Akte gesprochen. Sie wollte nicht sagen, welches Problem sie damit genau hat, aber sie sagte, daß sie sich euch drei mal einzeln vorknüpfen wird.« »Du, Gerd, mach dir darüber keine Sorgen. Damit werden wir schon fertig.« Dies sagt Bernward Thiele, obwohl er jetzt schon starke Anspannung spürt bei dem Gedanken, daß er zu einem Audit bei Hiltrud gerufen wird.

»Bern, du mußt wissen, daß ich dir sehr dankbar bin. Du warst in der Sache der einzige, der sich vollkommen integer verhalten hat.« – »Geht klar, Gerd, ist schon gut.«

09:00 FALLE

Furchterregend, ja einfach schrecklich und abstoßend! Die Fotos von diesem Mädchen sind einfach wieder von der Sorte, die Bernward Thiele nur bis elf Uhr vormittags an sich heranlassen will. Julia Lehmann, die Akte hatte er schon vor drei Monaten auf den Tisch bekommen, bis Hiltrud ihm den Fall schnell wieder entzog, um, wie sie sagte, noch zu intervenieren. Julias kleiner, schmächtiger Körper vor den Fotografen der Polizei, mit vielen blauen Flecken übersät und Narben von den vielen Schlägen. Ihr anklagender Gesichtsausdruck, und Bernward Thiele weiß nur zu gut, das ist noch nicht einmal die Spitze des Eisberges, denn was würde ein Fotograf zu sehen bekommen, der im Stande wäre, nicht nur ihren Körper, sondern auch ihre Seele zu fotografieren? Wie würde die nackte, mißhandelte Seele in die gleiche Kamera sehen? Mit welchen Tränen, mit welcher Wut würde sie von diesem Foto aus auch in Bernward Thieles Gesicht sehen, ihn anklagen? Warum warst du nicht da, als ich dich brauchte? Nein, solche Akten kann er nur frühmorgens und vormittags sichten und bearbeiten. Nachmittags ist schon zu spät. Dann würden sie ihn bis in den Schlaf verfolgen. Mensch, Mensch! Was sind das nur für

Leute? Daß er sich wirklich mit diesem ganzen Dreck auseinandersetzen muß! Manchmal sagt er sich, ein anderer Job wäre doch besser gewesen für ihn. Die hatten das Mädchen fast totgeschlagen und in einem feuchten Keller gehalten. Jetzt meinen alle, er hätte früher einschreiten sollen, er hätte da etwas machen können. Wissen die denn gar nicht mehr, daß er sie alle gewarnt hatte, haben die denn wirklich alles einfach vergessen? Er weiß, daß er sich jetzt vorsehen muß, um nicht schon in der nächsten Runde in die Schußlinie zu kommen. Die geben einem immer ein paar Akten. Meist ist dann unter drei bis vier völlig harmlose eine sehr kritische gemischt, und mittlerweile weiß Bernward Thiele, daß er zunächst die kritische sichten muß, um sich dann einen Weg zurechtzulegen, wie er damit umgehen wollte. Diese Akte ist sehr kritisch. Würde er frühzeitig anfangen, die Einweisung des Kindes in ein Heim zu verfolgen, dann stehen schon am nächsten Tag alle Presseleute aus dem gesamten Landkreis vor der Tür und wollen Rechtfertigungen für diesen staatlichen Eingriff. Er kennt das schon aus vielen Beispielen. Wird man in diesem Job frühzeitig tätig, dann gehört man zu einem repressiven Staat und ist ganz schnell einer von denen, die die Rechte der Eltern mit Füßen treten. Aber wehe dem, der zu spät tätig wurde. Wenn das Mädchen nämlich plötzlich mit schweren Verletzungen oder tot aufgefunden wird, dann wollen ihm alle an den Kragen. Dann fragen plötzlich die gleichen Journalisten, warum denn der Staat nicht tätig geworden sei, da doch jeder schon vor langem hätte bemerken können, daß es sich hier wirklich um schwere bis schwerste Mißhandlungen handelte. Man kann hier machen, was man will, oder besser gesagt, machen, was immer man als die beste Möglichkeit abwägt, aber am Ende kommen die doch und stellen einen als den Schuldigen dar. Bilder blitzen in seinem Innern auf, von den Opfern der Verbrechen, die im Anschluß an derartige Mißhandlungen entstehen. Gut, daß es noch nicht so weit ist. Julia Lehmann lebt. Allerdings hat sich ihr Weg von dem anderer zwölfjähriger Mädchen schon weit entfernt. Hiltruds Intervention ist aus einem Grunde ohne Ergebnis verlaufen, den Bernward Thiele nicht kennt. Und schon liegt die Akte wieder bei ihm.

»Du, da kann man gar nicht hinsehen, ohne daß einem schlecht wird«, hat Hiltrud schon gesagt. Bernward Thiele hat zwar immer wieder den Eindruck, sie könne da sehr wohl hinsehen und wolle auch sehr wohl hinsehen, aber das behält er lieber für sich. Nein, er ist nur zu der Ansicht gekommen, man solle seine Gedanken für sich behalten und nicht jeden daran teilhaben lassen.

Jetzt lungert das Mädchen auf der Straße herum. Nicht auszudenken, wenn Justus von so einem Schicksal getroffen worden wäre. Bei einer der Sitzungen hier beim Landkreis hatte Julia die Mißhandlungen, angefangen bei Beleidigungen und Schlägen über sexuellen Mißbrauch bis hin zu wiederholter Vergewaltigung durch den eigenen Vater in deutlichen Worten dargestellt. Bernward Thiele stellt sich die Szenen kurz vor und malt sich dann bildlich aus, wie Hiltrud die Bilder wieder und wieder ansieht, und ihm ist, als sehe sie dort gierig hin. Bernward Thiele betrachtet die Fotos, wendet dann seinen Blick ab, denn das widert ihn an. Vom eigenen Vater gefickt zu werden. Bernward Thiele verbietet sich das Wort schon einen Gedanken später und korrigiert es zu ›mißbraucht zu werden‹. Also jedenfalls vom eigenen Vater mißbraucht zu werden und dann diese Verwahrlosung. Jetzt stellt sie sich schon seit Monaten bei jeder Gelegenheit als willfähriges Objekt für jeden Straßenjungen zur Schau. Wie gut, daß es auch Kinder gibt, die gut behütet aufwachsen, und Eltern, die verantwortungsvoll mit ihren Kindern umgehen und sie vor den Gefahren dieser Welt zu schützen wissen.

Der Justus hat es wirklich gut. Und sein fieses Grinsen? Sollen die Unken quaken wie sie wollen! Justus hat die besten Zensuren in seiner Klasse, und daß er damit etwas allein dasteht, daß ihn viele andere Jungen in der Klasse instinktiv meiden, das ist eben nun mal unvermeidlich. Soll man denn allen Ernstes auf Leistung verzichten, um jedem zu gefallen?

Arme Julia! Wenn die verantwortungsvolle Eltern wie uns hätte, aus der hätte bestimmt eine gute Schülerin und später eine selbständige und selbstbewußte Frau werden können. Jetzt wird sie als Nutte enden. Sofort verbietet sich Bernward Thiele, das Wort ›Nutte‹ zu denken, und zensiert es auf Prostituierte herunter. Auf jeden Fall wird sie wohl so enden. Um nicht völlig in diesem Negativgedanken zu versinken, entscheidet Bernward Thiele, sich zunächst einen frischen Früchtetee zu machen, um dann die Akte in Ruhe durchzugehen. In der Teeküche der Etage angekommen, sucht er den Küchen-Kurzzeitmesser. Es gibt zwar wirklich noch Kollegen, die meinen, den Tee könne man nach Gefühl zubereiten, aber das hält Bernward Thiele für puren Unsinn. Woher soll man denn ohne diesen Kurzzeitmesser überhaupt wissen, ob der Tee denn auch die genau richtige Zeit gezogen hat. Das ergibt sich schon aus den Aufschriften der verschiedenen Teeverpackungen. Da sollen diese Typen mit ihren Gefühlen mal den richtigen Zeitpunkt herausfinden. Er will es richtig machen. Aber die Eieruhr, wie er den Kurzzeitmesser immer nennt, ist natürlich wieder nicht auffindbar. Dann würde er die Zeit eben mit seiner Armbanduhr abmessen.

Der Tee duftet und zum ersten Mal kann Bernward Thiele sich an diesem Tag in aller Ruhe auf etwas konzentrieren. Er schlägt den Aktendeckel der Akte Julia Lehmann auf, blättert etwas und stößt schon nach kurzer Zeit auf einen Eintrag mit der Aufschrift »Kein weiterer Termin!« Diese Aufschrift läßt ihn innerlich aufhorchen, da er sich bis jetzt auf die Lektüre einer Akte wie gewohnt eingestellt hatte und nun zum ersten Mal vermutet, daß er seine Aufmerksamkeit erhöhen muß. Was bedeutet »Kein weiterer Termin«? Nach einigem Hinundherblättern werden die anfänglichen Zweifel noch größer. Offenbar hat Julia Lehmann sich Hiltrud deutlich früher anvertraut und Hiltrud hat die Sache zunächst heruntergespielt. Die ersten Einträge zu gewalttätigen und sexuell motivierten Mißhandlungen liegen etwa vier Monate zurück, und der Fall selbst wurde von der Geschäftsstelle erst vor etwa drei Wochen wirklich aufgerollt. Was ist in den dazwischenliegenden Monaten geschehen? An der Numerierung der einzelnen Seiten erkennt Bernward Thiele, daß Julia Lehmann Hiltrud in der Zwischenzeit mindestens fünfmal aufgesucht hat, um Unterstützung von ihr zu erhalten. Die Besuche sind als solche auch gekennzeichnet, allerdings ist das Zeichen der Bearbeiterin, also Hiltruds Zeichen, nicht auf den Gesprächsnotizen zu finden. Unwillkürlich sieht Bernward Thiele wieder und wieder das Bild von Hiltrud, wie sie die Akte, die darin enthaltenen Vorkommnisse in einer perversen Lust konsumiert, den Gesprächsnotizen aber ihr Zeichen verweigert, um nicht später selbst für die Verzögerung der Bearbeitung des Falles zur Verantwortung gezogen zu werden.

Auf jeden Fall steht jetzt fest, daß er einen Fall von Verschleppung, vielleicht sogar Vertuschung entdeckt hat. Einer der Bearbeiter der Akte, wahrscheinlich Hiltrud, hat einen schweren Fehler begangen, später versucht, ihn zu vertuschen, und jetzt liegt die Akte und damit auch die Schuld bei ihm. Der Bearbeitervermerk fehlt, und damit würde jeder auf ihn zeigen. Er muß mit Gerd darüber sprechen, am besten solange Gerd noch beim Landkreis ist, jetzt gleich!

Er springt ruckartig auf, sammelt die Akte und weitere Dokumente zusammen, rennt zur Tür hinaus. Wie lang doch der Flur sein kann, wenn er es eilig hat? Gerds Tür ist verschlossen. Bernward Thiele wartet draußen vor der Tür, beschließt, sich auf keinen Fall abwimmeln zu lassen. Das wird Gerd noch nicht wissen. Das hätte er auch nicht zugelassen. Bernward Thiele kennt Gerd seit mehr als zehn Jahren. Solche Schweinereien macht der Gerd nicht. Die Zeit vergeht und vergeht auch nicht, hängt im Raum. Er sieht immer wieder in die gleiche Richtung. Wahrscheinlich wird Gerd von der Treppe kommen. Wahrscheinlich hatte er gerade einen Termin auf einer der anderen Etagen. Nach drei Minuten Warten kommt Gerd herunter. »Halt mal kurz die Akten, Bern. Ich muß aufschließen.« Auch in Gerds Büro das gleiche schummerige Licht wie überall im Gebäude des Landkreises. Gerd weist auf den Stuhl gegenüber seinem Arbeitsplatz und deutet an, daß er zuhört, indem er Bernward Thiele direkt anschaut.

»Du, Gerd, da ist etwas in der Akte Julia Lehmann. Sieh mal hier.« Und Bernward Thiele beugt sich über den Tisch, um Gerd die einschlägigen Seiten genauer zu zeigen. Zu seiner großen Verwunderung bleibt Gerd einfach sitzen, lächelt ihn wissend an, schließt dann die Augen, als wolle er mit sich selbst verabreden, wie er sich denn jetzt weiter verhalten sollte. Bernward Thiele findet Gerds Lächeln seltsam abgründig und vielleicht zynisch. Mit geschlossenen Augen sieht Gerd etwa zehn Sekunden auf die gegenüberliegende Seite des Schreibtisches, bis er sich die Augen wischt, als gelte es, Schlaf daraus zu entfernen. Dann öffnet er die Augen wieder und Bernward Thiele sieht in Gerds Blick, daß er nun seit langem das erste Mal die Wahrheit von Gerd hören wird. Unsicher und voller Erwartung setzt sich Bernward Thiele zurück auf seinen Stuhl, wagt es nicht, der Enttäuschung ins Auge zu sehen.

»Bern, ich bitte dich zu verstehen, es mußte einfach sein. Die Hiltrud ist gerade seit knapp drei Monaten Sachgebietsleiterin, und diese Sache wäre ja nun wirklich das Ende. Als sie mir die Angelegenheit vor kurzem genau darstellte, habe ich nach einer Lösung gesucht. Es ging mir einzig darum, Hiltrud zu schützen.«

»Aus welchem Grund hat sie den Fall denn nicht nach den Vorschriften verfolgt?«

»Mir sagte sie, sie hätte geglaubt, das werde sich schon wieder einrenken, aber so ganz genau sagte sie mir nicht, wie sie darauf kam.«

»Wieder einrenken? Wahnsinn! Was soll sich denn da noch einrenken? Julias Vater war dabei, sie jeden Tag zu mißbrauchen. Die Vergewaltigung stand vor der Tür. Was sollte sich da wieder einrenken?«

»Also Bern, um ehrlich zu sein, weiß ich das auch nicht. Aber versteh doch bitte, daß ich sie trotzdem irgendwie schützen mußte. Ich kann sie doch nicht auf der einen Seite zur Sachgebietsleiterin machen und dann gleich bei der ersten Gelegenheit fallen lassen wie eine heiße...«

»Kartoffel. Du meinst fallen lassen wie eine heiße Kartoffel. Darum geht es hier aber nicht. Schließlich ist das hier nicht irgendeine Kleinigkeit.«

»Glaub mir, ich mache das nicht gern.«

»Ja gut, dann lassen wir das einfach mal. Ich frage mich aber trotzdem, aus welchem Grund die Akte dann bei mir auf dem Tisch liegt.«

»Bern«, Gerd atmet tief durch, »du warst da einfach meine erste Wahl. Nachdem klar war, daß ich irgendetwas tun mußte, um die Hiltrud zu schützen, habe ich mir gedacht, wir geben die Akte demjenigen, der die wenigsten Probleme damit hat.«

»Wie kommst du auf den Gedanken, daß ich die wenigsten Probleme mit dieser Akte habe? Das macht sich auch für meine Laufbahn alles andere als gut.«

Wieder schließt Gerd die Augen und Bernward Thiele spürt, wieviel Mühe es Gerd kostet, ihm zu sagen, was zu sagen ist.

»Bern, du bist hier sicher nach so vielen Jahren. Sind es mittlerweile siebzehn?«

Bernward Thiele schluckt: »Achtzehn.«

»Auf jeden Fall kannst du dir da mal einen Fehler erlauben. Und was die Laufbahn betrifft«, dieses Mal schafft Gerd es, die Augen offen zu halten, »da sehe ich für dich keine großen Veränderungen in nächster Zeit.«

Bernward Thiele beginnt, seinen Puls zu spüren, den aufsteigenden Ärger, und platzt dann heraus: »Toll, Gerd, echt toll! Zuerst erzählst du die Geschichte mit dem Mitarbeiter aus der Großstadt, damit ich von einer Bewerbung auf den Posten absehe, nur um deine Hiltrud auf den Posten zu hieven, und jetzt, wo sie einen echten Bock geschossen hat, soll ich auch diesen Kelch noch austrinken?«

»Bern, versteh doch bitte. Ich mußte es tun. Hättest du dich beworben, dann wärst du wahrscheinlich wegen deiner vielen Dienstjahre und wegen deiner genauen und guten Arbeit Sachgebietsleiter geworden.«

Die Gedanken überschlagen sich in Bernward Thieles Kopf, und er fragt sich, warum Gerd Hiltrud als Sachgebietsleiter vorgezogen hat. Dann hört er Gerd wieder sprechen.

»Versteh doch bitte, daß ich es verhindern mußte. Und Hiltrud ist sicherlich nicht die allerbeste für den Posten, aber doch besser als du.«

Das ist zu viel. Er unterbricht Gerd, macht ein Handzeichen, das Stillschweigen gebietet, beginnt dann selbst zu reden.

»Warst du irgendwann mit meiner Arbeit unzufrieden? Habe ich hier irgendetwas verbockt oder was ist mit Hiltrud? Wie kannst du Hiltrud schützen, ihr ermöglichen, ihre sado-masochistische Lust zu befriedigen, indem sie solche Fälle einfach weiterlaufen läßt? Hast du die Fotos gesehen? Gerd, hast du sie gesehen? Weißt du, mit welchem Blick die Hiltrud diese Fotos betrachtet?«

»Komm mal wieder runter, Bern, du weißt genau, daß Hiltrud integer ist. Für dich ist es natürlich erst einmal schmerzlich, was ich dir sage, aber...«

Gerd kommt nicht mehr dazu, den Satz zu beenden. »Mann, Mann, Gerd! Gib es zu, sie hat dir einen geblasen!«

Um der sich abzeichnenden Peinlichkeit Herr zu werden, unterbricht Gerd ihn schnell, streicht sich nochmals kurz mit den Fingern über die Augen und fährt fort: »Nein Bern, das ist es nicht. Der Punkt ist ganz einfach, daß ich eine Führungsperson auf dem Posten haben wollte. Die Hiltrud ist keine 1A-Führungsperson, aber immerhin geeignet, während du ein echter Mitarbeiter bist. Wir kennen uns schon sehr lange und jeder, der mit dir zu tun hat, weiß deine

Arbeit sehr zu schätzen. Glaub mir, wir alle schätzen dich wirklich sehr. Nur bist du kein Entscheider. Du gehörst zu den Ausführenden. Ich verstehe auch sehr gut, daß du nach so vielen Dienstjahren eine Stufe aufsteigen willst, aber glaube mir, dieser Posten wäre für dich nicht der richtige. Und da ich auch keinen anderen Posten, der der richtige sein könnte, in greifbarer Nähe sehe, ist deine Laufbahn in meinen Augen ab jetzt recht statisch. Du bist vielleicht der einzige hier bei uns auf der Etage, dem diese Akte keinen großen Schaden zufügen kann.«

Bernward Thiele sieht sich als Fußabtreter mißbraucht. Die haben ihn in jeder Hinsicht entwertet. Da traut er seinen Ohren kaum. Gerd hat das alles geplant, um zu verhindern, daß er Sachgebietsleiter wird. Gerd hat angeregt, ihm die Akte Julia Lehmann unterzujubeln, da er ja sowieso keine Zukunft mehr hat. Er, der Bern, der die Akten wegarbeiten darf, der zuverlässig und ehrlich arbeitet, er wird hier als *Arsch des Universums* mißbraucht. »Es dankt dir keiner!« Das hatte sein Ausbilder schon vor Jahrzehnten gesagt. Genauso ist es auch wirklich. Niemand dankt, nein, noch viel schlimmer. Grober Undank ist angesagt.

»Glaub mir, wir alle schätzen dich wirklich sehr.«

»Wenn dir jemand sagt, er schätze dich sehr, dann weißt du, du bist Mittel zum Zweck, und wenn dir das einer sagt, der vorher wie ein Vater zu dir war, dann läßt er dich in genau diesem Augenblick fallen«, hört er Alfredo sagen, dreht sich nach ihm um, blickt dann in den dunkelbraunen Korridor mit den rötlichen Lichtflecken und den wuchtigen barocken Türen, die jetzt geschlossen sind. »Wir schätzen dich wirklich sehr.« Alfredo lacht, bis ihm die Tränen über das Gesicht laufen, entfernt sich, verschwindet in der Tiefe des Gangs.

Bernward Thiele hätte sich vor innerem Schmerz krümmen können. »Dieser Arsch, der Gerd!« Nie hätte er erwartet, daß der ihn so mies fallen lassen und danach noch als Mülleimer für Hiltruds pure Blödheit benutzen würde. Eigentlich ist es ja auch egal, aus welchem Grund Gerd so handelte. Ja, es ist ihm egal, denn er, Bernward Thiele, ist vor mehr als achtzehn Jahren an diese Stelle gekommen und hat seitdem jeden Tag, nach all seinen Kräften sein Bestes gegeben, hat, soweit es überhaupt möglich war, versucht, immer korrekt nach den Vorschriften zu arbeiten, hat seine Fehler auf sich selbst genommen und nicht auf Kollegen abgeladen. Er ist den geraden Weg gegangen. Jetzt, nach diesen vielen Jahren, hatte der Gerd das erste Mal die Möglichkeit, sich für oder gegen ihn zu entscheiden, und hat nicht einen Moment gezweifelt, sich sofort und vorbehaltlos gegen ihn zu wenden. Warum nur? Hat sie dir einen geblasen, du mieser Verräter? Hat sie dir einen geblasen? Natürlich wußte er, daß es nicht so war. Nein, Gerd hatte gar nichts von Hiltrud bekommen! Für Gerd war einfach von Anfang an klar, daß er sich gegen Bernward Thiele als Sachgebietsleiter entscheiden würde. Und kaum ist Hiltrud Sachgebietsleiterin, zögert Gerd auch nicht einen einzigen Augenblick, aus ihm, Bernward Thiele, ein willkommenes Bauernopfer für deren Fehler zu machen. Weißt du eigentlich, Gerd, daß du ein ganz scheißhinterhältiges Verräterschwein bist? Du Dreck! Bernward Thiele beruhigt sich langsam, nimmt die Welt um sich herum wieder wahr und so bemerkt er auch, daß Gerd aufgestanden ist, offensichtlich, um sich aus der Teeküche einen Kaffee zu holen. Bernward Thiele steht auf, nimmt die Akte und geht, ohne sich noch einmal umzusehen über den Flur, der ihm auch diesmal unendlich lang vorkommt, in sein Büro. Er nimmt den Hörer, wählt die Nummer von Karins Arbeitsstelle, fragt dort nach seiner Frau und meint, er könne nun etwas Trost finden, wenn auch nur für ein oder zwei Minuten. Karin ist nicht zu sprechen, da sie sich gerade in einem Kundengespräch befindet. Sie werde aber bald zurückrufen.

Das können die mit ihm nicht machen. Er wird es ablehnen, die Akte zu bearbeiten. Ja, klar! Er wird einfach sagen, daß er sich aus persönlichen Gründen außerstande sieht, diese Akte zu bearbeiten. Das ist auch die Lösung, die er Karin als gangbar vorstellen will. Was sollen die ihm dann noch sagen? Aber es kommt ihm natürlich in den Sinn, daß sie ihn fragen könnten, worin denn die persönlichen Gründe lägen, die ihn daran hinderten, den Fall zu bearbeiten? Dann wäre er allerdings in der Zwickmühle, denn persönliche Gründe würden ja bedeuten, daß er irgendeine Beziehung entweder zu Julia Lehmann oder zu einem ihrer Verwandten unterhielte. Das würde ihn kompromittieren. Also muß er sich wohl eine andere Ausrede ausdenken. Möglich wäre es, der Supervision die wahre Geschichte zu erzählen. Das ist aber sehr risikoreich. Wer würde ihn unterstützen und was sollte er Karin sagen, wenn sie zurückruft? Nachdem er Lars und Dieter bei ihrem Umsturzversuch in den Rücken gefallen ist, kann er mit deren Unterstützung nicht rechnen. Detlef fällt auch aus, Gerd und Hiltrud sowieso, und zu Gisela will er damit nicht gehen, nicht nach ihrem letzten Gespräch. Außerdem würden dann sofort wieder diese Gerüchte von Bernward Thiele und Gisela als Turteltäubchen aufflammen, und das würde dann auch Karin mitbekommen. Nein, ihm fällt niemand ein, der auf seiner Seite sein würde, wenn er es auf einen Konflikt ankommen ließe.

Das Telefon klingelt. »Bern, ich hab nicht viel Zeit.«

»Du, Karin, das ist aber jetzt sehr wichtig, die wollen mich jetzt ganz fertigmachen. Ich brauche deinen Rat, weil ich sonst gar nicht mehr weiterweiß.«

Bern spricht schnell und hastig, bis Karin ihn unterbricht.

»Bern, halt! Ich glaube, du machst jetzt einfach deine Arbeit und denkst nicht so viel an diese Sachen. Wenn du weiter tust, was deine Vorgesetzten von dir verlangen, wird dir schon nichts passieren.«

»Verstehst du nicht, Karin, die wollen mir eine schwere Verfehlung unterschieben. Wenn ich das mitmache, dann haben die in der Zukunft etwas gegen mich in der Hand, was sie jederzeit gegen mich ausspielen können.«

»Bern, ich verstehe das, aber ich sage dir, du brauchst dich vor nichts zu fürchten, solange du keine Dönekens machst.«

»Und was ist dann mit der Laufbahn? Hast du dir darüber auch ein paar Gedanken gemacht? Wann immer es zu entscheiden gilt, ob ich noch für einen weiteren Posten berücksichtigt werde, wird man mir diese schwere Verfehlung entgegenhalten.«

»Erinnerst du dich nicht, Bern, was ich dir schon gesagt habe, als du dich damals in einem Anflug von Macho-Größenwahn für den Posten des Sachgebietsleiters bewerben wolltest? Ja, ich sagte, die Thieles machen keine Karriere! Die Thieles sind mit dem zufrieden, was sie haben.«

»Nein, Karin, das lasse ich nicht zu, daß die mich als Mülleimer für ihre Fehler benutzen. Das mache ich nicht mit. Ich sage der Supervision die Wahrheit.«

Karin ist jetzt für mehrere Atemzüge, die das Telefongespräch unendlich in die Länge ziehen, still, und Bernward Thiele kann sich nur zu gut vorstellen, wie sie im Hintergrund die Ganz-streng-und-steif-Maske aufsetzt. Dann sagt sie in steinigem und diktierendem Ton, »Bern, du machst da auf deiner Arbeit kein Gedöns. Hast du gehört?«, und legt auf.

Bernward Thiele weiß, es war ganz wichtig für ihn, Gerd seine Meinung zu sagen. Genauso weiß er aber auch, daß er, genau wie Karin es ihm gesagt hat, einfach weiter seine Arbeit machen wird. Na ja, das ist schon ganz wichtig.

10:00 DORF

Der nächste Punkt auf dem Terminkalender ›Sinti-Dorf am Stadtrand mit Arpad‹ erinnert Bernward Thiele, daß er in fünf Minuten vor dem Haupteingang sein muß, damit Arpad ihn mitnehmen kann. Er schmunzelt, denn der Arpad ist ein richtiges Original wie aus einer Milieustudie. Den kennt er schon seit über zehn Jahren. Mindestens ein bis zweimal im Jahr fährt er zu Arpad und seinen Sinti hinaus, und jedes Mal ist es eine Reise in die Vergangenheit.

Arpad sitzt schon in seinem Wagen, als Bernward Thiele aus dem Haupteingang des Landkreises kommt. Eigentlich ist Arpad gar nicht sein wirklicher Name, da aber niemand beim Landkreis seinen Namen aussprechen kann, haben ihn alle in Anlehnung an eine Zigeuner-Fernsehserie aus den siebziger Jahren Arpad genannt. Klar, Arpad der Zigeuner, klingt ja auch gut, wobei natürlich heute alle peinlich darauf achten müssen, Sinti zu sagen. Bernward Thiele steigt in den metallic-goldenen 500er, begrüßt Arpad kurz und ist von den Madonnenbildern überwältigt, mit denen der Innenraum der Limousine geschmückt ist. Echter Zigeuner-Barock, nein, natürlich Sinti-Kitsch!

»Mußt du heute wieder Fahrrad fahren, Bernward?« Arpad ist schon immer sehr direkt gewesen, steuert grundsätzlich ohne Umwege auf sein Ziel zu.

»Ja, man tut, was man kann, um dem Planeten etwas zur Seite zu stehen. Du weißt ja, wir sind sehr öko.«

Arpad gibt Gas, und der Wagen beschleunigt. Die Reifen zischen auf der regennassen Straße und Bernward Thiele staunt, daß der Wagen einfach so von null auf 170 durchzieht.

»Wie geht es deiner Familie? Sind alle gesund?«

Bernward Thiele ist überrascht. Was hat Arpad mit seiner Familie zu tun? Gerüchte besagen, daß die Zigeuner so manchen einschüchtern, wenn sie sich auf den Schlips getreten fühlen. Ihm ist nicht klar, was Arpad mit dieser Frage bezweckt, und so versucht er abzulenken, ergeht sich in Gemeinplätzen wie der Arbeitssituation und den schulischen Noten, die Justus, der Klassenprimus, nach Hause bringt.

»Weißt du, Bern, ich sage das, weil die Familie überhaupt das wichtigste ist. Wir in unserem Dorf leben noch wie eine große Familie. Ihr da draußen kennt das ja nicht mehr. Wenn bei euch jemand Familie sagt, dann sind das doch eigentlich nur mehrere Leute, die nebeneinanderher leben. In Wirklichkeit lebt ihr alle ganz einsam.«

»Für uns gilt das nicht. Wir haben viel gemeinsam und wir unterhalten uns auch über alle Probleme. Meine Frau unterstützt mich in allen Lebensphasen, und wir kommen eigentlich immer zu einem tragbaren Konsens. Es gibt bei uns kaum etwas, das nicht ausdiskutiert wird.«

»Aus... was? Kon... wie? Worüber redest du überhaupt?«

Arpad lacht, sieht dann zu Bernward Thiele hinüber. »Bern, sag mal, sprechen wir hier wirklich über dasselbe? Ich sage Familie, und du sagst ausdiskutiert? Was ist das, Konsens?«

»Du, daß man einen Konsens herstellt, der dann für alle verbindlich ist. Sonst kommt es doch dauernd zu Grenzüberschreitungen.«

»Grenz... was? Mensch, kannst du nicht mal normal reden?«

Die Schnellstraße, die ganz neu durch das liebliche Mittelgebirgstal gebaut wurde, führt an Dörfern und kleinen Siedlungen vorbei. Bernward Thiele betrachtet Arpad, der jetzt Musik anstellt, zwingt sich zu einem Lächeln und tut, als wolle er sich auf die vor ihm liegenden Fälle konzentrieren. Diese Leute leben einfach anders und das ist ja auch gut so, aber natürlich muß man hier Grenzen setzen. Die Kinder von der Schule fernhalten und zum Betteln abrichten? Gut, daß der Justus nicht eines dieser armen Kinder ist, die ihr Leben von Anfang an auf der Straße verbringen. Die Musik mit ihren fremdartigen Lauten und die schnelle Fahrt durch die Landschaft des Vorfrühlings versetzen Bernward Thiele in eine Art Trance, so daß es ihm schwerfällt, sich auf die ernsthaften Inhalte zu konzentrieren, die seine Mission darstellen. Multikulti ist zwar im Konsens enthalten, aber es muß doch klare Grenzen geben. Die können nicht so einfach tun, was immer sie wollen. Auch die Sinti müssen sich an die Regeln halten. Bernward Thiele ist jedes Mal wieder gespannt auf die Ältesten des Dorfs. Das sind noch echte Patriarchen. Die haben noch nie etwas von Gleichstellung gehört und leben in einem Selbstverständnis, daß man nur mit dem Kopf schütteln kann. Der Arpad neben ihm wird bestimmt auch mal einer von denen werden, wenn er irgendwann seinen Vater beerbt. Aber vielleicht sind wir ja schneller, denkt Bernward Thiele. Vielleicht schaffen wir es ja mit unserem Sinti- und Roma-Plan, hier noch eine Frauenquote einzuführen. Die werden sich wundern, wenn deren Töchter erst einmal das Sagen haben und sie zu einem Konsens drängen. Ja, dann müssen die erst einmal konsensfähig werden. Das wird aber eine Weile dauern, »ist ein schmerzlicher Prozeß, zu erfahren, daß man nicht als Supermacho durchkommt«, hat Karin immer wieder gesagt und er hat dann geschmunzelt, denn er ist ja nun wirklich keiner von denen. Er hat schon immer am Konsens mitgewirkt. Die glauben bestimmt, daß er kein wirklicher Mann ist, aber die merken gar nicht, wie viel besser es ihm geht, wie viel entspannter er in Wirklichkeit lebt. Mit großer Genugtuung denkt er an die klaren Regeln, die er Karin und Justus gerade letzte Woche für das Telefonieren vorgegeben hat. Beide haben akzeptiert, nachdem er seine Argumente dargelegt hat. Dieser Machotyp neben ihm, der Arpad, würde dafür bestimmt kein Ohr haben, sagt er sich und lächelt milde in sich selbst hinein.

»Sag mir Bernward, was denkst du gerade? Die alten Frauen bei uns im Dorf sagen, der denkt an etwas für den bösen Blick, wenn sie jemanden so lächeln sehen. Das sieht fast wie der Teufel aus.« Und als Arpad bemerkt, wie ernst Bernward Thiele diesen Hinwies nimmt, legt er seine schwere Hand auf Bernwards Schulter, um ihn zu beruhigen.

»Mensch nimm das nicht so ernst. Ich mach mir nur Gedanken über deine Seele. Daß der Teufel nicht Macht über dich bekommt. Du weißt, wovon ich rede!«

»Du, ich glaube nicht, daß ich da irgendein Problem habe. Gerade habe ich nur an einen ganz tollen Konsens gedacht. Mensch, da habe ich mich letzte Woche durchgesetzt, daß bei uns endlich Sparkurs gefahren wird, und das Thema ist jetzt endlich ausdiskutiert.«

Nachdem Arpad seine Hand wieder von Bernwards Schulter genommen hat, sieht er für einige Sekunden die im Raum baumelnde Madonna an, als könne er nicht glauben, was Bernward ihm eben als Grund seines Lächelns offenbart hat.

Dann ändern sich seine Gesichtszüge unwillkürlich in Richtung eines lauten, tiefen schweren Lachens, das diesmal allerdings länger anhält, so daß Bernward Thiele sich schon fragt, was denn dieser einfache Mensch jetzt schon wieder über seine Lebensweise denkt. Arpad schüttelt den Kopf, wischt sich einige Tränen aus den Augen, die das schwere Lachen hinterlassen hatte. »Sei vorsichtig, Bern, das ist sehr teuflisch. Mensch, die alten Weiber bei uns im Dorf hätten dir schon lange gesagt, daß du den bösen Blick hast. Wie hast du das genannt? Ausdiskutiert? Warum hast du denen nicht einfach gesagt, daß ab jetzt gespart wird, wenn du schon so geizig bist?«

»Du, ich glaub, wir beenden das jetzt mal.«

Also schweigen sie eine Weile vor sich hin, jeder in seiner Welt. Nach etwa fünf weiteren Kilometern reduziert Arpad die Geschwindigkeit auf 120, dann in Stufen weiter auf vierzig und biegt routiniert auf die kleine Zufahrtsstraße zum Dorf ab. Bernward Thiele erinnert sich an seine letzten Besuche im Dorf. Während der achtzehn Jahre, die er jetzt schon im Landkreis ist, hat er das Dorf schon oft besucht. Früher benutzte er den eigenen Wagen. Damals war das Thema Autonutzung noch nicht ausdiskutiert. Das Dorf liegt etwa so in der Landschaft, wie er es von seinen Besuchen in Erinnerung hat. Zwölf feste Häuser, eines davon als Kirche und Gemeindehaus ausgebaut, an drei der Häuser sind Scheunen für die Tiere angebaut, und darüber hinaus stehen etwa dreißig größere, zweiachsige Wohnwagen auf dem Areal, meist mit großen Vorzelten und einem kleinen Blumenbeet davor. Zwischen den mehr oder minder festen Gebäuden stehen die Luxuslimousinen der Väter des Clans und die Wägen der Jüngeren. Mann, Mann! Was diese Typen für Geld in Autos investieren. Dafür hätte man glatt zwei schöne Schulen bauen können oder auch ein Freizeitheim mit einer dauernden Betreuung, aber die sind ja so drauf, daß der Alte überall mit seinem Wagen herumprotzen muß. »Guck mal, ich mache den größten Haufen!« sagt

Karin über solche Typen, und recht hat sie. Die leben auf einem Zivilisationsniveau, wo man mit einem Luxusauto und einer goldenen Uhr die Leute beeindrucken kann. Hier bekommen Bernward Thieles Gedanken einen Riß, und er sieht Karins Gesicht, wenn sie über diese primitiven Macho-typen herzieht, mit einem leichten, aber doch klar herauszu-hörendem Zittern in ihrer Stimme. Bisher hat er diesen Eindruck immer schnell beiseitegeschoben, jetzt aber, da er das Dorf wiedersieht, drängen sich ihm Karins Gesicht und Stimme auf und ihm ist für einen Moment, als läge darin Unsicherheit, ja vielleicht sogar ein flehender Wunsch.

Nein! Nein, das ist doch nur Unsinn. Also kommt er zu vernünftigen Gedanken zurück. Sie hat schon recht, wenn sie diese Primitivlinge so tituliert. Und das Zittern in ihrer Stimme? Wer ist schon perfekt?

»Guck mal, ich mache den größten Haufen!« Wie gut, daß Justus keine goldene Uhr brauchen wird, wenn er mal er-wachsen ist! Wie gut auch, daß er selbst, Bernward Thiele, sich nicht von solchen Statussymbolen abhängig macht, wie gut auch, daß er keinen Neid empfindet! Er ist zufrieden mit dem, was er hat, und bei gutem Wetter tut er auch etwas für seine Gesundheit. Wenn er immer nur im Auto säße, würde er bestimmt verfetten wie diese selbsternannten Häuptlinge hier im Dorf.

Nachdem Arpad den 500er auf einem kleinen Vorplatz ge-parkt hat und beide ausgestiegen sind, werden sie von einem der Oberhäupter begrüßt, dessen Namen Bernward Thiele nicht versteht. Der gibt Arpad gleich darauf mit einer Hand-bewegung zu verstehen, er solle sich mit dem Jungen, wie er Bernward Thiele nennt, schnell zu den Frauen und Kindern begeben, um die Amtshandlungen abzuschließen, damit er ihn dann wieder zurückbringen kann. Anscheinend nimmt er Bernward Thieles Anwesenheit hier im Dorf nicht sonder-lich wichtig und benötigt Arpad für andere Dinge.

Die Frauen sind zusammen in einer Art Großküche mit der Zubereitung von Speisen beschäftigt, die sicherlich für ein halbes Stadtviertel ausreichen würden. Als Arpad mit Bernward Thiele erscheint, verändert keine von ihnen ihr Verhalten. Alle arbeiten weiter wie gewohnt. Erst als Arpad mit einer der Frauen spricht, die anscheinend eine Art Dorfälteste, vielleicht auch Wahrsagerin ist, wenden sich auch die anderen Bernward Thiele zu.

Na, mal sehen, denkt Bernward Thiele, ob ich diesen Unterdrückten hier heute etwas die Augen öffnen kann. Die Dorfältetste kommt auf Bernward Thiele zu, stellt sich stämmig vor ihm auf und gibt ihm, ohne sich vorher vorzustellen, mit einem Handzeichen zu verstehen, er möge sein Anliegen vorbringen. Daraufhin erklärt Bernward Thiele ihr, es gehe ihm um die Lebens- und Ausbildungssituation der Kinder des Dorfes, ganz besonders jedoch der Mädchen. Er müsse überprüfen, ob der Schulbesuch für alle Kinder gewährleistet sei und im übrigen werde er prüfen, welche Freizeitangebote neben dem Schulbesuch bestehen. Die ältere Frau, die sich nicht vorgestellt hat, schweigt und mustert Bernward Thiele genau, wohl in der Sorge, er habe vielleicht doch den bösen Blick. Dann berät sie sich kurz mit Arpad in einer für Bernward Thiele völlig unverständlichen Sprache. Nachdem Arpad ihr sicher erklärt hat, daß es sich bei Bernward Thieles Anliegen um staatliche Verpflichtungen handelt, richtet sie ihren Blick wieder auf ihn und sagt knapp: »Sprich mit den Kindern, aber kurz. Die müssen wieder arbeiten. Und sag nichts gegen die Familie! Das ist wichtig.« Arpad weist mit der Hand zu den Kindern, so daß Bernward Thiele sich in die Richtung der eben noch arbeitenden Mädchen bewegt, denn zu seiner Verwunderung sind im Dorf keine Jungen zu sehen. Wer weiß, was die gerade tun, denkt er und legt sich seine Fragen für die Mädchen zurecht. Während er eine junge Frau von etwa zwanzig Jahren befragt, die gleich als erste auf ihn zugekommen ist, stehen die anderen in einer Traube hinter ihr. Sie zeigt sich sehr redegewandt und verwickelt Bernward Thiele stellvertretend für alle anderen in ein Gespräch.

»Du, wir müssen da einige Fragen beantworten, die ich hier auf dem Fragebogen für Minderheiten habe«, beginnt Bernward Thiele und bemerkt in der Traube der Mädchen, die hinter seiner Gesprächspartnerin stehen, ein sehr hübsches Mädchen, das ihm mit fragendem Blick direkt in die Augen schaut. Außer ihren scharf geschnittenen, fast antik-indischen Gesichtszügen, den langen schwarzen Haaren, die sich anmutig in einigen weiten Wellen über ihren Kopf legen, und dem, wie er meint, etwas schläfrig traurigen Blick fällt Bernward Thiele sofort auf, das sie sich nicht wie alle anderen an dem lebhaften Tratschen und Reden der Gruppe beteiligt. Seine Gesprächspartnerin, die seinen Blick auf dieses Mädchen sofort bemerkt hat, stellt sie knapp als jüngste Tochter des Clanführers vor. Dann sieht sie auf den Fragebogen und gibt ihm zu verstehen, er möge die Fragen für alle vorlesen.

»Als erstes würde ich gern wissen, ob ihr regelmäßig zur Schule geht«, sagt Bernward Thiele und ergänzt dann, »daß ihr angemeldet seid, ist mir bekannt. Mir ist aber wichtig, mal zu erfahren, ob euch denn die Alten auch gehen lassen oder ob ihr während dieser Zeit arbeiten müßt.«

»Wenn wir Zeit haben, dann gehen wir da auch hin«, sagt eine junge Frau aus der Traube heraus und fügt hinzu, »Mein Vater sagt immer, die Familie ist wichtiger. Wir sollen gute Frauen werden, die für ihre Familie da sind.«

Bernward Thiele grinst in sich hinein und bemerkt sofort, wie die Blicke der Mädchen sich auf sein Grinsen konzentrieren, etwa so, als stehe jetzt fest, er habe wirklich den bösen Blick. Dann fährt er fort: »Wir sehen das ganz anders. Wir würden euch gern in einigen Jahren als selbständige und unabhängige Frauen sehen, die ihr Leben selbst in die Hand nehmen, ohne sich einem Mann unterzuordnen. Seht mal nach draußen, wie Frauen heute leben. Meint ihr, daß es gut ist, das ganze Leben lang anzuschaffen, damit der Alte einen dicken Wagen fahren darf?« Arpad lächelt jetzt kurz, sieht zu ihm herüber: »So alt bin ich gar nicht, Bernward.«

Bernward Thiele schielt zu Arpad, versteht aber die Anspielung nicht, ist vom Gedanken beseelt, ›unabhängige, patente Frauen‹ aus diesen Zigeunerinnen zu machen.

Die Tochter des Clanführers mit den antiken Gesichtszügen sieht ihn jetzt wie versteinert an, richtet dann die Augen zu Boden. Kurz darauf schaltet sich die junge Frau wieder ein und erklärt ihm, sie seien glücklich hier in ihrer Familiengemeinschaft. Jede von ihnen sei hier eingebettet und keine von ihnen werde jemals allein sein. Viele von denen wissen doch gar nicht mehr, was Familie bedeutet. Und im übrigen schüfen sie nicht für den Alten an, vielmehr trügen sie wie alle anderen zum Lebensunterhalt der Familie bei. »Hör dir nur an, was sie zu sagen hat, Bernward«, raunt ihm Alfredo aus der Düsternis des Korridors zu, »Sie meint das ernst und sie liebt ihren Papa, auch wenn sie noch so oft für ihn gebettelt hat.« Moment! Halt! Waren das Arpads Lippen, die sich da gerade bewegt haben? Ist Arpad Alfredo? Nein! Das ist unmöglich. Ist denn dieser Korridor allgegenwärtig? Aber dennoch, Alfredos Stimme hat ihm etwas aus der Dunkelheit heraus gesagt und Arpads Lippen bewegten sich dabei. »...liebt ihren Papa, auch wenn er noch so oft...« So ein Unsinn! Da konnte man sich ja ausmalen, wo das mal hinführen würde. Bernward Thiele ist überrascht von so viel Ignoranz und setzt dann zu einem zweiten Versuch an.

»Eh, Mädels, die Typen haben euch und eure Mütter seit Jahrtausenden unterdrückt! Ihr habt jetzt aber die Chance, da herauszukommen! Ich bin hier, um euch den Weg zu zeigen, aber so ganz ohne Eigeninitiative geht das natürlich nicht.« Bernward Thiele hat während der letzten Minuten nicht bemerkt, wie sich die Augen der schönen Tochter des Clanführers mit Tränen füllen, jetzt sieht er aber, wie sie sich einen Weg aus der Traube der Mädchen heraus erkämpft und schreiend und weinend in Richtung des größten Wohnwagens läuft, vor dem mehrere Luxuslimousinen stehen. Als er die junge Frau daraufhin fragend ansieht, sagt sie: »Sie ist Papas Liebling und reagiert immer so, wenn sie meint, jemand hätte ihren Papa beleidigt. Wahrscheinlich meint sie jetzt, daß du gegen ihren Papa gesprochen hast. Wer weiß, was sie ihm jetzt sagen wird? Vielleicht solltest du wieder nach Hause fahren.« Kaum hat sie das gesagt, hört Bernward Thiele einen lauten Tumult am anderen Ende des Platzes, und mindestens drei der Oberen des Clans kommen schnellen Schrittes und, wie es scheint, mit Stöcken bewaffnet in seine Richtung. Arpad, der die ganze Zeit in einer Ecke der Großküche gesessen und in einer Illustrierten geblättert hat, erkennt den Ernst der Situation sofort und ruft Bernward Thiele zu: »Komm schnell zum Wagen! Schnell, bevor die dich kriegen!« Bernward Thiele zaudert etwas, da ein Teil seines Selbst ihm sagt, er müsse sich jetzt stellen, um mit denen alles auszudiskutieren. So wie er aber die Stöcke in den Händen der Näherkommenden sieht, gewinnt die andere Stimme die Oberhand, die einfach nur sagt »Lauf, so schnell du kannst!« Arpad erreicht als erster den Wagen und läßt den Motor an. Bernward Thiele rennt und hört hinter sich den Clanführer schreien: »Du hast mich beleidigt und sagst Schmutz zu Tochter. Willst du gegen Familie aufhetzen? Du Schwein!« Die Tür des Wagens zieht Bernward Thiele gerade noch zu, bevor der Clanführer sie in der Hand hat. Wie gut, daß der Arpad sofort die Zentralverriegelung betätigt hat und der Motor schon läuft.

Ist Arpad wirklich der einzige, der verstanden hat, wie groß die Nachteile für das Dorf sind, wenn Bernward Thiele hier etwas zustößt? Für einige Sekunden glaubt er, ernsthaft in Gefahr zu sein.

Schweißtropfen sammeln sich auf seiner Stirn. Was, wenn jetzt die Räder durchdrehen, weil der Wagen zum Beispiel an einer schlammigen Stelle steht? Szenarien von plötzlich Verschwundenen, deren Leiche nie gefunden wurde, türmen sich in seiner Vorstellung, bis der erleichternde Gedanke aufblitzt, es sei ja bekannt, daß er heute um diese Uhrzeit mit Arpad hierhergekommen sei. Ja, das würden sie nicht wagen, schließlich sei er eine Art Amtsperson. Kaum hat er diesen Gedanken zur Hälfte zu Ende gedacht, mischt sich Alfredo ein und bemerkt lakonisch, die Zigeuner hätten sich noch nie um so etwas wie Amtspersonen geschert und außerdem wüßten sie vielleicht gar nicht, was gemeint sei. Dann verschwindet Alfredos Gesicht in der braunen Düsternis des Korridors.

Wenn Justus ihn jetzt sehen könnte, mit welcher Gefahr für Haut und Haare er die gute Sache vertritt und noch dazu auf einem so hoffnungslosen Posten, hier in diesem Dorf! Da könnte man ja denken, Arpads 500er sei eine Art Zeitmaschine, die ihn direkt ins Mittelalter gebracht hat. Justus wäre bestimmt stolz auf ihn, und Karin, ob die jetzt wohl Angst um ihn haben würde? Schnell verwirft er den Gedanken wieder, denn schließlich gibt es keinen Grund, warum Justus auf ihn stolz sein sollte. So ein Machogehabe hat er schlichtweg nicht nötig. Und daß Karin jetzt Angst um ihn haben sollte, ist doch nun wirklich nur etwas für einen Tarzan-Film. Klar, Tarzan begibt sich in Gefahr und Jane schreit aus Angst um sein oder auch um ihr Leben. Karin ist aber nicht so eine, zum Glück nicht! »Hättest du denn Karin befreit, wenn sie in Gefahr gewesen wäre?« hört er noch den Alfredo fragen, wendet sich dann schnell wieder anderen, sinnvolleren Inhalten zu.

Wütende Stammesoberhäupter mit ihren Stöcken, der 500er, Arpad, der jetzt endlich Gas gibt. Wahrscheinlich nur eine oder zwei Sekunden, aber für Bernward Thiele ist es, als laufe er schon wieder den Korridor entlang in die Finsternis und der Alfredo gebe dauernd seine destruktiven Kommentare ab. Das dauert ja eine halbe Ewigkeit, bis der Arpad endlich Gas gibt. So ist das eben mit Träumen und Gefühlen, sie stehen über Raum und Zeit. Das hat er irgendwann einmal gehört, aber nicht weiter beachtet. Jetzt offenbart sich plötzlich der Inhalt dieses Satzes: Träume und Gefühle, sie stehen über Raum und Zeit. Doch als Arpad scharf Gas gibt und den Programmwahlhebel der Automatik nach hinten zieht, spürt er einen Druck im Rücken, den er von seinem Wagen nicht kennt. Eigentlich ist ja so ein Zuhälter-wagen die größte Zumutung für die Einheit des Planeten, aber Bernward Thiele fühlt sich trotzdem erleichtert in diesem Moment. Irgendwie doch toll, diese Beschleunigung im Rücken zu spüren und zu wissen, daß die anderen so schnell nicht hinterherkommen, aber Karin darf er das nicht erzählen, denn die würde bestimmt sagen, er hätte sich doch mal stellen sollen für die Sache. »Denk an die Lemminge!« Arpad sitzt wortlos am Steuer und starrt nach vorn, bis er sich nach der ersten Abzweigung grimmig an Bernward Thiele wendet: »Wo bist du eigentlich aufgewachsen? Lernt man da nicht, daß man nicht schlecht zu den Frauen über ihre Männer und ihre Väter spricht, besonders nicht bei uns? Du bist der größte Dummkopf!«

Bernward Thiele ist überrascht von der Direktheit, mit der Arpad ihn anfährt. Schließlich hat er doch nur der guten Sache gedient, und dieser Ungebildete erfrecht sich jetzt einfach, über ihn herzuziehen? »Du, Arpad, ich glaube, du verstehst das alles nicht so ganz.«

»Meinst du, ich verstehe nicht? Die hätten dich mindestens zusammengehauen. Verstehst du, mindestens, ich sage min-destens!« Als im Rückspiegel gar nichts mehr von dem Dorf zu sehen ist, überlegt Arpad, ob er Bernward Thiele klar-machen könne, wie dumm er gehandelt habe, als er sich in eine andere Kultur einzumischen versuchte, und wie wenig das bessere. Ob er ihm erklären solle, wie seine Vorfahren seit vielen Jahrhunderten leben, wie ihre Gemeinschaft funktioniere und daß die Regeln anderer Gesellschaften nur sehr begrenzt darauf angewendet werden könnten. Aber schon im zweiten Gedanken gesteht er sich ein, daß Bern-ward Thiele wahrscheinlich gar nicht in der Lage wäre, ihn zu verstehen, ja, daß er ihm nicht einmal wirklich zuhören würde. Arpad verlangsamt die Geschwindigkeit, biegt auf die Bundesstraße und stellt die Musik wieder an, summt die fremdartigen Melodien mit, bis er bemerkt, daß Bernward Thiele abwechselnd mit beleidigter Miene aus dem Fenster schaut und ihn dann vorwurfsvoll anstarrt. Um den sich anbahnenden Streit nicht zu verschärfen und vielleicht auch, um Streitigkeiten zwischen dem Landkreis und seiner Sippe aus dem Wege zu gehen, wendet er sich Bernward zu und beschwichtigt: »Laß mal gut sein. Wir machen alle mal einen Fehler. Sei einfach froh, daß ich dich da so schnell rausgeholt habe, und genieße den Rest des Tages.«

Bernward Thiele kann es kaum glauben. Da meint dieser Primitive doch wirklich, er habe ihm einen Gefallen getan. Der sich anbahnende Streit wäre doch eine Gelegenheit gewesen, sich mal so richtig für die Sache zu stellen. Die unterdrückten Frauen in dem, was die da Gemeinschaft nennen, die Kinder, die zum Betteln abgerichtet werden, alle, die für die Oberhäupter des Clans anschaffen gehen müssen. Haben die denn niemanden verdient, der mal für ihre Sache eintritt? Er denkt darüber nach, wie Hiltrud, Detlef und Dieter jetzt über ihn denken werden. Er muß sich unbedingt bis zu seiner Ankunft eine andere Version der Geschichte ausdenken, die ihn nicht so vollkommen als den Konfliktunfähigen erscheinen läßt. Am besten, er denkt nicht an Karins Kommentare und an Justus' fieses Grinsen, wenn er denen diese Begebenheit ungeschönt präsentieren würde. Die Karin würde bestimmt sagen, »Da hast du es wieder einmal verpatzt. Du hättest dich ja wenigstens einmal für uns Frauen einsetzen können.«

Und der Arpad meint doch allen Ernstes, er hätte ihn gerettet. Na ja, etwas aggressiv sahen die schon aus, als sie ihn verfolgten, aber daß die ihn einfach zusammenschlagen würden oder schwer verletzen, daß konnte doch gar nicht sein. Die Geschichten, die über das Dorf kursieren, sind doch alle erlogen. Bernward Thiele hat nicht mehr viel Hoffnung, daß Arpad versteht, wie sehr er ihm soeben die Chance genommen hat, etwas für die selbstbestimmte Zukunft dieser Frauen zu tun. Vor Karin wäre er jetzt bestimmt wieder der Looser, aber die mußte das nicht unbedingt erfahren.

»Du, Arpad. Weißt du eigentlich, daß du mir mit deiner Angstmacherei eben eine einmalige Gelegenheit genommen hast, mal für eine gute Sache einzustehen? Ich mache diesen Job nicht etwa, weil er so viel Geld bringt. Nein, ich bin wegen meiner Ideale beim Landkreis. Helfen! Verstehst du, helfen!«

Arpad trennt sich augenblicklich von allen Hoffnungen, die ihm eben noch suggeriert hatten, er könne Bernward Thiele den Ernst der Lage klarmachen. Eine Weile ringt er nach Worten und entscheidet sich dann für die direkte Variante: »Glaube mir, Bern. Ich habe dich eben vor sehr vielem gerettet.«

Dann richtet er seinen Blick wieder auf die Straße und hört der Musik zu.

12:15 ARZT

Spasmen! Schon seit Jahren macht dieses Wort Bernwards Leben schwer und ein Ende ist nicht in Sicht. Karin ist zeitweise der Verzweiflung nahe. Es würde sich herauswachsen, irgendwann sollte es einfach nicht mehr da sein, haben sie ihm schon mehrmals gesagt. Justus ist mittlerweile fast volljährig. Von wegen! Herauswachsen! Es ist da und keiner weiß, was es wirklich ist. Zu wie vielen Ärzten sie schon gepilgert sind, er kann es kaum noch aufzählen. Ja, haben die denn gar nichts auf dem Kasten?! Können die denn nur immer dummes Zeug reden? Wie sinnlos diese Arzttermine doch sind! Von einer Besserung ist Justus jetzt weiter entfernt als je zuvor. Und wie er einen ansieht, wenn man ihm eine unbequeme Frage stellt, das Gesicht verzieht, in sich hinein lächelt, nein grinst, einen Teil der Schneidezähne entblößt. Genau das ist es, denkt Bernward Thiele, dieses fiese Grinsen. Auch das hat sich niemals herausgewachsen.

»Ich kann ihnen da nicht mehr weiterhelfen. Vielleicht kann dieser Kollege ihnen mehr sagen.« Dann hatte Dr. Blum Karin eine Karte in die Hand gedrückt. ›Psychologische Praxis Dr. Jäger, Kinderpsychologie und Systemische Therapie‹. Karin war empört. Was hat Dr. Blum sich nur gedacht, war ihm denn nicht klar, daß es einer Anklage gleichkommt, die Thieles einfach so als psychisch gestört, ja sogar psychisch krank abzustempeln? Seitdem nimmt alles genau den Gang, den Karin in ihrer Empörung prophezeit hat. Dr. Jäger kommt wieder und wieder auf das Thema familiäre Umgebung zu sprechen, versucht ihnen zu suggerieren, der Justus stehe unter einem gewaltigen Druck. So ein Unsinn! Oder noch blöder, der Justus werde nicht bedingungslos geliebt, fühle sich abgestoßen. Als ob der Justus einer von diesen Jungs ist, die nie geliebt worden sind. Bernward Thiele sieht wieder auf den Tischkalender und bemerkt seinen Widerwillen, Dr. Jäger anzurufen. Dieser ehrenwerte Psychologe hat schon mehrmals versucht, ihm weiszumachen, daß Justus' Verhalten eigentlich ganz verständlich sei, wenn man sich seine Anamnese vergegenwärtige. Wer weiß, was der Justus da alles über Karin und ihn erzählt hat, während dieser angeblichen Anamnese. Dr. Jäger sagt ja auch nichts von den Gesprächen mit Justus, beharrt darauf, die ärztliche Schweigepflicht gelte auch den Eltern gegenüber. Er kennt wie die anderen Ärzte auf jeden Fall kein Patentrezept, nach dem Justus geheilt werden könne. Und auf das dauernde fiese Grinsen angesprochen, erklärte er doch allen Ernstes, der Justus habe mit Sicherheit seine Gründe für das Grinsen, und das auch noch mit diesem wohlwollenden Lächeln, das er immer so von oben herab ausschüttete. Nein, besonders nach dem Beginn dieses von der schweren Wolkendecke, die heute über dem Mittelgebirge hängt, schon verfinsterten Tages ist sein Widerwille, Dr. Jäger anzurufen, fast unüberwindlich. Egal! Termine kann man eben nicht einfach ignorieren. Also nimmt er den Hörer in die Hand, wählt die Nummer, die er unter dem Termin notiert hat und wartet. Das Klingelzeichen ertönt, die Sprechstundenhilfe nimmt ab und Bernward Thiele bezieht sich nach kurzer und formeller Begrüßung auf den Telefontermin.

»Warten sie noch einen Augenblick. Der Doktor hat noch ein anderes Gespräch zu Ende zu führen. Ich kündige Ihr Gespräch aber jetzt schon über ein Lichtzeichen an. Es wird nicht lange dauern.«

Bernward Thiele erwidert gar nichts, wartet einfach und fragt sich, warum denn der Dr. Jäger überhaupt einen Telefontermin vereinbart hat, wenn er dann selbst nicht verfügbar ist. Meint der etwa, er hätte hier als Sachbearbeiter der schwierigen Fälle gar nichts zu tun? Bernward Thiele kennt die ungerechtfertigten Vorurteile gegen die Beamten und Angestellten des Landkreises. Die drehen den ganzen Tag Däumchen, lesen Romane und unterhalten sich über das nächste Wochenende. Und wenn mal jemand anruft, dann sehen sie zuerst auf das Display, ob das eine Nummer ist, von der kein Streß zu erwarten ist. Es gibt wohl solche aber nicht in seinem Dezernat. Hier haben wir einen schweren Fall nach dem anderen, und die Pausenzeiten werden ziemlich genau eingehalten, besonders seit Hiltrud Sachgebietsleiterin ist. Wer weiß, wie schnell die versuchen wird, Leute loszuwerden, die hier aus der Reihe tanzen? Nur einen Augenblick hat die Sprechstundenhilfe gesagt. Der Augenblick dauert mittlerweile drei Minuten. Eine Frechheit.

Bernward Thiele überlegt, ob er einfach auflegen und auf dieses Gespräch, vielleicht auch weitere Gespräche verzichten soll, als es in der Leitung knackt und sich Dr. Jäger mit dieser unsympathischen, gestellt freundlichen Stimme meldet. Bernward Thiele stellt sich bildlich vor, wie der Doktor sein wohlwollendes Mitleid von oben herab ausschüttet.

»Entschuldigen Sie die Verspätung, aber jetzt sind Sie an der Reihe. Uns liegen jetzt einige Erkenntnisse zu Justus' Leiden vor, die sich erst aus den letzten Sitzungen mit ihm ergeben haben.«

»Das finde ich spannend. Haben wir denn eine Chance?«
»Das wird sich noch zeigen, und das wird auch sehr stark
von ihrer Mitarbeit und natürlich von der Mitarbeit ihrer
Ehefrau abhängen. Sehen sie, ihr Sohn Justus ist nicht etwa
geisteskrank im Sinne eines...«, Dr. Jäger überlegt einen
Augenblick »...ja, zum Beispiel eines Paranoikers oder
Schizophrenen. Nein, das ist er mit Sicherheit nicht, aber er
leidet unter gewissen, in ihrer Familie begründeten Gegebenheiten. Wie ich ihnen das schon vor einigen Sitzungen
skizziert habe, kann ich dazu nicht wirklich viel sagen, da
die Sitzungen noch keine abschließenden Befunde ergeben
haben. Sehr wahrscheinlich ist jedoch, daß Justus sich
insgesamt zwar gelobt und akzeptiert fühlt, jedoch wohl auf
einer rein verstandesmäßigen Ebene, und daß er sich emo-
tional ungeliebt erlebt. Das, was wir Psychologen in der
Fachsprache bedingungslose Liebe nennen, scheint mir bei
ihnen in der Familie«, jetzt stockt sein Redefluß, »nun... auf
jeden Fall scheint mir diese bedingungslose Liebe in ihrer
Familie sozusagen durch eine eher zweckorientierte Form
der Liebe verdrängt worden zu sein.«
Bernward Thiele ist einfach sprachlos. Der kommt schon
wieder auf die Schiene ›verrückte Familie‹. Hat der denn
noch gar nicht verstanden, wie lieb Karin und er den Justus
haben, und auch nicht, daß Justus einfach jede Form von
Verständnis bekommt, das ein Kind nötig hat, um sich
akzeptiert zu fühlen. Stattdessen schwatzt Dr. Jäger diesen
ganzen Unsinn von emotionaler Kälte, davon, daß Justus
sich wohl als kleines Kind aus völlig unerklärlichen Gründen nicht geliebt gefühlt hatte. Und das alles nur, weil Karin
einmal während einer der Sitzungen gesagt hat, sie hätte es
gehaßt, wenn der Justus, als er noch ganz klein war, ständig
ganz nah an ihr dran war, sozusagen an ihren Rockzipfeln
hing, obwohl sie natürlich keine Röcke trug. Diesen kleinen
Hinweis hat Dr. Jäger dann sofort in seine Kladde einge-
tragen und Vermerke gemacht. Was ist denn daran so
furchtbar? Auch Karin hat ihr Recht auf ihr eigenes Privat-

leben, und der Justus mußte deshalb schon früh lernen, daß man keine Grenzen überschreiten darf. Das ist doch überhaupt das Allerwichtigste. Dr. Jäger soll sich doch einfach mal klarmachen, daß diese ganzen Kindesmißbrauchsfälle eigentlich nur Grenzüberschreitungen sind. Na ja, und genau das hatten sie dem Justus so früh wie möglich klargemacht, daß es Grenzen gibt. Das würde er auch für sich selbst in Anspruch nehmen, wenn er mal älter wird. Dann würde er ihm, seinem Vater und Karin ja auch nicht so ohne weiteres erlauben, ihn körperlich zu bedrängen. Was sollte er diesem arroganten Psychologen jetzt überhaupt noch sagen, der ihm vorhielt, in seiner Familie fehle die emotionale Wärme? Die Frage erübrigt sich, denn Dr. Jäger kommt ihm zuvor.

»Wie sie sehen, Herr Thiele, bin ich noch nicht imstande, die seelische Situation ihres Sohnes genau zu beurteilen und daher schlage ich vor, daß wir mit systemischer Therapie fortfahren, die auch sie und ihre Frau mit einbezieht.«

Bernward Thiele unterbricht ihn jetzt. »Halt! Stop! Daran sind wir nicht interessiert, wir sind nicht wegen einer Psychotherapie zu ihnen gekommen sondern, um Justus neurologisch zu helfen, über diese Anfälle hinwegzukommen. Verstehen sie, er hat ein ernstzunehmendes körperliches Leiden. Von anderer Stelle wurde schon diagnostiziert, während seiner Geburt habe er dieses Leiden wegen der ganzen Apparatemedizin abbekommen. Hören sie? Ein ernstzunehmendes körperliches Leiden. Das haben die Apparatemediziner damals verschuldet. Die haben ihn einfach auf die schnelle geholt, ganz ohne unser Einverständnis. Da ist ganz und gar nichts Psychisches! Ich als geschulter Pädagoge kann das sehr gut beurteilen, das können sie mir glauben.«

»Ich wollte ihnen auch nicht zu nahe treten, nur die Tests der Kollegen haben nun mal ergeben, daß wir keinerlei physiologische Ursache für diese Art Störung finden. Es liegt, wie wir sagen, kein somatischer Befund vor. Die Krankengeschichte ergibt, daß die Anfälle diskontinuierlicher Bewegungen, wie wir sie am besten nennen können, vor etwa dreizehn Jahren anfingen, also als ihr Sohn zwei bis drei Jahre alt war. Seit diesem Zeitpunkt war er in so mancher Therapie, und in keinem Fall wurde eine der typischen Ursachen wie zum Beispiel eine Dysfunktion eines Teiles des Hirns oder etwas ähnliches festgestellt. Daher kann ich ihm auch an dieser Stelle keine körperliche Ursache attestieren. Aber ich sehe auch, daß sie natürlich etwas benötigen, mit dem sie weitermachen können. Daher habe ich vorgeschlagen, die Therapie unter ihrer Beteiligung und unter Beteiligung ihrer Ehefrau fortzuführen.«

Bernward Thiele brennt innerlich vor Wut. Was fällt diesem Dr. Jäger überhaupt ein? Seine Familie ist nicht psychisch gestört, sondern tritt für echte Ideale ein und der Justus hat ein ernsthaftes körperliches Leiden. Ansonsten sind sie alle drei völlig intakt. Und der redet da allen Ernstes von systemischer Therapie. Bernward Thiele kichert kurz auf. Systemische Therapie empfiehlt er den Broken-Home-Typen, bei denen man vom Fußboden essen kann. Diese Psychoanalytiker wollen uns Dinge einreden, die es gar nicht gibt, dieses sogenannte Unbewußte und die ganzen Traumdeutungen und zum Schluß kommen sie immer auf sexuelle Störungen als Ursache. Darauf kann man wetten. Seine Familie ist aber zufrieden, da gibt es keine verdrängten Ängste und schon gar keine sexuellen Probleme. Die Karin hat ganz recht, wenn sie betonte, die sollten bloß mit dem Analyse-Gedöns aufhören.

»Das kommt nicht in Frage! Sie verstehen anscheinend gar nicht! Der Justus ist nicht gestört, sondern krank! Wir wollen Medizin, verstehen sie? Medizin! Keine Psychotherapie!«

Dr. Jäger beginnt zu verstehen, daß ein konstruktives Gespräch mit dem Vater seines Patienten nur sehr eingeschränkt möglich ist. Wäre Bernward Thiele der Patient gewesen, Dr. Jäger hätte ihm schon vor einigen Sprechstunden empfohlen, die Praxis eines Kollegen aufzusuchen, aber hier geht es ja um den Justus, der ihm zugegebenerweise trotz seines Grinsens recht sympathisch ist. Also versucht er, die Situation zu meistern. Um die Spannung zu entschärfen, lacht er väterlich in das Telefon und wartet einige Sekunden. Für Bernward Thiele, der das Lachen nicht sehen kann, sich aber an ähnliche Szenen in der Sprechstunde erinnert, ist es unerträglich. Zynisch! Klar, genau das ist es! Er bleibt dabei, daß wir eine gestörte Familie sind und lächelt mich gütig an, bis ich mürbe bin.

»Der meint es gut mit Justus. Wieso verschließt du dich?« Ruckartig dreht Bernward Thiele sich um, sieht den Alfredo hinter sich und die Türen des Korridors weit geöffnet, so daß das plüschig rote Licht der Zimmer hinter den barocken Türen in den Gang flutet. Ja wird er den denn niemals los? Dann blickt er in die Unendlichkeit des Ganges und hört Alfredo. »Eben war Justus noch hier, aber er ist geflüchtet, zuerst in eine der Türen, und als er merkte, was ihn dahinter erwartete, kam er schnell wieder herausgelaufen und rannte in die Finsternis.« Als Alfredo dann noch auf eine der Türen zeigt, geht Bernward Thiele hin, reißt sie auf. Oh nein! Sein Bruder Thorsten rekelt sich mit der hübschen Alicia im Bett. Beide ganz nackt. Hier hat der Justus gerade eben noch hereingeguckt. Kein Wunder, daß er dieses Bild nicht ertragen konnte, so sensibel, wie er eben ist. Sein Onkel Thorsten mit einer Fremden. Karin darf kein Wort davon erfahren. Alfredo zeigt auf die rechte Seite des Korridors und ist dann verschwunden, wo Gisela in die Unendlichkeit entschwebt. Bernward Thiele schwebt den Korridor entlang in die Richtung, in die Alfredos Finger gezeigt hatte, bis er eine Tür bemerkt, aus der grelles weißes Licht scheint. Dr. Blum wartet dort hinter einem Schreibtisch, auf dem drei Arzneiflaschen stehen.

»Ich habe interessante Neuigkeiten für sie, Herr Thiele. Ihrem Sohn kann geholfen werden. Die Wissenschaft hält uralte, alchimistische Medikamente für solche Fälle bereit.« Dann lächelt Dr. Blum und Bernward Thiele betrachtet die drei Arzneiflaschen, eine braune, eine grüne und eine blaue.

»Wie sie wissen«, fährt Dr. Blum fort, »bekommt man aber in dieser Welt nichts geschenkt. Alles will irgendwie bezahlt werden. Ja, so ist es nun mal. Und das gilt auch für die Heilung.«

»Wie viel kosten denn diese Medikamente?« fragt Bernward Thiele mit einem Anflug von Unsicherheit, da er befürchtet, er würde die finanziellen Mittel für die vor ihm stehenden Medikamente nicht aufbringen können.

»Nein, sie haben mich völlig falsch verstanden«, antwortet Dr. Blum und wird dann sehr ernst, »nicht sie, sondern der Geheilte wird bezahlen. Und der Preis besteht auch nicht in einer bestimmten Summe Geldes, sondern in einem Defizit, das ihm für die Heilung abverlangt wird.«

Bernward Thiele sieht ängstlich auf die drei Arzneiflaschen. »Die mehrmalige Gabe von Arsenum Bromatum«, Dr. Blum zeigt auf die braune Arzneiflasche, »jedenfalls ist die mehrmalige Gabe von Arsenum Bromatum vielleicht geeignet, die Anfälle ihres Sohnes ein für alle Mal zu beenden. Wahrscheinlich müssen wir ihrem Sohn das Präparat fünf- bis zehnmal verabreichen. Aber ich warne sie, denn der Preis muß auf jeden Fall bezahlt werden.«

Dr. Blum sagt den letzten Satz in sehr getragenem und ernstem Ton, so daß Bernward Thiele zunächst durchatmen muß, bevor er sich wieder sammelt.

Bernward Thiele sieht intensiv auf die braune Flasche, stellt sich vor, Justus wäre schon geheilt, und fragt sich, worin denn der Preis der Heilung bestehen könnte. »Ich finde, das hört sich gar nicht so schlecht an. Sagen sie mir am besten gleich, wo das Problem ist.«

Dr. Blum atmet seinerseits tief und antwortet in dem getragenen Tonfall: »Nicht alles, was anfangs glänzt, ist auch wirklich Gold. Genau so verhält es sich auch mit der Alchimie, deren Resultat Arsenum Bromatum ist. Wie sie wissen, hat ihr Sohn momentan einige Male jeden Tag diese Anfälle. Manchmal einige Sekunden, manchmal ein halbe Minute. Wie immer wir es nennen mögen, ob Spasmen oder anders, es sind jedenfalls Gegebenheiten, die zwar unschön sind, mit denen er jedoch leben kann. Trotz dieser Anfälle kann er später einen Beruf ergreifen, eine Familie gründen, Freunde haben, ein Hobby ausüben, ja, um es kurz zu sagen, er kann leben.«

Bernward Thiele sieht sich kurz in diesem grellweiß erleuchteten Raum um, denkt an den Korridor da draußen mit seiner düsteren Unendlichkeit, an den Alfredo, der jetzt verschwunden ist, und fragt sich, ob er wieder durch den Korridor muß, bis Angst in ihm aufsteigt. Dr. Blum holt ihn wieder zu den Arzneiflaschen zurück.

»Wie ich ihnen eben schon sagte, ist zwar die Möglichkeit gegeben, alle Symptome ihres Sohnes auf einmal loszuwerden, indem man ihm eine Gabe Arsenum Bromatum verabreicht, aber wie so vieles in unserer Welt ist auch Arsenum Bromatum ein hinterhältiger Geselle und ein falscher Freund. Zwar werden so manche Symptome über die Gabe von Arsenum Bromatum wie von einem Sturm hinweggeblasen, aber der Geist dieses Präparates holt sich allmählich all jenes mit Wucherzins zurück, was er seinen Begünstigten zuteilwerden läßt.«

Bernward Thiele kann sich beim besten Willen nicht vorstellen, was Dr. Blum mit dem Wucherzins meint, und schweigt für einige Sekunden, bis Dr. Blum, der schon verstanden hat, daß er seine Ausführungen konkretisieren muß, wieder von neuem anhebt: »Die Therapie, wenn wir es mal so nennen mögen, ja also die Therapie mit Arsenum Bromatum ist eine der gefährlichsten, die mir überhaupt bekannt ist, und ich glaube nicht, daß ihnen die Nebenwirkungen recht sein werden.«

Eine peinliche Stille entsteht und Bernward Thiele malt sich einige der gräßlichsten Nebenwirkungen aus, die überhaupt möglich sind wie etwa Magenleiden, die zu ständigem Erbrechen führen, Hautkrankheiten, die Justus' Haut in Schuppen verwandeln, oder Tumore, die sich langsam aus dem Körper heraus nach außen hervorkämpfen. Dann überlegt er, welche dieser teuflischen Erkrankungen er im Austausch für die Heilung der Anfälle hinzunehmen bereit wäre. Einen kurzen Moment stellt er sich die Frage, was ihm denn überhaupt einfällt, sich anzumaßen, so einen Handel zu erdenken aber Bernward Thiele verbannt den Zweifel sofort wieder untertage in die unsichtbaren Bereiche seiner Seele und sagt sich, es stehe doch völlig außer Frage, daß nur Karin und er als die Eltern dazu berechtigt sind, zumal Justus noch gar nicht volljährig ist.

»Leider, Herr Thiele, muß ich Ihnen mitteilen«, sagt Dr. Blum jetzt in getragenem Ton, »daß die Gabe von Arsenum Bromatum des öfteren mit dem Verlust des Augenlichts verbunden ist. Jetzt wissen Sie, was ich mit Wucherzins meine. Der Patient ist für einige Tage glücklich, weil er meint, ein Geschenk erhalten zu haben. Schon nach etwa einer Woche aber deutet sich an, wie hoch der Preis der angeblich kostenlosen Genesung wirklich ist. Zuerst sieht der Patient die Welt durch einen rötlichen Schleier, der allerdings von Tag zu Tag dunkler wird, und allmählich bricht unendliche Nacht über ihn herein.« Dr. Blum fährt fort: »Hat die Nacht diesen Patienten aber erst einmal fest in ihrem Griff, so sendet sie kurze Zeit später auch den zweiten Reiter...«

»Reiter? Worüber reden Sie denn jetzt?« fragt Bernward Thiele mittlerweile sehr verunsichert. Dr. Blum geht nicht weiter darauf ein, da Bernward Thiele von den Offenbarungen des Johannes wohl noch niemals gehört hat. »Wie dem nun sei, jedenfalls ist das Leid damit nicht zu Ende. Mit der Blindheit ist nicht selten auch schwere Depression verkettet und so manches Mal auch der sich anschließende Suizid. Ich bedauere sehr, aber dies sind die Wucherzinsen, die Mittel wie Arsenum Bromatum schon nach kurzen Zeit einfordern.«

»Klar«, raunt Bernward Thiele in sich hinein, »das ist fast wie mit der Apparatemedizin. Die glauben auch alle, sie bekommen Gesundheit geschenkt, denken immer nur ›Mach mal‹, aber das funktioniert eben nicht so einfach.«

»Herr Thiele, ich glaube, sie verkennen den Ernst der Lage. Es handelt sich hier um eine außergewöhnlich teuflische Substanz, deren Wirkung nicht endgültig abgeschätzt werden kann.«

»Wahnsinn! Eh Wahnsinn! Das kann doch nicht sein, daß dies wirklich das einzige Mittel ist, das dem Justus die blöden Anfälle vertreiben kann. Ich meine, da muß es doch noch etwas anderes geben, das eventuell auch helfen kann und nicht ganz so gefährlich ist, denn einfach so blind zu werden, nein, das geht natürlich nicht, aber vielleicht gibt es ja noch etwas ähnliches mit weniger Nebenwirkungen.«

Die Tür zu dem Korridor öffnet sich und Alfredo tritt ein, kommt schnell auf Bernward Thiele zu, sagt, sie müßten diesen Raum so schnell wie möglich verlassen. Hier lauere das Verderben, aber Bernward Thiele will davon nichts wissen, stößt Alfredo von sich, bis Dr. Blum mit dem Zeigefinger abwechselnd auf Bernward Thiele und auf Alfredo zeigt und sagt, Bernward Thiele solle sich entscheiden, schließlich habe er noch andere Patienten.

»Du Alfredo, laß uns einfach mal in Ruhe, Dr. Blum hat etwas, das dem Justus helfen kann.«

Alfredo ist plötzlich nicht mehr da, das weiße Zimmer verharrt in Stille, bis Dr. Blum mit seiner Darstellung fortfährt.

»Zunächst können wir es mit Arsenum Sulfuratum versuchen«, Dr. Blum zeigt auf die blaue Flasche, »dem nahen Verwandten des Arsenum Bromatum, aber auch hier sind Warnungen unerläßlich, denn so manches, was nicht auf den ersten Blick sichtbar ist, kann dennoch schweren Schaden bedeuten. Wie ich ihnen schon zum Arsenum Bromatum verdeutlichte, ist auch im Fall des Arsenum Sulfuratum die wiederholte Gabe ein fast hundertprozentig sicherer Garant, daß sich die Symptome ihres Sohnes später verflüchtigen werden. Leider ist auch hier die alchimistische Therapie nicht gratis. Die meisten der Patienten verlieren schon nach wenigen Tagen ihre Zeugungsfähigkeit und auch ihre Erektionsfähigkeit. Wie ich sagte, ist so manches, was sich nicht überall nach außen zeigt, mit schweren Schäden verbunden. Ihr Sohn würde also...«

Weiter kommt Dr. Blum jetzt nicht, denn Bernward Thiele beginnt bereits, laut nachzudenken.

»Schön ist das zwar nicht, aber, um ganz ehrlich zu sein, so wie er sich jetzt aufführt, bekommt er sowieso keine Frau und wir bekommen daher auch keine Enkelkinder. Na, was soll's? Vielleicht sollte man mal drüber nachdenken, schließlich ist der jetzige Zustand vollkommen untragbar. Ich denke, das ist das kleinere Übel, wenn er nicht mehr zeugungs- und erektionsfähig ist. Ich glaube auch, daß die Karin dazu durchaus ja sagen würde. Der Zustand, wie er jetzt ist, macht uns in der ganzen Nachbarschaft zum Gespött, und die andere Sache, die würde ja erst einmal kein Mensch merken. Er wäre weiter der Primus. Wenn er dann später doch eine Frau kennen lernen würde, dann müßten wir es ihm eben erklären. Er ist ja kognitiv sehr weit entwickelt. Der hat dafür bestimmt volles Verständnis. Die Karin hält es so, wie es jetzt ist, nicht mehr aus, und dafür muß er schließlich auch Verständnis aufbringen. Kaum kommt sie morgens zur Bushaltestelle, schon hört sie das Tuscheln der Nachbarinnen.»Sieh mal, ihr Sohn hat gestern wieder einen dieser Anfälle gehabt, die kein Mensch einordnen kann. Wie gut, daß wir nicht in ihrer Haut stecken.«

»Nee, das geht schon in Ordnung. Das geht durch, Herr Doktor.«

Kaum hat Bernward Thiele die letzte Silbe ausgesprochen, ist Dr. Blum verschwunden. Auch der Tisch und die Arzneiflaschen sind nicht mehr da, und der Raum, zuvor noch in grellem Weiß, ist jetzt eine dunkelgraue Kammer voller Gerümpel. Bernward Thiele spürt Angst. Was geht hier vor? Schnell bahnt er sich einen Weg zur Tür, stößt sie auf und sieht sich in dem Korridor wieder. Die Lampen an den Wänden des Korridors sind jetzt erleuchtet, so daß er sich in einem schmierig gelben Licht beidseitig in der Unendlichkeit verliert.

94

Der Telefonhörer fühlt sich schwer an, als hätte er ihn lange in der gleichen Position gehalten. Die Stimme der Arzthelferin fragt, ob er noch am anderen Ende ist. Bernward Thiele bejaht, fragt, warum Dr. Blum nicht am Apparat ist. »Dr. Blum ist hier unbekannt. Sicher meinen Sie Dr. Jäger. Warten Sie, er muß kurz einige Informationen zu einem Notfall geben, wird sich aber sofort wieder um Sie kümmern, Herr Thiele. Bitte gedulden Sie sich noch einen Moment.« Schon wieder diese arroganten Frechheiten. Bitte gedulden Sie sich noch einen Moment. Als ob er das nicht zu Beginn schon getan hätte.

Ein Klicken in der Leitung, dann Dr. Jägers Stimme: »Entschuldigen Sie bitte die kurze Störung. Wo sind wir stehen geblieben?«

»Arsenum Sulfuratum, bitte Herr Doktor, gewähren Sie uns dieses Medikament, damit die unsinnigen Diskussionen um systemische Therapien endlich der Vergangenheit angehören.« Eine Pause auf der anderen Seite, dann mit unsicherer Stimme: »Wovon sprechen Sie, Herr Thiele?«

Bernward Thiele, der sich gedanklich noch in dem weißen Zimmer hinter dem Korridor befindet, empört sich, da Dr. Jäger ihm schon wieder Medikamente verweigert.

»Ganz am Anfang des Gespräches habe ich Ihnen bereits echte Hoffnung angeboten. Davon wollten Sie allerdings nichts wissen.«

»Und ich sagte ganz klar, daß der Justus kein Fall für eine Psychotherapie ist. Wir werden einer Psychotherapie niemals zustimmen. Er ist nicht verrückt. Verstehen Sie?«

Für Dr. Jäger wird dieses Gespräch zusehends mühselig, und er denkt über eine Möglichkeit nach, aus der Sache auszusteigen, bis Bernward Thiele ihm auch hier wieder zuvor kommt, indem er eine Überweisung verlangt.

»Wohin soll ich Ihren Sohn Ihrer Meinung nach überweisen?«

»Dahin, wo ihm geholfen wird. Dahin, wo sein Leid ernstgenommen wird, verstehen Sie, wo man ihn heilt.«

»Na ja, das habe ich Ihnen anfangs schon angeboten. Nehmen Sie die Hilfe an, die ich Ihnen angeboten habe. Gehen Sie alle zusammen zu einer systemischen Therapie.«

Bernward Thiele ist zutiefst gekränkt und kann sich kaum noch vorstellen, mit diesem Arzt auf einen Nenner zu kommen. Merkt denn dieser arrogante Kerl nicht, daß Karin und er wirklich alles, ja wirklich alles getan haben, um Justus' Geburt, Kindheit und Jugend so optimal wie nur irgend möglich und frei von störenden Einflüssen verlaufen zu lassen? Zusammen mit Karin hat er in der Zeit der Schwangerschaft, Mensch, das liegt jetzt fast sechzehn Jahre zurück, auf jeden Fall haben sie während der Schwangerschaft alle verfügbaren Bücher gelesen und studiert. Sie haben alles, was der Markt zu natürlicher und femininer Geburt anbietet, ausprobiert und sich dann anschließend einen, wie sie glaubten optimalen Plan zurechtgelegt. Der Zeitplan sah genaue Etappen vor, von der zehnten Schwangerschaftswoche bis zur Geburt. Bernward Thiele kann sich nicht erklären, aus welchem Grunde es irgendwann völlig anders lief, als es ihr gemeinsamer Plan vorsah. Irgendwann, etwa am Ende des sechsten Monats begannen Wehen und Bernward Thiele sah in Panik alle Bücher durch, die sie in ihrer Wohnung gestapelt hatten, suchte fieberhaft, um den entscheidenden Fehler zu finden. Irgend jemand fragte ihn damals, ob es daran liegen könnte, daß sie sich beide, besonders aber Karin mit ihrem rigiden Zeitplan, zu sehr unter Druck gesetzt hatten. Ihm ist jetzt sogar, als könne er sich da an den Alfredo erinnern. Ja, klar, Alfredos meckernde Stimme hatte ihm damals zugeraunt, er versuche zu planen, was nicht planbar ist, er versuche zu steuern, was nicht steuerbar ist. Schon damals saßen diese frechen Unken ihm im Genick und wie man jetzt nur allzu gut sieht, hat sich ja auch bis heute nichts geändert. Seine Suche in den Büchern brachte aber kein Ergebnis und Bernward Thiele versuchte wieder und wieder, Karin zur unbedingten Einhaltung der Bio-Yoga-Übungen zu drängen. Denk an Hedwigs Worte, denk daran, dich zu entspannen, sonst wird das nichts mit der natürlichen Geburt. Und der Karl aus der Nachbarschaft kam mit dem gleichen Mist, sie hätten sich vielleicht zu sehr unter Druck gesetzt. Die hatten ja überhaupt nichts verstanden. Die Übungen dienten doch gerade dazu, den Druck zu vermindern und die natürliche Geburt zu ermöglichen. Aber die hatten wohl ihre eigenen Pläne und kriegten sie am Ende auch durch. Die Karin hatte danach jedenfalls keine Lust mehr. Das Thema zweites Kind war dann ein für alle Mal ausdiskutiert. Die Wehen wurden stärker und er hatte Angst. Viele sagten ihm, wenn das Baby ein Frühchen wird, dann werde es wohl sein ganzes Leben lang kleiner und schmächtiger bleiben als andere. Karin klagte, als die Wehen unerträglich wurden und sich ihr Muttermund irgendwann weitete. Das war im siebten Monat. Aber er wollte es noch einige Tage mit den Übungen versuchen, und dann rief Karin die Sanitäter an, als er zur Apotheke gerannt war. Schon auf dem Weg nach Hause hörte er die Karin schreien und sah die Blaulichter. Die Sanitäter guckten ihn wie eine Kakerlake an, sagten, er solle sich was schämen. Die hatten nicht verstanden, worum es eigentlich ging. Mensch Leute, weg von der Apparatemedizin! Mit Blaulicht und Martinshorn wurden sie in die Notaufnahme gefahren und das letzte, woran er sich erinnert, waren Karins Schreie, als sie auf der Trage in den Kreißsaal gefahren wurde. Er rief ihr noch hinterher, sie solle denen klarmachen, wie sie die natürliche Geburt geplant hatten, als die Schwestern und Pfleger ihn daran hinderten, mit in den Kreißsaal zu kommen. Warten auf dem Gang, Angst, jedes Mal, wenn sich die Tür des Kreißsaals öffnete. Das Angebot, sich in die Cafeteria zu setzen, lehnte er natürlich ab. Stunden später kam ein Pfleger heraus und beglückwünschte ihn, er sei Vater eines gesunden Jungen geworden. Der kleine Justus war zwar eine Frühgeburt, aber gesund. Die hatten vielleicht geglaubt, er würde sich freuen über diese Nachricht, ja klar, genau wie in den guten alten Fifties, als es noch allein

Mamas Sache war, das Kind zu gebären, und der Papa mit einem Blumenstrauß im Vorzimmer wartete. Er erinnerte sich an die verstaubten Hollywood-Filme. Aber nicht mit ihm! Der Pfleger sollte glauben, was er wollte. Die da hinter der Schleuse zum Kreißsaal hatten ihm und Karin den ganzen Bio-Geburtsplan versaut und das zeigte er ihnen auch. Er war nicht dabei und die Apparatemediziner holten den kleinen Justus einfach so. Sie holten ihn, und Bernward Thiele hört sich heute noch schreien. »Ihr habt ihn geholt, ohne daß ich dabei sein durfte! Ihr habt ihn geholt und einfach ignoriert, daß Karin und ich so lange geübt haben! Ihr Scheiß-Apparate-Heinis!«

Er schrie sich damals auf dem Flur des städtischen Krankenhauses den Hals wund. Wenn er daran zurückdenkt, ist ihm, als würde er sich heute noch den Hals wund schreien. Aber Dr. Jäger wußte ja alles besser. Der ist ja nicht mal bereit, die Medizin für den Justus herauszugeben. Die haben wirklich kein Realitätsempfinden mehr. Dr. Jäger ist gegen ihn, gegen Karin und auch gegen die liebe kleine Familie, die sie gegründet haben.

»Glauben Sie mir, Karin und ich sind die gewissenhaftesten Eltern, die es überhaupt geben kann, Herr Doktor.«

»Ja, die gewissenhaftesten mit Sicherheit. Ich aber frage mich doch, ob da nicht auch etwas Liebe hätte mitspielen sollen.« Dr. Jäger hat etwas Schmunzelndes in der Stimme, aber auch Trauer und Resignation.

Bernward Thiele hört aber nichts als Hohn und Spott. Das süffisante und saturierte Lachen des Doktors ekelt ihn an. Darum nimmt er alle seine Kraft zusammen und schreit ins Telefon: »Wir haben immer nur das Gute gewollt, und das Gute ist die Grundlage der Liebe, wie Sie eigentlich wissen müßten.«

»Nein, mein werter Herr Thiele«, erwidert Dr. Jäger, »es ist in Wirklichkeit ganz anders, nämlich so, wie es Nietzsche sagte, ›Was aus Liebe getan wird, geschieht immer jenseits von Gut und Böse‹.«

Bernward Thiele kann die Frechheit nicht weiter ertragen. »Also, Herr Dr. Jäger, ich beende das jetzt einfach mal.« Er legt den Hörer auf und ärgert sich, mit diesem arroganten Dummschwätzer seine Zeit verschwendet zu haben.

12:45 TELEFON

»Der Günther verlangt, daß ich bis sieben hierbleibe. Wir haben noch einige dieser aussichtslosen Patienten, die sich fast nur im Fast-Food-Restaurant oder aus der Dose ernähren, bis sie von ihrem Arzt zum Bio-Öko-Trophologen geschickt werden. Erinnerst du dich noch an diesen überfetteten alten Kerl, von dem ich dir letzte Woche...«
Bernward Thiele hat seiner Frau nun schon seit etwa drei Minuten zugehört und wird ungeduldig. Schließlich weiß er nicht, ob sie ihn schon wieder über das Mobiltelefon anruft. Diese Telefoniererei wird ihn irgendwann noch der Möglichkeit berauben, sein Motorrad zu finanzieren. Schon vor Justus' Geburt hatte Karin klargemacht, daß sie sich niemals mit seinem Beitritt zu den Heavy-Riders abfinden werde und jetzt gefährdete sie auch noch den Bestand des Bikes. Wenn sie wenigstens das Praxistelefon benutzte. Nein, sie greift einfach zu ihrem Handy. Es ist ja auch bequemer.
»Stop, Karin, bevor du weiterredest. Von welchem Telefon aus rufst du an?« Stille für einige Sekunden, dann ein gestelltes Lachen. »Ach Bern, hab mal keine Angst, ich weiß schon, wann ich aufhören muß. Deine wilden Motorradtage sind nicht in Gefahr.«
Da ist sie wieder, ihre zynische Seite. Als der Ulf damals mit seiner schwarzen Lederjacke bei ihnen war und die Kameradschaft der Heavy-Riders anpries, lachte sie, setzte ihre Jetzt-wird-es-ganz-ernst-Maske auf und stellte klar, daß Bernward Thiele sich zwischen ihrer reifen Beziehung und der pubertären Gang entscheiden müsse.

Er versucht, sich auf die sachliche Seite des Gesprächs zu konzentrieren, fühlt aber, wie sich in ihm die Wut aufstaut, die auch zu der Krise vor zwei Wochen geführt hat. Was fällt ihr überhaupt ein, ihn hier so vorzuführen, verdient nicht er das Geld der Familie? Sie weiß schließlich nur zu gut, daß ihre Tätigkeit in der Praxis für zehn Stunden in der Woche nur ausreicht, die Kosten zu decken, die damit verbunden sind. Er ist der Mann des Hauses und verdient das Geld. Was fällt ihr also ein, einfach über seine Frage zu dem Telefon zu lachen? Und sie erfrecht sich, lachend am Telefon zu verkünden, seine wilden Motorradtage seien nicht in Gefahr. Er verkrampft sich, spürt Spannung in seiner Brust. »Du, Karin, also ich beende das hier, wenn du mir jetzt nicht sagst, von welchem Telefon du anrufst. Ich lege dann wirklich ganz schnell auf.«

Ihr Lachen ist verschwunden. Gut so, denkt er sich, der werde ich es sowieso noch zeigen. Die glaubt doch nicht etwa, daß ich da mitmachen werde. Die Sache mit den Kelten kann sie ein für alle Mal abschreiben. Die Suppe werde ich ihr kräftig versalzen!

»Bern, hörst du es denn nicht? Ist meine Stimme nicht klar genug für eine Festnetzverbindung? Ich habe gedacht, daß du das sofort heraushörst. Auf jeden Fall muß ich diesen dicken alten Kerl heute Abend noch... Oder besser gesagt, ich muß so tun, als ob ich versuchte, ihm zu erklären, was Ernährung ist, denn bis jetzt ist er ja eher so eine Art Abfalleimer. Aber ich glaube, da ist nichts mehr zu machen. Die denken alle nur *Mach mal!* und sind nicht bereit, selbst etwas für ihre Gesundheit zu tun! Die wollen, daß es ihnen gut geht und sie genau so weitermachen können wie vorher. Immer wieder das gleiche infantile Verhalten. Na, eben Männer! Und wenn es dann gar nicht mehr funktioniert, dann rufen die dicken Kerle nach einer Frau, die sie pflegt und die sie am besten noch anrüffeln können.«

Bernward Thiele hört entspannter zu, seitdem er weiß, daß die Kosten des Telefongespräches auf die Praxis gehen. Die

Angst um sein schwer verdientes Geld verflüchtigt sich wie Rauch, den die Wut auf Karin eben noch emporgeschleudert hat.

»Hörst du überhaupt noch zu, Bern?« Sie muß irgendwie bemerkt haben, daß er sich mit seinen Gedanken in andere Räume verirrt hat.

»Klar, das mit dem Auflegen hat sich ja erledigt. Du verstehst doch, daß ich es wirklich nur... Wir müssen halt sparen.«

»Ist gut, Bern, nicht schon wieder den gleichen Sermon. Wo wir übrigens beim Sparen sind und du ja heute Nachmittag bis etwa sechs Uhr allein zuhause sein wirst, interessiert es dich vielleicht, daß Justus plant, heute Ralf, Heike und Thorsten einzuladen, um mit ihnen mal zur Probe in unserem Zelt zu schlafen.«

Bernward Thiele holt sich das Bild des im Garten stehenden Zelts in sein Gedächtnis zurück. Jedes Jahr im April bauen sie es für einige Tage im Garten auf, um zu prüfen, ob noch alles für den Sommer bereit ist oder ob es eventuell geflickt werden muß. Justus hat schon anklingen lassen, daß er gern mal mit seinen Freunden im Zelt übernachten würde.

»Die sind ja friedlich miteinander. Ich lasse die einfach ihre Spiele spielen und um acht bis halb neun ist dann eben Schluß. Dann können sie sich in ihre Schlafsäcke legen und die Wohnzimmertür lasse ich einen Spalt offen.«

»Du verstehst anscheinend nicht so richtig, worauf ich hinaus will. Wir haben doch vom Sparen geredet. Das letzte Mal kamen die um acht Uhr abends alle auf die Idee, daß es noch etwas zu essen gibt. Zum Glück hatte ich Reste, die schnell verfüttert werden konnten.«

»Mach dir keine Sorgen. Das kommt nicht in die Tüte, daß wir noch die Kinder anderer Leute durchfüttern. Übrigens nicht um acht Uhr und auch nicht um sieben Uhr. Ich glaube, Justus hat auch verstanden, daß die sich von zu Hause etwas mitbringen müssen, nachdem wir es das letzte Mal thematisiert haben und zu unserem neuen Konsens gekommen sind. Du weißt doch, er war sehr einsichtig.«

Karin denkt für eine Weile nach und kommt zu dem Schluß, es werde wohl nicht wieder passieren. Bernward Thiele zählt kurz das Geld, was Speise und Trank für Justus' Freunde zusätzlich kosten, bis Karin sich plötzlich erinnert, daß Justus seine Freunde erst in zwei Tagen eingeladen hat.

»Vergiß es, ich habe mich im Datum geirrt.«

»Ich hoffe nur, daß ich selbst früh genug ankommen werde, denn wahrscheinlich kommt es hier noch zu Verzögerungen. Die Hiltrud hat für heute Nachmittag so eine von diesen Koryphäen, wie sie ihn selbst nennt, eingeladen. Einen Brasilianer, Moment mal, wie heißt das noch genau?« Bernward Thiele blättert kurz in einem Stoß Mitteilungen.

»Transaktionsanalyse, ja er ist Transaktionsanalytiker, und Hiltrud meint, er könnte uns mal etwas zu uns selbst sagen. Der würde sofort jeden von uns erkennen. Sie selbst ist übrigens nicht auf die Idee gekommen, ihn einzuladen. Das war noch Gerds Initiative aus der Zeit, als er noch Sachgebietsleiter war.«

»Nimm dich in acht vor diesen Leuten. Weißt du noch, wie der Analytiker uns vor zehn Jahren weismachen wollte, wir wären irgendwie gestört. Der hat sich richtig daran ergötzt, als er uns als, ach ich weiß nicht mehr, wie er das nannte, auf jeden Fall meinte er, daß bei uns keine Liebe ist. Er erdreistete sich, uns... ach das muß ich nicht alles wiederholen, und das müssen wir uns auch nicht bieten lassen. Und dann hat er noch etwas von Kleinbürgeridylle gefaselt. Ich konnte das kaum glauben, wo wir die ersten waren, die gegen den Mainstream marschiert sind. Eine Frechheit! Außerdem kam er am Ende unserer letzten Sitzung wieder auf das Lieblingsthema der Analyse zu sprechen. Weißt du noch, wie wir uns dann wortlos abgewandt haben und gegangen sind?«

»Du, Karin, ich glaube nicht, daß der Brasilianer einer von diesen sexbesessenen Analytikern ist. Hiltrud hat schon darauf hingewiesen, daß die Transaktionsanalyse da ganz anders ansetzt als die klassische Psychoanalyse, der wir damals aufgesessen sind. Ich finde das ganz spannend, daß der kommt. Da fällt mir ein, daß der Dr. Jäger mir heute Morgen schon wieder ganz blöde gekommen ist. Du weißt ja, systemische Therapie und so.«

»Wo du schon über den Psychologen sprichst, hoffentlich erinnerst du dich an unseren Konsens, was solche Gespräche betrifft.«

»Da komme ich jetzt nicht ganz mit. Welchen Konsens meinst du? Ich kann mich gar nicht erinnern, daß wir einen Konsens zu Gesprächen mit Psychologen haben.«

»Es ist mir so in den Sinn gekommen, daß irgend jemand aus deinem Kollegium versuchen könnte, das Gespräch auf den Justus zu bringen, so daß du plötzlich ganz nackt vor den anderen stehst, wenn du verstehst, was ich meine.«

»Ganz nackt vor den anderen? Da komme ich wieder nicht mit. Meinst, du die könnten Justus' Erkrankung als psychisch bedingt ansehen und wieder dieses ganze Gerede über die frühkindliche Sozialisation anfangen?«

»Morgähn! Bern, hast nicht gut geschlafen? So lange hat das ja noch nie gedauert, bis du verstehst. Na klar, wenn ihm einer auch nur ein Wort von Justus steckt, dann wird dieser werte Herr Transaktionsanalytiker doch sofort ganz versessen darauf sein, uns vor allen zu sezieren, äh zu analysieren. Und dann mach du denen mal klar, daß die Spasmen eine echte körperliche Krankheit sind. Viel Spaß!«

»Nee, völlig klar, daran habe ich noch nicht gedacht, aber gut, daß du jetzt schon darauf kommst. Da kann ich mir vielleicht das eine oder andere zurechtlegen, wenn der meint, er müsse unseren Justus analysieren.«

»Bern, wir haben so sehr gekämpft, um eine echte Therapie für Justus zu finden, die ihn nicht in die Hände dieser alles zerredenden Psychologen gibt. Mach das bloß nicht kaputt.«

»Auf keinen Fall, oder glaubst du, ich habe Lust, da in der Schußlinie zu stehen? Wenn der damit anfängt, werde ich ihm unmißverständlich klarmachen, daß das grenzüberschreitend ist.«

»Toll! Grenzüberschreitend ist der richtige Aspekt. Das wird er verstehen. Übrigens ist die Gertrud heute wieder bei uns gewesen, um mal zu einem anderen Thema zu kommen. Die sieht richtig gut aus nach ihrer Reise zu den Kultstätten. Das muß man sich vorstellen. Gerade erst vor zwei Wochen ist sie völlig überlastet und abgebrannt in ihren Urlaub gefahren und jetzt kommt sie zurück, und wir alle glauben, daß sie zehn Jahre jünger aussieht. Sie meint, die Kultstätten sind so gut erhalten, daß sie dort noch gebetet hat.«

»Du, Karin, ich kann dir wieder mal nicht folgen. Wohin bist du jetzt mit deinen Gedanken gesprungen? Wer ist Gertrud?«

»Gertrud ist meine Kollegin, die vor zwei Wochen ihren Urlaub angetreten hat und nach Irland zu den keltischen Kultstätten gefahren ist. Erinnerst du dich nicht, daß ich dir von dieser preisgünstigen Möglichkeit erzählt habe?«

»Jetzt klickert es langsam. Du fängst schon wieder an, von dieser Keltengeschichte zu reden. Ich dachte, das wäre ausdiskutiert.«

»Ja klar«, an der Änderung ihrer Stimme kann er erkennen, daß sie wohl auf der anderen Seite der Telefonleitung die Trauermaske aufgesetzt hat, »wir hatten uns darauf geeinigt, daß ich da nicht mit meinen Kolleginnen hinfahre, aber das heißt noch lange nicht, daß wir nicht mal als Familie dort unseren Urlaub verbringen können. Das wäre bestimmt auch für den Justus ein großartiges kulturelles Ereignis, mal ein keltisches Land zu sehen.«

Bernward Thiele spürt, wie sich ein Lächeln über sein Gesicht zieht, das sich weiter zu einem Grinsen entwickelt. Sie hat ihm die Gelegenheit gegeben, wieder echte Macht in seinen Händen zu fühlen. Er würde ihr jetzt mit sanften Worten beibringen, daß er, der das Geld der Familie verdient, auch darüber zu entscheiden hat, wo der Jahresurlaub verbracht wird. Für einige Sekunden kostet er die Macht in seinen Händen aus, denkt sich einige mögliche Sätze aus, mit denen er die Diskussion noch in die Länge ziehen könnte, bis er dann antwortet.

»Ist schon klar. Du versuchst wieder, unseren Konsens über die Hintertür auszuhebeln. Ich kann mich sehr gut daran erinnern, daß wir einig waren, daß ich in unserem Jahresurlaub echte Erholung brauche, und das heißt Sonne. Da wo du hinwillst scheint zwar ab und zu mal die Sonne, aber so ganz sicher ist das eigentlich nicht. Und das heißt, keine echte Erholung für mich.«

»Ich meine ja auch nicht, daß wir da dann jedes Jahr hinfahren müssen. Außerdem gibt so ein kleines Abenteuer in einem nördlichen Land vielleicht auch etwas Erholung.«

Wieder lacht Bernward Thiele, dieses Mal laut und künstlich, so daß selbst Karin auffällt, wie gestellt dieses Lachen ist. Mitten in diesem erzwungenen Lachen platzt es dann aus ihm heraus: »Also, das mit den verregneten Sommerferien ist wirklich ausdiskutiert, Karin, und bitte komm mir damit nicht alle drei Tage neu.«

Eigentlich hat er beabsichtigt, das Ende dieser Diskussion etwas hinauszuzögern, um seine Machtfülle noch eine Weile auszukosten aber jetzt ist es heraus und er wartet darauf, daß Karin sich einsichtig zeigt, damit er wenigstens in diesem Punkt ein echtes Gefühl der Genugtuung hat.

»Na gut, dir ist wohl nicht mehr nach Abenteuer. Ja Bern, mit deiner wilden Zeit scheint es ja endgültig vorbei zu sein.«

»Nein, wirklich nicht. Abenteuer hatte ich gerade eben schon hier bei der Arbeit. Die hätten mich in dem Zigeunerlager fast tätlich angegriffen. Du erinnerst dich bestimmt an den Arpad, von dem ich dir schon mehrmals erzählt habe. Da war ich heute Vormittag.«

»Waren wir nicht einig, daß es Sinti heißt?«

»Ist schon o.k., dann eben Sinti. Ich habe versucht, den Mädchen dort klarzumachen, was es heißt, heute als unabhängige und selbständige Frau zu leben. Eine von denen ist zu ihrem Papa gerannt und der kam dann mit seinen Leuten heraus, um mich in die Mangel zu nehmen. Ich wollte mich der Diskussion ja stellen, aber der Arpad meinte, wir sollten lieber schnell weg.«

»Du enttäuschst mich. Wenn es mal um die Sache von uns Frauen geht, ziehst du gleich den Schwanz ein wie ein ängstlicher Hund. Das ist wirklich enttäuschend.«

Nein! Das kann doch nicht wahr sein! Warum hat er denn dieses Thema in das Gespräch eingeführt und ihr den Ball damit wieder zugespielt? Bei Arpad im Auto hat er sich doch noch ausdrücklich gesagt, Karin müsse von der Flucht vor den Zigeunern nichts wissen. Aber nun ist es passiert und er muß damit fertig werden. »Du Karin, die sahen aber ziemlich aggressiv aus.«

»Ist ja lächerlich! Schließlich sind wir hier in Deutschland nicht im Zigeunerland, und außerdem war es bekannt, daß du als Vertreter des Landkreises dort warst. Ich fühle mich jetzt irgendwie verraten von dir.«

Die flüchtige Genugtuung aus der Keltendiskussion ist wieder verschwunden und Bernward Thiele wünscht sich, er hätte doch nichts von der Sache mit den Zigeunern gesagt. Damit hat er Karin wieder die Möglichkeit gegeben, ihn anzuklagen und als Schlappschwanz zu tadeln. Jetzt ist er wieder in der Defensive. Ohne sich einen echten Plan zurechtgelegt zu haben, wie er aus dieser Lage herauskommen kann, zwingt er sich erneut ein künstliches Lachen ab, bemerkt aber intuitiv, wie Karin auf der anderen Seite der Leitung bereits die Bern-du-enttäuschst-mich-Maske aufgesetzt hat. Sein Lachen klingt gequält, bis Karin nachsetzt.

»Ist schon gut, Bern, ich bin mir gar nicht sicher, ob ich von euch Männern mehr erwarten darf. Wenn es um echte Courage geht, waren wir Frauen eigentlich schon immer an erster Stelle.«

Nachdem Bernward Thiele noch ein gequältes Lachen durch die Leitung gepreßt hat, rafft er sich zu einer Rechtfertigung auf. »Dich würde ich gern mal sehen, wie du es mit den Patriarchen der Sinti-Sippe aufnimmst. Das ist nicht lustig.«

Während Bernward Thiele die letzten Sätze formuliert, spürt er, daß er dieses Gespräches überdrüssig wird. Manchmal blitzen kurzzeitig sogar Gedanken in ihm auf, die ihm sug-

106

gerieren, er sei seiner Frau insgesamt überdrüssig, er habe schlicht und einfach keine Lust mehr, dieses Gespräch fortzusetzen. Das sind bestimmt wieder diese aufrührerischen Gedanken, die von irgendeinem verwünschten Alfredo ins Leben gerufen werden. Also verscheucht er sie, so schnell er eben kann, um sich etwas Luft zu verschaffen und das Gespräch noch zu einem erträglichen Ende zu führen. Um diese Gedanken und den ganzen Überdruß loszuwerden, versucht er, an etwas Positives, Befriedendes zu denken, so wie sie es in der Gruppe am Freitagnachmittag immer tun, um sich auf das Wochenende einzustimmen. Aber woran soll er jetzt denken? Karin kommt ihm zuvor. Um das Gespräch zu retten, wechselt sie das Thema und fragt nach den Fällen, die Bernward Thiele diesen Vormittag im Landkreis zu erledigen hatte. Er spürt die Erleichterung, doch noch ein konstruktives Ergebnis des Gesprächs zu sehen. Also geht er ohne Widerrede auf die Frage ein, erzählt noch von Torge Hormann, der schon wieder straffällig geworden ist, und von der Familie, deren Fußboden so verdreckt ist, daß man, wie die Kollegen sagen, von deren Fußboden essen kann. Endlich spüren sie wieder Eintracht, und so ist Bernward Thiele erleichtert, sich mit einem liebevollen »du, bis heute Abend« verabschieden zu können.

»Du, bis heute Abend und mach dem Justus klar, daß er nicht zu lange wegbleiben soll.«

13:00 ROLLENSPIEL

»Fies, einfach nur fies!«, schießt es Bernward Thiele durch den Kopf. Ob Detlef das eben wirklich so gemeint hat, wie er es ihm vor einer Minute direkt ins Gesicht gesagt hat, ob er denn allen Ernstes davon überzeugt ist, daß Hiltrud die kompetenteste Pädagogin hier im Landkreis sei? Bernward Thiele merkt gar nicht, wie er auf die immer gleiche Stelle an der gegenüberliegenden Wand starrt, die Stelle, die er heute schon so oft fixiert hat. Aber was konnte er von Detlef auch erwarten? Detlef ist eigentlich schon immer einer dieser Schleimer gewesen, für die alles in Ordnung ist, was die Chefs machen, und Hiltrud ist jetzt Chefin, seit sie im November ernannt wurde. Bernward Thiele erinnert sich an diesen Nachmittag voller Verzweiflung, den Nachmittag, nachdem Hiltrud in ihr neues Amt eingeführt wurde.

Draußen trüber Himmel, die letzten Blätter fallen zu Boden, bilden auf den Straßen eine schmierige Schicht. Hiltruds Ernennung war am späten Vormittag, und Bernward Thiele sieht, wie alle gratulieren. Auch er selbst gratuliert. Wieder allein in seinem Büro, kann er es gar nicht fassen. Hiltrud! Bernward Thiele kann sich nur mit Mühe unter Kontrolle halten, um nicht wie rasend auf den vor ihm stehenden bejahrten Schreibtisch zu schlagen, immer wieder auf ihn einzuschlagen, als hätte der arme Schreibtisch ihn für alle Zeit der Möglichkeit beraubt, hier beim Landkreis Sachgebietsleiter oder irgendwann Dienststellenleiter zu werden. Hiltrud! Er flüstert diesen Namen mit so viel Abscheu in sich hinein, als wäre es ein Insekt, dessen einziger Zweck darin bestünde, schon im nächsten Augenblick zertreten, ausgelöscht, zermalmt, verbrannt zu werden. Hiltrud! Er denkt an eine Kakerlake, der er so lange DDT auf den Panzer sprühen würde, bis sie regungslos auf dem Küchenboden liegt.

»Ich hätte es wissen müssen!« schreit er in sich selbst hinein. Immer wieder brechen diese Sätze über ihm zusammen: »Ich ahnte es schon, als Gerd ankündigte, jetzt bald einen Nachfolger zu suchen. Ich habe es geahnt, aber Gerd hat mich verarscht! Ich hätte wissen müssen, daß er schon ganz zu Anfang Hiltrud als seine Nachfolgerin auserkoren hatte.«

Wie töricht er doch gewesen ist, zu glauben, Gerd hätte auch nur einen einzigen Moment erwogen, einen Profi von außerhalb hier in die Provinz zu holen, um den Laden nach langer Stagnation etwas aufzumöbeln. In seinen Gedanken schlägt Bernward Thiele sich selbst vor die Stirn, fragt sich gleich danach, warum Karin ihn nicht darauf aufmerksam gemacht hat, hört dann, wie Karin sagt, die Thieles machen keine Karriere, verwirft diese Gedanken aber sofort wieder. Karin muß er um jeden Preis aus dieser schmutzigen Geschichte heraushalten. Wie konnte er dies nur in Frage stellen? Nicht auszudenken, diese Frage, diesen Gedanken auch nur zuzulassen! Sofort besinnt sich Bernward Thiele wieder auf Gerd und Hiltrud, um sich die beiden bildlich vorzustellen, wie sie zusammen in der Kantine essen oder nachmittags noch *wichtige Fälle miteinander besprechen*. Klar, wichtige Fälle! Wie konnte er nur so naiv sein? Er schüttelt den Kopf und schmunzelt, als hätte er gerade einen schlechten Witz gehört, der den Zuhörern ein müdes Lächeln entlockt. Dann klopft er zaghaft mit der Faust auf den Schreibtisch, mit einer Faust, die keine ist, die eigentlich gar nicht richtig geschlossen ist, nur um anzudeuten, was er eigentlich am liebsten getan hätte. Da ist Wut, die sich seit Monaten in ihm aufgestaut hat, Ärger, den er irgendwie loswerden will. Am liebsten hätte er sich an Gerd und Hiltrud abreagiert, aber das scheint ihm kein gangbarer Weg.

Er besinnt sich und haut plötzlich mit voller Kraft auf den Tisch, so daß es im ganzen Haus hörbar sein muß, schreit: »Scheiße Leute! Ihr habt mich verarscht!« Noch einmal haut er wuchtig mit der nun geschlossenen Faust auf den Schreibtisch, schreit noch einmal, wiederholt den Fluch, bis seine Stimme heiser wird. Immerhin, sagt er sich, hat er seinem Ärger Luft gemacht, hat geschrien, so laut, daß es quer über den Gang hörbar war. Auch Hiltrud und Gerd müssen es gehört haben.

Lars meint am nächsten Tag, alle hätten es gehört, und versichert ihm dann, daß jetzt alle wüßten, daß er, Bernward Thiele, dieses abgekartete Spiel nicht so einfach hinnehmen würde. Allerdings macht Lars ihn auch gleich darauf aufmerksam, daß er sich davon keinerlei Vorteile versprechen solle, denn Hiltrud wisse jetzt ganz genau, auf welcher Seite er stehe.

Hiltrud! Bernward Thiele wiederholt den Namen mit einer beginnenden Übelkeit in den Eingeweiden, als müsse er sich an ein besonders ekelhaftes exotisches Gericht gewöhnen. Gerade sie, die nie etwas anderes als die kleine Verwaltung des Landkreises im lieblichen Tal des Mittelgebirges kennengelernt hat, ist am allerwenigsten für den Posten als Sachgebietsleiterin geeignet. Das weiß Bernward Thiele nur zu genau. Immerhin lagen ihre Akten auf seinem Tisch, weil sie damit überfordert war. Was wußte sie denn von der Welt? Was hatte sie denn jemals anderes gesehen als diese kleinen, schmierigen Fälle hier in der Provinz? Immerhin hat er, Bernward Thiele, Türkisch gelernt, na ja, ein wenig jedenfalls. Es würde aber ausreichen, um anatolische Familien besser zu verstehen und sich in ihre Kultur einzufühlen, und zum Russischkurs hat er sich auch schon angemeldet.

Als er bemerkt, daß er sich immer weiter in die Diskussion ihrer und seiner eigenen Qualifikation hineinsteigert und dabei noch immer oder schon wieder die gleiche schadhafte Stelle in der gegenüberliegenden Wand anstarrt, verwirft er alle Gedanken an Hiltrud und auch an Gerd, um sich gleich darauf zu fragen, wie es denn jetzt überhaupt weitergehen solle, wie er denn jetzt noch seiner Arbeit nachgehen solle, etwa als Hiltruds Untergebener? Kaum hat er die Kombination *Hiltruds Untergebener* laut gedacht, verspürt er Angst, Angst, mit seinem nächsten Fall zu Hiltrud gehen zu müssen, nur um von ihr gesagt zu bekommen, wie er sich zukünftig zu verhalten habe, wie er in Zukunft seine Fälle zu bearbeiten habe. Er darf diese Gedanken nicht Besitz von sich ergreifen lassen. Die würden ihn einnehmen und immer weiter hinunterzuziehen in den Sog des Zorns. Er erinnert sich genau an das Meditationstraining, daß die ganze Etage letztes Jahr absolviert hat. Die Lehrerin hat ihnen allen mit eindringlichen Worten beigebracht, sich nicht durch den Zorn regieren zu lassen, sondern immer positive Gedanken zu produzieren, die das Leben wieder in positive Bahnen lenken. Also weg mit euch, ihr Aggressionen! Mit einem gespielt langen Seufzer befreit er sich von diesen Gedanken. Hiltruds Charakter, so denkt er aber gleich darauf, hat er während der letzten Jahre erschöpfend kennengelernt. Von integerem Führungsstil oder auch nur integerem Verhalten als Kollegin konnte bei ihr nun wirklich keine Rede sein. Bei Hiltrud, so glaubt Bernward Thiele sich jetzt zu erinnern, gibt es eigentlich überhaupt gar nichts Integeres. Ja, sagt er sich und projiziert Bilder aus seiner Erinnerung der letzten Jahre auf eine Art innere Leinwand. Wie kann ein scheidender Sachgebietsleiter eine Persönlichkeit von so geringer innerer Stabilität wie Hiltrud zu seiner Nachfolgerin machen? Gerd war über mehrere Jahre wie ein Vater zu ihm. Warum hat Gerd ihn so fallen lassen? Warum die Szene heute? Hat er nicht immer korrekt und ehrlich seinen Dienst abgeleistet?

Da entscheidet sich Gerd für Hiltrud und wirft ihm heute vormittag auch noch an den Kopf, es sei besser so, denn er, Bernward Thiele, sei ja nun wirklich keine Führungskraft.

Eine Einbildung flackert in düsterem, schmutzigem Licht, wird klarer und heller und lodert endlich zu einer fauchenden Feuersäule empor. Das Rollenspiel! Eigentlich hätten Hiltrud wie allen anderen Rollenspiele gewohnt sein müssen. Jeder, der hier arbeite, kannte sie aus der Ausbildung, aber Hiltrud hatte sich wohl um die Rollenspiele in der Ausbildung herumgemogelt. Anders war ihr außerordentlich auffälliges und destruktives Verhalten im November vorletzten Jahres nicht zu erklären.

Die Gruppe trifft sich wie gewohnt nachmittags um drei im Gemeinschaftsraum, Gerd begrüßt die Kollegen und wünscht allen ein aufschlußreiches Rollenspiel. Schon am Anfang besteht Hiltrud darauf, die Rolle der Moderatorin zu bekommen. Die anderen drängen aber darauf, daß Hiltrud einmal eine *ganz normale Rolle* übernehmen solle, nur so zur Abwechslung. Als dann die ersten Fragen an sie gestellt werden, zeigt sie sich bockig wie ein Kind in der Trotzphase, und kaum wird die erste zaghafte Kritik an ihrer Person vorgetragen, verläßt sie ohne jede Vorwarnung den Raum, schließt sich in ihr Büro ein und beginnt laut zu weinen. Zur Entlastung der Kollegen ist hinzuzufügen, daß sie Hiltrud mit Kritik ja so weit wie irgend möglich verschont hätten. Gleichwohl bricht Hiltrud an diesem Tag zusammen. Mit den Worten: »Das geht ja gar nicht! Wie könnt ihr mir das antun? Wie könnt Ihr nur... Ich habe euch doch gar nichts... Ach! Es hat doch alles keinen Sinn!« stürmt sie aus dem Raum, und auch nach ihrem mehrstündigen Weinkrampf ist sie nicht fähig, mit irgend jemandem über diesen Vorfall zu sprechen. Die Kollegen fragen sich, was sie eigentlich zu ihr gesagt hätten. An den genauen Wortlaut kann sich niemand mehr erinnern, aber als Bernward Thiele grübelt, ist ihm, als habe jemand gesagt, er vermisse Toleranz in Hiltruds Verhalten. Jetzt blitzt wieder die Erinnerung in ihm auf. Lars hatte sie gefragt, warum sie denn so enorme Schwierigkeiten habe, andere Meinungen zu akzeptieren. Zunächst wollte sie das Thema als ausdiskutiert hinstellen und zum nächsten Punkt übergehen. Als Lars dann aber auf der Diskussion seiner Frage bestand, wurde sie immer unsicherer.

»Du, Lars, also ich glaube, wir gehen jetzt zum nächsten Tagesordnungspunkt über und sprechen über die Vorgehensweise bei diesen schwierigen Fällen. Na ja, ihr wißt schon, ich meine die mit dem wiederholten Mißbrauch.«

Aber Lars beharrt auf seiner Frage, macht klar, daß er keine Ausweichmanöver dulde.

»Wir spielen dieses Rollenspiel nicht, um unsere Fälle kennenzulernen, sondern um uns selbst besser kennenzulernen, und ich möchte jetzt gern wissen, wo dein Problem mit anderen Meinungen liegt. Hiltrud, was hindert dich, andere Meinungen einfach als solche stehen zu lassen?«

Hiltrud blickt verunsichert in die Gesichter der anderen Kollegen, so als wolle sie abschätzen, ob es sich bei Lars' Frage um einen vorbereiteten und gezielten Angriff handelt oder was es sonst damit auf sich hat. Ihr kommt gar nicht in den Sinn, daß es sich um eine im Sinne des Rollenspiels ganz

112

normale Frage handelt, die zur Selbstreflexion auffordert. Hiltrud sucht hingegen nach den Gründen für den Angriff, findet keine und schlußfolgert, daß der Angriff nur gegen ihre Person selbst gerichtet ist. Lars bemerkt ihre Verunsicherung und baut ihr eine goldene Brücke.

»Es geht einfach nur darum, daß jeder von uns seine Meinungen hat. Niemand wird jemals wissen, welche dieser Meinungen abschließend richtig oder falsch sind, aber wir müssen uns mit den Meinungen der anderen auseinandersetzen, ganz besonders dann, wenn es andere Meinungen sind. Zum einen bringt das uns alle weiter und zum anderen werden wir uns sonst als Team nicht mehr richtig verstehen. Es geht also nur darum, aus welchem Grunde andere Meinungen dir so gefährlich erscheinen. Ich glaube, du solltest das mal reflektieren.«

Hiltrud ist überzeugt, daß es sich um einen ganz brutalen Angriff auf ihre Person handelt, deutet daher die goldene Brücke als einen Tunnel zur Hölle:

»Was hast du da eben gesagt? Andere Meinungen für mich gefährlich? Du, Lars, das muß ich mir von dir nicht bieten lassen. Nein, auch du solltest wissen, daß es Grenzen gibt, und das eben war absolut grenzüberschreitend. Ich kann es eigentlich kaum glauben. Andere Meinungen für mich gefährlich! Meinst du, du könntest mich hier vor der Gruppe auseinandernehmen?«

Hiltrud schaut in die Augen der anderen, sucht nach Zustimmung, findet keine und atmet tief durch, wobei sie Entsetzen spielt. Nachdem sie weiterhin keine Zustimmung findet, schaut sie die Gesichter einzeln an. Gerd ist es sichtlich zu peinlich, sie als seinen Schützling offen zu protegieren. Gisela verfolgt das Geschehen mit einem abwartenden Gesichtsausdruck, ist interessiert, ohne sich wirklich beteiligt zu fühlen. Dieter und Detlef ist Verblüffung anzumerken, und Bernward Thiele hat sich mit feixendem Gesicht in seine Ecke zurückgezogen. Er scheint darauf zu warten, daß Hiltrud von Lars vor der ganzen Gruppe demontiert wird.

»Nein, Leute!« hört Hiltrud sich selbst jetzt sagen, so als habe sie nie geplant zu sprechen, »Das hat mit Kritik nichts mehr zu tun. Das geht wirklich nur noch gegen mich. Das muß ich mir nicht...«

Dann steht sie auf, verläßt den Raum und knallt die Tür hinter sich zu. Die Kollegen schweigen betroffen oder zucken mit den Achseln, bis Gerd sich zu Wort meldet und erklärt, daß Hiltrud einfach mit deutlich mehr Gefühl an die Dinge herangeführt werden müsse als andere. Lars schüttelt den Kopf und fragt, ob Hiltrud auf der Seite des Teams oder der zu behandelnden Fälle sei. Gerd ignoriert dies, packt seine Utensilien und verläßt den Raum, um Hiltrud Beistand zu leisten, wie er sagt. Beistand leisten! Der leiseste Anlaß hätte ausgereicht, die beiden als Paar zu outen, aber da war nichts, und alle horchten in den Flur, bis Lars flüsterte: »Vielleicht waren sie in einem früheren Leben Geschwister?«

Weil Gerd vergißt, die Vorzimmertür zu schließen, sehen und hören die Kollegen, daß Hiltrud sich in ihrem Büro eingeschlossen hat und nicht auf Gerds Rufe reagiert. Dazwischen ist ein Schluchzen zu hören. Irgendwann gibt Gerd auf, kommt zurück in den Gruppenraum und bittet, man möge Hiltrud am besten in Ruhe lassen. Sie werde sich bestimmt bald selbst so weit gefangen haben, daß sie selber wieder Kontakt mit ihrer Umwelt aufnehmen werde. Die Kollegen heucheln Verständnis, nur Gisela meint, Hiltruds Persönlichkeit müsse sich wohl noch entwickeln, um den Anforderungen dieser Tätigkeit gewachsen zu sein. Lars schüttelt wieder den Kopf, sieht aber wohl keine Möglichkeit, hier noch zu Ergebnissen zu kommen.

Mit einen Ruck findet sich Bernward Thiele in seinem Büro und auch in der Gegenwart wieder und bemerkt, daß er immer noch auf die Wand starrt. Er kichert in sich hinein. So eine wie die Hiltrud meint, sie würde jetzt Abteilungsleiterin. Die Realität absorbiert sein Lächeln wieder, denn ihm wird bewußt, daß Hiltrud nicht etwa meine, sie würde jetzt Sachgebietsleiterin, daß sie vielmehr schon seit Monaten

Sachgebietsleiterin ist. Hiltrud ist jetzt seine Vorgesetzte. Als er noch einmal an die Zeit nach diesem Rollenspiel zurückdenkt, kann er ein Schmunzeln nicht unterdrücken. Hiltrud brauchte wirklich fast einen Monat, um sich von diesem vermeintlichen Angriff zu erholen und wieder mit den anderen Kollegen zu kommunizieren.

Die Frage, ob er sich nicht doch selbst hätte bewerben sollen, wischt er mit einem kurzen Gedanken an Karin beiseite, die ihm schon damals vor der Vergabe der Stelle sagte: »Du, Bern, ich denke, das ist jetzt wirklich *ausdiskutiert,* und fange bitte nicht noch einmal damit an. Das macht mich einfach nur nervös. Du weißt, die Thieles brauchen keine Karriere, um glücklich zu sein. Die Thieles sind einfach mit dem zufrieden, was sie haben.«

13:30 GISELA

Der Schreibtisch aus den fünfziger Jahren des letzten Jahrhunderts, der grün-braune Linoleumfußboden, die schlecht und lieblos gestrichenen Wände, der Rechner mit dem nicht ganz aktuellen Windows 3.11, die schmutzige Teetasse, aber auch der aschfahle Himmel und der gegenüberliegende Fabrikbau mit seinen verschmierten Fenstern verdichten sich zu einem dieser Stilleben, die Bernward Thiele so sehr haßt. Genau wie die einsamen Stunden seines Lebens zwingen ihn diese Bilder, sich mit sich selbst und mit den lähmenden Fragen zu beschäftigen, bei denen es immer wieder um sein Ego geht.

Da tauchen hartnäckig Bilder früherer Fröhlichkeit auf. Das Seminar in der Kaiserstadt im vorigen Sommer, die laue Luft der Juninacht, Lachen, Scherzen, Gespräche, bis um drei die letzten Cafés dicht machen. Bernward Thiele verliert sich fast in einem Taumel, der ihn für vier Tage dem grauen Alltag entreißt.

»Selbstsucht! Nichts als Selbstsucht!« sagt er sich und versucht diese Träumereien abzuwürgen, indem er auf die schmierige Scheibe und durch sie hindurch auf das trübste, inhalts- und bedeutungsloseste aller Stilleben sieht. Selbstsucht! Was sagte die Kursleiterin der Selbstfindungsgruppe letztes Jahr? Wie sind diese selbstsüchtigen Gedanken zu überwinden? Bernward Thiele bemerkt, wie schon wieder neue Bilder dieser Art im Anmarsch sind.

Ob nicht vielleicht irgendetwas im Leben an ihm vorbeigegangen sei, ob er denn auch wirklich selbstbestimmt lebe oder ob sein Leben nicht nur eine Anhäufung lauter fremdbestimmter Momente sei. Weil er sich schon wieder im Mittelpunkt seiner Gedanken sieht, zwingt er sich, an die Ratschläge aus dem Selbstfindungskurs zu denken. Die hatten der Gruppe damals sehr geholfen, über die egoistischen Züge und damit über das weltliche Leid hinwegzugelangen. Das war echt klasse. Einer von denen war es leid, sich immer nur mit den Gefühlen und der Seele zu beschäftigen, und hatte es mal mit NLP versucht. »Neuro-Linguistische Programmierung, ist wirklich super«, hatte Axel ihm erklärt. »Du kommst über alles hinweg.«

Die Kursleitung ging mehr in Richtung Ostasien und machte zunächst klar, daß die Leidenschaften und damit auch das ICH der Ursprung allen Leides seien. Genau das ist es, diese Selbstsucht, immer nur wieder und wieder an sich selbst und an die eigenen Wünsche zu denken, den Begierden zu folgen und sich ihnen hinzugeben.

Wie war das noch mit den Lemmingen? Die opferten sich für die Gemeinschaft. Bernward Thiele denkt an die gurgelnde, schäumende See und die harten, spitzen Klippen und schmunzelt. Das sind Vorbilder, die Lemminge! Die Egoisten draußen, die können sich das doch nicht einmal im entferntesten vorstellen! Doch wie er seine Gedanken wieder kreisen läßt, sagen ihm Stimmen, ihm entgehe doch viel, er solle sich nur mal vorstellen, das ganze Leben könne doch wie das Seminar in der Kaiserstadt ablaufen.

»Mensch, denk doch nicht immer nur an dich!« sagt Karin, und recht hat sie!

Aber schon hört er die Stimme, »Wie viel du doch verpaßt! Mach es lieber wie ich, sieh her!« und dieses Mal erkennt Bernward Thiele Alfredos Stimme, dreht sich um, sieht ihn mit dem Zeigefinger auf eine der barocken Türen in dem Korridor zeigen, die jetzt weit geöffnet steht. Mit der anderen Hand winkt Alfredo lockend. Glaubt Alfredo denn wirklich, er werde jemals in einer dieser Türen verschwinden, hinter der ihn ein plüschiger roter Salon erwartet?

Wieder zurück in seinem Büro. Endlich ist Alfredo mit seinen anzüglichen Gesten verscheucht, und er kann sich wieder konzentrieren. Nein, es funktioniert einfach nicht. Der Sommer in der Kaiserstadt ist allgegenwärtig.

Na klar, ist das schön! Aber so etwas kann ich mir eben nur ganz selten mal gönnen, sonst nimmt der Egoismus völlig Besitz von mir, denkt sich Bernward Thiele. Sommerabend, Leben und – Gisela! Immer drängen sich die Erinnerungen an das Seminar in der Kaiserstadt in den Vordergrund. Da lebte Bernward Thiele das letzte Mal wirklich. Das Mittagessen im Kebabhaus konnte er nicht mehr so richtig genießen und Gisela ist bestimmt noch immer sauer auf ihn. »Enttäuschend!« sagte sie, aber sie konnte sagen, was sie wollte, es ging eben nicht immer so, wie man wollte.

Das Seminar war eigentlich ein reines Arbeitsseminar mit dem Titel: *Therapeuten, die in Therapie gehören, Pädagogen, die erzogen werden müssen.* Natürlich hatte er die Möglichkeit in Erwägung gezogen, daß auch Gisela sich anmeldete, aber davon wußte er nichts oder wollte es nicht wissen. Kurz vor der Abfahrt hörte er in der Kantine, daß Gisela sich wirklich angemeldet hatte. »Das macht garantiert die Runde, daß Gisela und ich...« sagte er sich und überlegte, ob er stornieren sollte, um dem auszuweichen. Zuhause bei Karin war das Thema Gisela ausdiskutiert, aber Zufälle sind eben Zufälle. Egal, er wußte es nicht. Man konnte auch so tun, als wisse man nicht alles.

Sommer, die Alleen und Parks der Kaiserstadt. Er scherzt mit Gisela, lacht mit ihr und geht neben ihr durch das Getümmel der Straßen der unbekannten großen Stadt, vergißt das Leben hier in der Kreisstadt, sein Zuhause in der kleinen Stadt an der Flußmündung zwischen den lieblichen Bergen und seine Verpflichtungen. Viel später, eigentlich erst auf der Rückfahrt, wacht er wieder auf, und es wäre ihm umgekehrt lieber gewesen, aus dem Zuhause zu erwachen, um festzustellen, daß dieses Zuhause nur ein Traum ist.

Karin wollte natürlich nichts von diesem Seminar wissen, sie meinte, er solle lieber seiner Arbeit und seinen Verpflichtungen nachgehen und nicht ständig darüber nachdenken, wie er sich weiterentwickeln könne. Dafür sei das Geld ja schließlich auch viel zu schade. »Diese Provokationen hast du schon so oft gehört, Bern. Das mußt du dir nicht antun.« Zum Glück mußte er nicht alles Karin erzählen. Die durfte das von Gisela auf keinen Fall erfahren, und daß er mit ihr die Abende in den Cafés verbrachte.

»Dich beruflich weiterentwickeln?!« Er hört es noch bis in die Gegenwart nachhallen und kann sich kaum mehr daran erinnern, wie er es dann doch zuwege brachte, an diesem Kurs teilzunehmen.

»Therapeuten, die in Therapie gehören, Pädagogen, die erzogen werden müssen« Schon der Titel des Kurses stieß Karin ab, kam ihr wie ein Verrat an der Ernsthaftigkeit des ganzen Dezernats beim Landkreis vor. »Du kannst doch nicht deine Autorität in Frage stellen. Wenn du dich selbst in Frage stellst, wer soll dich denn dann überhaupt noch ernst nehmen?«

Aber er, Bernward Thiele hat es irgendwie doch geschafft, er ist dort, diskutiert, stellt sich und andere infrage, tauscht sich in den Pausen mit interessanten Menschen aus, genießt die Kaiserstadt, Beach-Clubs, Open-Air-Kinos, Straßenmusiker, Cafés, die nachts um zwei noch geöffnet haben, alles, was es in der Kreisstadt und auch zuhause in der kleinen Stadt nicht gibt und wohl auch nie geben wird.

Und Gisela ist mit dabei, lacht, wenn ein allzu drastischer Fall wie ein Witz vorgetragen wird, erzählt selbst Witze und läßt ihn in der warmen Sommerluft ihre Weiblichkeit spüren, wenn sie leicht bekleidet auf wenige Zentimeter an ihn heranrückt. Feiner Flaum auf ihren Armen und ihren Beinen, nur von diesem dünnen Sommerkleid bedeckt. Dann neckt sie ihn, zieht Grimassen, wenn ein allzu merkwürdiges Geschehen erzählt wird, schmunzelt und blickt ihm geradeaus in die Augen. Wenn ihre Blicke sich treffen, hält sie seinen Blick einige Sekunden fest und sagt ihm damit: »Ich lasse dich nicht mehr los!« Dann reißt sie sich selbst wieder los. Bernward Thiele bemerkt, daß sie ihn anlächelt und sich manchmal in seinen Augen verliert. Eigentlich wollte er noch zum Thema argumentieren, lächelt dann aber doch zurück. Die warme Luft der Großstadt läßt ihr Kleid wehen und ihre Brüste zeichnen sich darunter deutlich ab. Trägt sie überhaupt einen BH? Trägt sie überhaupt etwas unter diesem Kleid? Die Straßenkapelle im Hintergrund spielt »Wish you were here«, genau wie damals. Genau wie damals, als er noch lebte.

Nein, das geht gar nicht! Alles nur Selbstsucht! Er muß unbedingt sofort an andere Sachen denken, um von diesen selbstsüchtigen Gedanken loszukommen. Irgendwie muß er da raus, wie soll er sich sonst auf sein Leben hier in der kleinen Stadt konzentrieren?

Nur vier Tage dauerte das Seminar und jetzt scheint ihm, er habe ganze Wochen, ja vielleicht sogar Monate mit Gisela in der Kaiserstadt verbracht. Überhaupt hat er keine Erinnerungen an den Lehrstoff des Seminars. Stattdessen sieht er immer wieder Gisela, wenn er von seinen Gedanken in diese Sommertage der Kaiserstadt zurückversetzt wird.

Gisela am Frühstückstisch, wie sie ihn mit ihren kleinen Scherzen aufweckt, Gisela, wie sie sich mitten im Unterricht rekelt, dabei die Achseln freilegt und die Arme nach hinten zieht, ihre Beine unter dem Tisch ausstreckt, als bitte sie den durch den Raum wehenden Sommerwind, doch endlich das leichte Kleid wie einen Seidenschal mit sich wehen zu lassen und noch mehr von ihr zu offenbaren. Gisela, wie sie schon zum zweiten Mal andeutet, sie hätten sich doch auch ein Doppelzimmer nehmen können anstelle der doch viel teureren Einzelzimmer, wie sie ihn fragt, ob er denn wirklich schon so früh schlafen gehen wollte, ob es denn nicht schöner sei mit ihr im Beach-Club, ob er nicht doch noch einen Spaziergang mit ihr am Fluß machen wolle, einen letzten Drink oder einen letzten guten Witz.

Bernward Thiele starrt auf das schon seit langem nicht mehr geputzte Fenster, fragt sich, ob sich denn in diesem fahlen Himmel noch immer so viele Regentropfen befinden. Vielleicht, mit sehr viel Glück, kann er später trocken nach Hause fahren. Aber das ist wohl Wunschdenken. Wahrscheinlich wird er wieder völlig durchnäßt und verdreckt zuhause ankommen. Hoffentlich, so sagt er sich dann, würden sie ihm nicht schon wieder diese Akte auf seinen Tisch legen, mit der Tochter, die schon seit ihrem dritten Lebensjahr von der ganzen Familie mißbraucht wurde. Vor etwa einem Jahr wurde ihm der Fall Suzie Höfer sozusagen aufs Auge gedrückt, ja wirklich aufs Auge gedrückt, denn wenn er sich recht erinnert, spürte er schon von Beginn an einen starken inneren Widerwillen gegen diesen Fall. Irgendwo hatte er gelesen, mit den ganz schrecklichen Fällen solle man sich als Therapeut oder auch als Pädagoge nur frühmorgens und vormittags beschäftigen, dann während der Mittagszeit die leichteren zur Hand nehmen und schließlich den Nachmittag mit den einfachen Büroarbeiten ausklingen lassen. Schön und gut, die Theorie, aber bei ihm, Bernward Thiele, ist das gar nicht möglich, denn allerspätestens zuhause wird er erneut mit den *interessanten* Fällen konfrontiert. Schon seit er studiert hat, ist Karin der Meinung, sie unterstütze ihn besonders gut, wenn sie die interessanten Fälle nach der Arbeit noch nachbereiten. Er solle doch dankbar sein, schließlich werde diese Unterstützung nicht jedem zuteil. Bernward Thiele hat jedes Mal ein ungutes

Gefühl, wenn ansteht, den Fall Suzie Höfer abends noch nachzubereiten. Kindesmißbrauch in allen Facetten! Die Akte Suzie Höfer liest sich jedes Mal von neuem, als habe ihm jemand ein Lehrbuch über Kinderschänder und ihre Helfershelfer auf den Tisch gelegt. Karin besteht dringend auf Nachbereitung jeder neuen Entwicklung in dieser Sache. Betroffen sieht sie ihn dann an und erforscht, ob er der Sache genügend Gewicht beimißt. In schlecht gespieltem, theatralischem Ernst sieht sie dann zur Decke, schlägt die Hände zusammen und will von Bernward Thiele unmißverständlich seinen Standpunkt erklärt haben, wenn er ihr berichtet, welche sexuellen Praktiken Vater und Onkel von Suzie Höfer verlangen und wie die Mutter über Jahre dazu geschwiegen hat, wie sie ihre eigene Tochter als Sexsklavin für die Männer der Familie hält. Schon im Vorfeld hat sich Bernward Thiele dann immer zurechtgelegt, in welcher Weise er gedenkt, das Opfer vor weiterer Gewalt zu schützen und die Täter einer gerechten Bestrafung zuzuführen. Meist sieht Karin ihn dann vorwurfsvoll an, als habe er nicht mit dem gebührenden Ernst an diesem Fall gearbeitet. Den Fall Suzie Höfer hält Karin sich ständig als Referenz im Hinterkopf, um in geeigneten Augenblicken Teile davon zu thematisieren.

»Die meisten unserer Kollegen haben doch beim Lesen dieser Akten ihre eigene perverse Freude.« So kommentiert Gisela die gespielte Bestürzung vieler Kollegen. Wenn er sich dann richtig entsinnt, wie Hiltrud solche Akten schnell beiseite legt, sie dann offenbar wieder und wieder konsumiert, scheint ihm Gisela mit ihrer Ahnung durchaus richtig zu liegen. »Ob auch Karin ihre perverse Freude...?« blitzt es in ihm auf. Aber solche Gedanken kann er Karin unmöglich antun, in so einen Schmutz darf er sie unmöglich hineinziehen. Das hat sie nicht verdient, schließlich will sie ja nur helfen. Also verdrängt er diesen Gedanken schnell.

Letzte Woche schloß Karin die Nachbereitung dieses Falles spät abends mit den Worten ab: »Da siehst du mal, Bern, was ihr Männer mit euren Schwänzen so alles anrichtet an menschlichen Wesen. Ich lasse nicht zu, daß unser Justus einer von euch wird.«

Bernward Thiele spürt die Schuld im Angesicht dieser Wahrheit. Darf er denn überhaupt an Giselas Reize denken, darf er sie sozusagen konsumieren, wenn in dieser Welt solche perversen Dinge geschehen? »Ich lasse nicht zu, daß unser Justus einer von euch wird.« Wer weiß, denkt er, vielleicht setzt sie nächstes Mal noch einen drauf, etwa so: »Und ich hoffe mal sehr, daß du nicht so einer bist.« Bernward Thiele stellt sich Karin vor, wie sie vor diesem Satz die Untersteh-dich-so-zu-denken-Maske aufsetzt.

Wenn ihm die Akte Suzie Höfer heute wirklich auf den Tisch käme, vielleicht würde er sie erst einmal für einige Wochen unter dem Aktenstapel verschwinden lassen. Überhaupt, denkt Bernward Thiele, hat Karin ihn ziemlich in der Hand wegen der Einzelheiten, die er ihr zur Nachbereitung schon erzählt hat. Schon mehrmals hat er sie eindringlich gewarnt, nichts davon nach außen dringen zu lassen. Darauf hat sie dann nur gelächelt und ihm vorgeworfen, das doch deutlich zu spießig zu sehen mit dieser mickrigen, kleinen beruflichen Schweigepflicht. »Oder glaubst du, einer von unseren Freunden würde dich und deine mickrige kleine Pflichtverletzung verraten?«

Das Café schließt halb drei in der Frühe, Gisela hakt sich bei Bernward Thiele unter und sie gehen zusammen ins Hotel. Als er den Ernst der Lage erkennt, entwindet er sich. Sie macht keinen zweiten Versuch. Bernward Thiele weiß, hätte er sie weiter festgehalten, sie hätte ihn mit Sicherheit auf ihr Zimmer mitgenommen. Jetzt geht sie neben ihm, scherzt noch etwas, aber es ist, als hätte er eine Mauer zwischen ihnen hochgezogen. Sie sieht ihn an und ihre Augen sagen, »Schade, das hätte doch niemand bemerkt«, aber er verstellt sich, tut, als bemerke er nichts, und redet einfach weiter zu irgendeinem Thema wie ein aufgezogenes Blechspielzeug.

Nachdem seine innere Sittenpolizei ihn mit den gewohnten Aufrufen ›Selbstsucht!‹ oder ›Das geht ja gar nicht!‹ wieder in seine Bürozelle geschleppt hat, geht er zügig die Akten durch, die ihm heute geliefert wurden. Da ist sie, Suzie Höfer! Er malt sich aus, wie Karin die Gelegenheit nutzt, um endlich wieder die Fühle-dich-bloß-schuldig-Maske aufsetzen zu können. Vielleicht kann er noch glimpflich davonkommen und sie hält nur einen ihrer Vorträge, wie viel Gewalt doch vom männlichen Geschlecht ausgeht in unserer Welt und wie gut eine weibliche Gottheit der Erde tun würde. Wenn er Pech hat, verlangt sie von ihm, jetzt endlich Stellung zu beziehen, wie er Suzie Höfer zu helfen gedenkt, um wenigstens einen kleinen Teil der Schuld abzutragen, die von seiner gewalttätigen Männlichkeit ausgeht. Schnell läßt er die Akte unter dem Stapel verschwinden, um an diesem Tag der häuslichen Nachbereitung zu entgehen.

Bevor er sich wieder ganz seiner Wirklichkeit, also diesem Büro, dem grün-braunen Linoleumfußboden, dem inzwischen anthrazitgrauen Himmel und den schmierigen Fenstern widmet, sieht er ganz kurz in einem dieser selbstsüchtigen Träume, wie der warme Sommerwind der Kaiserstadt Giselas Kleid wie einen Seidenschal mit sich weht.

14:00 MACHT

Die mickrige, kleine Pflichtverletzung. Für Karin ist es einfach, solche Sprüche zu machen. Sie würde natürlich ihm die Schuld in die Schuhe schieben, wenn etwas schief ginge. Dann hätte er nämlich nicht nur den Arbeitsplatz verloren, nein, er stände dann außerdem vor Gericht.

Bernward Thiele wird unsanft aus seinen Gedanken aufgeschreckt, denn vom Gang ist jetzt lautes Gespräch, das teils in Geschrei übergeht, zu hören. Gisela und Hiltrud sind in ein heftiges Wortgefecht verwickelt. Bernward Thiele versteht nicht jedes Wort, aber er kann sich aus den Wortfetzen zusammenreimen, daß es wohl um die weitere Betreuung eines selbstmordgefährdeten Jugendlichen geht, den Gisela in den letzten Wochen erfolgreich stabilisiert hat.

Thorsten Röper kennt Bernward Thiele. Vor einem halben Jahr mußten sie ihn aus seinem Elternhaus entfernen, nachdem seine Mutter einen Selbstmordversuch unternommen hatte. Schnaps und Schlaftabletten empfingen sie, als sie kamen, um den Thorsten mitzunehmen. Thorsten Röper zählt zu den Fällen, die der Landkreis am liebsten ausspeien möchte, zumindest kommt es Bernward Thiele oft so vor. Die Familie ist aktenkundig, solange er zurückdenken kann. Thorsten Röpers Mutter ist mit sechzehn schwanger geworden und weiß bis heute nicht, ob jener, den Thorsten Vater nennt, der leibliche Vater ist. Dieser Langzeitarbeitslose ist der festen Überzeugung, die Familie sei sein Eigentum, und behandelt Thorsten, dessen Schwestern und auch die Mutter nach Willkür und Laune. Mal zieht er mit der Familie los, lacht und spielt mit allen, und ein unvoreingenommener Betrachter könnte meinen, es handle sich um eine glückliche Familie. Ein anderes Mal verdrischt er alle ohne erkennbaren Grund. Thorstens Mutter leidet sehr unter diesen Wutausbrüchen und flüchtet sich in eine fiktive Welt aus Magiern und Hexen. Wenn sie wieder einmal vor dem Vater flüchten muß, bekommt sie Unterstützung beim Landkreis. Die Gespräche der letzten Jahre zeigen, daß sie immer mehr in dieser Phantasiewelt zu versinken droht. Irgendwann kommt es zur Katastrophe. Der Vater, der gewohnheitsmäßig um sich schlägt, ist sturzbetrunken und Thorsten will seiner Mutter zu Hilfe kommen, als der Besoffene droht, sie, wie er sagt, totzuhauen. Die Mutter versteckt sich in einem Schrank. Als der randalierende Vater in seinem Rausch und Erbrochenem eingeschlafen ist, richtet die Mutter einen Altar her, auf dem sie, wie sie später zugibt, die Familie opfern will. Zum Glück ruft Thorsten die Polizei, so daß alle gerettet werden, er selbst ist aber seither stark traumatisiert.

Nach diesem Vorfall wird er in einem Heim für Kinder aus Problemfamilien untergebracht, das einer Nervenheilanstalt angegliedert ist.

Gisela bekam den Fall dann übertragen und schaffte es, daß Thorsten Röper außer Selbstmordgefahr und mittlerweile auch wieder aus der Nervenheilanstalt entlassen ist. Bei seiner Entlassung dankt Thorsten seinen Psychologen und auch Gisela als seiner Jugendbetreuerin, zu der er, wie es schien, das meiste Vertrauen aufgebaut hat. Er hat jetzt die Möglichkeit, in einem Heim für betreutes Wohnen zu leben, in dem er sich frei bewegen kann, und entwickelt sich langsam, aber stetig. Er hat inständig darum gebeten, weiter von Gisela als seiner Jugendbetreuerin besucht zu werden, und Gisela hat ihm das auch versprochen. Schon am nächsten Morgen ist sie in dieser Angelegenheit zu Gerd gegangen und hat ihn um Erlaubnis gebeten, Thorsten Röper weiter betreuen zu dürfen, obwohl seine Betreuung nach der Entlassung aus dem Landeskrankenhaus in die Zuständigkeit anderer Kollegen fällt. Gerd, der Giselas Arbeit sehr schätzt, sagt, er habe nichts dagegen, und Gisela ist seither der Meinung, die Angelegenheit sei damit geregelt. Bernward Thiele horcht auf.

»Nicht auf dem Flur? Warum denn nicht, Gisela? Kann es sein, daß du etwas zu verbergen hast? Aber was frage ich überhaupt, das hier können alle mitbekommen, immerhin hast du einfach so versucht, in meinen Kompetenzbereich einzudringen.« Dann Stille. Seit Hiltruds Machtübernahme sind solche Szenen normal. Zum Glück sitzt Bernward Thiele noch auf seinem Stuhl, so daß es nicht scheint, als horche er. Ihm fällt ein, daß sowieso der gesamte Gang mithört. Die Diskussion auf dem Flur, falls das Geschrei so genannt werden soll, geht um die Frage, ob Gisela den Thorsten weiter betreuen soll, nachdem sie ihn wieder stabilisiert hat, oder Hiltrud, die den Fall vor zwei Wochen, also vier Monate nach ihrer Machtübernahme einfach an sich gerissen hat.

Bernward Thiele zögert eine Weile, steht dann auf und geht an die Tür, ohne jedoch für die im Flur Stehenden sichtbar zu werden. Er will nicht, daß die beiden Frauen bemerken, wie er ihrem Disput zuhört. Er kann jetzt die einzelnen Worte verstehen. Noch hat Gisela nicht auf Hiltruds rhetorische Fragen geantwortet.

»Was machen wir denn jetzt damit? Du, Gisela, mit so etwas bin ich eigentlich noch gar nicht konfrontiert worden.« Hiltrud starrt Gisela aus schmalen, zu einem Strich zusammengezogenen Augen an, schüttelt kurz den Kopf, beginnt von neuem. »Das sagst du mir jetzt einfach mal. Was machen wir den jetzt damit? Du greifst einfach in meinen Kompetenzbereich ein? So mir nichts, dir nichts?«

Gisela scheint sich mit Gewalt zusammenzureißen, um Hiltrud nicht einfach ins Gesicht zu schlagen, schaut ihre Gegnerin verbissen an und schafft es dann mit Mühe in ruhigem Ton, aber innerlich aufgewühlt zu antworten: »Auch wenn du es nicht glaubst, Hiltrud, es geht weder um meinen noch um deinen Kompetenzbereich. Es geht hier um einen Jungen, der sein Leben noch vor sich hat und der noch vor wenigen Wochen in akuter Selbstmordgefahr war.«

»Und das traust du mir natürlich nicht zu? Ich kann das nicht! Nein!! Da muß die einfühlsame Gisela ans Werk, die hier schon allen Männern schöne Augen gemacht hat, egal ob es unsere Klienten oder unsere Kollegen sind. Ich hatte ganz vergessen, wie viel Vertrauen die kleinen Jungs zu der lieben Gisela haben.«

»Meinst du nicht, daß es besser wäre, zum Thema zurückzukehren, so daß wir uns einigen, wie dem Thorsten besser geholfen werden kann?«

»Es geht hier nicht darum, dem Thorsten zu helfen oder einem von deinen Jungs, die du so gern um dich scharst. Es geht darum, ob ich es dulde, daß du meine Autorität untergräbst und ob ich das mitmache. Ich habe hier nämlich nicht jahrzehntelang meinen Dienst geschoben, um dann auf die dumme Tour von rechts überholt zu werden.«

»Wer spricht davon, dich zu überholen? Hiltrud, du siehst Gespenster. Thorsten ist mein Klient. Ich habe ihn seit über einem Jahr betreut, und nachdem er erfahren hat, daß er ab jetzt von einer anderen Abteilung betreut wird, hat er darum gebeten, mich noch für eine Zeit sehen zu dürfen.«

»Der arme kleine Thorsten darf jetzt nicht mehr zu seiner Supernanni. Tut mir wirklich leid für ihn.« Hiltrud versucht eine Mutter mit Baby im Arm nachzuäffen, während sie das sagt. Dann sieht sie, wie Bernward Thiele fast unsichtbar in seiner Türzarge steht und von dort aus versucht, so viel wie möglich von ihrem Disput zu erhaschen. »Bern, du kannst gern aus deinem Versteck herauskommen, wenn du uns schon belauschst. Du kannst dich auch gern zu mir und deiner Kollegin gesellen. Vielleicht seid ihr ja zu zweit noch stärker«, schreit Hiltrud jetzt über den Gang in Richtung von Bernward Thieles Büro. Der ertappte Bernward Thiele kommt mit einem Grinsen aus seiner Türzarge hinaus auf den Flur, stellt sich neben die streitenden Frauen und weiß nicht, wie er sich verhalten soll. Unsicher und verschämt sieht Bernward Thiele mal zu Gisela, mal zu Hiltrud, die jetzt einen neuen Angriff auf ihre Konkurrentin startet.

»Was machen wir denn jetzt mit dem armen kleinen Thorsten, der sich so schön an die Gisela gewöhnt hat? Ich fürchte fast, der wird sich umgewöhnen müssen. Was meinst du, Bern?« Hiltrud weiß, daß Bernward Thiele sich nicht offen gegen sie stellen wird, auch wenn seine Sympathien auf der anderen Seite liegen. In diesem Augenblick genießt Hiltrud es einfach, die ihr zuerkannte Macht ausspielen zu können. »Was meinst du, Bern, wollen wir den kleinen Thorsten zu seiner Gisela lassen oder ist es besser für uns, wenn wir die Kompetenzen respektieren?«

Bernward Thiele richtet seinen Blick auf Gisela, die weiß, daß er sie jetzt gleich aufgeben wird, dann wieder auf Hiltrud, die ihre Macht in vollen Zügen inhaliert. Noch hadert er einen Moment, entscheidet sich dann für den geraden Weg. »Bern, du machst keine Dönekens auf der Arbeit.«

»Du, Hiltrud«, sagt er dann in der weichsten Stimme, die ihm zur Verfügung steht, »also ich glaube, das ist nicht ganz unwichtig, daß der Thorsten seine Bezugsperson behält in so einer schweren Krise, auf der anderen Seite sind natürlich unsere Kompetenzen auch nicht ganz unwichtig.«

Hiltrud stemmt die Hände in die Hüften, sieht ihm direkt in die Augen und dann zu Gisela, als wolle sie ihr sagen: »Nun sieh dir mal deine kleinen Umfaller an, Frau Kollegin.«

Gisela sieht entgeistert in die Luft, durch den Raum, durch die Wände, durch alle Gegenstände hindurch, sammelt sich dann wieder und entgegnet: »Die Kompetenzen haben ihren Sinn. Hier geht es um einen lebendigen Menschen und ich sage einfach, zum Glück geht es hier noch um einen lebendigen Menschen, denn er war schon mehrmals nahe dran, das Leben zu beenden. Nicht ich versuche, hier Kompetenzen zu untergraben, nein, er, der Thorsten, dieser noch lebendige Mensch hat mich gebeten, ihm noch einige Male zur Seite zu stehen. Er weiß nichts von den Kompetenzen und ich habe mich bereit erklärt, ihn noch einen oder zwei Monate zu betreuen, obwohl das für mich einen Mehraufwand bedeutet.«

Hiltrud verzieht ihre Gesichtsmuskeln zu einem Grinsen, das an Karnevalsmasken erinnert, spreizt die Hände mit den Handflächen und den Fingern nach oben in einer Was-solls-Geste und bedauert: »Ist ja furchtbar, Gisela. Vielleicht sollten wir dich ab jetzt unsere heilige Gisela nennen. Was meinst du, Bern?«

Bernward Thiele entscheidet sich für den sicheren Weg. Er darf sich hier keiner Gefahr aussetzen, auch nicht für Gisela, die ihn ja ohnehin nicht viel angeht. Also murmelt er kleinlaut: »Weißt du, Gisela, vielleicht solltest du hier einfach mal zurückstecken. Du, wir haben doch alle anerkannt, daß du den Thorsten Röper ganz toll wieder auf die Beine gestellt hast. Das bezweifelt ja keiner. Aber jetzt ist er einfach bei einer anderen Kompetenz. Versteh das doch und dann ist hier wieder Frieden.«

128

Gisela, die an dieser Art Frieden nicht sonderlich interessiert ist, schaut Bernward Thiele mitleidig an. Ihre Mimik scheint zu sagen: »Ach Bern, du bist so ein netter Kerl. Warum bist du nur so ein armer kleiner Feigling?«

Hiltruds Blick triumphiert und sie hält wieder die Hände auf die Hüften gestemmt, um ihre Macht zu demonstrieren. Als Gisela sich gefangen und wieder gesammelt hat, kehrt sie in betont sachlichem Ton in die Diskussion zurück.

»Thorsten ist mit diesem Wunsch auf mich zugekommen. Dann bin ich zu Gerd gegangen und der meinte, das wäre schon in Ordnung, ich könnte ihn eine Weile weiter betreuen. Ich fände es schade, wenn der Thorsten jetzt erfahren muß, daß ich nicht Wort halte. Das würde sein gerade erwachtes Vertrauen verletzen.«

Hiltrud ist überrascht und plötzlich unsicher. Warum hat der Gerd Gisela erlaubt, sich in ihren Kompetenzbereich zu mischen? Der Gerd hat das mit Sicherheit nicht richtig übersehen. Auf jeden Fall muß sie mit diesem Mißverständnis so schnell wie möglich aufräumen.

Hiltrud bedeutet Bernward Thiele und Gisela, sich nicht von der Stelle zu rühren, geht in Gerds Büro, wobei sie die Tür aufreißt, als wolle sie die an die Wand knallen. Sie fragt Gerd nach der Erlaubnis für Gisela, wobei sie ihn mitten im Telefongespräch unterbricht. Gerd schreit zurück, sie solle sich gefälligst gedulden. Hiltrud schreit, sie wolle es aber jetzt sofort wissen. Er habe sie auf diese Stelle gehievt und jetzt könne sie sich auf keinen Fall zur Witzfigur machen lassen. Gerd wiederholt, sie solle sich gedulden. Offenbar hat der Anrufer bei der Schreierei aufgelegt und Gerd donnert, er wolle nie wieder unterbrochen werden. Hiltrud kontert, dazu werde es auch nicht kommen, denn schließlich gehe er ja bald in Rente. Gerd fragt, was sie denn eigentlich wolle. Darauf Hiltrud, er solle sofort mit auf den Gang kommen, damit er bestätige, daß er der Heiligen da draußen einen Freifahrtschein zum Einbrechen in fremde Kompetenzen gegeben habe. Gerd geht schweigend mit auf den Gang, sieht Gisela mit einem Blick an, der zu fragen scheint: »Schon wieder ihr?« Dann läßt er sich von Hiltrud erklären, wie unverschämt Gisela ihre Macht verkürzte, indem sie beabsichtigte, den Thorsten Röper weiter zu betreuen. Ähnlich wie vorher schon Bernward Thiele weiß auch Gerd nach seinem Gesichtsausdruck zu urteilen zunächst nicht, wie er reagieren soll, windet sich innerlich, versucht, Auswege zu finden aber Hiltrud gibt ihm keine Zeit, verlangt von ihm, er solle sich entscheiden.

»Du, Gisela«, sagt Gerd dann, wobei er sich eine Weile das Kinn hält, »ich glaube, da habe ich einfach etwas übereilt gehandelt. Natürlich ist es gut, wenn du versuchst, den Thorsten weiter zu betreuen, auch wenn der nicht mehr in deinem Ressort ist. Als ich dir sagte, das wäre schon in Ordnung so, habe ich aber nicht bedacht, daß Hiltruds Stellung sich erst noch festigen muß hier auf unserer Etage. Und da ist doch eine solche Grenzüberschreitung der Kompetenzen gar nicht...« Weiter kommt Gerd nicht, da er laut und kreischend von Hiltrud unterbrochen wird.

»Klar! Daß Hiltruds Stellung sich hier erst noch festigen muß. Da werde ich ja voll und ganz zu einer Witzfigur verballhornt. Mach ihr bitte sofort klar, daß es da nichts zu diskutieren gibt. Der Thorsten ist in meiner Kompetenz.«

Gerd schluckt und sagt dann. »Also wir machen das jetzt einfach so, daß Gisela den Fall in Frieden an Hiltrud abgibt und dann gehen wir ebenso in Frieden auseinander.«

Gisela sieht kurz zu Bernward Thiele, um zu prüfen, welcher Meinung er ist, und richtet ihren Blick dann wieder enttäuscht auf Gerd. Bernward Thiele meldet sich jetzt mit seinem einstudiert milden Lächeln zu Wort: »Du Gisela, ich glaube, daß das ganz wichtig ist, was der Gerd gesagt hat. Laß uns hier in Frieden auseinandergehen. Gib den Fall einfach ab und gib Frieden.«

»Ich bin enttäuscht, Bernward, wenn du das Frieden nennst. Frieden ist etwas anderes. Das hier ist einfach nur Hiltruds Macht, die sich selbst beweisen will. Sieh sie dir an, wie sie dasteht, die Hände auf die Hüften gestemmt. Es geht ihr nur um ihre Macht. Der Thorsten ist ihr vollkommen egal.« Bernward Thiele versucht noch zu beschwichtigen und appelliert an Gisela: »Du, das bringt uns jetzt nicht weiter. Ich denke, daß Hiltrud den Thorsten ab jetzt allein betreuen kann. Das ist schon in Ordnung und du weißt ja, daß deine Arbeit gut ist, und wir wissen das alle.«

Gisela macht einen niedergeschlagenen Eindruck, nachdem Bernward Thiele diese Worte gesagt hat. Sie sieht Gerd, Hiltrud und auch Bernward Thiele abwechselnd an, wendet sich dann Gerd und Bernward Thiele zu und sagt mit schwacher, resignierter Stimme: »Zum einen tut es mir leid um den Thorsten, der sich jetzt von mir betrogen fühlen wird, aber abgesehen davon bin ich von eurer Unterwürfigkeit und Schleimerei erschrocken, und was dich betrifft, Bernward, du bist eigentlich auf meiner Seite, hast aber wieder mal nicht zu dir gestanden. Hast du dich jemals gefragt, wie du zu anderen stehen sollst, wenn du nicht einmal zu dir selbst stehen kannst?«

»Du, Gisela, ich glaube, das überläßt du einfach mal mir, schließlich bin pädagogisch geschult und weiß ganz genau, wie man so etwas anpackt.«

»Wenn du wieder mal allein dastehst, was meinst du, wird Hiltrud oder Gerd dich dann unterstützen?«

Jetzt mischt sich Hiltrud, die eine gute Weile still war, mit keckernder Stimme ein: »Unsere Heilige steht natürlich auch ihrem Kollegen zur Seite. Vielleicht sollten wir ein Madonnenbild malen.«

Bernward Thiele fügt noch hinzu: »Ja, ich glaub auch. Ich kann nämlich ganz gut auf mich selbst aufpassen.«

Als er diese Sätze gesagt hat, zerbrechen auch die letzten Hoffnungen in Gisela, sie könne Bernward Thiele begreiflich machen, daß er die Freundin an seiner Seite verloren hat. Mit kaum mehr hörbarer Stimme sagt sie: »Bernward, denk mal über dich nach. Vielleicht entscheidest du dich irgendwann, ein Mann zu werden.«

14:30 MEETING

Zu dem 15-Uhr-Meeting hat Hiltrud Dr. Fernando Pereira, den bekannten Transaktionsanalytiker eingeladen. Wie sie schon seit Wochen anklingen läßt, ist er ein Meister seines Faches und dafür bekannt, daß er sehr schnell betroffen macht. Das kündigte ihr Gerd so an, als er dieses Treffen arrangierte, damals noch als Sachgebietsleiter. Detlef zeigte sich nach jeder der Ankündigungen exaltiert und teilte allen sofort mit, daß dieses Meeting mit Dr. Pereira bestimmt das allerspannendste dieses Jahres werde. »Du, ich finde das so spannend, daß einer von den ganz Durchblickenden zu uns kommt. Wie der wohl aussieht. Ich hab noch gar kein Foto gefunden im Internet.«

Bernward Thiele erinnert sich an die Warnungen, die Karin ihm mit auf den Weg gegeben hat, und geht mit sehr gemischten Gefühlen über den Gang zum großen Konferenzraum. »Nimm dich in acht vor diesen Leuten.« Ja, wahrscheinlich muß er sich sehr vor diesem Pereira in acht nehmen. Schon während seines Studiums hat er alle Veranstaltungen in Tiefenpsychologie gemieden. Die reden ständig über Dinge, die eigentlich gar nicht da sind. Und man konnte wetten, was man wollte. Spätestens beim dritten Satz sind sie beim Sex. Die sind richtig besessen vom Thema Sex. Was will der eigentlich hier beim Landkreis? Weiß der denn nicht, daß sie jeden Tag gegen sexuelle Grenzüberschreitungen kämpfen? Klar, nur ein kleiner Kuß zum Schlafengehen. Hier wußte jeder, was sich daraus alles entwickeln kann, wenn auf die Einhaltung der Grenzen nicht geachtet wird. Oder dieser Junge, der angeblich schon seit der zweiten Klasse in immer das gleiche Mädchen verliebt ist. Ist doch klar, daß der auf dem besten Wege ist, mal ein richtiger Stalker zu werden. Aber bei denen heißt es immer nur gesunde Sexualität! Bei den Gurus hat man es ja genauso gesehen. Die reden von Weisheit und von Freiheit und dann, wenn sie das Vertrauen ihrer Jünger und Jüngerinnen haben und die Macht, ja, dann kommt es wieder zu Grenzüberschreitungen. Karin hat ihm von diesem angeblichen Halbgott erzählt. Bernward Thiele kann sich noch genau daran erinnern. An einem schönen Sommertag, als sie mit Justus am Baggersee waren, bemerkte Karin, daß er nach gut gebauten jungen Frauen sah. Sie nahm ihn sofort beiseite, legte ihm dar, wohin es läuft mit dem ganzen Sex. Eine ihrer Schulfreundinnen war einige Jahre zuvor dem Heilsverkünder aus dem Orient gefolgt. Leider hatte sie erst zu spät bemerkt, was der wirklich wollte. Die Unterweisungen in Meditation waren anfangs noch ganz harmlos, bis der Guru irgendwann entschied, daß nur diejenigen das Heil erringen könnten, die von seiner Energie kosten. Gleich darauf ging er zu einer seiner Jüngerinnen, stülpte der knienden seinen Kaftan über den Körper und es erwartete die ganze Gemeinschaft, daß sie ihn nun glücklich machen würde. Bernward Thiele verging die Lust, die Mädchen an der Kieskuhle zu betrachten, und Karin ermahnte ihn nochmals, diese Geschichte gut in Erinnerung zu behalten.

Der Dr. Pereira ist zwar der Beschreibung nach kein Guru, aber Karins Worte klingen noch in ihm nach: »Nimm dich in acht vor diesen Leuten.«

Während er die letzten Schritte in Richtung Konferenzraum geht, hört er, daß Detlef und Dieter sich mit jemandem unterhalten, der einen südländischen Akzent hat. »Da müssen wir doch sehr zwischen dem vorgeschobenen Grund und den wahren Gründen unterscheiden«, hört er ohne den Zusammenhang zu kennen. Und weiter: »Sehen Sie, dieser Patient oder Sie nennen ihn ja eher Klient ist vielleicht oberflächlich gesehen ausgerastet, weil sein Nachbar gewisse Bepflanzungen in seinem Garten angebracht hat aber mir scheint das ein typischer Fall eines Kontext-fremden Impulsdurchbruchs zu sein. Der Impulsdurchbruch an sich ist ja berechtigt, nur eben nicht in dem Kontext Nachbar. Abgesehen davon kann eine Gesellschaft sich natürlich solche Impulsdurchbrüche nicht leisten.«

Bernward Thiele ist überrascht, daß Dr. Pereira sich schon mit Detlef und Dieter unterhält, obwohl das Meeting noch gar nicht angefangen hat. Detlef bemerkt Bernward Thiele zuerst und zeigt auf einen noch freien Stuhl im Kreis. Bernward Thiele stellt sich kurz vor und hört dann weiter den Ausführungen zu, die Dr. Pereira der Darstellung eines Falles folgen läßt, der hier im Landkreis allgemein bekannt ist. Alfons Schmitz, ein sechzehnjähriger Jugendlicher, hatte einen Nachbarn kaltblütig erschlagen, nachdem dieser ablehnte, den wilden Wein im Garten durch immergrünes Efeu zu ersetzen, und hatte zu allen Überfluß während der Tat wieder und wieder geschrien: »Niflheim erwartet dich, Unwürdiger!« Für diese Tat konnte sich beim Landkreis niemals eine einleuchtende Erklärung durchsetzen.

Da die Diskussion schon im Gang ist, setzen sich die jetzt noch Ankommenden einfach auf einen freien Platz, und irgendwann wird die Tür geschlossen. Hiltrud erhebt sich kurz, um Dr. Pereira, mit dem die meisten schon diskutieren, formell vorzustellen, und überläßt die Diskussion dann sich selbst. Der Fall Alfons Schmitz wird beim Landkreis viel diskutiert, und Dr. Pereira ist bereit, die Diskussion mit diesem Fall beginnen zu lassen.

»Sie haben mir mit diesem Alfons Schmitz einen durchaus interessanten Fall für den Einstieg in die Diskussion geliefert. Das Thema Amoklauf ist, wie ich glaube, eines der heute am wenigsten verstandenen Themen überhaupt. Im allgemeinen wird nur über den Amokläufer berichtet, nicht aber über seine Umwelt.«

Lars meldet sich, nachdem er angespannt zugehört hat.

»Mir ist aufgefallen, daß speziell die Boulevard-Zeitungen immer mit einem Tenor berichten, der sagt, seht mal, da ist wieder einer dieser Verrückten, der losrast und Menschen umbringt. Dabei argumentieren die Zeitungen, der Täter hätte auffallen müssen, weil er schon in Therapie war. Die gehen offenbar davon aus, daß Leute, die sich therapieren lassen, gefährlicher sind, als solche, die es nicht tun.«

134

»Sie haben mir einen großen Gefallen getan, Herr...« Dr. Pereira sieht kurz auf das Lars' Namensschild, »Ja, Herr Peterson. Natürlich ist es für unsere Gesellschaft leichter, zu akzeptieren, daß da ein paar, ich sage mal salopp, Durchgeknallte in ihr leben, als an sich heranzulassen, daß es sich um Menschen handelt, deren Umwelt sie zu dem gemacht hat, was sie jetzt sind. Nicht daß mich jetzt jemand mißversteht. Das soll natürlich die Tat weder rechtfertigen noch entschuldigen. Es geht vielmehr darum, ein Wissen zu schaffen, das solche Entwicklungen verhindern kann.« Dr. Pereiras Gesicht bei diesen Worten ist von einer Skepsis, als es gäbe er dem Wissen selber nur sehr geringe Chancen. Lars schaltet sich wieder ein.

»Kommen wir mal zu dieser Kontextfremdheit zurück, von der Sie sprachen, Dr. Pereira. Das interessiert mich am brennendsten. Bitte erklären Sie der Runde, was Sie damit meinen.«

Als Lars diese Worte beendet, blickt Detlef zu Boden, als habe Lars gerade seinen Tempel entweiht.

»Sehen Sie«, beginnt Dr. Pereira, »die meisten Amokläufer tun etwas, das aus ihrer ganz privaten Sicht logisch und gerechtfertigt ist, aus der Sicht einer Gesellschaft aber in keinem Fall gerechtfertigt sein kann. Da werden plötzlich ohne Vorgeschichte irgendwelche Menschen getötet oder brutal verletzt. Wenn wir die Lebensgeschichte dieser Täter aber aufrollen, dann bemerken wir sehr schnell, daß es eine Vorgeschichte zu einem derart brutalen Geschehen gibt. Ich betone, nur zu *einem* derart brutalen Geschehen und *nicht zu diesem speziellen* Geschehen. Sie müssen sich vorstellen, daß jemand, der eine defizitäre Affektregulation, also einen sogenannten Impulsdurchbruch hat, lassen wir es einmal bei einem einfachen Impulsdurchbruch, es muß ja nicht immer ein Amoklauf mit vielen Toten sein, jedenfalls hatte dieser Mensch in seiner Lebensgeschichte demütigende, ja existenzvernichtende Erlebnisse. Diese Erlebnisse haben sich aus bestimmten Gründen zu einer Art dauerhafter Verletzung

135

seiner Seele gefestigt. Betrachten wir die Gründe für ein solches Trauma, dann kommen wir eigentlich immer wieder zu den primären Beziehungen dieses Menschen zurück, also zu seinen familiären Beziehungen oder wichtigen Freundschaften und Bekanntschaften. Im Ergebnis liegt also der Grund der Verletzung dieser Seele meist in Störungen der Primärbeziehungen, in dem sogenannten Ursprungskonflikt. Der Impulsdurchbruch oder im Falle eines Amoklaufs die kriminelle Tat bezieht sich aber in allen mir bekannten Fällen auf ganz andere Objekte. Hätte der Amokläufer, der Lehrer und Mitschüler erschoß, vor Jahren seinen autoritären Vater erschossen, so wäre es auch ein für unsere Gesellschaft nicht zu tolerierendes Verbrechen gewesen, es wäre aber verständlich geworden, während die Tat in der Schule wegen der Kontextfremdheit unverständlich bleibt.«

Als Dr. Pereira diesen Satz beendet hat, erinnert sich Bernward Thiele daran, daß Gerd diesem Meeting schon bei der Planung einen Titel gegeben hat. »Hintergründe erkennen, Masken abstreifen!« Ja, genau das war Gerds Titel für diese Veranstaltung.

Bernward Thiele fühlt sich unwohl. Da ist schon wieder dieses mulmige Gefühl, seit Dr. Pereira über Kontextfremdheit gesprochen hat. Er weiß nicht, warum er diese Gedanken ablehnt, spürt aber einen Widerwillen. Reicht es denn nicht, einfach mal festzustellen, daß der Amokläufer ausgerastet ist, und daran zu gehen, etwas dagegen zu tun? Warum nur diese ewige Suche nach den Ursachen?

Lars fragt in die Runde: »Das interessiert mich brennend. Wie kommt es zu dieser Kontextfremdheit? Warum schlägt so einer nicht einfach seinen Vater oder seine Mutter tot? Warum müssen es unbedingt Fremde sein?«

Bevor Dr. Pereira antworten kann, versucht Bernward Thiele vorsichtig einen Themenwechsel herbeizuführen: »Du Lars, das müssen wir hier nicht weiter vertiefen. Ich denke, es reicht, wenn wir das einmal gehört haben, und wir wenden uns dann wieder den praktischen Dingen zu.«

»Laß mal gut sein, Bern, hier will niemand deinen Frieden und deinen Konsens stören. Aber du erinnerst dich sicher noch an den Titel dieser Veranstaltung. Der heißt nämlich ›Hintergründe erkennen, Masken abstreifen‹. Und ich habe mich sehr darauf gefreut, mal echte Hintergründe diskutieren zu können, anstatt immer nur jeden Tag den Konsens zu repetieren, wie wir es hier sonst tun.«

Dr. Pereira bemerkt den sich anbahnenden Dissens und blickt fragend in die Runde. Bernward Thiele, der sich an Karins Warnungen erinnert und das mulmige Gefühl immer stärker spürt, bricht kurz heraus: »Leute, ich glaube, wir beenden das hier einfach.«

»Vergiß es, Bern«, kontert Lars, »wenn du in dein ›liebes kleines Schneckenhaus' zurückwillst, dann verlaß doch einfach die Runde, anstatt sie abzuwürgen, wenn es interessant wird. Ich hab langsam die Nase voll, jedes Mal, wenn es irgendwo konkret wird, haust du oder der Detlef dazwischen. Einer von euch beiden blockiert hier alles, was interessant wird.« Dann blickt Lars zu Dr. Pereira hinüber, um sich seiner zu versichern. Hiltrud, die sich bis jetzt noch nicht eingebracht hat, sieht prüfend in die Runde. Nachdem Dr. Pereira alle noch einmal gemustert hat, bestätigt er mit einem Kopfnicken, er sei bereit, weiterzudiskutieren.

Die Runde blickt betroffen in die Mitte, nur Detlef kichert von Zeit zu Zeit und zieht sich damit die fragenden Blicke seiner Kollegen zu. Dr. Pereira wartet eine Weile, sieht dann zu Detlef, der versucht, sein Kichern zu unterdrücken. Nach dem fünften Kicheranfall macht Dr. Pereira eine geschwungene Handbewegung und zeigt dann mit nach oben geöffneter Handfläche auf Detlef.

»Herr Schlüter, ich erteile Ihnen das Wort. Was bringt Sie zum Kichern? Geben Sie sich einen Ruck. Lachen zeigt oft, daß eine emotionale Auseinandersetzung erfolgt.«

Nachdem Detlef noch einmal ausgiebig gekichert hat, sammelt er sich mit Mühe, sieht wieder in die Runde und sagt dann, wobei er mit weiteren Kicherattacken kämpft:

»Ich habe immer wieder an die Suzie Höfer gedacht. Leute, was müßte die eigentlich mit ihrer Familie machen? Und was wäre, wenn die irgendwann kontextfremd Amok laufen würde?« Dann kichert er, bis ihm die Tränen laufen, und stößt zwischendurch immer wieder ›Mensch‹ und ›ihr angetan‹ hervor.

Lars bemerkt Dr. Pereiras fragendes Gesicht und erläutert, daß es sich beim Fall Suzie Höfer um gemeinschaftlichen sexuellen Mißbrauch in allen Facetten handle.

»Lassen Sie uns das aufgreifen. Offenbar ist Herr Schlüter der Meinung, dieses junge Mädchen müßte sich jetzt im Wege eines Amoklaufs für den Mißbrauch rächen. Meine Erfahrungen zeigen, daß Amokläufer meist andere Verletzungen erlitten haben. Es ist durchaus möglich, daß Opfer von sexuellem Mißbrauch später in einem Rahmen, der dem damaligen Mißbrauch ähnlich ist, zu Impulsdurchbrüchen neigen. Das ist aber etwas anderes als der Amoklauf. Nach meiner Erfahrung ist die Verletzung des typischen Amokläufers eher narzißtischer Natur.«

Dr. Pereira bemerkt, daß Bernward Thiele unsicher von einer in die andere Ecke des Raums starrt und seinen Blick nicht mehr in eine Richtung halten kann, seit der Fall Suzie Höfer erwähnt wurde. Er greift diese Entdeckung sofort auf.

»Herr Thiele, ich habe den Eindruck, Sie fühlen sich unwohl, seit dieser Fall Suzie Höfer erwähnt wurde. Warum verunsichert Sie dieser Fall?«

Bernward Thiele denkt an die abendlichen Nachbesprechungen mit Karin, fühlt sich irgendwie nackt und stottert: »Eigentlich ist da gar keine direkte Verbindung. Ich hatte die Akte nur ein- oder zweimal auf dem Tisch und der Fall ist mir einfach widerlich. Das ist einfach furchtbar, daß Leute so mit ihrem eigenen Kind umgehen.« Dann atmet er tief, blickt unsicher in die Runde und setzt hinzu: »Nee, ist schon gut, daß anderen Kindern so etwas nicht passiert.« Er erinnert sich aber sofort danach an den Konsens mit Karin und fragt sich, ob er ihn jetzt schon gebrochen hat.

»Herr Thiele, wie ich verstehe, sind Sie angewidert von diesem Fall mit dem mißbrauchten Mädchen. Ich sehe aber da in Ihren Augen auch eine Art unsicheres Flackern. Ich frage mich, aus welchem Grund Sie es für nötig halten, fast im gleichen Atemzug zu erwähnen, daß zum Glück anderen Kindern solche Dinge nicht passieren.«

Lars kann sich ein Grinsen nicht verkneifen, zwinkert Dr. Pereira zu und flüstert dann so laut, daß es alle hören können, »Wer weiß, welche Kinder der wohl meint? Bestimmt seine Tochter...«

Bernward Thiele fühlt sich, als hätte ihn jemand aus seinem Schneckenhaus herausgepult und würde ihn jetzt völlig nackt im Scheinwerferlicht zur Schau stellen. Nachdem er sich etwas gerafft hat, versucht er Worte zu finden, die seine Sichtweise des Suzie-Höfer-Falles darstellen und Lars' Anspielung auf Justus und auch seine Erinnerungen an die Nachbereitung mit Karin, so gut es geht, ausblenden.

»Ich finde das auch ganz wichtig, daß wir da ganz genau...« Für einige Atemzüge versagt ihm die Stimme, dann fährt er fort: »Jedenfalls meine ich, daß die anderen Familienmitglieder auch ihre eigene Geschichte haben und wir nur tun können, was der amtliche Weg uns in solchen Fällen vorschreibt.« Bernward Thiele bemerkt, daß ihn jeder, ganz besonders aber Dr. Pereira, erwartungsvoll ansieht. Er fährt fort. »Es ist bedrückend, zu lesen oder anhören zu müssen, was andere Männer tun. Ich habe einfach ein Problem damit.«

Lars schüttelt den Kopf und fragt in den Raum, ob es denn wirklich Berns Problem ist oder das Problem seiner Frau, bis er durch einen abwinkenden Blick von Dr. Pereira zur Ruhe gerufen wird. Dr. Pereira wendet sich nun an Bernward Thiele, der schon wieder unsicher in verschiedene Ecken des Raumes blickt.

»Bitte, Herr Thiele, lassen Sie einfach für kurze Zeit die sachliche Einschätzung des Falles beiseite und sagen Sie kurz Ihren Kollegen, was Sie beim Betrachten der Akte fühlen. Es geht hier erst einmal nur um das bloße Gefühl.«

»Du, ich denke einfach, daß wir da nur wenig Möglichkeiten haben. Vielleicht können wir als Helfer...« Hier unterbricht Dr. Pereira ihn energisch: »Ich sagte doch eben, daß eine sachliche Einschätzung uns hier nicht weiterbringt. Bitte wirklich nur Ihre Gefühle beim Betrachten der Akte.« Bernward Thiele läßt seine Augen jetzt durch die Runde und dann wieder zu Dr. Pereira wandern. Er kann sich einfach nicht vorstellen, was sie denn jetzt von ihm erwarten. Die wollen bestimmt eine konkrete Stellungnahme, so wie Karin sie von ihm verlangt. Also kramt er die Worte zusammen, die er sich schon für die Nachbereitung mit Karin zurechtgelegt hat.

»Klar, ich verstehe. Wir werden das Mädchen wohl aus dieser Familie herausholen müssen. Das ist zwar immer ein schwerer Eingriff. Aber wie es scheint, geht es hier einfach nicht anders.«

Dr. Fernando Pereira sieht ihn streng an. »Herr Thiele, das ist nun schon das dritte Mal, daß ich Sie nur nach einem Gefühl gefragt habe, und Sie stellen mir in allen Einzelheiten amtliche Vorgänge dar. Anstatt zu sagen, daß Sie beispielsweise Haß oder Wut fühlen oder Angst, beschäftigen Sie sich sachlich mit dem Thema.« Dann schaut er in die Runde. »Sie haben hier einen perfekten Kollegen. Ich sage perfekt in der Technik, seine Gefühle schon intern zu sanktionieren. Da kommt wirklich nichts an die Oberfläche. Herr Thiele, warum haben Sie sich nicht beim Geheimdienst beworben? Da hätten Sie deutlich mehr verdient. Wie Sie wissen, werden da Leute gebraucht, die ihre Gefühle verbergen können.« Die Runde ist betroffen und zugleich verunsichert. Nur Lars scheint sich über diesen Vorfall zu amüsieren. Gisela betrachtet abwechselnd Dr. Pereira und Bernward Thiele, als wollte sie ihrem Kollegen sagen: »Bern, als wir zusammen gelacht haben in der Kaiserstadt, da konntest du doch Mensch sein, da konntest du doch fühlen.«

Bernward Thiele hadert noch einige Sekunden mit sich selbst, ringt sich dann durch, Dr. Pereira wieder anzusehen und setzt erneut an: »So genau weiß ich nicht, was das jetzt soll. Aber wenn ich die Bilder so sehe, dann denke ich immer nur, wie gut, daß unserem Justus so etwas nicht passiert.« Kaum hat Bernward Thiele diese Worte ausgesprochen, kann Lars seinen Hohn nicht mehr unterdrücken und flüstert hörbar: »Wenn dem nicht noch Schlimmeres passiert.« Dr. Pereira greift diesen Punkt sofort auf, spricht wieder zu der gesamten Runde. »Das ist jetzt schon das zweite Mal in dieser kurzen Zeit, daß wir hören, wie gut es Herrn Thieles Sohn, dem Justus, geht. Nur Sie, Herr Peterson, scheinen da ganz anderer Meinung zu sein. Und ich frage mich, was geht hier vor?«

»Der Lars provoziert, so gut er kann. Das ist so eine Angewohnheit, die er wohl nicht ablegen kann.«

»Sehen Sie, Herr Thiele, selbstverständlich habe ich verstanden, daß die Äußerungen von Herrn Peterson provokativ gemeint sind. Mein Gefühl sagt mir aber, daß auch ein echter Konflikt dahinter steht. Um es anders auszudrücken, ich glaube, daß Herr Peterson versucht hat, etwas auszudrücken, das im Raum steht. Immerhin hat Herr Peterson von Ihrer Tochter geflüstert und danach angedeutet, daß ihr noch viel Schlimmeres passiert als dieser jungen Dame, von der wir zuvor sprachen. Sie haben dagegen in die Diskussion eingeführt, Sie seien froh, daß anderen Kindern nicht solche Dinge geschähen. Mir scheint, daß da jenseits der Provokation echte Meinungsverschiedenheiten bestehen.«

Bernward Thiele ist jetzt klar, daß er den ›Justus-Konsens‹ verletzt hat, den Karin ihm in dem Telefongespräch ausdrücklich ans Herz legte. Warum nur hat er dieses Thema selbst in die Diskussion eingeführt? Hätte er nicht einfach den Mund halten können?

Als Gisela bemerkt, wie Bernward Thiele in die Defensive gedrängt wird, sucht sie nach einer Möglichkeit, die Situation zu entschärfen, und meldet sich zu Wort. »Natürlich sind da einige Meinungsverschiedenheiten. Der Justus wirkt eben etwas feminin, aber ich habe damit zumindest kein Problem, und was das andere betrifft, gibt es hier einige Vorbehalte wegen seiner zurückhaltenden Art, aber auch damit habe ich kein Problem.« Als sie nach ihren mildernden Worten in die Runde sieht, bemerkt sie, wie Detlef in sich hineinfeixt und Lars gerade zu einem weiteren Angriff ansetzt. »Du hast das fiese Grinsen und die gebrochenen Bewegungen vergessen, Gisela, aber vielen Dank, daß du für Frieden gesorgt hast.«

Dr. Pereira fixiert jetzt die Gesichter der anderen Kollegen und fragt dann: »Sind Sie auch der Meinung, daß Ihre Kinder es besser haben als die Kinder aus den Problemfamilien, die Sie hier betreuen?«

»Da bewegen sie sich jetzt aber schnell vom Thema weg«, setzt Lars hinterher.

»Das glaube ich nicht, Herr Peterson, schließlich sind wir nicht hier, um einzelne von Ihnen oder deren Kinder in Abwesenheit einer Analyse zu unterziehen. Ich habe nicht vor, das jetzt zu vertiefen. Widmen wir uns lieber einem anderen Thema. Die Art, wie Sie sofort bereit waren, gegen Herrn Thiele und sein Kind vorzugehen, legt mir nahe, daß es hier noch weit mehr unbehandelte Konflikte gibt. Zum Beispiel würde mich interessieren, welchen Konflikt Sie mit Herrn Thiele haben.«

»Das hat etwas mit der Rolle zu tun, die er hier während der Machtübernahme spielte, und mit seinem überaus integeren Verhalten.« Lars zwinkert zu seinen Kollegen: »Wenn ihr wißt, was ich meine.« Die Worte sind aus Lars herausgesprudelt, ohne daß er die Konsequenzen für das weitere Gespräch bedachte. Einen Augenblick sitzen alle wie versteinert auf ihren Stühlen, bis Hiltrud sich zu Wort meldet: »Das ist ein Thema, das hier mit Sicherheit nicht weiter diskutiert wird. Was da passiert ist, gehört zum Organisatorischen dieser Etage und bleibt unter uns.«

Zweifelsfrei hat niemand, Hiltrud am allerwenigsten, mit diesem Gesprächsverlauf gerechnet. Dr. Pereira ist im Begriff, das Gespräch direkt auf die internen Konflikte dieser Etage zu lenken.

»Sie haben mich eingeladen, um Ihnen allen die Vorgehensweise meiner Methode näherzubringen, aber wie ich sehe, stoßen wir hier sehr schnell an Grenzen, die jede weitere Diskussion verbieten. Wie soll ich Ihnen meine Methode da näherbringen? Kaum haben wir ein interessantes Thema eröffnet, in dem, wie ich sehe, eine Menge Konfliktpotential steckt, schon werde ich mit einer neuen Grenze konfrontiert. Ehrlich gesagt, sehe ich nicht, wozu ich dann hier bin.«

»Ich für meinen Teil bin sogar sehr interessiert, und ich habe auch keine Probleme mit den angerissenen Themen«, wirft Lars jetzt ein.

»Du, Lars, ich denke, da liegst du ganz falsch. Die beiden Themen, die du da eröffnet hast, waren absolut grenzüberschreitend. Wir leben hier aber nach dem Konsens, und der besagt, daß wir keine Grenzüberschreitungen begehen«, erwidert Bernward Thiele mit ängstlicher Miene, wobei er zu Hiltrud schielt, um sich abzusichern.

Dr. Pereira horcht auf und kann dann ein Lachen nicht unterdrücken. Er setzt sich nach vorn, so daß er sich mit den Händen auf die Knie abstützen muß, und beginnt: »Seit ich dieses Haus betreten habe, höre ich die beiden Wörter grenzüberschreitend und Konsens. Das erste und zweite Mal, daß ich diese Wörter gehört habe, schien es mir noch so, als wären das Ausrutscher, spätestens jetzt aber, nachdem Herr Thiele die Unterdrückung mehrerer gerade andiskutierter Themen mit diesen Wörtern zu rechtfertigen versucht, werde ich das Gefühl nicht los, daß es sich dabei um echte und gelebte Programmsätze handelt.«

»Vergessen sie nicht, das Wort ›ausdiskutiert‹ mit in den Reigen aufzunehmen«, setzt Lars hinzu.

Dr. Pereira blickt ernst in die Runde, sammelt sich eine Weile und sagt dann etwas von Normanpassung, die eine individuelle Autonomieentwicklung verhindere. Als Lars diese Worte hört, macht er eine einladende Geste mit nach oben geöffneten Handflächen und fordert Dr. Pereira auf, der Runde zu erklären, was er damit meine.

»Mir scheint, Sie leben hier in einer Art selbstentworfenem totalitären System, also in einer Art totalitärem Mikrokosmos. Mein Gefühl sagt mir, daß hier bestimmte Instanzen vorgeben, wo welche Grenzen sind, die auf keinen Fall überschritten werden dürfen, welcher Konsens unbedingt einzuhalten ist und welche Themen nicht diskutiert werden dürfen; wir haben es hier wohl mit echten Tabus zu tun, so wie sie schon von der klassischen Psychoanalyse diskutiert wurden. Und bis auf Herrn Peterson scheinen sich auch alle daran zu halten.«

»Herr Doktor«, beginnt Hiltrud, »wir sind hier eine Gemeinschaft, und in einer Gemeinschaft kann man sich nicht jeden Luxus erlauben, den man von einer Privatpraxis gewöhnt ist. Der Konsens ist von außerordentlicher Wichtigkeit für uns, da wir uns sonst nicht mehr auf die Kollegen verlassen können, und lassen Sie sich gesagt sein, Vertrauen ist hier wichtig. Was die Grenzüberschreitungen betrifft, die haben wir auf der anderen Seite, nämlich auf der der Klienten, und hier brauchen wir die wirklich nicht.«

Dr. Pereira atmet tief, legt die Handflächen zusammen und hat sichtlich Probleme, eine angemessene Antwort zu finden, bis er sich wieder gesammelt hat.

»Wenn ich diese Gemeinschaft so ansehe, frage ich mich, was Sie von mir erwarten, denn in Anbetracht der Grundsätze, die mir Frau Struck gerade verdeutlicht hat, habe ich Ihnen nichts zu bieten. Sehen Sie, meine Methode beruht darauf, alles, aber auch wirklich alles in Frage zu stellen, und Sie leben hier mit starren Grundsätzen, fast wie eine Sekte. Ich fürchte, ich kann Ihnen nichts geben.«

Dr. Pereira steht auf, läßt ein trauriges Lächeln über die Gruppe gleiten, macht die Andeutung einer Verbeugung und geht zur Tür. Zum Glück ist dieses Meeting jetzt endlich vorüber, denkt Bernward Thiele. Karin hatte recht, diesem Pereira darf man auf keinen Fall vertrauen.

15:00 MEDIATION

Vor etwa einer Stunde hat Bernward Thiele von Detlef erfahren, daß um halb fünf ein Ad-hoc-Meeting angesetzt ist.
Offensichtlich hat sich der Gerd einen schweren Patzer erlaubt. Detlef grinst zynisch, als er ihm von diesem Meeting
berichtet, und meint dann so nebenbei, den Gerd werde Hiltrud jetzt wohl endgültig demontieren, was ja auch gut sei.
Schließlich verkündet er noch, die Hiltrud habe den Laden
mittlerweile gut im Griff und auf den Gerd sollte man doch
wirklich nicht mehr setzen, zumal der ja sowieso nur noch
einige Monate hat und dann in seinen wohlverdienten Ruhestand gehe. »Du, Bern, auf den Gerd würde ich hier nicht
mehr bauen, wenn du noch eine Zukunft haben willst. Ich
finde das übrigens total spannend, daß wir den Gerd jetzt
mal auf den rechten Weg zurückbringen können. Bislang
war es ja immer umgekehrt.« Diese Sätze klingen in Bernward Thieles Ohren nach. Auf die Frage, welchen Patzer
sich der Gerd denn überhaupt geleistet hätte, ist Detlef nur
ausgewichen und hat auf Hiltrud verwiesen, die das in dem
Meeting unmißverständlich zur Sprache bringen werde.
Als Bernward Thiele wieder allein an seinen Akten sitzt,
stauen sich die Fragen in seinem Kopf zu einem unauflös-
lichen Knäuel. Warum freut sich Detlef hämisch darüber,
daß die Hiltrud den Gerd jetzt zurechtweisen will? In welcher Sache würde die Hiltrud den Gerd jetzt zurechtweisen?
Warum besprechen sie das nicht unter vier Augen? Noch
etwa eine halbe Stunde bis zu diesem Ad-hoc-Meeting! Als
er bemerkt, daß sich keine der Fragen auf Anhieb lösen läßt,
entscheidet er sich dafür, stur eine Akte nach der anderen
durchzusehen, um noch an diesem Nachmittag so viel wie
möglich von dem Stapel abzuarbeiten.
Gerd läuft seit zwanzig Minuten in seinem Büro auf und ab,
in diesem kleinen Büro, fünf Meter lang und vier Meter
breit, in dem er sein ganzes Arbeitsleben verbracht hat. Die
kleine Fläche ist außerdem mit Schränken, Schreibtisch und

Stühlen so eng, daß der permanente Gang eine regelrechte Kunst ist, die an Raubtiere im Käfig erinnert. Von Luxus kann man nicht sprechen. Dafür hat er sein ganzes Leben dem Staat gedient und seine Treuepflicht nie gebrochen. Ja, er ist eben Beamter und als Beamter geht es nicht um die Arbeit, die man leistet, sondern um die Treue, die man dem Staat hält. Man dient treu und auch, wenn die Neureichen sich die Mäuler darüber zerreißen, ist es die bessere Lebensform, treu zu dienen und für gesellschaftliche Ideale einzustehen. Reich wird man dabei natürlich nicht und zwanzig Quadratmeter müssen auch für den Sachgebietsleiter ausreichen. Als Ausgleich hatte er hin und wieder die Chance, für echte Ideale wie Menschlichkeit, Schutz vor Gewalt, Freiheit und Überleben einer Familie einzustehen. Wer hat in anderen Berufen schon solche Möglichkeiten, so denkt er und bemerkt dann, wie seine Gedanken ihn gleich wieder zu Frau Wernicke zurückziehen und damit auch zu dem Ad-hoc-Meeting, das unmittelbar bevorsteht.

Was hat sich Frau Wernicke nur dabei gedacht, als sie sich einfach so, als wäre gar nichts dabei, um diese Hospitationen beworben hat? Warum nur hat sie sich bei ihm eingeschlichen und wie soll er jetzt wieder ohne Gesichtsverlust aus dieser Sache herauskommen? Hiltrud erinnert sich ja seit Wochen nicht mehr daran, wer ihr letzten Winter zu dem Posten verholfen hat, und sieht in ihm wohl nur noch so eine Art alten Sack, dem sie es mal kräftig zeigen kann, wenn sich die Gelegenheit bietet. Er läßt diesen Gedanken in sich kreisen und kommt zu dem Schluß, daß es wirklich das wichtigste sei, aus der Sache herauszukommen, ohne das Gesicht zu verlieren. Wenn er mit seinem Gefühl richtig liegt, wird Hiltrud ihn bestimmt gleich vor der ganzen Gruppe herunterputzen. Warum ist er nur so unvorsichtig gewesen? Er hat einfach überhört, daß Ulrike Wernicke ihm schon beim ersten Termin sagte, daß ihre Tochter im Erdgeschoß in einem der Kurse gegen Dyskalkulie behandelt wurde. Wenn er jetzt versucht, sich daran zu erinnern, kann er den Zeitpunkt, an dem sie ihm von Hille und der Dyskalkulie erzählte, nicht mehr genau in sein Gedächtnis zurückrufen. Es muß aber wahr sein, daß sie ihm davon erzählt hat, denn irgendwie weiß er es noch, obwohl er diese Einzelheit erfolgreich verdrängt hat. Die anderen werden sich Hiltrud und ihren Angriffen bestimmt anschließen, besonders der Detlef und auch Bernward Thiele, der würde das als Möglichkeit sehen, seine Position wieder zu festigen, die seit seinem unkontrollierten Wutausbruch bei Hiltruds Ernennung sehr gelitten hat. Gerd ist sich ganz sicher, daß Bernward Thiele versuchen wird, um jeden Preis seine Haut zu retten. Wahrscheinlich wird er ihm vorwerfen, eine dieser eigenmächtigen Grenzüberschreitungen begangen zu haben. An ähnliche Formulierungen kann sich Gerd noch aus der Vergangenheit erinnern. Er weiß gar nicht mehr, das wievielte Mal er den kleinen Raum mit seinen Schritten abmißt, als es an der Tür klopft. Schnell schreitet er zu seinem alten Bürodrehstuhl und setzt sich, daß es für die Angekommenen aussehen muß, als habe er ruhig vor sich hin gearbeitet. Dann räuspert er sich in Richtung Tür.

»Ich bin soweit. Ihr könnt eintreten.«

»Meinst du wirklich, daß wir alle in deinem Büro Platz finden?« Hiltrud ist vorgetreten, um klar zu machen, daß sie nicht nur für sich selbst, sondern auch für die Kollegen spricht. Außer ihr befinden sich Detlef, Lars, Gisela, Dieter und auch Bernward Thiele auf dem Gang.

»Kommt einfach herein. Zwei Stühle sind ja noch da und die anderen können stehen. Es wird bestimmt in einigen Minuten zu Ende sein.« Immerhin hofft Gerd, es werde in einigen Minuten zu Ende sein, gerade weil er befürchtet, daß dieses informelle Meeting auch länger andauern könne. Hiltrud und Detlef setzen sich gleich zuvorderst auf die beiden freien Stühle und verweisen so Gisela, Lars, Dieter und Bernward Thiele auf die Stehplätze. Solange noch Unruhe herrscht, tut Gerd, als ordne er Unterlagen auf seinem Schreibtisch, bis er sich sicher ist, daß alle zuhören.

Bernward Thiele hat sich nahe der Tür positioniert, da ein Instinkt ihn vor dem anstehenden Konflikt warnt, etwa so, als müsse er darauf gefaßt sein, jederzeit zu fliehen. Jenseits dieser Angst findet er das Meeting zu einem unbekannten Thema aber ganz spannend.

»Heute habe ich euch zu einem außerplanmäßigen Meeting herkommen lassen«, beginnt Gerd dann, »weil während der letzten Tage eine Menge Kritik an den Hospitationen laut geworden ist.« Dann läßt er seine Augen durch die Runde wandern, um die Stimmung der Anwesenden an deren Mimik zu prüfen. Gisela prüft die Blicke ihrer Kollegen. Lars tut es ihr gleich. Als Gerds Blick zu Dieter und Bernward Thiele wandert, sieht er Skepsis in fragenden Blicken. Nachdem er die Reihe der Stehenden geprüft hat, prüfen seine Augen Hiltrud und Detlef. Einen Augenblick lang meint er, pure Aggression zu erblicken, verwirft diese Einschätzung aber wieder und schämt sich seiner paranoiden Ahnungen. Er sieht noch einmal hin, und ist sich nun sicher, Hiltrud und Detlef sitzen einfach nur dort und warten, daß er dieses Meeting endlich eröffnet.

»Und wie ihr alle wißt, bin ich der Meinung, daß man solche Divergenzen nicht lange schwelen lassen soll, und genau aus diesem Grunde sind wir hier.«

»Am besten, ich fasse mal kurz zusammen«, beginnt Hiltrud, indem sie ihm fast ins Wort fällt, „wenn ich das richtig verstanden habe, hast du die Ulrike Wernicke schon bei mindestens acht Sitzungen in deiner Mediation hospitieren lassen, hier bei uns im Haus.« Sie lehnt sich jetzt mit schräg gestelltem Kopf und vor der Brust gekreuzten Armen zurück, um anzudeuten, sie warte auf Gerds Erklärungen.

»Wenn ich mich da nicht verzählt habe, waren es sieben und nicht acht Sitzungen, aber so ganz sicher bin ich mir da nicht.« Kaum hat Gerd die Anzahl der Sitzungen zugegeben, bei denen Ulrike Wernicke hospitiert hat, wendet sich Detlef Hiltrud zu, reißt schlecht gespielt und theatralisch seine Augen auf, atmet tief und entrüstet durch. »Du, Hiltrud«,

beginnt er, nachdem er zum zweiten Mal ausgeatmet hat, indem er demonstrativ an Gerd vorbei zu Hiltrud schaut, »du, der Gerd läßt einfach so die Mutter eines Falles hospitieren und denkt sich nichts dabei.« Detlef wählt bewußt einen Tonfall, der einem Außenstehenden suggeriert hätte, Hiltrud sei schon seit Ewigkeiten die Sachgebietsleiterin dieser Etage und es hätte einen Sachgebietsleiter Gerd hier nie gegeben. Etwa so, als sei Gerd gerade vorgestern als Auszubildender eingestellt worden. Dann fährt Detlef fort. »Ich will ja nicht wissen, was der uns erzählt hätte, wenn einer von uns einen Fall hier ins Büro geschleppt hätte.«
Bernward Thiele spürt, wie Wut auf Gerd sich in ihm Luft verschaffen will, denn er erinnert sich nur zu gut, wie Gerd noch vor wenigen Monaten predigte, daß eine absolute Grenze zwischen den Pädagogen und den Fällen, eben den Kranken, die Grundlage ihrer Arbeit sei. »Mann, Mann!« hören alle Bernward Thiele entrüstet flüstern, »das war absolut grenzüberschreitend.« Dann lacht er gestellt, als könne er die Nachricht kaum verdauen. Nachdem Bernward Thiele den Kopf geschüttelt und Gerd mit einem abschätzigen Blick bedacht hat, beginnt Hiltrud: »Gerd, ich wiederhole jetzt nur deine Worte. Als wir seinerzeit den Konsens vereinbarten, sagtest du wörtlich, wir dürften uns nie, aber auch wirklich nie mit den Menschen auf eine Stufe stellen, die hier aktenkundig werden. Du sagtest damals, daß diese zwei Welten überhaupt nicht miteinander zu vereinbaren sind. Die sind Fälle und wir sind die Pädagogen. Gerd, kannst du dich plötzlich nicht mehr an diese Formulierung erinnern?«
Gerd setzt sich weiter zurück, atmet tief und will gerade dazu ansetzen, auf Hiltruds Frage zu antworten, als er von Bernward Thiele unterbrochen wird, der hörbar flüstert, Gerd habe, ohne an die Folgen zu denken, die selbst gesetzten Grenzen überschritten. »Mensch, Gerd, ich weiß ja nicht«, raunt er, als wollte er Gerd vor einer anstehenden Bestrafung warnen.

»Am besten, Gerd, du erzählst uns jetzt einfach, wie du überhaupt darauf gekommen bist, Frau Wernicke hier in unseren Bereich zu lassen.« Detlef lehnt sich aus seiner bequemen Sitzposition vor, um diese Worte mit Nachdruck sagen zu können. Hin und wieder ist Bernward Thieles Stimme aus der hintersten Reihe an der Tür mit Sätzen wie »Mann, Mann! Was der sich dabei gedacht hat!« zu hören, die er regelmäßig zu sich selbst sagt, aber immer laut genug, daß sie jeder verstehen kann. Als Gerd bemerkt, daß die Situation ihm zu entgleiten droht, bedeutet er allen Anwesenden mit einer im Halbkreis schwingenden Handbewegung, sie sollten sich jetzt beruhigen, und setzt dann zu seiner Darstellung der Dinge an. Zwar will ihm Detlef zum zweiten Mal in die Quere kommen, aber diesen Versuch wiegelt Gerd mit einer forschen Geste ab.

»Wie ihr alle wißt, muß die Stelle der Mediatorin dringend besetzt werden und hier im Hause hat niemand die notwendige Qualifikation. Wegen ihrer exzellenten Ausbildung beim Institut für Konfliktbewältigung IfK und den guten Referenzen schien mir Frau Wernicke genau die richtige zu sein. Vor etwa drei Monaten kam sie auf mich zu, stellte sich als Mediatorin vor und bat darum, hier hospitieren zu dürfen. Möglicherweise hat sie während dieses Gesprächs erwähnt, daß ihre Tochter bei uns in Behandlung ist, aber ich habe wohl nicht darauf geachtet, und ich bin mir auch jetzt noch nicht sicher, ob sie es denn auch gesagt hat. Wie nach ihrer Ausbildung zu erwarten war, folgte sie den Hospitationen mit großer Aufmerksamkeit und guten Argumenten. Also ließ ich sie zu weiteren Hospitationen kommen.«

Als Bernward Thiele von Ulrike Wernickes Ausbildung hört, verkrampft sich unwillkürlich seine Magengegend. Die hat die teure Ausbildung, die er sich schon seit Jahren versagt. »Die brauchst du nicht, Bern, die Thieles sind mit dem zufrieden, was sie haben.« Das IfK ist hier allen bekannt, aber keiner der Kollegen hat ernsthaft mit dem Gedanken gespielt, so viel Geld in die eigene Weiterbildung zu investieren. Der zweijährige Kurs wird nämlich vom Landkreis nicht finanziert. Den Schmerz in seiner Magengegend kompensiert Bernward Thiele mit einem gequälten Lächeln. Wenn das die Karin hören würde, da kommt eine von diesen Frauen, die alles bekommen, und bricht einfach hier ein. Der Neid brennt in Bernward Thieles Bauch. Klar, das ist wieder eine von denen, die in Wirklichkeit auf der Seite der Fälle stehen, mit ihrer Tochter, die sich in Behandlung befindet, aber die Alte will hier alle rechts überholen.

»Zu wie vielen Hospitationen ist sie denn insgesamt erschienen?« will Detlef jetzt wissen und nickt dabei Hiltrud mit ernster Miene zu. Gerd blättert in seinen Unterlagen, bis er die Aufzeichnungen vor sich hat, zählt ab und berichtet, es seien insgesamt zwölf Termine gewesen.

»Wahnsinn!« raunt Bernward Thiele aus seiner Ecke an der Tür hervor, »Wahnsinn, der Gerd weiß ja anscheinend nicht mehr, was er da eigentlich macht.« Gerd ignoriert die Art, wie Bernward Thiele über ihn spricht und auf ein Objekt dieses Meetings reduziert. Gegen seinen inneren Impuls, ihm geradeaus mit der Faust ins Gesicht zu schlagen, schaut er ihn an. Als Bernward Thiele bemerkt, wie Gerd ihn ansieht, schluckt er, weil er spürt, daß Gerd ihm mit seinen Augen zu verstehen gibt, daß sein billiger Opportunismus nur das bestätigt, was er ihm unlängst als Mangel an Führungsqualitäten attestierte.

Dieter meldet sich mit verdrießlicher Miene zu Wort. »Du, Gerd, hast du das immer noch nicht begriffen? Die Ulrike, die du hospitieren läßt...« Hier wird er von Hiltrud unterbrochen. »Das kommt ja von vornherein nicht in Frage, aber rede nur weiter, Dieter.«

»Na ja, die Ulrike, die du weiter hospitieren lassen willst, ist eben die Mutter von einem Fall. Hille ist hier ein Fall und wir, wir stehen auf der anderen Seite. Wir sind die Pädagogen, die der Hille helfen. Überlege mal, wie das wäre, wenn Hilles Mutter plötzlich unseren internen Schriftverkehr in die Hände bekäme.«

»Frau Wernicke ist sehr qualifiziert und außerdem müßte sie sich sowieso der Schweigepflicht unterwerfen«, entfährt es Gerd, ohne daß er sich reiflich überlegt hat, ob er seine Position mit dieser Äußerung festigt.

»Du, die Hille ist auffällig. Ist dir denn nicht klar, daß sie damit auf der anderen Seite steht? Gerd, hast du das noch nicht begriffen? Die Ulrike, die du da hospitieren lassen willst, ist die Mutter von einem Fall. Hille ist für uns nicht das nette Mädchen von nebenan, sondern ein Fall. Verstehst du, die Mutter eines unserer Fälle. Und du willst ihr doch tatsächlich die Möglichkeit geben, in alle unsere Akten zu sehen?«

Lars wendet sich jetzt an die Gruppe: »Offen gesagt, glaube ich nicht, daß die sich hier einschleichen will, und auf unsere Daten hat sie es bestimmt nicht abgesehen. Mal ehrlich, so interessant sind die nun auch nicht.«

Aber Detlef verteidigt die Linie der Sachgebietsleiterin: »Müssen sie auch nicht sein. Unsere Daten sind einfach nur unsere und damit die Daten der Pädagogen und die gehören nun mal nicht in die Hände einer Mutter, deren Tochter hier im Hause eine Therapie bekommt. Aber um ganz ehrlich zu sein, Lars, ich glaube, du hast die Dimension von Gerds Fehlleistung gar nicht verstanden.«

Lars wechselt einen Blick mit Gisela und verzichtet auf weitere Vorstöße, nachdem Gisela ihm mit einem leichten Kopfschütteln zu verstehen gegeben hat, daß es keinen Sinn hat, weiter zu argumentieren.

Bernward Thiele murmelt noch einige Male Sätze wie, »Mann, Mann, der Gerd verliert ja total den Boden unter seinen Füßen«, bis er jäh von einer mächtigen Erscheinung überfallen wird.

Der Korridor ist umfassend, unendlich in jeder Richtung. Die Türen sind geschlossen, aber durch die Spalten quillt rötliches Licht in die Düsternis des Korridors und verfängt sich im schwebenden Staub. Bernward Thiele weiß, Alfredo steht hinter ihm. Er sieht ihn nicht, aber er weiß es.

»Sieh, Bernward, wie recht ich hatte, als wir uns das letzte Mal sahen. Was du Konsens nennst, ist ein Gefängnis. Unser letzter Spaziergang, Bernward, damals, als wir auf dem Hügelpfad auseinandergingen.« Bernward Thiele schlendert langsam auf dem lieblichen Pfad, von dem man einen so einen schönen Blick auf die kleine Stadt an der Flußmündung hat, und er kann gar nicht glauben, was Alfredo gerade gesagt hat. Alfredo geht neben ihm und kommt ihm doch so unendlich weit entfernt vor. Alfredo schaut ins Tal und hin und wieder zu ihm herüber, als wolle er ihm gut zusprechen, aber Bernward Thiele meint, er habe den Tröster nicht nötig. Schließlich wisse er genau, wie solche Meinungsverschiedenheiten zu integrieren sind. Oder war da eine Frage in Alfredos Blick, ein Ringen um Entscheidung?

Alfredo hält inne, blickt ihm direkt in die Augen und sagt: »Über Jahre habe ich geschwiegen, weil du mein Freund bist. Jetzt muß ich reden, gerade weil du mein Freund bist. Ich weiß, daß du nach diesen Grundsätzen lebst, und frage mich, ob du denn gar nicht merkst, daß du feudalen Kasten-Ideen aufsitzt und wie sehr sie dir zum Käfig werden.«

Bernward Thiele kann es nicht glauben. Er hat tatsächlich von Feudalismus und Kasten gesprochen. Da sollen die Grundsätze, die bei ihm im Landkreis und auch zu Hause bei Karin gelebt werden...? Mann, Mann, diese Grundsätze sollen feudales Gedankengut enthalten? Und überhaupt die Frage, ob er es denn nicht bemerkt habe! Ja, hat denn der Alfredo selbst nicht bemerkt, daß wir die kritischen Leute sind? Mann, wach auf! Morgääähn! Wir sind die lieben Leute, die Woodstock im Blut haben! Wir haben die ersten Anti-AKW-Demos organisiert! Wir haben die Indianerlager gebaut, um die Transporte aufzuhalten! Der merkt ja gar nichts mehr, der Alfredo, und dann behauptet er auch noch, wir würden feudalistisches Gedankengut entwickeln.

Ein Felsvorsprung, wo der Pfad sich verzweigt, gibt den vollen Blick über die Bäume frei. Der Blick in das Tal wird von der Abendsonne vergoldet, daß es fast wehtut.

Bernward Thiele antwortet: »Du, Alfredo, die Grenzziehung zwischen uns Pädagogen und den Fällen – oder man kann auch sagen den Kranken – ist dringend notwendig. Und daß du sagst, wir hätten feudalistisches Gedankengut, das finde ich unglaublich, ja ganz ungeheuerlich! Ich glaube, du willst nicht akzeptieren, daß wir auf dem richtigen Weg sind. Weißt du, das ist 'ne ganz scheißfaschistische Ansicht!« Alfredo sieht ernst in die Landschaft und fragt sich, ob diese Mauer aus Ignoranz denn gar keine Schwachstelle böte. Bernward Thiele ist sich seiner Position völlig sicher. Er hat den Alfredo entwaffnet, und der will sich nur nicht sofort geschlagen geben, um sein Gesicht nicht zu verlieren. Na ja, der Alfredo war eben schon immer etwas narzißtisch, mußte er auch sein, wenn er den einfachen Mädels im Viertel imponieren wollte. Die hätten ihn, den scheuen Bernward Thiele, ja gar nicht wahrgenommen, aber das war ihm auch nicht wichtig. Über die bloße Sexualität hinaus hätte er mit denen sowieso nichts anfangen können, und das ist natürlich viel zu wenig. Für den Alfredo hätte es gereicht, ganz sicher. Bernward Thiele grinst in sich hinein und freut sich, denn der Alfredo ist dabei, langsam aber sicher einzuknicken, und das zeigt, daß er es ist, der den richtigen Weg beschreitet. Alfredo hat die Gemeinschaft der lieben, kritischen Leute beleidigt. Vielleicht durfte Bernward Thiele von einem hübschen Beau aus dem Viertel mit seinen italienischen Schuhen und den attraktiven Freundinnen auch nicht mehr erwarten. War das alles zu abstrakt für Alfredo? »Du, Alfredo, mir wird jetzt klar, daß du mit Idealen nicht umgehen kannst, war bei euch auch nicht an der Tagesordnung.« Wieder grinst er hämisch und erinnert sich, wie er bei Alfredos Vater seinen ersten Cappuccino trank. Zuhause bei Mutter gab es nur einen ziemlich dünnen Filterkaffee. Cappuccino! Frisch gemahlener italienischer Kaffee! Musik im Hintergrund und Alfredos Vater macht Witze. Dreimal dürft ihr raten, worum es ging! Zuhause wurde beim Kaffeetrinken geschwiegen. Nein, natürlich, daran hätte er früher denken können. Diese oberflächlichen italienischen Lebemenschen mit den teuren Asseccoires konnten mit den Grundsätzen und dem Konsens nichts anfangen.

Aber Alfredo berappelt sich und entgegnet: »Ihr trennt doch nur die Oberen von den Unteren, die Eloi von den Morlocks.« Als Alfredo Bernward Thieles verwunderten Blick sieht, sagt er »Nenne sie meinetwegen Patrizier und Plebejer, von der Sache her bleibt es gleich. Das ist Feudalismus und genau das hast du gerade versucht, mir plausibel zu machen. Ihr seid der Adel und ihr lebt mit Denkverboten!«

»Ungeheuerlich!« denkt Bernward Thiele und schießt ohne alle Rücksicht zurück: »Du, Alfredo, ich glaub, du bist ein ganzer Scheißfaschist!« Kaum hat er diesen Satz zu seiner großen Erleichterung gesagt, lacht er gekünstelt auf, um seine Unsicherheit zu verbergen, und mahnt: »Mann, daß du das nicht verstehst, wir sind die lieben Leute! Wir haben euch die letzten Jahre vor dem Atomtod bewahrt. Wir versuchen den Planeten vor der globalen Erwärmung zu schützen. Wir haben die Wintertage frierend im Wald verbracht, aber das habt ihr ja noch nie verstanden!«

Alfredo wendet sich ihm zu, läßt die offene Handfläche in Bernward Thieles Richtung zeigen, um anzudeuten, sie müßten jetzt beide stehen bleiben, weist auf eine Weggabelung auf dem Hügelpfad. Und wieder sieht Alfredo ihm direkt in die Augen und sagt: »Bernward, ich weiß nicht, was du unter einem Faschisten verstehst, aber wisse, wenn ich euch Pädagogen und lieben Leute so ansehe und wenn jemand, der euch und eurem Konsens widerspricht, ein Faschist ist, dann bin ich gern Faschist.«

Bernward Thiele lacht gestellt, als hätte Alfredo gerade bewiesen, wie richtig er mit seiner Vermutung lag, und doziert betont sachlich: »Klar bist du ein Faschist, und ich wette darauf, daß du dir nicht vorstellen kannst, wie wichtig es ist, den Konsens einzuhalten.« Dann atmet er übertrieben ein und aus, um zu betonen, wie hart es ihn trifft, mitzuerleben, daß sein Jugendfreund auf Abwege geraten ist.

Alfredo läßt sich von dem Zinnober nicht beeindrucken, er bleibt ruhig und bestimmt und verwendet Vokabeln, die Bernward Thiele von ihm nicht erwartet hätte: »Um es mit anderen Worten auszudrücken, ihr seid die Intoleranten, die Totalitären, die Leute, die dem Faschismus sofort wieder in die Arme laufen würden. Ihr habt dem freien Denken abgeschworen und euch dem Diktat unterworfen. Für euch gibt es diesen ausdiskutierten Konsens, den anzuzweifeln ihr nicht wagt, und ihr würdet jedem Führer folgen, wenn er nur eure Worthülsen zu gebrauchen versteht. Die Menschen, die sich erlauben, frei zu denken, sind mit Sicherheit keine Faschisten. Ihr seht sie natürlich als Feinde und das ist auch verständlich, denn sie bilden ja eine Gefahr für eure Idylle. Hier, Bernward, trennen sich unsere Wege. Du gehst deinen Weg der lieben Leute, wie du sie nennst. Ich gehe den Weg der Freiheit, den Weg, der das Denken noch erlaubt.«

Nach diesen Worten wählt Alfredo die rechte Seite der Gabelung und verschwindet im Dunkel des Waldes.

»Wenn ich euch Pädagogen und lieben Leute hier so ansehe und wenn jemand, der euch widerspricht, ein Faschist ist, dann bin ich gern Faschist.«, hat der Alfredo gesagt. Der hat Nerven! Bernward Thiele kichert in sich hinein, als er sich wieder in dem unendlichen Korridor wiederfindet. Alfredo ist verschwunden. Der Korridor ist leer.

Die Kollegen um ihn herum sind zur Ruhe gekommen, und er spürt für den Bruchteil einer Sekunde Zweifel, Zweifel am Konsens und auch Zweifel an den lieben Leuten hier. Dann ist er wieder mitten zwischen den Kollegen, hört, wie Hiltrud das Ergebnis der Besprechung zusammenfaßt.

»Gerd, also ich gehe davon aus, daß du noch heute oder spätestens morgen einen Termin mit der Frau Wernicke machst und ihr erklärst, aus welchen Gründen das hier nicht weitergeht. Selbstverständlich sind wir jederzeit bereit, ihre Tochter weiter in dem Kurs gegen Dyskalkulie zu belassen. Sie soll aber bitte Verständnis dafür aufbringen, daß sie nicht in das Kollegium aufgenommen wird.«

Gerd nickt wortlos, und die anderen Kollegen signalisieren Zustimmung mit ihren Blicken. Dann setzt Hiltrud noch hinzu: »Das wäre ja noch schöner, wenn die Kranken unsere Daten in die Hände bekämen. Dann könnten wir ja gleich die Rollen tauschen.«

15:45 ERZEUGER

Das Blindengesicht der milchigen Fenster der Fabrikfassade gähnt resigniert zu Bernward Thiele herüber, der gerade in sein Büro zurückkommt. Der Gerd hat wirklich gedacht, er könne sich hier Sonderrechte herausnehmen, wie es ihm beliebt. Sein Blick fällt auf einen Zettel, der dick mit rosa Textmarker beschmiert ist. Darunter mit schwarzem Edding-Stift geschrieben: »Eilsache! Die Hertens kooperieren nicht, und das schon wiederholt. Wahrscheinlich mußt du die Kinder da herausnehmen. Bitte umgehend Anruf zum Stand der Sache. Hiltrud.«
Ja super! Die Hertens kennt er schon. Das sind mal wieder so richtige Erzcuger, und er muß die Sache anpacken, wenn es langsam häßlich wird. Die glauben, nur weil sie beide dabei waren, als das Kind gezeugt wurde, dürfen sie auch für alle Zeit bestimmen, was daraus wird. Er starrt wieder auf den Zettel, wird dann ärgerlich. Das ist nicht sein Fall. Das soll die Hiltrud mal schön selber machen. Er greift zum Hörer, wählt die Durchwahl. Auf der anderen Seite ein Rascheln, Stille und Knistern, dann: »Bern, warte bitte, hier wächst mir alles über den Kopf.« Dann ein Poltern. Jetzt hat sie wohl den Hörer ganz beiseite gelegt. Bernward Thiele entschließt sich zaghaft zu sprechen: »Hallo Hiltrud, ich hab hier wirklich auch eine Menge auf dem Tisch und diese Sache, das ist einfach nicht mein Fall. Hiltrud, wie du weißt...« Dann eine Weile gar nichts. Er wartet, traut sich nicht, durch den Hörer hindurch zu schreien, ist verärgert.

»So, jetzt rede, aber fasse dich bitte kurz.«

»Du, Hiltrud, die Sache, die du mir da auf den Tisch gelegt hast, ist einfach nicht mein Ding. Du weißt schon, mit den Kindern, die du da herausnehmen willst. So etwas mache ich nur, wenn es wirklich zu Mißbrauch kommt, du weißt schon.«

»Ich weiß das ganz genau, aber ich denke da eben anders als mein Vorgänger. Weißt du noch, Bern, wie gut wir das bei den Lehmanns hingekriegt haben? Die wollten einfach nicht mitmachen, obwohl wir denen so viele Chancen gegeben haben.«

»Da lag die Sache aber etwas anders. Wenn ich mich richtig erinnere, hatten die versucht, ihre Kinder mit dem Gedankengut aus der rechten Ecke zu impfen. Von wegen linke Gutmenschen und so. Weißt du noch, die Lehrer berichteten mehrmals, daß die Silke Lehmann, die damals schon zwölf war, überall quergeschlagen ist, wenn es um gesellschaftliche Themen ging. Als sie dann auch noch übermäßig viel von Ehe und Familie sprach, wußten wir genau, mit welcher Art Leute wir es zu tun hatten. So richtige Erzeuger, die alle fortschrittlichen Gesellschaftsmodelle ablehnen.«

»Daran kann ich mich jetzt nicht im einzelnen erinnern. Womit ist die Silke eigentlich auffällig geworden?«

»Sie weigerte sich, die politisch korrekten Bezeichnungen zu benutzen. Die Schokoküsse nannte sie immer wieder Negerküsse, na ja, und dann waren da eben die gesellschaftlichen Fächer in der Schule. Da gab es im Gender-Unterricht einen Fall, in dem die Lehrerin den Kindern erklärte, aus welchen Gründen es geboten ist, ›Bezugspersonen‹ statt ›Eltern‹ zu sagen.«

»Natürlich, das alte Erzeugerproblem! Die kapieren einfach gar nichts! Das liegt aber daran, daß wir noch immer nicht durchgedrungen sind mit der Empfehlung. Das ist jetzt schon seit Jahren auf dem Tisch, aber kein Mensch kümmert sich darum.«

»Welche Empfehlung meinst du jetzt?«

»Na die Empfehlung für die gleichgeschlechtliche Lebensgemeinschaft und gegen die traditionelle Erzeugergemeinschaft. Du weißt schon, Männer sollen ihre Geilheit an Männern ausleben. Seit vor zwei Jahren wissenschaftlich bewiesen wurde, daß wir Frauen nur Nachteile in der Erzeugergemeinschaft haben, wird die gleichgeschlechtliche Lebensgemeinschaft als überlegen angesehen, nur ist das noch nicht publiziert worden. Wahrscheinlich haben die immer noch Angst, daß das Patriarchat wieder erwachen könnte. Lächerlich, die alten Kerle haben doch schon lange den Anschluß verloren.«

»Jedenfalls hat die Silke Lehmann den Konsens und auch die Empfehlung, von der du eben gesprochen hast, mit Füßen getreten.«

»Dann kann ich gut nachvollziehen, warum wir sie da herausnehmen mußten.«

»Sie bestand darauf, ›Mama und Papa‹ zu sagen anstatt ›meine Bezugspersonen‹, und sie war einfach nicht davon zu überzeugen, daß es auch andere, durchaus höherwertige Gemeinschaften gibt, sagte etwas von Gott, der das nicht dulde, und anderen rechten Kram.«

»Schlimm, einfach schlimm, daß wir es noch nicht geschafft haben, diesen mittelalterlichen Mist auszurotten. Die kapieren gar nicht, wie sehr sie damit die wertvollen gleichgeschlechtlichen Lebensgemeinschaften diskriminieren. Da haben wir wahrscheinlich noch ein hartes Stück Arbeit vor uns. Im Frauenreferat wurde vorgeschlagen, die Empfehlung für die gleichgeschlechtlichen Lebensgemeinschaften schon nächsten Jahr öffentlich zu machen.«

»Du, Hiltrud, die Silke war noch nicht mal eine von denen, die nicht verstehen, wie wertvoll die neuen Gemeinschaften sind. Die war definitiv dagegen! Deswegen war es ja auch so einfach für uns, sie da herauszunehmen. Die Eltern waren natürlich auch total verbohrt. Die meinten allen Ernstes, sie könnten die politische Korrektheit ignorieren, und das auch noch völlig guten Gewissens. Wenn sie zu Gesprächen kamen, stritten sie ab, politisch rechts zu stehen, obwohl das doch ganz offensichtlich ist bei so einem verkorksten Gedankengut.«

Ein Lächeln huscht über Bernward Thieles Gesicht. »Tja, jetzt gibt's erst mal keine Familie mehr. Jetzt müssen sie sich Briefe schreiben. Da steht natürlich vorerst der gleiche Mist drin, aber das gibt sich bestimmt, wenn das Mädchen von unseren Pädagogen über die wahren Verhältnisse aufgeklärt wird. Manchmal müssen wir die Briefe sogar abfangen. Es ist einfach unerträglich, lesen zu müssen, wie sie sich da gegenseitig auf Gott den Herrn und Christus beziehen und sich zu Tapferkeit für die Zeit der Entbehrung auffordern.«

»Ja, dann liegt ja alles offen zu Tage. Wahrscheinlich würden sie am liebsten nach biblischen Grundsätzen leben. Der Patriarch ganz oben und so. Die werden noch einen sehr schmerzlichen Prozeß des Umdenkens durchlaufen müssen.«

»Nur bei den Hertens ist es anders. Wir haben da nicht so einfache, überzeugende Argumente an der Hand, um die Kinder herauszunehmen. Die sind irgendwie angepaßter. Außerdem haben sie doch durchaus kooperiert. Die haben sogar zugestimmt, das die Kinder in einer separaten Schulung gefördert werden und daß wir das auch kontrollieren dürfen. Ich wüßte jetzt gar nicht, warum ich die Kinder da herausnehmen könnte. Wo ist denn das Hauptproblem?«

»Nicht so voreilig, Bern! Ist dir bekannt, daß die Kinder ins Ausland verbracht werden sollen?«

»Moment, die Hertens sind doch beide deutscher Herkunft. Dann haben wir doch kein Problem, daß die Kinder in die Türkei oder den Iran gebracht werden könnten.«

»Mir scheint fast, du stehst mal wieder auf der Leitung. Wach auf, Bern! Beide Erzeuger wollen die Kinder ins Ausland bringen.«

Für einige Sekunden ist Bernward Thiele erstaunt, erinnert sich dann aber an den Konsens, daß Erzeuger, die ihre Kinder von deren sozialen Bindungen in Schule oder Kindergarten entfernen und ins Ausland verbringen, dazu neigen, die Kinder zu entwurzeln. Klar, das ist es, die wollen einfach ihre Karriere puschen und dafür haben sie vor, den Kindern ihren Lebensraum zu diktieren. Typisch Erzeuger! Einer von denen oder auch beide haben Jobs im Ausland bekommen und wollen jetzt ihren Reibach machen, wobei ihnen das Wohl der Kinder vollkommen egal ist. Trotzdem schleicht sich wieder ein mulmiges Gefühl in seinen Bauch, als er daran denkt, den Hertens die Kinder abzunehmen. Die haben zwar andere Auffassungen, was Erziehung betrifft, bemühen sich aber auf ihre Weise.

»Ist gut, Hiltrud, ich habe schon verstanden. Karrieretypen, die ihre Kinder einfach überallhin mitschleppen. Trotzdem, der Fall ist nicht mein Fall.«

»Das ist mir egal, für mich ist nur wichtig, daß du ihn mir abnimmst. Gerade letzte Woche habe ich mich derart über die Frau Mutter geärgert. Da hat sie mir doch tatsächlich an den Kopf geworfen, ich als Beamtin könne ihre Beweggründe nicht verstehen. Dabei bin ich doch nur Angestellte beim Landkreis. Sie verstieg sich sogar anzudeuten, sie und ihr Mann müßten dahin gehen, wo sie angemessen Geld verdienen. Ach, wovon rede ich hier eigentlich. Du übernimmst den Fall. Das setze ich jetzt einfach mal fest.«

Ein kurzes Zucken schießt durch Bernward Thieles Kopf. Daß sie ihm so dumm kommt, unerträglich! Aber, weil er besser keinen Widerstand leistet, fragt er nach den Umständen des Falles: »Wo wollen die denn überhaupt hin? Ich werde begründen müssen, warum es für die Kinder besser ist, hier in Deutschland zu bleiben. Das geht natürlich nur, wenn das andere Land deutlich schlechtere Bedingungen bietet.«

Hiltrud kramt etwas in der Akte, bis Bernward Thiele hinzufügt: »Die Prüfung kann nämlich auch ergeben, das der Auslandsaufenthalt von Vorteil für die Kinder ist. Uns liegt Literatur vor, nach der Kinder erheblich von Auslandsaufenthalten profitieren können.«

»Nein, auf gar keinen Fall. Seit diese leibliche Erzeugerin mich eine vertrocknete Beamtin genannt hat, sehe ich da keine Möglichkeit mehr. Außerdem erkenne ich nicht, inwiefern ein Auslandsaufenthalt für Kinder von Vorteil sein sollte.«

Bernward Thiele erinnert sich an Hiltruds Krise vor fünf Jahren, als ihr plötzlich bewußt wurde, daß es für Kinder endgültig zu spät war. Gerd meinte damals, das werde schon wieder, sie müsse sich darüber klar werden, daß Kinder für eine patente Frau nicht das wesentliche sind.

»Du, Hiltrud, ein etwas älterer Konsens sagt, daß das Erlernen einer fremden Sprache durchaus von Vorteil ist.«

»Damit haben wir hier kein Problem, außer du betrachtest einen Dialekt als Fremdsprache.«

»Da komme ich nicht mehr mit.«

»Hier steht, die beabsichtigen, in die Schweiz zu ziehen. Was meinst du wohl warum? Sind es die Alpen oder die schönen Seen oder könnte es sein, das es einfach nur das Geld ist?«

Als Bernward Thiele das Stichwort ›Schweiz‹ hört, zuckt es nicht nur ein weiteres Mal im Kopf, er spürt auch einen stechenden Schmerz in der Seite. Schweiz! Da ist es wieder, das Land, das er bis heute nie gesehen hat, an das er aber so oft erinnert wurde. Was haben sich seine Eltern nur dabei gedacht, ihm diesen Namen zu geben? Bernward! Kein Mensch in seiner Umgebung hat den Namen auch nur ein einziges Mal gehört, und wenn, dann nur aus irgendwelchen mittelalterlichen Märchen. Das ist wieder so richtig ›Erzeuger‹! Seine Mutter sagte ihm, den Namen habe sie während eines Besuches im Dom gehört und ihn auf Anhieb als besonders edel empfunden. Da gab es wohl im Mittelalter einen Bischof, der diesen Namen trug, hier ganz in der Nähe am Nordrand des Mittelgebirges, aber das wußte niemand und alle, ja wirklich alle, brachten den Namen mit der Schweiz in Verbindung. Er kann sich kaum erinnern, wie oft er gefragt wurde, warum er denn einen Schweizer Namen führe. Was hatte sich seine Mutter bei dieser Irreführung gedacht?

162

Er lächelt überlegen. Die Erzeuger meinen immer, daß sie alles für das Kind tun, aber hier beim Landkreis wissen sie definitiv, daß davon gar keine Rede sein kann.

Mit den Hertens ist es wieder das gleiche. Sie sagen, sie würden dort ehrlich arbeiten, und in Wirklichkeit geht es nur darum, Steuern zu hinterziehen und dem Landkreis und anderen staatlichen Stellen finanzielle Mittel für soziale Projekte zu entziehen. Das kann man ja jeden Tag in der Zeitung lesen, aus welchen Gründen es die Leute nach Liechtenstein oder in die Schweiz zieht. Dann wundern sie sich plötzlich, wenn die Steuerfahndung kommt, die Herren und Damen Geschäftsleute, und schreien nach dem Bankgeheimnis. Zum Glück ist dieses Relikt des Turbokapitalismus bereits beseitigt. Die Hertens wollen jetzt in die Schweiz, um sich kräftig zu bereichern. Über das Kindeswohl haben die wahrscheinlich noch nie nachgedacht. Nun muß er die Kinder wohl doch in die Obhut des Landkreises nehmen.

»In Ordnung, Hiltrud, ich sehe mir das noch einmal an. Hoffentlich sind alle Informationen in der Akte. Das sieht ja fast so aus, als sollten die Kinder sich später nur noch über Geld definieren.« Ein Stechen zieht durch seine Brust, als er an den Alfredo denkt. Der hatte vor mittlerweile fast dreißig Jahren behauptet, er habe bestimmt noch ein dickes Schweizer Bankkonto unter diesem Schweizer Namen, und ihm dann auf die Schulter geklopft. Bernward Thiele fühlt diese Entfernung. Schweiz! Neid! Das Land, mit dem er wieder und wieder identifiziert wurde, das er aber bis heute nie gesehen hat. Wegen der hohen Autobahngebühren waren sie über Österreich gefahren. Der Alfredo hatte gut reden, ihm zu unterstellen, er habe ein Schweizer Bankkonto. Vielleicht hatte er selbst eines, und das ohne diesen idiotischen Namen, der dauernd mit der Schweiz und all ihrem Reichtum in Verbindung gebracht wird. Vielleicht sollte er dem Finanzamt mal einen Tip zu Alfredo geben.

»Du Hiltrud, ich bin mir zwar nicht ganz sicher, wie ich das begründen soll, aber das kriege ich irgendwie auf die Reihe.

Immerhin haben die vor, rücksichtslos und auf Kosten des Kindeswohls Geld zu raffen. Ist schon gut, das geht durch.«
»Vergiß nicht, daß die Kinder ihr soziales Umfeld aufgeben müßten, damit ihre Erzeuger schneller an den Luxus kommen. Da hast du schon ein gutes Argument.«
»Ich kann die Akte aber erst an dritter Stelle bearbeiten. Die anderen Eilsachen sind einfach wichtiger.«
Bernward Thiele blättert kurz in der Akte, schlägt dann den Deckel wieder zu und sortiert den Aktenstapel auf seinem Tisch so, daß die Akte Hertens an dritter Stelle liegt.
»Paß aber auf, daß die nicht schon in Zürich sind, wenn du das Urteil hast.«

16:00 AUDIT

Als er den Hörer auflegt, sieht Bernward Thiele auf dem Schreibtisch eine Notiz mit der Aufschrift »Audit heute um vier.« Ja, warum hat die Hiltrud ihn denn nicht gleich bei sich behalten? Ist es so schön, ihn im Gang hin- und herlaufen zu lassen? Klar, der fleißige Bern, der die Akten wegarbeitet und kein Gedöns macht. Er hört Hiltruds Stimme:
»Du, Bern? Hast du das richtig verstanden, was ich von dir verlange?«
Sie hat gleich nach ihrer Ernennung klargemacht, daß sie auf unbedingter Unterordnung besteht. Er kann sich noch genau an den November des letzten Jahres erinnern. Das ist jetzt also aus der lockeren Hiltrud geworden, die so oft von dem netten und lieben Kollegium gesprochen hat, in dem sie sich geborgen fühlt, ja sogar von Nestwärme hat sie schon geschwärmt, und jetzt dieser Ton von oben herab.
Dieser Tag mit seinen Widrigkeiten kommt Bernward Thiele wie eine Prüfung, wie eine Art Martyrium vor. Nur einige Minuten trennten ihn am Morgen von der Fahrt mit dem Auto. Wäre er etwas früher aufgewacht oder wenn Karin

164

etwas später von Gaias morgendlicher Indianerfreiheit zurückgekommen wäre, er hätte sich schnell anziehen und mit dem Auto zum Dienst fahren können. Nachmittags hätte er dann die Notlügen erzählt. Es hatte so ausgesehen, als ob es bald regnen werde, er hatte noch diese undefinierbare Verstauchung seit dem letzten Volleyball-Spiel oder das Engegefühl in der Brust, ja das wäre fast noch besser gewesen. Wenn doch bloß nicht andauernd der Alfredo aus dem Korridor vor ihm auftauchen würde. »Bau doch einfach Thors Altar auf und trage das Hammeramulett! Wärst du damals bei den Heavy-Riders eingetreten, dann hätte der Ulf dir geholfen, den Thorsaltar zu bauen.« Schade, daß er diesem frechen Alfredo nicht einfach mal in die Fresse hauen kann. »Eh, Alfredo, geh zurück in eure Cappuccino-Bude, zu diesen primitiven Mädels! Hörst du? Laß mich endlich in Frieden! Ich habe mich hier an die Vereinbarungen zu halten.« Nein, das wäre falsch ausgedrückt, er will sich an die Vereinbarungen halten, denn schließlich verlangt er ja auch, daß die anderen sich an die Vereinbarungen halten. Hoffentlich weiß der Alfredo nicht, wo er das Hammeramulett versteckt hat. »Mann, Bernward, Karin verachtet dich doch nur für deine Schwäche. Denk an das Hammeramulett!« Nein! Bloß nicht! Das Leben ist nicht wie damals bei den Wikingern auf Gewalt, sondern auf Konsens gebaut. Anders funktioniert es einfach nicht und das Thema Fahrt bei gutem Wetter ist ausdiskutiert. Nicht auszudenken, wenn er plötzlich ausbräche, würde Karin womöglich den ganzen Tag mit dem Mobiltelefon telefonieren.

Ausdiskutierte Themen stehen nicht zur Debatte. Da kann Alfredos Traumgesicht sagen, was immer es will. Er wird nicht nachgeben. Auch der Arpad soll mal den Mund halten und keine Kritik an Menschen zu üben, die ihm weit überlegen sind. »Bern, du mußt ein Mann werden. Du mußt sagen, die soll machen. Nicht die sagen, du machen.« Mit solch einem gebrochenen Deutsch kann man ja wirklich nirgendwo einen Fuß auf den Boden bekommen. Aber die

Kette der widrigen Ereignisse dieses Tages will nicht abreißen. Die Fahrt mit dem Fahrrad durch den Regen, das freche Traumgesicht, der Arpad und, was noch schlimmer ist, dieser widerliche Dr. Fernando Pereira. Und jetzt will der Tag sich anscheinend selbst toppen. Jetzt soll allem noch eine Krone aus purem Unrat aufgesetzt werden. Er ist zu einem Audit unter vier Augen mit Hiltrud vorgeladen. Audit! Lächerlich, die soll erst mal sehen, daß sie mit ihren eigenen Angelegenheiten klar kommt, und nicht andere zu Audits vorladen.

Bernward Thiele packt einige Unterlagen, von denen er meint, er könne sie bei dem Audit gebrauchen, nimmt die Kalender mit dazu und geht auf den Flur. Dunkelbraunes Linoleum und das schummerige Dämmern des Nachmittags dieses vernieselten, lichtlosen Tages empfangen ihn und so spürt er jeden Schritt, als wate er durch ein Moor. Hiltruds Tür ist noch mit den Aufklebern aus ihrer wilden Zeit geschmückt. ›Atomkraft? Nein Danke!‹, ›Die Weissagung der Cree‹ und so weiter. Vor ihrer Ernennung zur Sachgebietsleiterin wäre er einfach eingetreten, aber die Positionen haben sich geändert, also klopft er. Von der anderen Seite keine Antwort. Er klopft erneut. Wieder keine Antwort, also entschließt er sich umzukehren.

»Bern!« gellt es hinter der Tür, »müssen wir jetzt wirklich so formell werden?«

Als er die Tür öffnet, verzieht Hiltrud ihre Gesichtsmuskeln zu einem Lächeln, das eher einer Verkrampfung gleicht. Sie winkt ihn herein und versucht dabei, freundlich auszusehen.

»Müssen wir es denn wirklich so förmlich machen?«

»Du, Hiltrud, ich dachte nach deiner letzten Ansprache, da hast du doch gesagt, wir sollten alle etwas mehr Respekt zeigen und so.«

»Kommen wir lieber gleich zur Sache, Bern. Du weißt, daß ich hier seit einigen Wochen diese Beschwerden auf dem Tisch habe, du würdest deine Amtspflichten höchst unregelmäßig ausführen, oder besser gesagt, daß es bei der Ausführung deiner Pflichten zu groben Unregelmäßigkeiten kommt. Da haben wir einmal diese Akte Koffler, von der wir wissen, daß wir da nie etwas nachweisen können.«

Bernward Thiele durchfährt ein Stich, denn die Akte Koffler hat ihn nicht nur eine Menge Überstunden gekostet, die er selbstverständlich nie bezahlt bekommt, nein, dies ist vielleicht die gefährlichste Akte, die sie ihm jemals jemand in die Hände gedrückt haben. Gehe niemals mit einer minderjährigen, aber gut entwickelten Jugendlichen in ein Zimmer, ohne eine Kollegin dabeizuhaben! Dieser eindringliche Rat seines Ausbilders hallt jetzt in seinen Ohren wider. Die Familie Koffler gehört zu denen, die nach außen hin strahlen, aber innerlich verfault sind. Er entschuldigt sich für diesen so abwertenden Gedanken. Aber verfault ist nun wirklich der richtige Ausdruck. Alena Koffler wurde nachts von einer Polizeistreife auf dem Straßenstrich der Großstadt aufgegriffen. Schon einen Tag später wurde eine Akte angelegt und das Mädchen, die Eltern und das gesamte Umfeld untersucht. Die glaubten damals wirklich, mit der fadenscheinigen Begründung, das Mädchen sei einfach nur sexuell überentwickelt und darüberhinaus mannstoll, durchzukommen. Aber solche Märchen haben natürlich keinen Bestand. So etwas glaubt hier im Landkreis keiner. In den daraufhin mit Alena Koffler anberaumten Sitzungen hielt er sich schon wegen der Vorgeschichte streng an den Rat seines Ausbilders, hatte zu seiner Freude sogar Gisela an seiner Seite und die Sitzungen liefen auch recht glatt bis zu diesem Tag kurz vor Weihnachten, als es Gisela nicht gut ging. Sie war am Beginn der Sitzung noch voll dabei, mußte aber irgendwann wegen einer sich ankündigenden Magen-Darm-Grippe zur Toilette. Bernward Thiele war natürlich sofort in Alarmbereitschaft, ließ die Tür des Besprechungszimmers, in dem er jetzt allein mit Alena Koffler war, weit geöffnet und bereitete sich innerlich auf die schlimmsten Szenarien vor. Alena Koffler beginnt laut zu schreien, reißt ihren BH in Stücke, drückt und schlägt auf sich selbst ein, damit wenig

167

später deutlich sichtbare blaue Flecke entstehen. Nichts dergleichen! Trotz Giselas Abwesenheit verlief das Gespräch mit Alena Koffler weiterhin konstruktiv und beide brachten wesentliche Details einer systemischen Störung in der Familie zum Vorschein. Bernward Thiele, der während der ersten fünf Minuten von Giselas Abwesenheit noch in heller Panik verbrachte, entspannte sich nun zusehends, wurde aber wieder unruhiger, als Gisela nach zwanzig Minuten nicht von der Toilette zurück war. Da das Beratungsgespräch sich jedoch konstruktiv gestaltete, verblieb Bernward Thiele im Zimmer, achtete peinlich darauf, daß die Tür weit geöffnet war, und führte die Beratung geduldig weiter, bis Gisela nach fünfundzwanzig Minuten zurückkam.

Kaum hatte Gisela die Tür hinter sich geschlossen, veränderte Alena Koffler ihr Verhalten schlagartig, und es schien Bernward Thiele, als setze sie einen Plan in die Tat um, den sie sich vielleicht wegen der peinlichen Vorsichtsmaßnahmen als eine Art Vergeltung ausgedacht hatte. Als Gisela sie ansprach, tat sie, als müsse sie einen Störenfried der trauten Zweisamkeit ignorieren. Sie bat Bernward um Schutz, himmelte ihn mit Blicken an und sagte: »Bitte, Bern, laß uns doch so schön weiter reden wie eben gerade, als ich dir meine Tagträume erzählte.«

Dabei schlängelte sie sich mit so viel Anmut, daß Bernward Thiele in ihr eine Würgeschlange erkannte, die ihn mit vielen Windungen umschlang. Zum Glück verstand Gisela sowohl den Ablauf, die Situation als auch den Ernst der Lage und nahm die Leitung des Gespräches an sich. Um Bernward Thiele zu entlasten, sagte sie in barschem Ton: »Bernward, das reicht. Ich glaube, wir protokollieren jetzt die Anwandlungen unserer Klientin, um zu verhindern, daß sie uns völlig aus der Bahn läuft.«

Alena Koffler war überrascht von Giselas Entschlossenheit, sich hinter Bernward Thiele zu stellen, und änderte unvermittelt ihren Kurs. Gut eingeübt begann sie ihre theatralische Inszenierung, indem sie sich zunächst an Bernward

Thiele wandte und von ihm verlangte, er solle sie genau so lieb in Schutz nehmen wie eben gerade, als die Kollegin noch nicht wieder im Zimmer war, schließlich habe sie ihn ja so gern. Als er sich dann hart zeigte und klar machte, daß nichts von dem, was sie sagte, der Wirklichkeit entspreche, begann sie lauthals zu weinen, lief in den Flur hinaus und schrie wie von einer diabolischen Einflüsterung getrieben, das heraus, was zwar nie gesagt worden war, aber seit Monaten alle wußten. »Die stecken unter einer Decke! Da kann ich sagen, was ich will, er redet mir gut zu, versucht, mich mit lieben Worten einzuwickeln, und sie drängt sich einfach dazwischen. Ja, wer braucht denn hier Hilfe? Sie ist eifersüchtig, weil er mich so lieb getröstet hat.« Und sie schaffte es, ihre Inszenierung so weit zu treiben, daß ihr gesamtes Gesicht aufgequollen war und ihr dicke Tränen über die Wangen liefen. »Was kann ich denn dafür? Ich hab mich doch nur gefreut, endlich mal in Schutz genommen zu werden. Und schon ist wieder alles kaputt. Er versucht, es so aussehen zu lassen, daß ich ihn verführen will, und sie kann mich dann als sexuell verwahrlost darstellen. Auch das schieben sie auch noch auf meinen Vater. Ja, toll, gestörte Vater-Beziehung!« Bernward Thiele und Gisela wunderten sich über das Fachwissen bei dieser Vierzehnjährigen. Alle Türen auf dem Flur waren aufgerissen, und einige Kollegen nahmen die schluchzende Alena Koffler in die Arme, die aussah, als brauche sie dringend Hilfe vor Bernward Thiele und Gisela.

Die Angelegenheit hatte noch eine Reihe von Nachspielen, da sich die Behauptungen, die Alena Koffler in ihrer Wein- und Wut-Inszenierung in den Flur geschrien hatte, bestens eigneten, um Gerüchte, Klatsch und Tratsch anzufachen. Natürlich wurde das Thema Gisela auch zuhause bei Bernward Thiele zum Diskussionsthema, ist aber glücklicherweise ausdiskutiert. Und jetzt, fast drei Monate später, an diesem Tag, der ihm so schon viele Unannehmlichkeiten beschert hat, liegt die teuflische Akte Koffler im Audit bei

Hiltrud auf dem Tisch. Bernward Thiele spürt, wie sich sein Magen versteinert, schaut auf den Aktendeckel mit der Notiz »Kritisch!« und macht eine Ratlosigkeit andeutende Geste, indem er die Handflächen öffnet.

»Da steht nicht zufällig das Wort kritisch drauf. Bei der Supervision glaubt man nämlich an eure Version der Sache nicht ganz und auch die Behauptung, das Mädchen spiele nur hysterisches Theater, ist ja wohl völlig aus der Luft gegriffen.«

Bernward Thiele fühlt seine Befürchtungen bestätigt, spürt die Versteinerung in seiner Magengegend stärker als zuvor und ringt nach einer Antwort, während Hiltrud fragend in seine Richtung schaut. Nachdem er sich etwas gesammelt hat, blickt er in Hiltruds Richtung, wobei er den direkten Blickkontakt vermeidet.

»Also, ich weiß gar nicht, was ich dazu noch sagen soll. Wir haben das Thema doch schon durchgesprochen.«

»Bern, ist dir klar, daß es der Supervision ernst ist mit diesem Audit? Da stehen Konsequenzen an, wenn du weiter mauerst.«

Er fragt sich jetzt, was er denn noch sagen soll und ob die ihn denn schon verurteilt haben. »Wenn die Supervisoren dich erst einmal auf die Liste setzen, hast du ausgespielt.« Diesen Satz hat er schon mehrmals gehört, beim Mittagessen, auf dem Flur, bei einer Reihe von Gelegenheiten. »Wenn die Supervisoren dich erst einmal auf die Liste setzen, hast du ausgespielt.« Ob er schon ausgespielt hat? Hiltruds Blick kann er nicht erwidern, sieht stattdessen auf den Ordner, der vor ihm auf dem Tisch liegt. Er hatte gehofft, daß diese Geschichte endlich ausdiskutiert wäre. Dann hätte er jetzt seine Ruhe, seinen Frieden. Dann würde ihn niemand mehr behelligen. Stattdessen muß er sich äußern, und das auch noch zu einer Sache, zu der es wirklich nichts mehr zu sagen gibt. Hiltrud wird ungeduldig, beginnt, in die eine, dann in die andere Richtung zu schauen, so daß Bernward Thiele noch mehr unter Druck gerät.

»Bern, ich glaube, ich gebe die Akte wieder an die Supervision zurück, da du dich augenscheinlich weigerst, mit mir zu kooperieren. Ist dir eigentlich entgangen, daß ich dir jetzt eine Chance gebe, hier herauszukommen, ohne daß die Supervision dich vor aller Welt auseinandernimmt?«

»Also Hiltrud, ich habe euch doch schon alles gesagt, was passiert ist. Was soll ich denn noch hinzufügen?«

Nachdem Hiltrud kurz darüber nachgedacht hat, auf welche Weise sie ihre Gesichtszüge neu arrangieren soll, entscheidet sie sich für das strenge, unnahbare Gesicht, von dem sie glaubt, daß es Bernward Thiele noch stärker in die Defensive drängt.

»Was meinst du, Bern, wäre es nicht möglich, daß du mir die Ereignisse einfach Schritt für Schritt schilderst, völlig ohne jede Wertung, einfach nur die Tatsachen? Dann könntest du mich von deiner, na ja, ich meine eurer Unschuld überzeugen.«

Zu ersten Mal, seit diese Unterredung begonnen hat, blitzt in Bernward Thiele der Gedanke auf, Hiltrud könne versuchen, ihn gegen Gisela und umgekehrt Gisela gegen ihn auszuspielen. Ein Brodeln drückt von den Gedärmen auf den Magen, bis von dort Säure in die Kehle steigt, die sich nur schwer zurückdrücken läßt und lieber ausgespien werden will. Seinen Kopf quälen Stiche von allen Seiten. Was will die von ihm? Warum versucht sie, eine Art Ketzerjagd gegen ihn zu inszenieren? Sagt er nur die Wahrheit, so kommt er auf die Liste, denn die wollen ja eine Geschichte, also muß er sich wohl zusätzliche Begebenheiten ausdenken und dabei vermeiden, sich oder Gisela zu kompromittieren. Die Supervisoren müssen sagen können: »Hört, hört! Wir haben also doch noch etwas aus ihm herausbekommen!« Er ist aber ein schlechter Märchenerzähler, und außerdem ist mit Gisela nicht abgesprochen, was er jetzt sagen soll.

Wenn die aber später von seinen Märchen hören würde, ja klar, die würde sofort denken, er hätte sie hintergangen. »Da habe ich nun immer zu ihm gehalten und er verrät mich wegen so einer Kleinigkeit.« Bernward Thiele schwitzt, während seine Kehle brennt und der Wunsch auszuspucken immer heftiger wird. Die Gedanken tanzen ihm wie in einem Kaleidoskop, das heftig geschüttelt wird. Hiltrud, die ihn in der Falle wähnt, gibt klare Richtlinien vor.

»Bern, du fängst jetzt einfach mal an, mir Satz für Satz darzustellen, was sich an jenem Vormittag in Giselas Büro ereignet hat. Fang an, als ihr beide euch mit Alena Koffler an den runden Tisch gesetzt habt.«

Bernward Thiele fühlt sich jetzt gebrochen, denn ihm ist völlig einsichtig, daß er keine Chance hat. So phantasiert er, Alena Koffler hätte ihn angefaßt, ja sogar versucht, ihn zu umarmen, als Gisela nicht im Raum war. Als Gisela dann wieder zurück war, habe Alena Koffler versucht, sich an ihm festzuhalten, bis Gisela sie packte und wieder auf ihren Stuhl verfrachtete. Er weiß, daß ihn diese Sequenz nicht aus der Schußlinie der Supervision herausbringen wird. Zu seiner Überraschung scheint Hiltrud aber durchaus zufrieden zu sein. Vielleicht hat sie nur versucht, ihn zu einem Verrat an Gisela zu bringen, und ist jetzt zufrieden mit seiner Lüge. Hiltrud notiert den Vorgang so, wie Bernward Thiele ihn skizziert hat, schließt den Aktendeckel und sagt: »Gut, Bern, wirklich gut, daß wir die Sache jetzt vom Tisch haben. Ich denke, auch die Supervisoren werden sich zufriedengeben.«

Bernward Thiele kann kaum glauben, daß diese fadenscheinige Lüge die Lösung des Problems sein soll. Die Schritte fallen ihm schwer auf dem Flur und ihm ist, als müsse er einen steilen Berg erklimmen auf dem Weg zu seinem Büro. »Judas!« raunt ihm der Alfredo aus dem jetzt völlig finsteren Korridor entgegen und Bernward Thiele versucht, sich einzureden, er habe doch eigentlich nur eine gangbare Lösung aus der vertrackten Lage gesucht, und er würde natürlich... »Judas! Sage mir, was macht man mit Verrätern?« Der Alfredo hat also vor, ihn den ganzen Tag über zu verfolgen. Seine Schritte fühlen sich mechanisch an, und so

172

entgeht ihm auch, daß sich die Farben und Gegenstände des Korridors in ihr Gegenteil verkehren. Schon beim nächsten Schritt sieht er Rot als Grün, Hell als Dunkel und Vorsprünge als Löcher in der Welt, und wie er so durch diese Negativwelt schreitet, bemerkt er auch nicht, daß der sich auf ihn zu bewegende Tunnel kein Tunnel, sondern ein konvexer Körper ist.

Der Zusammenstoß mit Gisela bringt ihn wieder in die Welt der Gegenstände zurück. Gisela nimmt es gelassen, drückt ihn sogar kurz freundschaftlich an sich, daß er ihren Körper als Relief an seinem spüren kann, und fragt dann: »Hast du schlecht geschlafen oder warum träumst du auf dem Gang? Du hattest ja gar keine Orientierung mehr.«

Nachdem Bernward Thiele wieder zu sich gekommen ist, senkt er die Augen, fühlt noch eine Weile den Druck von Giselas Körpers nach und macht dann eine schuldbewußte Miene. Ihm ist bewußt, daß Gisela gesehen hat, wie er gerade aus Hiltruds Büro gekommen ist.

»Du, Gisela, ich muß dringend mit dir sprechen.« Gisela betrachtet ihn mitleidig, ahnt, was er ihr zu sagen hat.

»Laß mich raten, du hast der Hiltrud irgendeine Geschichte erzählt, als sie dich in die Enge getrieben hat.«

Ihm ist, als hätte sie ihn jetzt erst wirklich in ihre Arme geschlossen, aber dennoch kann er ihr nicht in die Augen sehen, und auch ihr Mitleid schmerzt sehr. Er fragt sich, ob er es nicht vorgezogen hätte, wenn sie ihn beschimpft und angeschrien hätte, ihm hier mitten auf dem Gang eine Szene gemacht hätte. Aber dieses warme Mitleid ist unerträglich, bis er sich durchringt, ihr die Unterredung mit Hiltrud zu skizzieren.

»Du, Gisela, was hätte ich denn machen sollen? Du weißt ja, wen die Supervision...«

»Klar, den Spruch habe ich hier schon mehrmals gehört. Aber ich mache mir nichts daraus. Bei mir ist sie damit nicht durchgekommen«

»Wie, du warst auch da drinnen?«

»Ja, die Hiltrud hat mich letzte Woche vorgeladen. Ich wollte dir schon davon erzählen, aber es kam immer wieder so viel dazwischen. Die ganzen Vororttermine, du weißt ja.«
»Du, äh, welche Geschichte hast du ihr denn erzählt?«
»Ich habe ihr einfach gesagt, sie soll mich am Arsch lecken.«

17:30 LAUF

Justus ist noch nicht nach Hause gekommen. Vielleicht schlendert er noch etwas in der Innenstadt oder hält sich bei einem Freund auf. Warum hat er keine Nachricht hinterlassen? Nicht, daß Karin Angst um Justus hat, immerhin ist er schon fast sechzehn Jahre alt. Aber das geht einfach zu weit, wenn er mal hier, mal dort ist, ohne mit seinen Eltern abzusprechen, wo er sich herumtreibt. Hoffentlich wird daraus nicht eine Diskussion am Abend. Anfangs war Bernward Thiele anderer Meinung, Justus sei ja nun wirklich groß genug, in dieser kleinen Stadt auch allein ein paar Ausflüge zu machen, ohne sich für jeden Schritt vorher rechtfertigen zu müssen. Bernward Thiele hatte Karin schon vor Jahren berichtet, wie er mehr oder weniger auf der Straße aufwuchs und, immer eine Menge erlebte. Aber Karin bestand auf der letzten Familiendiskussion, in der genau dieses Thema endgültig ausdiskutiert und verbindliche Ergebnisse erzielt wurden.
»Bern, das Thema ist ausdiskutiert. Hast du das vergessen?«
In seinen Gedanken kommt ihm dieser Satz nun fast unwirklich vor, aber je mehr er sich fragt, ob er es vielleicht vergessen hat, verliert er sich in unklaren, einander widerstreitenden Gedanken. An die eigentliche Diskussion, in der auch dieses Thema ausdiskutiert wurde, kann er sich nicht mehr erinnern. Hat er jemals mit Karin eine endgültige Diskussion über die Frage geführt, wie viel Freiheit sie Justus auf seinen Wegen durch die Kleinstadt gewähren sollen?

Hat er denn seine Meinung gesagt? Ihm scheint jetzt, das sei auch gar nicht mehr so wichtig. Wie auch immer, Justus ist noch nicht zu Hause und Bernward Thiele fragt sich, ob er noch einen Lauf unternehmen soll, obwohl er an diesem Tag mit dem Fahrrad zur Arbeit gefahren ist. Auf seinen Sport kann Bernward Thiele nicht verzichten, denn, wie er selbst oft sagt, beginnt er zu meditieren, wenn er eine Weile gelaufen ist. »Zu meditieren?« fragen ihn seine Bekannten. Ja, es ist fast wie in einer Meditation, jedenfalls muß es sich in einer Meditation etwa so anfühlen. Bernward Thiele hat noch nie meditiert, er denkt aber, dieses Gefühl während des Laufs fühlt sich so an wie eine Meditation. Also läuft er weiter und meint zu meditieren. Die Befürchtung, es handle sich vielleicht nicht um echte Meditation, sondern um eine Art Betäubung, wischt er so schnell er kann wieder beiseite. An diesem so negativ erlebten Tag entschließt er sich für einen verkürzten Lauf. Raus aus der kleinen Seitenstraße mit den gepflegten Vorgärten, vorbei an der Heinrichstraße, die am Stadtfriedhof liegt, läuft er den Hängen des Mittelgebirges entgegen, die die kleine Stadt an der Flußmündung umarmen. Diese ersten Minuten des Laufes sind immer schwer und undankbar. Der Rhythmus der Atmung und seiner Gliedmaßen stimmt noch nicht. Aber er hat sich angewöhnt durchzuhalten, also läuft er auch an den letzten Häusern der kleinen Allee vorbei, die zu der Hügelkette führt. Er würde die Hügel auf den Parkwegen erklimmen, die mäanderförmig ansteigen, dann könnte er nach Osten und Westen hin das Tal überblicken, in dem die kleine Stadt liegt. Ist das schön, die kleine Stadt von oben zu sehen! Es war eine richtige Entscheidung, die er vor siebzehn Jahren traf. Damals sagte Karin ihm klar und deutlich, daß sie in keinem Fall bereit war, mit ihm in die Großstadt zu ziehen, da sie sich dort verloren und haltlos fühlte, wie sie es ausdrückte. Recht hatte sie! Hier in der kleinen Stadt, die so anmutig von den Hügeln umarmt wird, hier weiß man noch, wer ein echter Freund ist und auf wen man sich verlassen kann. Freundschaften hier dauern oft ein Leben lang. Wenn er dagegen mit seinem Bruder spricht, der in der Großstadt lebt, hört er das krasse Gegenteil. Beziehungen werden eingegangen und wieder gelöst, als handle es sich um eine Theatervorstellung. Der Thorsten hat zwar eine Familie, aber Bernward Thiele weiß nur zu gut, daß es dort brodelt. Wenn der mal mit ihm sprechen will, geht es eigentlich immer um Sex. Als ob Sex die Lösung aller Probleme wäre. Die Großstädter begreifen einfach nicht, daß Sex nur weitere Probleme schafft. Hier in den beschaulichen Gassen der kleinen Stadt kann man sich noch auf Werte besinnen. Bei Thorsten wird es bestimmt bald zu einer Ehekrise kommen. Er hat das so im Gefühl. Der ist ständig hinter anderen Frauen her. Der dunkle Korridor ist wieder da, die schmierigen Lichtflecken und Alicia, die mit Thorsten in einem der plüschigen Zimmer verschwindet. Klar, der Thorsten vergnügt sich da hinter der barocken Tür und die Gerda hat das bestimmt schon bemerkt. Was soll dann aus den Kindern werden? So fragt sich Bernward Thiele, als er gerade eine Abzweigung passiert, die ihn den Hügel hinaufführt. Was soll aus denen bloß werden? Wie gut, daß Justus so eine Familientragödie nicht erleben muß! Der Justus wächst eben in einer stabilen Familie auf. Karin und er haben ihm von klein auf Respekt vor Mutter Erde beigebracht. Der wirft nicht so mir nichts dir nichts irgendwelchen Abfall auf den Boden. Nein, Justus macht sogar andere aufmerksam, wenn sie verantwortungslos mit unserem Planeten umgehen.

Bernward Thiele hat sich an der letzten Abzweigung für den Weg entschieden, der immer enger wird und den Hügel hinauf zum Kamm führt. Die Fachwerkhäuser der Innenstadt liegen im weichen Licht des Vorfrühlingsabends. Heute Morgen schien alles so ausweglos, denkt Bernward Thiele, da waren ihm der graue Himmel und der Regen ein Graus. Aber jetzt, da sich die Sonne hie und da mal durch die Wolkendecke schiebt, weiß er, er hat richtig gehandelt, als er mit dem Fahrrad zur Arbeit fuhr, und es war auch richtig, daß er sich nicht von Gisela einwickeln ließ. Klar, Versuchungen wie das Auto, das abfahrtsbereit in der Garage steht, und Gisela, die ihn freigiebig mit Liebe und Wärme überschüttet, führen alle zu neuen Problemen. Sein Bruder Thorsten und bestimmt auch dieser arrogante Alfredo, der ihm immer wieder in dem finsteren Korridor erscheint, kommen an den Versuchungen auch nicht vorbei, aber er ist eben stärker. Er lebt für Ziele und jetzt, da er den Hügel hinaufläuft, sieht er schon die Früchte seines Handelns. Er darf die Schönheit der Natur in vollen Atemzügen genießen. Die Stadt, die heute Morgen blind und düster in ihrem nebeligen Wetter lag, so denkt er, während die Schritte wegen der Steigung schwieriger werden, diese Stadt zeigt sich jetzt in Pastellfarben durchbrechender Sonnenstrahlen. Wie schön! Wie gut, daß er auf Karin gehört hat. Er weiß, daß jede Autofahrt dem Klima schadet, und er hat widerstanden. Er ist den geraden Weg gegangen! Bernward Thiele ist stolz auf sich. Auch die angeschwollenen Lymphknoten sind jetzt wieder unauffällig. Ist ja auch klar, daß die Bewegung dem Körper guttut. Der Thorsten soll sich mal ein Beispiel an ihm nehmen und nicht dauernd mit jungen Mädchen im Internet chatten. Da sind welche drunter, die könnten glatt seine Töchter sein. Versteht der denn gar nicht, in welche Gefahr er seine Familie bringt? Bei Mutters letztem Geburtstag hat ihn Thorsten gefragt, ob er da rechtliche Probleme sähe, schließlich seien die ja schon volljährig. Mann, Mann, Torsten! Hast du es denn noch nicht verstanden? Die Rechtslage ist doch nicht das Thema, Thorsten, moralisch ist das Problem, moralisch! Ist dir bewußt, daß du deine Frau betrügst, und kleine Mädchen... Bernward Thiele will den Gedanken nicht zu Ende denken. Es ist ihm zu peinlich, daß sein eigener Bruder auf Abwege gerät. Das könnte ihm nicht passieren. Er ist immer den geraden Weg gegangen, auch bei diesen ganzen Sex-Kram. Gisela hat zwar versucht, ihn zu bezirzen, aber das prallt an ihm ab, und das soll sie sich bitte in Zukunft verkneifen.

Er ist jetzt fast auf dem Kamm angekommen und sein Atem geht schwer. Immerhin war der Tag anstrengend. Da kann er keine Olympia-Leistungen mehr von sich erwarten. Tief keuchend beschließt er, das Tempo zu reduzieren, bis er den Kamm des Hügels erreicht. Er atmet den modrigen Geruch des noch regennassen Waldes ein, freut sich über den Duft des Holzes und die frische Luft, bis er spürt, daß sich die Steigung verringert und er wieder mit weniger Anstrengung laufen kann. In solchen Momenten ist Bernward Thiele glücklich. Das ist wahres Glück. Er hat darüber gelesen, Runner's high, da werden echte Glückshormone ausgeschüttet, und jedes Mal, wenn er diesen Zustand erreicht, fühlt er sich, als sei er von den Fesseln des Irdischen befreit. Er prägt sich den Weg ein, damit er eine Weile mit geschlossenen Augen laufen kann und durch keinerlei Reize von dem berauschenden Glücksgefühl abgelenkt wird.

Als er die Augen aufschlägt, beginnt er schon wieder, über seine Arbeitswelt zu sinnieren. Eigentlich war das schon ein tolles Gefühl, als Gisela ihn letzte Woche als einzige unterstützte. Alle anderen sprachen sich gegen ihn aus und das, obwohl er sich vollkommen integer verhalten hatte. Er hatte sich wirklich nichts vorzuwerfen. Die Hiltrud legte ihm die Vorwürfe gegen ihre Ernennung letzten Herbst zur Last, und Lars und Dieter bestanden darauf, der Tip sei von ihm gekommen. Das war einfach nur eine Falle. Lars und Dieter drängten ihn in die Zwickmühle und brachten ihn in die Lage, in der er sich entscheiden mußte, ob er behilflich sein wollte, die Leitung der Etage stabil zu halten oder an einer Revolte teilzunehmen. Natürlich, die sind die echten Revolutionäre! Das wäre ja gelacht. Wenn er mitgemacht hätte, wäre die Revolte vor der Dezernatsleitung oder eine Stufe höher gescheitert. Dann wäre er sogar als Anführer enttarnt worden, denn er wäre ja der einzige gewesen, dem sie im Erfolgsfall einen echten Vorteil gebracht hätte. Auf jeden Fall war es irgendwie schön, von Gisela in Schutz genommen zu werden.

Sein Entschluß, sich nicht gegen Hiltrud zu stellen, war aber dennoch richtig. Karin hat schon recht, die Thieles machen keine Karriere und auf diese Weise schon gar nicht. Die Hiltrud hätte dann heute Morgen mit Gerd die Strafbesprechung ausschließlich seinetwegen abgehalten, und er hätte dann vor allen gehangen. Jetzt, da alles so gut ausgegangen war, konnte Bernward Thiele sich überhaupt nicht erklären, aus welchem Grund die ihn heute in der Nachmittagsbesprechung mit Dr. Pereira so vorführten. Das Meeting war sowieso eine Farce. »Sehen Sie, da haben Sie wirklich einen perfekten Kollegen. Er ist immer nur am Guten interessiert und achtet dabei nicht auf sich selbst.« Diesen Satz hat Bernward Thiele noch sehr lebendig in seinen Ohren. Oder noch besser: »Herr Thiele, ich habe Sie gefragt, was Sie fühlen, und Sie antworten mir mit theoretischen Erwägungen. Es ging aber wirklich nur um Gefühl.«

Er haßt diesen arroganten Kerl und kann sich nicht erklären, aus welchem Grunde Gisela sich nach dem Meeting so lange mit Dr. Pereira unterhalten hat. Der ist einfach unerträglich. Wer weiß, was Gisela ihm in den nächsten Tagen noch alles erzählen wird? Er kennt das schon, denn sie hat schon mehrmals versucht, ihm zu suggerieren, er solle zu sich selbst stehen. Ja, aber das tat er doch die ganze Zeit! Haben die denn das noch nicht gemerkt? Für eine Weile schafft Bernward Thiele es, diese Gedanken etwas beiseite zu schieben und die Schönheit der wie mit zarten Pinselstrichen dahingemalten Stadt zu genießen. Der Fluß, der wenige Kilometer höher noch ein Bach ist, fließt durch die Gassen, passiert zwei alte Wehre aus der Zeit, als es noch keine Maschinen gab, die die Welt mit ihrem Lärm und ihrem Unrat verpesten, und dreht auch ein lustiges kleines Wasserrad. Dahinter liegt dann die Mündung. Ja, das ist Frieden. Frieden, den man genießen kann, Frieden von außen, der schnell auch zu Frieden im Innern wird. Bernward Thiele fühlt sich bestätigt, den richtigen Weg eingeschlagen zu haben.

Auf dem Kamm ist die Aussicht weit, und die Luft scheint heute besonders klar zu sein. Der Frieden mahnt Bernward Thiele, er solle sich mehr auf sein Gleichgewicht konzentrieren und die Konflikte nicht an sich heranlassen, die ihn zwingen, sich dauernd vor sich selbst zu rechtfertigen. Die Gisela hat ihm zum Glück noch nicht direkt ins Gesicht gesagt, daß sie ihn gern hat. Damit hätte er echt zu kämpfen. Zu Hause konnte er ja noch nicht einmal andeuten, daß er Gisela nahe steht und fachliche Gespräche mit ihr führt. Karin muß über dunkle Kanäle erfahren haben, daß Gisela und er sich zueinander hingezogen fühlen, und hatte das Thema schon vor Monaten als ausdiskutiert beendet. »Bern, du weißt jetzt, daß ich ein Problem damit habe, wenn du mit Gisela zusammenarbeitest.« So sehr Bernward Thiele sich auch zwingen will, nicht an Gisela zu denken, es gelingt ihm nicht. Gisela hat ihm zwar keine Gefühle gestanden, aber sie hat ihn aufgebaut, wenn er am Boden lag, und das schon oft. Sie hat ihn unterstützt, wenn er allein war, und ihm zugeredet, er solle mehr aus sich machen. Wie soll er damit umgehen, so fragt er sich und bereut sogleich wieder, sich eingestanden zu haben, daß Gisela ihn sympathisch findet. Vielleicht ist die Gisela sogar in ihn verliebt... Das darf nicht wahr sein, sagt er sich hart. Aber sein Körper gehorcht ihm nicht. Er gaukelt ihm Bilder zärtlicher Liebe vor, er meint seine Wange an ihrer Brust zu spüren. – Nein! Das sind definitiv nicht seine Gedanken. Woher kommen solche Trugbilder? Noch dazu mitten in der heiligen Meditation! Sie hat versucht, ihn zu verführen, ihm einzureden, sein Leben und seine Familie seien ein Irrweg.

Gisela läuft jetzt neben ihm. Ganz unpassend zur Jahreszeit, trägt sie nur das leichte Sommerkleid, das sie damals in der Kaiserstadt trug. Bernward Thiele bemerkt seine Erregung. Das war es wohl mit der Meditation! Aber der Ärger kann sie nicht verscheuchen. Sie läuft einen Meter vor ihm, und er tastet ihren Körper mit seinen Augen ab. Er vergißt den Weg und stolpert fast über einige der dicken, knorrigen

Wurzeln. Aber auch die reißen ihn nur kurz aus dem Tagtraum. Hat er Giselas Hüften schon einmal so deutlich wahrgenommen? Die Beine herunter und wieder hinauf, er tastet wie der Lichtstrahl eines Scanners, der auf höchste Auflösung eingestellt ist. Als er sich über den Rücken hinauf zum Hals tastet, bemerkt Gisela die Berührung, wendet sich jäh um und schaut ihn an. Ein plötzlicher Aufwind hebt das leichte Kleid, und Bernhard Thiele wünscht sich, der sei stark genug, es über die Schultern zu heben, als er erneut eine Wurzel übersieht und in den regenweichen Waldboden fällt. Als er sich aufrappelt, ist Gisela verschwunden.

Von diesen Gedanken darf Karin nie erfahren, das würde sie nicht verkraften. Bernward Thiele wischt seine schlammigen Hände aneinander ab. Das ist gerade noch mal gut gegangen. Fast wäre sie ganz nackt vor ihm hergeschwebt. Aber auch so ist das absolut grenzüberschreitend. Nicht mehr er selbst zu sein, sondern ein Sklave weiblicher Verführung! Nein! Kapier das doch endlich, Gisela. Du hast deinen Freund, diesen Typen mit dem Cabrio, und ich habe meine langjährig gereifte Beziehung zu Karin. Geht das denn nicht in deinen Schädel? Ich bin nicht dein Liebhaber. Er läuft weiter und ruft Gisela nach, sie möge doch in Zukunft die Grenzen einhalten, spürt aber schon nach wenigen Metern, daß sich die Lymphknoten wieder melden. Jetzt sind sie wieder da! Die kommen und gehen, und irgendwann werden sie nicht mehr von selber gehen. Dann sind sie immer da. Bernward Thiele kennt das sehr gut. Onkel Hans ist auf diese Weise gestorben. Die Knoten wurden größer und verschwanden nicht mehr, aber der Hans verschwand dann ganz von der Bildfläche. »Könnt ihr nicht endlich aufhören, die Welt mit Schwermetallen und dem ganzen anderen Unrat zu verpesten? Eh, Leute, merkt ihr denn nicht, daß auch ihr irgendwann dran seid?« Immer wieder schreit er, um der Panik Herr zu werden. Dann läuft er nur noch, läuft, ohne zu wissen warum, wohin, wie lange, läuft einfach weiter, bis er wieder vor der Tür zu seinem Haus steht.

18:00 JUSTUS

Der Lauf hat die Verspannungen des Tages gelöst. Wie schön, jetzt unter die Dusche zu gehen. Bernward Thiele legt seine verschwitzte Trainingskleidung über die dafür vorgesehene Stange im Bad und zieht sich aus, betrachtet sich eine Weile im Spiegel. Eigentlich noch ganz passabel für sein Alter. Er überlegt, ob er nur ganz kurz duschen soll und auch nur lauwarm oder so richtig schön warm und lang. Ob Karin schon zu Hause ist? Dann wird das nichts, mit dem warm und lang. Er schließt die Duschkabine und freut sich schon nach kurzer Zeit an dem warmen Wasser, das seinen Körper herunterrinnt. Entspannung und innere Ruhe! Wärme! Sein Körper ist zwar vom Laufen gewärmt, aber am Kopf und besonders an den Ohren fühlt er noch die empfindliche Kälte des Vorfrühlings. Unter dem heißen Strahl der Dusche ist ihm, als würde das Wasser auch die Bilder dieses Tages von ihm, von seiner Seele den Abfluß hinunterspülen. Bilder vom Regen und dem Matsch heute Morgen, Bilder von Gerd und Hiltrud, Bilder von Arpad und dem Dorf der Sinti, Bilder vom Telefon, Bilder, die er sich von Dr. Jäger und Dr. Blum gemacht hat, Bilder von Dr. Pereira, von Gisela, wie sie ihm zärtlich zuspricht, Bilder von Lars, wie er ihn verächtlich ansieht, und Bilder von der Idylle der kleinen Stadt.

Wie auch immer, die Sache mit der Gisela muß er unbedingt aufräumen in seiner Seele. Am besten, er gibt ihr morgen zu verstehen, sie solle sich etwas weiter von ihm entfernt halten. Das ist eine gute Idee. Der Dreck des Tages muß ganz herunter, und dann wird er sich der Familie widmen. Die haben ja sonst nichts mehr von ihm. Für eine Weile gönnt er sich noch recht heißes Wassers auf seiner Haut.

Es klopft. Bernward Thiele reagiert nicht, tut so, als höre er das Klopfen nicht. Es klopft lauter. Wieder reagiert er nicht. Die Wärme des Wassers ist einfach zu schön. Aber er hört Justus' Stimme rufen: »Bern, ich bin in meinem Zimmer, wenn du mich suchst.« Bernward Thiele erinnert sich an den Zettel, den er Justus auf den Schreibtisch gelegt hat, bevor er gelaufen ist.

Noch kann er unbemerkt duschen. Bis Karin zurück ist, muß er fertig sein. So ganz richtig ist das nicht, denn der Justus wird Karin bestimmt sagen, wie lange er geduscht hat und daß das Badezimmer dampfte, als er fertig war. »Gib doch dem Planeten noch eine Chance.« Bernward Thiele sieht Justus' fieses Grinsen und Karins strengste Maske vor sich. Hoffentlich gibt das nicht noch eine Diskussion. Die Gespräche über die Themen, die schon ausdiskutiert sind, gestalten sich immer so ermüdend in diesem Haus, denkt er und stellt die Dusche ab, streift sich die Wasserreste vom Körper und macht einen Schritt aus der Duschkabine, so daß er auf dem Vorleger steht. Das Handtuch liegt auf der Heizung und fühlt sich warm und weich an. Bernward Thiele fragt sich, wie lange er schon keinen anderen Körper an seinem gefühlt hat. Wie fühlt sich das noch an, nackte Haut an nackter Haut, die Wärme der Frau, mit der er zusammenliegt? – Nicht schon wieder das leidige Thema Sex! Durchatmen und zurück zum Frieden!

Nachdem er sich die Haare gefönt und sich neu angezogen hat, geht er in Justus' Zimmer. Justus sitzt mit Kopfhörern auf seinem Platz und spielt ein vernetztes Spiel, eines von diesen Kampfrollenspielen. Die Eltern haben Justus erlaubt, diese Art Spiele am Tag ein bis zwei Stunden zu spielen, als Ausgleich für Aggressionen, die er im anstrengenden Schulalltag in sich aufstaut. Da sind Zauberer und Soldaten, Könige und Monster und Justus schlüpft in Rollen, die er draußen nie bekommen wird. Seine Gruppe hat schon eine Menge Punkte gesammelt, so daß er auch in dieser Disziplin Primus ist. Bernward Thiele ist stolz auf Justus, denn er selbst ist während seiner Schulzeit nie Primus gewesen, hat sich vielmehr so gerade eben durchgehangelt.

Er tritt an Justus heran. Früher hätte er seine Hand auf Justus' Schulter gelegt, aber der Justus besteht seit einem

Jahr peinlich auf Einhaltung der Grenzen. Ist ja auch richtig so, denn die Grenzüberschreitungen, die allgemein sehr harmlos anfangen, entwickeln eine Eigendynamik, daß sie nicht mehr unter Kontrolle zu bringen sind. Also lieber so, klare Grenzen! Bernward Thiele geht deshalb um ihn herum, formt sein Gesicht zu einem gestellten Lächeln, damit dem Justus, der von dem lauten Gedröhn des Kopfhörers umgeben ist, auffällt, daß sein Vater bei ihm ist. Justus spielt weiter, bemerkt ihn nicht. Bernward Thiele nimmt jetzt ein Blatt Papier und hält es vor den Bildschirm. Justus reagiert.

»Oh Bern, merkst du es nicht, ich muß mich gerade konzentrieren. Die Destruktoren greifen mich aus mehreren Richtungen gleichzeitig an.« Diese interaktiven Rollenspiele ziehen ihre Benutzer magisch in eine künstliche Welt. Justus ist seit einiger Zeit der junge Prinz eines alten Reiches ganz in der Nähe des Weltenzentrums. Jeden Tag verabredet er sich mit seinen Mitstreitern. Außer ihm sind da noch die strenge Königin, die die Amtsgeschäfte des schwachen, kränkelnden Königs übernommen hat, der fast allwissende Magier, die Soldaten und die weise Frau, die die Zaubertränke bereitet. Natürlich müssen sie hart kämpfen, um ihr kleines Reich gegen die Eindringlinge zu verteidigen. Da kommen verschiedene Invasoren aus allen Himmelsrichtungen, etwa die hammerharten Nordleute, die wohl den Wikingern nachempfunden sind. Aus der Luft kommen Angreifer, die Vögel mit stählernen Schnäbeln gezähmt haben. Justus entweicht also jeden Tag aus der kleinen Stadt in eine völlig andere Welt, in der er der Prinz in einem verwunschenen Reich ist. Wenn sein Onkel ihn fragt, warum der König nicht mithilft, dieses kleine Reich zu verteidigen, zuckt Justus nur mit den Achseln, sagt dann einsilbig, an den hätte er noch gar nicht gedacht. Karin, die zufällig danebensteht, ergänzt, der sei ja auch gar nicht notwendig.

Bernward Thiele wartet jetzt noch einige Sekunden. Dann macht er einen zweiten Versuch, mit Justus Kontakt aufzunehmen. Wieder hält er das Blatt Papier zwischen Justus und den Bildschirm. Wieder das gleiche Ergebnis, diesmal aber deutlich unfreundlicher artikuliert: »Oh, Bern, hau ab. Das ist ausdiskutiert.«

Bernward Thiele weicht einige Schritte zurück, setzt sich auf einen Stuhl und versucht, sich den genauen Inhalt des Gespräches, mit dem damals ausdiskutiert wurde, in sein Gedächtnis zurückzurufen. Also Karin, Justus und er haben vor etwa einem Jahr über das Spiel »Welten des Donners« gesprochen. Justus hatte zu dieser Zeit den Wunsch, eine Donner-Identität zum Geburtstag zu bekommen, die von den Betreibern des Spiels recht teuer angeboten wird. Mit der Donner-Identität wäre er ein Abbild des Gottes Thor und damit fast unbesiegbar geworden. Karin und Bernward Thiele waren der Meinung, das sei nicht notwendig, und darüber hinaus wollten sie die Nutzung des Spiels »Welten des Donners« beschränken. Es sollte nicht möglich sein, daß der Justus irgendwann ganz darin versinkt. Karin hatte Berichte gelesen, die von Menschen handelten, deren Leben von solchen Spielen völlig zerstört worden war. Diese Menschen verbrachten große Teile ihres Lebens nur noch vor dem Bildschirm. Wenn man sie darauf ansprach, waren sie unfähig, mit ihrem Gesprächspartner in eine normale Kommunikation zu treten, und sie gerieten stärker und stärker in diesen Strudel, bis sie in der zweiten Phase dieser Sucht, ja, denn um Sucht handelte es sich wirklich, nicht mehr fähig waren, einem geregelten Arbeitsleben nachzugehen. In der dritten Phase versanken die Süchtigen komplett in dem Spiel und es war in den meisten Fällen nicht mehr möglich, einen zwischenmenschlichen Kontakt mit ihnen aufzubauen. Der Süchtige wurde dann einer Resozialisierungsmaßnahme zugewiesen, und die konnte lange dauern. Das Schlimmste aber war, daß viele der Süchtigen sofort wieder rückfällig wurden. Also hatten Karin und Bernward Thiele das Spiel mit Justus eingehend thematisiert. Leider hatten sie das Ergebnis nicht schriftlich festgehalten. Er kann sich aber ziemlich genau daran erinnern, wie sie sich einig waren, daß die Kommunikation zwischen ihnen wichtiger ist als das, was in den Welten des Donners stattfindet. Außerdem sollte Justus nicht mehr als zwei Stunden täglich in »Welten des Donners« verbringen. Was die Stunden betrifft, hat Justus jetzt noch Zeit, daß er aber ›hau ab‹ zu seinem Vater sagt, ist nicht im Konsens enthalten. Nein, ganz bestimmt nicht.

Also wagt Bernward Thiele einen dritten Versuch. Da er Justus nicht berühren darf, nimmt er seinen Mut zusammen und sagt so laut, daß Justus es durch den Kopfhörer hindurch hören muß: »Wir hatten vereinbart, daß unsere Kommunikation wichtiger ist als das Spiel.« Als er keine Antwort hört, schreit er den Satz nochmals in Justus' Richtung, ergänzt noch: »Antworte mir bitte!«

Justus hält seinen Kopf weiter in Richtung Welten des Donners und schreit zurück: »Sag, was du zu sagen hast, Bern, aber bitte schnell. Wir sind gerade in einer wichtigen Phase des Spiels.« Dann bittet er seine Spielgenossen um Entschuldigung, die das Gespräch mit seinem Vater wegen des eingeschalteten Mikrofons mitgehört hatten. »Sorry, Leute, ich mußte nur kurz den Alten ruhigstellen.«

Bernward Thiele fühlt sich beleidigt und abgewertet, daß Justus auf diese Weise über ihn spricht, läßt sich aber nichts anmerken und setzt ein nettes Lächeln auf, um Justus zu symbolisieren, daß das an ihm abprallt. Dann überlegt er hin und her, kommt zu dem Schluß, daß Justus jetzt wegen der Intensität des Spiels sowieso nicht ansprechbar ist, und entschließt sich, zunächst deeskalierend zu agieren. Er nimmt also einen Zettel von Justus' Tisch, schreibt darauf deutlich sichtbar ›Noch zwanzig Minuten, dann bitte Kommunikation!‹ und legt ihn dann auf die Tastatur. Die zwanzig Minuten, so sagt er sich, kann er vielleicht einen Früchtetee zubereiten. Hoffentlich gibt es in der Küche auch noch etwas von dem guten Vollkornbrot, das Karin zweimal die Woche bei der Bäckerei Süßkorn in der Schmiedegasse kauft. Bei dem Gedanken daran fühlt Bernward Thiele sich geborgen.

186

Die kleinen Gassen sind wunderbar restauriert. Keine Leuchtstoffreklamen, nein, hier gab es vor fünfzehn Jahren einen Beschluß des Gemeinderates, daß die guten alten Schilder wiederhergestellt werden sollten. Meist sind es emaillierte Blechschilder oder gußeiserne Schilder. Insgesamt sieht es aus wie in der guten alten Zeit. Bernward Thiele denkt an eine Zeit ohne Computer und Flugzeuge. Ja, in der guten alten Zeit konnte man bestimmt abends noch seinen eigenen Schritt hören, wenn man allein über das handgearbeitete Kopfsteinpflaster ging. Damals waren Bäcker noch wirklich Bäcker und der Schmied hieß nicht nur so, sondern war es auch wirklich.

Zurück in der Küche füllt Bernward Thiele genau zweieinhalb Teelöffel Früchtetee aus kontrolliert biologischem Anbau in ein Teesieb, bringt das Wasser zum Kochen und gießt dann auf. Die Küchenuhr stellt er auf sechs Minuten, die der Tee ziehen soll. In der Zwischenzeit kann er nachsehen, ob von dem Früchtebrot der Bio-Bäckerei Süßkorn noch ein Rest für ihn übrig ist. Im Brotkasten findet er leider nur einen Zettel mit der Aufschrift ›Süßkorn nicht vergessen – Donnerstag‹. Ärger steigt in ihm auf. Warum haben die ihm nicht wenigstens ein Stück übriggelassen? Wie kommt es, daß die sich so wenig um ihn kümmern, ist er denn genauso? Hat er das verdient? Als Bernward Thiele bemerkt, daß der Ärger ihn einnimmt, ändert er die Richtung seiner Gedanken und sucht sich positive Inhalte, die ihn aufheitern können. Wie gut, daß der Tee so gut duftet! Er sieht auf die Küchenuhr, die in zwei Minuten klingeln muß. Dann wird er mit dem Tee hoch zu Justus gehen, mit ihm ein Vater-und-Sohn-Gespräch führen. Er stellt sich vor, wie ihn Justus empfangen wird und ihm ist unwohl, denn er spürt, daß Justus ihn eigentlich gar nicht haben will in seinem Zimmer dort oben. Immer, wenn er sich eine neue Variante von Justus' Verhalten vorstellt, sieht er dessen fieses Grinsen mit den entblößten Schneidezähnen leibhaftig vor sich, wie eine bleckende Teufelsfratze. Mensch, Mensch, was hat er mit dem Justus schon alles erlebt? Das ist einer? Bernward Thiele wußte früher nicht, wie er reagieren sollte, als Justus sich mit fünf Jahren wutentbrannt auf seinen Rücken warf, mit den kleinen Fäustchen von hinten auf seinen Nacken eintrommelte und schrie, »Bern, du bist arschdoof. Gib mir jetzt den Schlüssel für den Spielzeugschrank.« Und dann wieder: »Bern, du bist arschdoof!« Zu dieser Zeit las Bernward Thiele das Buch ›Väter und Söhne‹ eines nordischen Verhaltensforschers – wie ist noch der Name? Bernward Thiele erinnert sich nicht mehr daran. Jedenfalls hatte er das Buch zu dieser Zeit noch nicht ganz gelesen und ließ Justus einfach weitertrommeln, sagte nur von Zeit zu Zeit: »Komm, Justus, du weißt doch, du schaffst es nicht.« Irgendwann riß Karin den Justus dann einfach von seinem Rücken, setzte in Windeseile die Leg-dich-nicht-mit-deiner-Mutter-an-Maske auf und befahl Justus eindringlich, er möge sich jetzt mäßigen, da sie ansonsten... Bernward Thiele erinnert sich nicht mehr daran, welche Strafe Karin dem Justus damals androhte, vielleicht war es irgendetwas aus dem Struwwelpeter. Eigentlich war das ja zu der Zeit schon nicht mehr im Konsens. Wie dem auch sei, er war dankbar dafür, daß Karin die Situation so schnell in den Griff bekam. Überhaupt konnte der Struwwelpeter so schlimm nicht sein, denn er wurde seinen Eltern vorgelesen, als sie Kinder waren, und aus denen sind auch anständige Menschen geworden, und Karin war schon immer etwas unkonventionell, wenn Not am Mann war. Der Justus wagte es dann auch nie wieder, sich auf seinen Rücken zu werfen und diese Grenzüberschreitung zu begehen. Heute kann Bernward Thiele sich kaum vorstellen, was sich der Justus damals alles herausgenommen hat. Wenn die Verwandten das mitbekommen hätten, hätten sie sicher gedacht, daß aus dem nichts wird, aber jetzt haben sie es ja gut in den Griff bekommen. Nach den Vorfällen hat Karin ihm den Konsens noch einmal genau erläutert und dann haben sie sich genau daran gehalten. Der Justus ist mittlerweile völlig problemlos und hält sich auch an alle Vereinbarungen. Oft ist er schneller als seine Eltern und erinnert die beiden an den Konsens, wenn eine Grenzüberschreitung droht.

Die Anfälle mit den Spasmen werden zwar nicht weniger, kommen auch immer wieder, aber das ist wohl genetisch bedingt. Der Dr. Jäger soll seinen Schmus mit den psychologischen Ursachen gut und gern für sich behalten. Das hier ist eine ernstzunehmende Krankheit und kein Psycho-Unsinn! Bernward Thiele entsinnt sich, daß die zwanzig Minuten vergangen sind, und steigt die Treppe empor. Möglich, daß der Justus schon auf ihn wartet. Der ist oft ungehalten, wenn die anderen die Termine nicht einhalten. Bernward Thiele öffnet die Tür und sieht, daß der Rechner heruntergefahren ist und Justus an seinem Schreibtisch einen Aufsatz liest. Justus regt sich nicht, und Bernward Thiele weiß, er muß das Gespräch eröffnen. Also setzt er sich auf den Sessel, schaut seinen Sohn an und versucht bekümmert auszusehen.

»Du hast bestimmt einen sehr anstrengenden Tag gehabt. Ist ja auch in Ordnung, wenn du dich dann etwas amüsierst.«

»Komm, Bern, bist du wirklich gekommen, um mir das zu sagen? Ich meine, das ist doch klar. Wir haben doch immer anstrengende Tage.«

Bernward Thiele ist wieder einmal überrascht über die Offenheit, mit der Justus ihm entgegentritt. So sagt er sich, er sollte auch ganz offen sein, eben genauso wie Justus.

»Du, Justus, ich hatte mir nur gedacht, daß wir vielleicht etwas miteinander reden. Sonst lebst du ja nur noch in deiner eigenen Welt.«

»Klar lebe ich in meiner Welt. Das tust du doch auch oder etwa nicht? Und die Karin sowieso. Ihr tut alle zwei oder drei Tage so, als sollten wir miteinander kommunizieren, aber eigentlich kommt dabei nichts anderes heraus als das, was ich schon immer zu hören bekomme. Wieder und wieder der Konsens und die ganzen Regeln. Weißt du, Bern, wenn du mal was neues hast, dann komm wieder. Ich glaube nämlich, daß ich das, was du mir jetzt zu sagen hast, schon bestens kenne. Die armen geschlagenen Kinder, die noch ärmeren vergewaltigten Mädchen und die allerärmsten zerstückelten Opfer, und ehrlich gesagt, interessiert mich das alles nicht. Verstehst du, Bern, ich habe damit einfach nichts zu tun.« Nachdem Justus das gesagt hat, geht ein starkes Zucken durch seinen gesamten Körper und Bernward Thiele glaubt, das sei ein erstes Anzeichen für einen sich gerade anbahnenden Anfall. Glücklicherweise ist es nur ein einziges Zucken und Bernward Thiele, der erstaunt ist, was der Justus alles mitbekommen hat, fragt jetzt: »Von vergewaltigten Mädchen und zerstückelten Opfern habe ich dir eigentlich noch nie etwas erzählt. Du, ich habe nämlich mit der Karin den Konsens ausgearbeitet, daß wir dich damit in deiner sensiblen Phase besser nicht behelligen. Nein, das haben wir dir doch gar nicht erzählt.«

»Habt ihr auch nicht« gibt Justus lakonisch zurück.

»Ja, aber du hast es eben doch so in unser Gespräch eingebracht, als wüßtest du es schon lange. Ja woher...«

»Ich wundere mich immer wieder über euch«, beginnt Justus, »daß ihr glaubt, ihr könnt aus mir einen Primus machen, der aber nur in der Schule Primus ist und außerhalb nichts rafft. Bern, hältst du mich außerhalb der Schule für einen Vollidioten?« Als Justus diese Sätze in starker Erregung sagt, geht wieder ein Zucken durch seinen Körper und Bernward Thiele ist es, als sei das Zucken diesmal viel stärker als das erste. Sie schauen sich eine Weile an. Dann faßt sich Bernward Thiele ein Herz und beginnt: »Du, Justus, also ich wollte dich einfach nicht so belasten. Wenn du diese Dinge aber dennoch gehört hast, dann tut es mir wirklich leid. So ist die Wirklichkeit da draußen.«

»Daß die Wirklichkeit da draußen so ist, kann man jeden Tag in der Zeitung lesen. Dafür brauche ich deine und Karins Erzählungen nicht. Am allerwenigsten brauche ich aber eure Abschottung, mit der ihr mich von der Welt fernzuhalten versucht. Genau wie damals, als ich noch nicht einmal sehen durfte, wie Opa beerdigt wurde.«

Bernward Thiele ist sprachlos. Er hätte nie gedacht, daß Justus sich an Opas Beerdigung erinnern würde. Damals hatten sie sich nach eingehendem Studium der Fachliteratur entschieden, daß Justus so wenig wie irgend möglich über Opas Tod erfahren sollte. Die Autoren warnten vor frühkindlichen Traumatisierungen, die durch solche Erlebnisse ausgelöst werden könnten. Bernward Thiele ist es völlig unverständlich, wie Justus auf diesem Thema heute noch herumreiten kann. Ein weiteres Zucken geht durch Justus' Körper, dann noch eins und weitere. Ein Anfall, dieses Mal wahrscheinlich mit starken Spasmen, bahnt sich an. Er muß handeln. »Komm Justus«, sagt er, »du mußt dich entspannen, es wird schon wieder. Vielleicht hat das auch etwas mit der Aufregung zu tun. Leg dich am besten etwas hin und entspanne dich!« Dann denkt Bernward Thiele darüber nach, wer dem Justus die Ideen in den Kopf gesetzt haben kann, die er eben so schlagfertig gegen ihn aufgefahren hat. »Du, Justus«, fragt er dann, »wie kommst du überhaupt darauf, daß Karin und ich versuchen, dich abzuschotten? Das verstehe ich nicht.« Er muß herausbekommen, wer für diese neuen Ideen verantwortlich ist.

»Bern, wir haben einen neuen Lehrer in der Schule, der uns für solche Sachen die Augen öffnet. Jeder der anderen hat sofort erkannt, was falsch läuft in seiner Familie, nur ich war bis vor einer Woche der Ansicht, daß bei uns alles bestens sei.«

Um nicht zu heftig zu widersprechen und damit womöglich einen Anfall auszulösen, dämpft Bernward Thiele seine Stimme so, daß er fast flüstert: »Beruhige dich. Weißt du, das ist ganz wichtig, daß du weiter auf den Konsens vertraust. Diese Lehrer sind echte Rattenfänger. Wer weiß, was der euch schon alles erzählt hat?«

»Wir sprechen über Nietzsches Zarathustra und sehen uns und unsere Umwelt im Kontext dieser Philosophie. Es ist das erste Mal, daß alle Spaß an Philosophie haben. Die anderen Lehrer haben nur trockene Theorie vermittelt.«

Bernward Thiele beschließt sofort, daß Karin kein Wort vom Zarathustra erfahren sollte und richtet sich dann an Justus: »Du, Justy, ich glaube, das thematisieren wir heute Abend mit Karin im Familienrat.« Der Anfall kommt jetzt mit voller Wucht und Bernward Thiele erinnert sich an die bitteren Momente, als Karin und er einem Anfall auf einem der umliegenden Spielplätze zuschauen mußten. Justus war damals gerade vier geworden und einige der Passanten lachten, machten Späße, »Sieh dir mal den kleinen Spackel da vorn an«, bevor sie weitergingen. Das war bitter, aber jetzt wissen sie, worauf es ankommt. Sie müssen einfach nur geduldig sein und auf das Ende des Anfalls warten. Er hält Justus' Arme fest. Nach einigen Sekunden klingt der Anfall ab und Justus atmet wieder gleichmäßig. Zum Glück war das nur ein ganz leichter Anfall.

Die Erleichterung, daß der Anfall vorbeiging, läßt Bernward Thiele nicht vergessen, daß da noch etwas auszudiskutieren ist. Karin und er dürfen auf keinen Fall zulassen, daß so ein Guru-Lehrer den Justus vom Weg abbringt. Nein, das sieht man ja sofort. Letztlich hat dieser Lehrer auch den Anfall eben verursacht. Justus sieht an ihm vorbei, und Bernward Thiele, glücklich, daß Justus langsam zur Ruhe kommt, flüstert ihm mit ernster und gut meinender Stimme zu: »Wie gut, daß du wieder ruhig atmest. Bei uns bist du in Sicherheit, Justus. Bei uns bist du sicher. Hier im Hause ist wahre Güte.«

Aber Justus starrt weiter auf die Decke des Zimmers und sein Mund verzieht sich zu einem starren Grinsen. Bernward Thiele flüstert weiter: »Wenn die Karin kommt, dann helfen wir dir da raus. Dann thematisieren wir mal zu dritt, wie dieser Lehrer versucht, euch zu verführen. Denk immer daran, bei uns bist du in Sicherheit.« Dann sieht Bernward Thiele wieder in Justus' Gesicht und bemerkt, daß das Grinsen jetzt diabolische Züge annimmt. Na ja, denkt er, ist ja auch verständlich, wenn man von so einem Guru verführt wurde. Aber diese Erklärungen helfen ihm nicht, auch nicht die Meditationstechniken, die sich sonst darüber hinwegkommen lassen. Das Fazit bleibt und es zeichnet sich immer deutlicher ab: Er schaut auf die entblößten Schneidezähne und weiß, daß er das fieseste Grinsen ertragen muß, daß er jemals auf Justus' Gesicht gesehen hat.

18:45 SEHERIN

Gegen dreiviertel sieben kommt Karin von der Bio-Selbsterfahrungsgruppe zurück, stellt einige Einkäufe, die sie im Fahrradkorb mitgebracht hat, in die Diele, sieht sich kurz um und ruft dann ihre Paschas, wie sie Justus und Bernward Thiele gelegentlich nennt, zu sich. »He Paschas! Hallo ihr Faulpelze! Hier gibt es etwas zu tun oder glaubt ihr, das ist Frauensache?«

Die beide grüßen nur kurz, »Hallo Schatz, alles klar?«, stellen die Einkäufe in die Küche und verschwinden, als wären sie nie dagewesen.

Immerhin war das Glück heute auf ihrer Seite. Die lieben Leute bei Süßkorn hatten alle Zutaten für das Früchtebrot nach Seherin-Art, genauso, wie es im Kochbuch ›Hüls und Kern hab ich so gern‹ beschrieben ist. Karin freut sich auf dieses kleine Ritual. Für mehr als eine ganze Stunde wird sie völlig ungestört sein, denn Justus und Bernward wissen, daß sie draußen bleiben müssen, wenn Karin das Früchtebrot nach Seherin-Art zubereitet. Karin kichert in sich hinein. Schon vor Jahren hat sie den beiden erklärt, daß sie hier ohne Männer sein muß. Bernward Thiele wollte das erst nicht akzeptieren, aber jetzt ist die Sache zum Glück ausdiskutiert. Mehl aus ganzem Korn, Aprikosen, Feigen, Pflaumen, gute Butter und die geheimen Gewürze. Karin arrangiert die Zutaten vor sich auf dem Tisch. Waren das noch Zeiten, als jedes Dorf eine Seherin hatte, eine weise Frau, der alle vertrauten. Die Kelten waren wahrscheinlich das letzte Volk Europas, das so lebte, jedenfalls glaubt Karin, das mal gelesen zu haben. Ein Volk, in dem die Frau noch Priesterin und Seherin ist, heute kaum auszudenken. Wo hat sie zuletzt von den Kelten gelesen? Klar, bei Süßkorn! Die haben immer diese Druidenhefte ausliegen. Das hat bestimmt in einer der letzten Ausgaben gestanden. Da haben sie ein ganzes Dorf nachgebaut und den Lebensablauf nachgestellt. Karin ist sich ganz sicher und wünscht sich, die Zeit würde ausreichen, dieses alte, noch nicht vom Patriarchat verdorbene Gefühl zurückzugewinnen. Das ist fast wie beim Gebet vor dem Schrein der Gaia. Dann ist ihr immer, als sei sie dem Ursprung sehr nahe, und genau so soll es auch sein. Das Früchtebrot nach Seherin-Art ist sozusagen ihr ganz persönliches Gebet, ihre Stunde als Seherin. So hat sie jeden Tag ihre heiligen Minuten mit Gaia und auch jede Woche einmal die heilige Stunde als backende Seherin. Die Herren da oben sollen schon merken, was weibliche Andacht ist. So wie die Mutter der Familie ihren Leib spendet, so spendet die Seherin der Gemeinde den Laib Brot, ihr Früchtebrot.

Karin hievt die Einkaufstaschen auf den Küchentisch. Die hat sie so gerade eben noch in die Satteltaschen und den Fahrradkorb stopfen können. Bern und Justus, die wieder nach oben gelaufen sind, haben ihr ja noch nicht einmal beim Auspacken geholfen. Mal kurz eine Tüte hereintragen und schon ist die Arbeit für den Herrn getan. Haben die eine Ahnung, was sie als Frau so alles zu stemmen hat.

Wenn die das bloß mal verstehen würden, aber denen muß sie natürlich alles geradeaus ins Gesicht sagen. Ansonsten bekommen die ja gar nichts mit. Sie sind eben nur Männer. Karin bemüht sich, für einige Sekunden die Darüber-kann-ich-nur-milde-lächeln-Maske aufzusetzen, um sich ein Lächeln über diesen Mangel an Empfindsamkeit abzuringen. Die sind einfach nicht empathisch genug, um selbst darauf zu kommen. Auf jeden Fall sind es diese Augenblicke stiller weiblicher Andacht, die sie zu sich selbst führen. Karin weiß, in diesen Minuten ist sie nur mit Gaia vereint oder sie wird

194

zur Seherin, muß sich für kurze Zeit nicht mit den Männern herumplagen, denn die haben hier nichts zu suchen und daran halten sie sich auch. Frieden kehrt ein.

Wenn nur der Helmut nicht dauernd stören würde! Wie ein leichter Nebel vom Wind verweht wird, weichen auch Karins Freude und der innere Friede. Kaum hat sie den ersten Gedanken an Helmut gedacht, ist alles anders. Sie weiß, auch die ruhigsten, ja die heiligsten Minuten und die geheimsten Winkel können Helmut nicht hindern, sie immer wieder anzusehen mit diesen traurigen Augen, aus denen er mit Mühe eine oder zwei Tränen quetscht. Diese Tränen sind zwar nicht echt, aber wirksam, er hat sie damit in seiner Gewalt. Sein Blick senkt sich traurig zu Boden, sagt, sie solle sich doch nichts aus seinem Gram machen, schließlich hätte er doch alles gern für sie geopfert. Was immer er seinem Leben abgerungen hat, für sie hätte er es gern getan. Karin weiß auch, das ist gelogen, aber Helmut Harten ist stärker, und Karin spürt, sie hat keine Chance. Ach, wäre Helmut doch bloß einer von diesen brutalen Macho-Säufern und Schlägern! Dann dürfte sie ihn wenigstens guten Gewissens hassen. Aber Helmut ist sanft und Karin spürt wieder die undeutliche Empfindung, als sei ihr irgendwie komisch zumute. Immer wieder sagt sie sich, daß sie dem Helmut doch nichts schulde. Natürlich, darin ist sie ja auch von der Gruppe bestätigt worden, sogar mehrmals, aber die Verunsicherung bleibt.

Nachdem sie Butter mit Eigelb und Honig verrührt hat, sehnt sie sich nach dem Elektrorührer, aber Gwenda meint, eine Seherin müsse die Energie ihres Körpers fließen lassen. Gwenda hat ihren bürgerlichen Namen aufgegeben. Inge sei zu spießig, sagt sie und besteht darauf, Gwenda genannt zu werden, seit sie, wie sie fast jeden Tag wiederholt, von einem echten Druiden eingeweiht wurde. Karin hatte sie nach der Einweihung gefragt, aber Gwenda war nicht zu bewegen, das heilige Wissen mit Karin zu teilen. Die merkte doch, daß Karin fast darum bettelte, endlich etwas weiter eingeweiht zu werden, und dann war sie genau so schroff wie die Magdalena. »Geh mir nicht schon wieder auf die Nerven! Helmut, halt die Göre fern von mir. Ich habe mir die Freizeit verdient«, hört sie Magdalena sagen und sieht sie dabei in ihrer Kosmetiktasche kramen. Karins Handgelenke schmerzen, weil Gwenda gesagt hat, die Energie des Körpers müsse fließen. Da ist nichts zu machen, denn schließlich war Andacht noch nie bequem. Ja, Andacht und Gebet hatten schon immer etwas mit Schmerz, vielleicht sogar mit Leid gemein.

»Siehst du, Helmut?« hört sie sich in Richtung der hinteren Zimmerecke fragen, »siehst du, du bist nicht der einzige, der leidet. Dein Leid wiegt nicht schwerer als meins. Sieh es dir an, meine Handgelenke sind schon fast taub, ich bin müde von dem anstrengenden Tag, und trotzdem läßt du mich wieder und wieder dein stilles Leid sehen, diese hinterhältige, stille Anklage, ringst dir diese Tränen ab, damit ich sie in dem Augenblick sehe, in genau dem Augenblick, in dem ich wieder nach dir schaue. Meinst du, ich merke das nicht? Dein Leid, immer wieder dein Leid.« Karin hält inne und verbietet sich jeden weiteren Gedanken. Das hat er nun wirklich nicht verdient. Das ist grenzüberschreitend, ganz bestimmt! Sie hätte das niemals sagen dürfen, auch nicht in Gedanken, niemals! Helmut würde keinen Ärger darüber zeigen, er würde auch nicht aus der Haut fahren. Helmut Harten hat sich gut im Griff. Nur sein armes Herz, das kann er nicht in den Griff bekommen. Er beherrscht sich, das Herz läßt sich aber nicht beherrschen. Es leidet unter den Enttäuschungen dieses Lebens.

Fast hätte Karin jetzt Wasser statt der Vorzugsmilch in den Teig gegeben. Im letzten Augenblick bemerkt sie den Fehler, konzentriert sich auf ihr Rezept, besinnt sich auf die Qualitäten einer Seherin und versucht, die Energie wieder fließen zu lassen. Gwenda hat durchblicken lassen, das Rezept sei nur ein ganz grobes Maß. Karin müsse selbst fühlen, wann der Teig die richtige Beschaffenheit habe. »Selbst fühlen?!« Karin repetiert das ein paar Mal, bis es ihr selbstverständlich vorkommt. Nein, doch nicht! Selbst fühlen. Das ist ihr einfach zu unbestimmt, obwohl die Seherinnen der alten Zeit das bestimmt konnten. Gwenda sagt, wenn der Teig fast fertig ist, fühlt er sich an wie der Po deines Mannes oder auch wie dein eigener. Dann lacht Gwenda dieses selbstgefällige Lachen, das Karin noch nie mochte. Die Gwenda hatte schon immer etwas Unverschämtes an sich. Und dann auch noch dieser Vergleich mit dem Po. Einfach schamlos! Wer weiß, vielleicht ist Gwenda sogar erregt, wenn sie so etwas sagt. Karin sehnt sich nach klaren Regeln mit Mengen, Reihenfolge und Dauer der Arbeitsschritte. Nun muß sie an Berns Po denken oder an ihren eigenen, den sie nur ungern im Spiegel betrachtet. Ihr Po und ihr Gesicht, sie kommt sich wertlos vor. Einmal während der Grundschulzeit hatten andere Kinder sie Pferdegesicht betitelt, und bis heute muß sie wieder und wieder daran zurückdenken. Wenn sie diesen Körper sieht, kommt sie sich häßlich, ja fast wertlos vor. Männer finden sie vielleicht noch begehrenswert, aber das sind eben nur Männer und die wollen sowieso nur... Schnell zensiert sie dieses Wort, das sie nicht denken will. Sie verbietet es sich, denn das wäre schon die zweite Grenzüberschreitung in kurzer Zeit gewesen. Ohne zu bemerken, wie sich der Teig verändert, rührt Karin weiter, versucht wieder zur Würde einer Seherin zurückzugelangen, aber immer gleitet sie wieder ab, sieht sich nackt vor dem Spiegel stehen, vor diesem grausamen Richter, der all ihre Fehler und Unzulänglichkeiten gnadenlos zeigt. Hat Gaia sie wirklich so erschaffen? Sie versucht das Bild loszuwerden, muß aber wieder die erschlafften Brüste betrachten, von denen Bern allen Ernstes noch behauptet, er finde sie schön. Sie betrachtet ihren Po, spürt, wie sie ihn knetet, um zu erfühlen, wie sich der Teig in der Rührschüssel anfühlen muß, und ekelt sich dabei. Irgendetwas ist ganz anders bei ihr als bei den Seherinnen der alten Zeit. Ihr Blick wandert die schlaffen Hautpartien hinunter, läßt sich auch nicht von ihrer Scham verscheuchen. Sie verbietet sich jedoch jede Bewertung, bis sie erschrickt. Weit hinten aus der Ecke des Zimmers, aus dem Halbdunkel trifft ein zweiter Blick auf den Spiegel und damit auch auf ihren nackten Körper. Karin fühlt sich wie von einem Dolch getroffen. Zwar weiß sie, daß dieser Blick nicht auf sie gerichtet ist. Niemals würde Helmut es wagen, seine Tochter so zu beobachten, wie sie sich dort nackt vor dem Spiegel begutachtet. Trotzdem, der zu Boden gerichtete Blick ihres Vaters trifft sie mit glühender Hitze. »Da steht sie nun. Ist sie all mein Leid wirklich wert?« hört sie seine Gedanken fragen. Hat er nicht schon immer so gefragt? »War sie es überhaupt wert?« Karin glaubt zwar nicht, daß Helmut wirklich solche Gedanken hat bei ihrem Anblick, sie spürt aber wiederholt diese lästige Frage in ihrem Rücken. Eigentlich fühlt sie sich durch diese Frage erst wirklich nackt. »War sie mein Leid überhaupt wert?« Dieser glühende Dolch bohrt sich in Karins Fleisch und sie weiß, sie wünscht sich, der Schmerz möge lang andauern, denn er wird sonst nur wieder von neuem entfacht. Moment mal! Ist das jetzt Helmut oder ist es Magdalena? Sie weiß nicht mit Sicherheit, wer sie da aus der Ecke des Zimmers beobachtet. »Magdalena? Bist du es, Magdalena?« Karin erschrickt vor sich selbst. Da hat sie doch tatsächlich den Namen ihrer Mutter in die Dunkelheit gerufen. »Liebes Kind, du bist ja schon wieder mit dieser klebrigen Masse im Gange. Was soll denn daraus noch werden?« »Sieh nur her, das wird mein Früchtebrot. Das backe ich so wie damals, als...« Aber Magdalena kommt ihr zuvor. »Kindchen, das sehe ich doch. Natürlich! Das Früchtebrot. Wie stolz es mich macht, dich so zu sehen.« Magdalena sagt das, sieht Karin aber nicht an, kramt noch etwas in ihrer Kosmetiktasche und verliert dann schlagartig ihr mildes Lächeln. Ihr Gesicht erstarrt, ist irgendwie wächsern und bleich, bis Karin bemerkt, daß Magdalena geradeaus in Richtung Fenster schaut. »Kind, hast du schon wieder vergessen, die Fenster zu putzen? Wie sieht es denn hier überhaupt aus? Und, Moment mal? Wie siehst du denn aus? Was fällt dir eigentlich ein, so nackt hier im Zimmer herumzustehen? Schämst du dich denn nicht?« Karin reißt sich wieder hoch aus diesen destruktiven Gedanken. Das haben die in der Gruppe schon gut skizziert. Wenn solche Gedanken laut werden, dann müssen sie so schnell wie möglich erstickt werden. »Mensch, Karin, das mußt du dir nicht antun! Am besten, wir vergessen diese Halluzinationen gleich wieder.« Und das alles nur wegen der Gwenda und ihrer Dönekens, von wegen ›wie der Po deines Mannes oder wie dein eigener‹.

Die schamlose, arrogante Gwenda mit ihrem Po-Kneten würde es bestimmt auch noch toll finden, sich vor dem Spiegel zu betrachten. Bestimmt würde die sich auch noch für begehrenswert halten und es erregend finden, von hinten angestarrt zu werden. Über solche Frauen kann sich Karin den ganzen Tag ärgern. Dahinter steckt doch nichts als pure Geilheit und am Ende ist das nur wieder die Unterwerfung unter die Paschas. Da kann ihr niemand etwas anderes erzählen. Schließlich haben sie das schon mehrmals in der Selbsterfahrungsgruppe besprochen und sind zu einem endgültigen Konsens gekommen. Klar, das Thema ist ausdiskutiert. Geilheit endet immer in Unterwerfung, eigentlich sogar in Vergewaltigung. Die Paschas reden sie uns ein, wenn wir einfältig genug sind, darauf einzugehen. Gwenda ist zwar in verschiedenen Frauengruppen, aber Karin wird das Gefühl nicht los, daß sie trotz allem noch eine willfährige Sklavin des Patriarchats ist. Sie selbst dagegen kann sich real sehen, weil sie von diesen Zwängen befreit ist, und im Lichte nüchterner Betrachtung ist ihr Körper nicht schön, sondern häßlich. Frauen, die noch Sklavinnen sind, machen sich da selbst etwas vor. Gwenda ist mit Sicherheit nicht einmal die Schlimmste. Sie nervt Karin aber immer wieder mit dieser völlig unbestimmten Aufforderung, Karin müsse endlich mal lernen, sich selbst zu akzeptieren. Was denkt die denn, warum Karin auf der täglichen Andacht mit Gaia besteht und auf dem wöchentlichen Backen als Seherin. Karin fragt sich kurz, an wen sie durch all diese Gedanken noch erinnert wird. Natürlich! Klar! Die Gisela mit den teuren Klamotten aus der Boutique und dem Hohlkopf mit dem Luxus-Cabrio, die hat es nötig, sich auch noch an den Bern heranzumachen, diese geile Abspritzpuppe! Nein! Nein! Das hätte Karin nicht denken dürfen. Ach, könnte sie doch den Gedanken wieder zurückholen, wieder ungeschehen machen? Immerhin ist Gisela doch eine Frau. Vielleicht kann der noch geholfen werden.

»Du bist wirklich eine herbe Enttäuschung, Karin.« Helmut sitzt immer noch schweigend mit niedergeschlagenen Augen in der Ecke des Zimmers, und es ist so anklagend, wie er sie eine herbe Enttäuschung nennt. Was hat Helmut denn überhaupt von ihr erwartet? Was will er? Wie soll sie denn überhaupt sein, damit Helmut stolz auf seine Tochter ist? Wie soll sie sein, um etwas wert zu sein?

»Komm mir nicht schon wieder mit Magdalena!« hört sie sich in Gedanken schreien und spürt, wie sich ihre Hände zusehends verkrampfen. »Ja«, schreit sie weiter, »Ich weiß, sie ist gegangen und du bist allein mit mir zurückgeblieben. Ich weiß aber zum Teufel nochmal nicht, was ich überhaupt machen konnte. Wie hätte ich das denn ändern können? Hätte ich sie vielleicht festhalten können? Ich war damals fünf Jahre alt. Wie hätte ich denn bitteschön sein sollen? Ich bin, wie ich...« Karin ist außer sich vor Wut, aber auch vor Angst. Hat Helmut sich schon die obligatorische Träne abgerungen? Karin ist sich nicht sicher, meint aber, einen Tropfen auf Helmuts rechter Wange blitzen zu sehen. Seltsam, sonst ist es meist die linke. Vielleicht hat er es diesmal mit links nicht geschafft.

Helmut Harten blickt kurz zu Karin hoch, nur um seine Augen dann wieder zu Boden zu senken. Immerhin hält er sich nicht die linke Hand vor die Brust, so wie er es früher immer getan hat, um Karin zu zeigen, sie sei doch für sein Elend verantwortlich, sie habe doch schließlich die gescheiterte Ehe mit Magdalena auf dem Gewissen. Es gab Zeiten, da beantwortete Helmut Harten jede Meinungsverschiedenheit sofort mit der Hand auf dem Herzen. »Karin, du bringst mich noch ins Grab.« Bernward Thiele ist ihm ein Dorn im Auge. Dieser Bengel wird es noch fertig bringen, ihm seine Tochter für immer zu entführen. Aus genau diesem Grunde ist Karin mit Bernward Thiele zusammen, um für immer der Nähe zu Helmut Harten zu entfliehen. Daher hat sie auch so sehnsüchtig auf den Tag der Hochzeit mit Bernward Thiele gewartet. Glocken, ein weißes Kleid und die Blumen, aber sie wußte nur zu genau, wie wenig ihr das alles eigentlich bedeutet.

»Warum dann aber die Hochzeit?« haben ihre Freundinnen sie gefragt. Um diesen Namen endlich loszuwerden, um endlich nicht mehr Harten zu heißen, nicht bei jedem Atemzug an den Vater erinnert zu werden. Um nicht mit jedem Schritt, jedem Herzschlag gemahnt zu werden, daß sie es doch war, die die Eltern zu Feinden werden ließ.

»Ich kann diese Göre einfach nicht mehr sehen«, schreit Magdalena und knallt die Tür, als sie aus dem Zimmer rennt. Dann stößt sie die Tür wieder auf und brüllt: »Karin! Ich hatte ein Leben vor mir, Karin, ist dir das eigentlich klar? Ein Leben! Und was soll das nun sein?« In ihrer Erinnerung hat Karin keine genaue Vorstellung davon, wie oft sie sich anhören mußte, ihre Mutter sei doch zur Schauspielschule gegangen, habe also ein schillerndes Leben vor sich gehabt, wenn sie, die Karin, nicht geboren worden wäre. Und wenn das mit der Schauspielschule nicht funktioniert hätte, dann hätte der d'Angelo sie immerhin zur Modedesignerin ausgebildet. »Ein Leben, Karin! Ein echtes Leben!« Aber seit Karins Geburt sind dies alles nur noch die Träume ihrer Mutter, unerfüllte Träume, Träume, die sich niemals verwirklichen lassen. Diese Göre war nicht geplant und damit so eine Art »Betriebsunfall«, wie sich Magdalena äußerte.

Helmut Harten nimmt seine Kleine, wie er Karin nennt, in Schutz. Das tut er eigentlich immer, wenn Magdalena ihre

Wutanfälle bekommt, Karin beschimpft und wegrennt. Magdalena wirft ihm dann in Karins Gegenwart vor, er sei doch bestenfalls ein erbärmlicher Jammerlappen. »Ihr seid wirklich ein tolles Paar, du und deine Kleine. Ihr haltet zusammen, nicht wahr? Am besten, ich koche und mache sauber für euch. Oder noch besser, ich verdiene auch noch das Geld für den Jammerlappen und seine kleine Prinzessin.« Dann schaut sie Helmut verächtlich an, so aus den Augenwinkeln, als habe sie es mit einer minderwertigen Kreatur zu tun, und wenn er sich an sie wendet, kommt sie ihm zuvor, »Komm mir jetzt bloß nicht mit deinem abgedroschenen ›Ach, liebe Magdalena‹. Das hat vor Jahren zum letzten Mal gezogen, als ich noch dumm genug war, auf deine hohlen Sprüche hereinzufallen. ›Ach, liebe Magdalena‹ wenn ich das schon höre.« Karin sieht Magdalena aus dem Zimmer laufen, erlebt diese Szene wieder und wieder, bis sie zu einer sich ewig wiederholenden Schleife wird. Magdalena läuft weg, kommt wieder, schreit den Helmut und sie an, Helmut nimmt sie schützend in die Arme, bis Magdalena irgendwann wegläuft und nicht mehr zurückkommt. Danach läßt sie sich für Jahre nicht mehr sehen, bis sie nach Karins zwanzigstem Geburtstag plötzlich wieder da ist. »In Gedanken war ich doch immer bei dir, das weißt du doch.« Sie verzieht ihr Gesicht zu einem gestellten Lächeln und fügt hinzu: »Liebes Kind, du kennst mich doch. Ich bin zwar etwas derb, habe aber ein gutes Herz.« Karin lächelt, aber der Schmerz bleibt und Helmut schaut schon seit Jahren traurig zu Boden.

Noch heute hört Karin die Tür knallen, die ihre Mutter ins Schloß wirft, als wollte sie, daß sie mitsamt der Zarge aus der Wand bricht. Helmut nimmt ihre Hand, schaut bestürzt zu Boden und Karin weiß nur zu genau, was jetzt kommt. Helmuts Hand wird sich in Richtung Brust bewegen, genau dorthin, wo sich der Herzinfarkt abzeichnet. Er wird eine Weile bestürzt zu Boden schauen, sich dann mit Mühe eine Träne aus dem Auge zwingen. Kaum läuft die Träne, diese eine, die er sich abgerungen hat, seine Wange hinunter, so wird er abrupt und stolpernd einatmen, so als wäre dies sein allerletzter Atemzug. In der Mitte des vermeintlich letzten Atemzuges kommt es zu einem Stillstand, der da sagt: »Sieh her, vernichtender Schmerz ergreift mich. Sieh her!« Und Helmut wird dann erneut die linke Hand im Krampf zu seinem Herzen führen, um die Vorführung zu einem Gesamtstück zu vervollständigen.

Karin versteht in solchen Augenblicken, wie groß sein Opfer für sie war, welchen unermeßlichen Schmerz der Helmut für sie erlitten hat.

Heute ist ihr natürlich aus den Rollenspielen vieles klar geworden, aber die Schuld lastet trotzdem weiter auf ihr. Denn das ist Liebe, für seine Kleine hat Helmut Harten das altersschwache Herz geopfert, diesen vernichtenden Schmerz auf sich genommen.

Später lernt Karin bei einem Erste-Hilfe-Kurs, wie sehr die ersten Anzeichen eines Herzinfarkts von Vernichtungsgefühl begleitet sind, fragt sich dann, wie es möglich ist, daß ihr Vater wieder und wieder die Vorboten spürt, ohne daß es schließlich zum Durchbruch des Infarkts kommt. Sie verbannt den Gedanken aber sofort aus ihrem Bewußtsein, denn das kann sie dem Helmut nicht antun. Nein! Das hat er nicht verdient! Der Helmut liebt sie schließlich. Irgendwo hat Karin vor Jahren ein Zitat gelesen. Jemand hat mal gesagt, wer nicht mit Stärke regieren kann, der versuche es mit Schwäche. Schnell zensiert sie diesen bösartigen Gedanken, denn es wäre unfair, Helmuts Leid einfach so abzutun, schließlich leidet er ja wirklich.

Und als die Hochzeitsglocken läuteten, ist sie den Namen Harten los für immer und endgültig, jedenfalls dachte sie das, wünschte sozusagen, es werde jetzt endlich wahr. Aber Helmut Harten bringt sich bestens in Erinnerung. Nachmittags sitzt er im Café Cupola in der Shopping-Mall, denn er weiß, mindestens ein- bis zweimal pro Woche muß die Familie Thiele hier vorbeikommen, und dann wäre es doch angemessen, wenn sie den Nachmittag mit ihm verbringt, anderenfalls könnte sich ein Herzinfarkt andeuten, eventuell sogar mit starken Krämpfen. Vom Café Cupola aus kann Helmut Harten den größten Teil der Shopping-Mall überblicken. Die Thieles sehen ihn hinter jeder Säule der Mall lauern, wenn sie sich entschließen, einen Einkaufsbummel zu machen. »Karin, du bist immer wieder eine herbe Enttäuschung«, Helmut Harten hält inne, atmet schwer, denn er weiß, das wirkt noch immer auf seine Tochter. Damit kann er sie in die Knie zwingen. Sie wäre niemals fähig, sein offen zur Schau getragenes Leid zu ignorieren. »Immer wieder eine herbe Enttäuschung.« Früher hat er sich die linke Hand demonstrativ vor die Herzgegend gehalten.

Während einer der vielen Gruppensitzungen hat Karin herausgearbeitet, daß es sich um ungerechtfertigte Schuldgefühle handle, aber dieses Wissen nützt ihr nichts, wenn Helmut es wieder darauf anlegt, ihr Mitleid zu erregen. »Fast wie die Würmer, die sich durch eine Leiche fressen«, denkt Karin, fühlt sich aber unwohl dabei, denn schließlich meint der Helmut es ja nicht böse. Nichts würde der Helmut unversucht lassen, um ihrer wieder habhaft zu werden. Bei diesen Gedanken ist ihr, als wäre Bernward Thiele ihr Retter aus Schuld und Unterdrückung, eben so eine Art sanfter Märchenprinz.

Karin vermengt jetzt die Früchtestücke mit dem Teig, knetet den Teig, versucht dabei aber nicht an Gwendas Ratschlag zu denken. Der Teig fühlt sich klebrig an, irgendwie weich und naß. Das ist ihr schon immer widerlich gewesen. Die ökotrophologischen Kochbücher betonen zwar, daß dieses Gefühl eine Art Balsam für die Seele ist, aber Karin spürt ihren Widerwillen. Widerwillen gegen die Nähe, gegen die Berührung. Überhaupt, das fühlt sich fast an wie Haut an Haut und dann auch noch naß. Männer finden das bestimmt toll. Dann kommen sie sich potent vor, denkt Karin, verbannt den Gedanken aber gleich wieder. Wer weiß, wohin sie solche Gedanken zwei Runden später noch führen?

Karin besiegt ihren Widerwillen, knetet, bis sie meint, der Teig fühle sich so an, wie in dem Kochbuch ›Hüls und Kern habe ich so gern‹ beschrieben. Wenn Bern sie so sehen würde, der käme bestimmt gleich auf penetrante Gedanken. »Sieh mal, die Karin knetet und der Teig ist klebrig und naß.« Die Autoren von ›Hüls und Kern hab ich so gern‹ hätten doch wenigstens eine Rührmaschine als konform erlauben können.

Die Tür wird vorsichtig geöffnet. Im Halbdunkel der Türzarge steht Bernward Thiele, lächelt verständnisvoll, denn er weiß, daß Karin sich ekelt. »Du, Karin, laß mich mal ran, dann brauchst du dir das nicht anzutun. Es geht ja nur um die Knetarbeit.«

Karin sieht Bernward Thiele entrüstet an. »Euch Männern fehlt einfach jede Form von Empathie. Du weißt doch sehr gut, daß es hier um etwas Ganzheitliches geht. Ich kann nicht einfach einen Teil der Tätigkeit in Männerhände legen, nur weil er mir nicht so liegt.«

Bernward Thiele ist sich nicht sicher, wie er sie jetzt ansehen soll, entscheidet, sich dann für eine fragende Mimik. »Du, Karin...«

»Ist gut, ich kann mir schon vorstellen, was jetzt kommt. Du wolltest nur helfen, aber das ist es ja gerade. Wenn du wüßtest, was ich eben in der Selbsterfahrungsgruppe über das versteckte Machotum in unserer näheren Umgebung gelernt habe. Und da glauben wir doch teilweise wirklich, wir leben in einem modernen Land. Die Hedda hat uns ausführlich klar gemacht, wie wir uns von dieser Unterdrückung abgrenzen und als Frauen bestehen müssen. Und dazu gehört auch, unliebsame Hilfe abzulehnen.«

Karin knetet weiter, denn dies ist ihre Seherinnenstunde, ihr Teig. Sie ist die Seherin, die das Früchtebrot zubereitet. So etwas kann sie nicht einfach abgeben.

19:30 FAMILIENRAT

Bernward Thiele hilft beim Auspacken der Lebensmittel, die noch nicht für das Früchtebrot verbraucht wurden, bis ihm klar wird, daß Karin versäumt hat, das gute Vollkornbrot der Bäckerei Süßkorn mitzubringen. Ihm kommt der Gedanke, er könne auch das andere Brot essen, dann aber schießt unvermittelt Wut in ihm hoch. Er spürt, wie sein Kopf sich rötet, wie seine Adern pochen und er atmet stoßweis. »Moment! Hast du das Brot gekauft?«

Karin sieht ihn verständnislos an, bis sie versteht, worauf er hinaus will, setzt dann die Sieh-ihn-verständnisvoll-an-Maske auf und erwidert: »Hast du vergessen, Bern, daß ich mit dem Fahrrad einkaufen fahre? In einen Fahrradkorb bekomme ich eben nicht alles hinein. Wenn ich bequem mit dem Auto einkaufen würde, dann könnte ich natürlich deutlich mehr mitbringen, für meine Paschas hier zuhause. Aber ich tu eben etwas für Mutter Erde. Mir ist der Schoß, der das Leben spendet, eben wichtig.«

Bernward Thiele spürt, wie er schon wieder in die Enge getrieben wird, macht aber noch einen Versuch, sein Recht auf ein anständiges Bio-Brot zu verteidigen. Als ob er nicht den ganzen Tag gearbeitet hätte und überhaupt, was will die denn von ihm. Ihretwegen, nur weil sie zu Gaia betet, hat er sich doch im vorletzten Konsens bereit erklärt, mit dem Fahrrad zu seiner zwanzig Kilometer entfernten Arbeitsstelle zu fahren. Was hat sie denn überhaupt zu meckern, die blöde... Bernward Thiele verbietet sich, den Satz zu Ende zu denken. »Karin«, hebt er mit bedrohlicher Stimme an und fährt dann fort, »ich erfülle hier meine Pflichten, und dafür erwarte ich, daß auch du deinen Anteil vollständig erfüllst.«

Karin verspricht ihm, morgen sein Lieblings-Biobrot mitzubringen, und Bernward Thiele beruhigt sich wieder. Justus kommt herunter in die Küche, um seinen Becher in die Spüle zu stellen, grinst seine Mutter kurz an, wendet sich wieder zum Gehen und sagt noch: »Hallo Karin, alles klar?«

Dann verschwindet er wieder in seinem Zimmer. Karin macht sich an die Arbeit mit dem Abendessen, einem Dinkelbrei mit Bio-Gemüse, den sie schon seit langem ausprobieren will. Bernward Thiele geht ihr zur Hand, nennt sie einmal Schatz, dann wieder Karin. Irgendwann kommt er dann auf Justus zu sprechen, berichtet ihr von Justus' Kritik, die ganz offensichtlich von diesem neuen Rattenfänger im Gymnasium hervorgerufen wird. Schnell sind sie einer Meinung, haben sich darauf verständigt, diesen Lehrer in seine Schranken zu verweisen. Das geht ja nun wirklich gar nicht, die Kinder der Klasse gegen ihre Eltern aufzubringen. Was fällt dem überhaupt ein, mit seinen Schülern über deren familiäre Situation zu reden. Die sind in der Schule, um zu lernen, nicht, um beichten zu müssen, wie ihre Eltern sie erziehen. Karin ist sich schon nach einigen Minuten sicher, daß sie Mitstreiterinnen finden wird, die ihr schnell behilflich sein werden, neue Grenzüberschreitungen zu verhindern. Bernward Thiele sieht seine Frau dankbar an, wobei er versucht, noch etwas Lächeln in den dankbaren Gesichtsausdruck hineinzumischen. Wie gut, so sagt er sich, daß Karin eine so streitbare, furchtlose Frau ist. Sie wird den Konsens außerhalb der Familie genau so gut durchsetzen wie auch innen. Bestimmt wird Karin schon morgen bei der Schulleitung anrufen und die Sache zur Sprache bringen. Nicht, daß Bernward Thiele dafür zu feige ist, aber es ist ihm doch recht, daß sie sich darum kümmert, so daß er den Rücken frei hat für diese furchtbaren Fälle, mit denen er sich jeden Tag abmühen muß. Bernward und Karin Thiele sprechen jetzt kaum noch ein Wort miteinander. Nicht, daß ein Mißklang zwischen ihnen wäre, nein, sie sind aufeinander abgestimmt, und das gilt auch für die Zubereitung des Abendessens. Irgendwann hatten sie einen Kollegen mit Migrationshintergrund zu Besuch. Der fühlte sich unwohl, meinte sofort, da stimme etwas nicht in der Beziehung, es fühle sich alles so kalt an, aber die beiden erklärten ihm, daß es sich bei ihrer Ehe um eine reife Beziehung handle und daß sie den stillen Respekt des jeweils anderen genießen. Der Kollege hat sich dann sogar dazu verstiegen, zu behaupten, daß sei doch alles nur Flucht aus echter Kommunikation. Wie gut, daß sie es besser wissen! Der Dinkelbrei und das Gemüse sind bald fertig, und die Thieles können sich nach dem anstrengenden Tag einem gemütlichen und friedvollen Abendessen hingeben. Justus kommt wie von Geisterhand gerufen in die Küche, setzt sich zu seinen Eltern und schweigt. Ein Gebet wird nicht gesprochen, da sich die Thieles noch nicht auf einen Konsens darüber geeinigt haben, was die Religion der Familie betrifft. Die Stille, mit der sie sich anschauen, macht aber ein Gebet aus dem Beisammensein.

Da es sich nicht gehört, mit vollem Mund zu sprechen, essen die Thieles kurz nach sieben still und in gegenseitigem Respekt ihren Dinkelbrei. Nach dem Abendbrot wird Familienrat abgehalten. Im Familienrat kann jeder der Thieles seine Probleme und Wünsche vorbringen, und dann bemühen sie sich zusammen, zu einem friedlichen Konsens zu kommen. Heute steht das Thema schon fest. Auch Justus, der das Gespräch seiner Eltern nicht mitgehört hat, weiß aus Erfahrung, daß ein Lehrer, der Kritik in die Familie bringt, natürlich oberste Priorität im Familienrat hat.

Karin setzt bedächtig ihre Jetzt-wird-es-ganz-ernst-Maske auf und blickt Justus so ernst an, wie sie kann. Bernward Thiele versucht, es ihr nachzumachen, schafft es aber nicht, die Maske in so kurzer Zeit so perfekt zu generieren.

»Justus, die Welt ist oft nicht so, wie sie uns erscheint«, beginnt Karin mit eindringlicher Stimme. »Vieles, das dir vormacht zu helfen, ist in Wirklichkeit nur eine Falle für dich und für uns.« Dann sieht sie Justus noch eindringlicher an und fragt: »Ich denke, daß du das bereits verstehst, oder soll ich noch genauer werden?«

Justus muß sich etwas besinnen und sagt dann zu seinen Eltern: »Ich finde nicht, daß Herr Schrader Fallen für uns Schüler auslegt. Er will uns einfach nur ermöglichen, etwas mehr über uns selbst zu erfahren, und das ist doch ganz richtig für einen Philosophie-Unterricht. Ansonsten würden wir dort ja nur auswendig lernen. Wir haben über die Themen Menschenwürde und Selbstsein gesprochen. Irgendwann diskutierte Stephan dann die Unterdrückung der Gefühle. Wir sprachen dann über das Thema ›Artikulation von Gefühlen‹. Nach langer Zeit dachte ich wieder an Opa und daß ich mich nicht von ihm verabschieden durfte. Das hat mich traurig gemacht.«

Für einige Sekunden weiß Karin nicht mehr, welche Maske sie noch aufsetzen soll. Um besser insistieren zu können, entscheidet sich dann für die Justus-du-weißt-nicht-was-du-tust-Maske und fährt dann fort: »Ich glaube, dir ist gar nicht klar, wie sehr diese Diskussionen unseren Familienfrieden gefährden.«

»Ihr redet immer vom Frieden. Aber ihr meint immer wieder euren Frieden.«

Karin ist erschrocken und wechselt ernste Blicke mit Bernward Thiele. Sie hat nicht vermutet, daß Justus sich dem Familienfrieden so heftig widersetzen würde. Das hat alles dieser Herr Schrader verursacht, der den Schülern der Klasse Flausen in den Kopf setzt. Justus sieht die beiden an und startet dann den zweiten Versuch, seine Sichtweise darzustellen. »Ihr werft mir vor, ich würde den Familienfrieden mißachten. Aber es ging nur darum, daß ich nicht auf Opas Beerdigung war. Nur das habe ich kritisiert. Darf ich keine Kritik üben?«

»Na klar darfst du Kritik üben«, mischt sich Bernward Thiele ein, »wir sind eine aufgeschlossene Familie. Da gehört Kritik mit dazu.« Und er grinst seinen Sohn kurz an, fährt dann fort: »Aber dieses Thema ist, wie du gut weißt, ausdiskutiert. Du erinnerst dich sicher daran, daß wir da zu einem eindeutigen Konsens gekommen sind.«

»Mit fünf Jahren konnte ich nicht widersprechen«, kontert Justus und setzt hinzu: »Ihr wißt genau, daß ein Konsens mit einem Kleinkind von vornherein ungültig ist.«

Karin hat mittlerweile ihre Jetzt-erlaube-ich-keine-Wider-rede-Maske aufgesetzt und zeigt mit dem Finger auf Justus, so daß eine Stille im Raum entsteht. »Justus, das ist jetzt das letzte Mal, daß ich dir unsere Gründe erläutere. Du warst damals fünf und die Literatur zu diesem Thema sagt eindeutig, daß du vom Anblick deines sterbenskranken Großvaters oder gar vom Anblick der Leiche und der Beerdigung stark traumatisiert worden wärest. Du glaubst mir das jetzt einfach mal, denn wir hatten uns damals gut informiert und wirklich alles gelesen, was es zu diesem Thema zu lesen gibt.«

Aber Justus kontert noch einmal. »Und wie ist das mit den Menschen in Gemeinschaften, in denen es ganz normal ist, daß die ganze Familie sich von einem Sterbenden verabschiedet? Wie ist das mit den Menschen in den ausländischen Großfamilien? Die kennen das gar nicht anders. Der Kemal aus meiner Klasse meint, so etwas habe er noch nie gehört, daß man ein Kind von seinem Opa fernhält, der im Sterben liegt. Versteht ihr, das hat er noch nie gehört.«

»Der Kemal aus deiner Klasse ist hier nicht unser Maßstab. Wir lassen den und seine orientalische Großfamilie einfach so weitermachen wie bisher. Dein Vater und ich, wir sind gut ausgebildete Pädagogen und haben es weiß Gott nicht nötig, uns an Kemal und dergleichen zu orientieren.«

Justus schaut jetzt auf den Küchentisch vor sich, versucht tief zu atmen, aber es gelingt ihm nicht. Sein Atem ist flach und ruckartig. Dem gutmeinenden Blick seiner Eltern weicht er aus, soweit es möglich ist. Er kann es nicht mehr ertragen, im Alter von sechzehn Jahren noch gütig bevormundet zu werden. Ein weiterer Gedanke an Opa, von dem er sich damals vor elf Jahren nicht verabschieden durfte, flammt in ihm auf, und kaum ist der Lichtschein dieses traurigen Gedanken an seinen Opa, an dessen Krankheit und an diese verzweifelte Unerreichbarkeit vergangen, spürt er ein gewaltiges Zucken in seinen Muskeln. Fast hätte er sich auf die Zunge gebissen. Das Zucken ist da gewesen und er weiß nicht, ob seine Eltern es bemerkt haben. Hoffentlich konnte er es noch unterdrücken. Gerade jetzt, da er mit seiner Meinung schon wieder unterdrückt worden ist, kann er sich unmöglich eine Blöße geben. Also nimmt er seine letzte Kraft zusammen, schaut widerwillig nochmals in die beiden wohlmeinenden Gesichter dieser Eltern, die so gern Gutes für ihn tun, und sagt: »Ich hätte mich gern von Opa verabschiedet, und auch, wenn ich dann sehr traurig gewesen wäre, so hätte ich ihn doch noch ein einziges Mal in die Arme schließen können.« Dann ringt er mit kurzem Atem nochmals nach Luft und ergänzt: »Und ich bin auch der Meinung, daß Herr Schrader recht hat, wenn er sagt, daß es mein Recht war, meinen Opa noch einmal in die Arme zu nehmen und bei der Beerdigung dabeizusein, um Abschied zu nehmen. Ja, das wäre mein Recht gewesen, nicht die Sprüche aus euren Büchern.« Tränen stehen jetzt in Justus' Gesicht, und er sieht nicht mehr seine Eltern, nicht mehr den Küchentisch, nur noch die seit Jahren verblichenen und verschwommenen Züge seines Opas. Dann fährt eine stärkere, dieses Mal wahrscheinlich deutlicher sichtbare Zuckung durch seinen Körper, und er meint kurze Zeit später einen Blickwechsel seiner Eltern zu bemerken, der darauf hindeutet, daß die Zuckung auch ihnen nicht verborgen geblieben ist.

Karin hat die Disziplin-Masken mittlerweile abgestreift und die Oh-wie-furchtbar-Maske aufgesetzt, so daß Bernward Thiele wieder mit etwas Neid registriert, wie schnell und gekonnt sie ihre Masken wechselt. Ach, hätte er das nur so gut gelernt! Wie sehr ihm doch die Oh-wie-furchtbar-Maske zu beruflichen Vorteilen verholfen hätte! Aber immerhin macht auch er ein betroffenes Gesicht und schaut ernst und streng drein, bis Karin das Wort ergreift, nachdem sie ihre Maske zu einer Ja-was-sollen-wir-denn-jetzt-überhaupt-noch-machen-Maske verfeinert hat.

»Bern«, sagt sie mit künstlich bebender Stimme, »siehst du, was dieser werte Herr Schrader unserem Sohn angetan hat? Siehst du das? Unser Justus war am Morgen noch ein glücklicher Gymnasiast, der sich auf die Schule und seine guten Zensuren freute. Und jetzt?«

Justus unterdrückt seine Tränen, denn er weiß, daß seine Eltern dafür nicht empfänglich sind. So wie er aber die letzten sich anbahnenden Tränen unterdrückt hat, beginnt seine Seele zu weinen. Sie schreit nach Liebe, ringt nach Luft und Freiheit, versucht, Ketten und Fesseln zu sprengen, und Justus, der seine Eltern nicht mehr sieht, da er durch den Schleier der Welt die Wahrheit dahinter erblickt, dieser Justus hört im Unterricht Herrn Schrader sprechen.

Der Klassenraum liegt im Dämmerlicht des März-Morgens und Herr Schrader erklärt der Klasse, aus welchem Grund in seinem Unterricht niemand die Philosophie kategorisieren und auswendig lernen muß.

»Nur gelebte Philosophie ist auch wirklich Philosophie. Wenn Sie hier lernen, erreichen Sie nichts. Leben Sie aber das, was ich Ihnen hier näherbringe, dann kommen Sie zu sich selbst und damit zur Philosophie.« Die Schüler der Klasse, Justus, der Primus allen voran, fragen Herrn Schrader, wie sie denn leben können, was sie hier sehen und hören. Herr Schrader sagt, sie sollten sich im Leben immer dann, wenn sie vor einer Entscheidung des Herzens stehen, an das erinnern, was sie hier hören, und Justus denkt an die vor kurzem noch gelesenen Worte von Nietzsche. »Ermüdet sehe ich dich durch giftige Fliegen, blutig geritzt sehe ich dich an hundert Stellen; und dein Stolz will nicht einmal zürnen.« Er weiß nicht, was das mit ihm zu tun hat, fühlt aber die Ermüdung, spürt die blutigen Ritzen voller Gift. Die Worte seiner Eltern dringen nur noch wie durch Wasser an seine Ohren. Wie ein Blubbern nimmt er ihre Ermahnungen wahr, läßt sie aber für diesen kurzen Augenblick der Wahrheit nicht an sich heran, sieht klar durch den Schleier der Welt hindurch. Justus sieht, denkt und hört jetzt in sich hinein, weiß plötzlich, daß er niemals das sein will, was er sein soll. Dann spricht Herr Schrader weiter, sagt, Zweck der Philosophie sei, allen zu ermöglichen, ab und zu mal sich

212

selbst im Licht der Wahrheit zu sehen. Die Schüler hören Herrn Schrader ungläubig zu und er erzählt ihnen eine traurige Geschichte von einem Liebespaar, das sich trennen muß, weil Eltern und Umgebung beiden suggerierten, sie gehörten der anderen Seite an. Herr Schrader berichtet weiter, wie die Liebenden sich trennten, dann im Rahmen ihrer Umgebung je eine Familie gründeten, aber innerlich für viele Jahre an ihrer verzweifelten Liebe krankten. Viel später, so sagt Herr Schrader dann, kamen beide im hohen Alter wieder zusammen, und einigen der Schüler laufen Tränen über die Wangen. Zwar kann Justus sich nicht vorstellen, jemals in eine Frau so verliebt zu sein, aber er ist trotzdem sehr erregt, und wie so oft seit dieser Stunde repetiert Justus auch jetzt wieder Nietzsches Zarathustra. Immer wieder liest er in Gedanken den Abschnitt ›Von den Fliegen des Marktes', und es kommt ihm vor, als höre er den Zarathustra selbst leibhaftig sagen: »...Blut möchten sie von dir in aller Unschuld, Blut begehren ihre blutlosen Seelen – und sie stechen daher in aller Unschuld. Aber du Tiefer, du leidest zu tief auch an kleinen Wunden...« Dann sieht er wieder die Trauer in den Gesichtern seiner Mitschüler, denkt an die ewige Liebe zu einer Frau, die er gar nicht nachempfinden will, hört seine Eltern. »Und die Literatur zu diesem Thema sagt eindeutig, daß du vom Anblick deines sterbenskranken Großvaters oder gar vom Anblick der Leiche und der Beerdigung stark traumatisiert worden wärst.« Dann hört er wieder den donnernden Klang der Stimme des Zarathustra. »Hüte dich aber, daß es nicht dein Verhängnis werde, all ihr giftiges Unrecht zu tragen!« Justus meint, er werde gleich in Tränen ausbrechen, hört dann noch einmal seinen Vater. »Du, Justy, du hältst dich bitte an den Konsens. Wir haben das alles schon mehrmals ausdiskutiert.« Wie eine Glocke, deren Klang das Gehirn erschüttern läßt, so laut hört Justus den Kleinkindernamen Justy, »...ach komm, Justy, du hast keine Chance...«, hört immer wieder die Worte ›Konsens‹ und ›ausdiskutiert‹, und ihm ist, als versinke er in tiefe Nacht, als werde er zu einem Vampir, der sich für immer am Tage in seinem Sarg verstecken muß und nie das Licht der Wahrheit erblicken darf. Dann aber schafft er es noch ein einziges Mal, ein letztes Mal, die Stimme des Zarathustra zu hören, die ihm jetzt mit der Helligkeit der Sonne sagt: »Weil du milde bist und gerechten Sinnes, sagst du: ›unschuldig sind sie an ihrem kleinen Dasein.‹ Aber ihre enge Seele denkt: ›Schuld ist alles große Dasein.‹« Und Justus weiß für einen Augenblick, seine Eltern sind die kleinsten der Kleinen, sieht den Verrat im Licht eines Blitzes aufleuchten, die Halbherzigkeit, die Leere und die Falschheit dieser kleinen Idylle in grauer Ödnis. Aber Justus weiß auch, sein Aufstand ist gescheitert, denn die Truppen des Imperiums haben ihn besiegt, also kann er sich nur noch unterwerfen. Er weiß, daß er das Licht nicht wiedersehen darf. Die Kräfte verlassen ihn, und er sinkt in die Nacht der Unterwerfung.

Als Justus wieder auftaucht, den Küchentisch, seine Eltern und ihre entsetzten Blicke wahrnimmt, weiß er nicht, für wie lange er sich innerlich entfernt hat.

»Furchtbar, entsetzlich! Siehst du nur, Bern«, hört Justus seine Mutter sagen, »unser Sohn ist ganz apathisch geworden, nachdem er diese kranken Ideen inhaliert hat. Herr Schrader ist dabei, mit aller Kraft unsere Familie zu zerstören! Bern, ich rede mit dir!« Bernward Thiele muß zuerst nach Luft schnappen, bevor er sich wieder sammelt. Dann sucht er nach Worten für das Unaussprechliche, kramt verstaubte Floskeln hervor und verzieht seine Gesichtszüge, so gut es eben geht, in Richtung tief betroffen. »Wahnsinn!« sagt er dann, »Wahnsinn, was ein aufrührerischer Lehrer in so kurzer Zeit zerstören kann. Wir sind Kritik immer zugänglich, aber das hier ist einfach perfide.« Dann richtet er sich an seinen Sohn. »Justy, da kannst du von viel Glück reden, wenn du da wieder heil rauskommst.«

Karin quetscht eine halbe Träne aus ihrem rechten Auge, um den Anschein der Betroffenheit zu verstärken. Dann setzt sie die Oh-welch-ein-Unglück-Maske auf und stottert:

»Justus, das müssen wir uns nicht gefallen lassen. Das hast auch du nicht verdient. Gegen den werden wir jetzt mit aller Entschiedenheit vorgehen. Vertrau mir, den mußt du nicht länger ertragen, den Herrn Schrader.«

Justus beginnt zu zucken, versucht aufzustehen und der Szene in der Küche zu entgehen, aber bei den ersten Schritten überfallen ihn so schwere Zuckungen, daß er nicht weitergehen kann und zuerst auf die Knie, dann ganz auf den Boden fällt. Heftige Spasmen durchfahren seinen Körper, er will schreien, aber die Schreie verlassen die Kehle nicht, sie bleiben stecken, daß er glaubt, daran ersticken zu müssen. Karin hält sich die Handfläche an die Schläfe, als könne sie das Unglück, das sich ihr zeigt, nicht glauben. Bernward Thiele steht auf, geht einen Schritt auf die Stelle zu, wo Justus sich auf dem Boden der Küche wälzt, macht eine Handbewegung, die zeigen soll, man könne jetzt nur warten, bis der Anfall vorbei sei, und doziert dann trocken: »Das hat alles keinen Sinn, Karin! Wir brauchen jetzt echte Hilfe.«

Justus wälzt sich weiter auf dem Fußboden. Krächzend und kaum verständlich stößt er Halbsätze aus: »Was habe ich euch getan? Was habe ich euch... Arrrgh, Rrrrr... Arrgh, ihr dreckigen...« Dann läßt er wieder eine dieser blitzartigen Zuckungen durch seinen ganzen Körper gehen, dreht und wälzt sich und stottert weiter: »Ihr Schweine! Warum habt ihr mir das immer wieder angetan?« Er wiederholt sich: »Ihr Schweine! Warum habt ihr mir das immer wieder angetan?«

Seine Eltern sehen sich ratlos an. Haben denn wirklich alle pädagogischen Mittel versagt, alle Mittel aus den Kursen, der Literatur und die guten alten pädagogischen Mittel? Karin ist mit den Nerven am Ende und stammelt selber. Bernward Thiele kann nur Fetzen verstehen. Es geht um die Frage, warum sie keine Hilfe bekommen und warum Herr Schrader ihre Familie zerstört.

»Ruf endlich den Dr. Jäger, damit er unserem Justus eine medikamentöse Therapie verschreibt. Ja, will uns denn niemand helfen?«

»Den habe ich angerufen. Du kannst dir nicht vorstellen, wie dumm der mir gekommen ist. Der fing gleich wieder mit dem alten Lied von der systemischen Familientherapie an.« Karin gackert gekünstelt auf: »Natürlich, wir sind ja auch eine von diesen Problemfamilien, die so etwas brauchen. Das soll er lieber mal den Familien anbieten, bei denen man vom Fußboden essen muß und bei denen Kinder mißbraucht werden, aber nicht uns. Wir müssen unbedingt einen echten Arzt finden.«

Bernward Thiele erinnert sich für einen Moment an die Szene in dem weißen Zimmer hinter dem Korridor, entscheidet sich dann aber, diese Traumsequenz vor Karin geheimzuhalten. Karin hat bemerkt, daß er überlegt, und fragt in herrischen Ton: Was ist, woran hast du gerade gedacht? Komm zur Sache, hat er dir das Medikament oder das Rezept gegeben?«

»Nein, er beharrte bis zum Schluß auf der systemischen Therapie.« Bernward Thiele erinnert sich nicht mehr daran, daß er noch vor zehn Stunden bereit war, seinen Sohn zeugungsunfähig zu machen, um das Bild der Familie zu verbessern. Es war ja nur ein Traum oder ein Tagtraum.

»Dann ist er ja genau so ein Rattenfänger wie der Herr Schrader. Von was für Leuten sind wir nur umgeben! Also Bern, gleich morgen werde ich Kontakt zu einem seriösen Arzt aufnehmen, der unserem Justus helfen wird.«

»Klar!« Bernward Thiele faßt sich an den Kopf: »Da müssen wir ganz schnell was machen. Das geht so gar nicht. Den Arzt kann ich ja suchen, und du wirst in der Schule gegen Herrn Schrader vorgehen. Ich denke, das kriegen wir hin.«

»Da werden wir aber einiges gegen den Schrader zusammentragen müssen, damit ich gute Argumente habe, denn die werden sicher kein Verständnis für unseren Familienrat hier in der Küche haben.«

»Nee, klar, aber ich denke, da wirst du nicht lange suchen müssen. Da kannst du einfach vorbringen, daß Philosophie-

Unterricht nicht zur Zerstörung von Familien bestimmt sein kann, sondern einfach nur, damit die Schüler die Philosophie des Abendlandes kennen lernen.«

»Ja, welches Thema haben die denn überhaupt im Unterricht besprochen, daß daraus so etwas wird?«

»Die haben Nietzsches Zarathustra besprochen.«

»Ist das dein Ernst, Bern? Nietzsche? Und das erfahre ich jetzt erst?«

Karin funkelt Bernward Thiele grimmig an.

»Du, Karin, ich habe das selbst erst vorhin erfahren.«

»Ist dir klar, daß das ein Verrückter und ein Frauenfeind war? Weißt du, was der geschrieben hat?«

»Ich habe noch nicht wirklich viel von ihm gelesen.«

»Das wirst du auch nicht. Der ist nämlich allgemein als Frauenfeind bekannt, weil er proklamierte ›wenn du zum Weibe gehst, vergiß die Peitsche nicht‹. Ja, ich sehe, da lächelt ihr Machos!« schreit Karin, wobei Bernward Thiele nicht klar ist, ob sie nur ihn oder auch Justus meint. »Aber mir kommt so etwas nicht ins Haus, und das darf auch nicht unterrichtet werden. Hätte ich das gewußt, ich wäre schon viel früher eingeschritten.«

Karin strahlt auf, weil sie bei dieser Gelegenheit ihre profunden Philosophie-Kenntnisse in das Gespräch eingebracht hat, und zeigt mit dem Finger auf Bernward Thiele, nachdem sie die Keine-Widerrede-Maske aufgesetzt hat, um klarzustellen, daß dieses Thema ausdiskutiert ist.

Bernward Thiele nickt und stöhnt: »Wahnsinn, was der in so kurzer Zeit alles zerstört hat. Ich kann es kaum glauben.«

Noch einmal bäumt sich Justus anklagend auf: »Ihr Schweine! Warum habt ihr mir das immer wieder angetan?«

»Da siehst du mal, du vorlauter Bengel«, schreit Karin jetzt Justus an, obwohl sie weiß, daß er sie in diesem Zustand nicht versteht, »was der Herr Schrader unserer Familie mit seinen Nietzsche-Weisheiten angetan hat.«

20:00 BRUDER

Immerhin gut, jetzt sind sie auch das Problem mit diesem unseligen Herrn Schrader angegangen. Allmählich kommt auch Bernward Thieles Puls wieder zur Ruhe, so daß er nicht dauernd seinen eigenen Herzschlag spüren muß. Er schließt seine Augen, atmet gleichmäßig ein und aus, beruhigt sich weiter, bis er glaubt, den Frieden des Abends wieder zu spüren. Ob er noch etwas meditieren soll? Wie ist das noch, mit den Anleitungen aus dem Kurs? Einige Atemzüge denkt er mit geschlossenen Augen an einen Sonnenuntergang, aber er kann das Bild nicht fixieren. Es schieben sich die Szenen vom Familienrat vor die Landschaft. Justus wälzt sich schreiend auf dem Boden, Karin zeigt mit dem Finger auf ihn. Mann, Mann! Warum der Justus sich da so verrannt hat? Will er nicht einsehen, daß er höchst infantil gegen den Konsens rebelliert? Immerhin hat die Karin ihm unmißverständlich bewußt gemacht, wo hier zuhause die Grenzen sind. Auch ein weiterer Versuch, eine harmonische Szenerie, dieses Mal eine Blumenwiese, zur Meditation zu visualisieren, mißlingt Bernward Thiele. Er hört den Justus Nietzsche rezitieren. Das hat heute wohl keinen Sinn mehr. Am besten die Augen öffnen und einen Gegenstand fixieren. Bernward Thiele versucht sich zu entspannen, indem er das tönerne Teegeschirr im Regal betrachtet, wird dann aber vom klingelnden Telefon aufgeschreckt. Na gut, dann eben wieder die schnöde Alltagswelt! Er sieht auf das Display des Telefons. Thorsten! Ob er die pubertären Erlebnisse seines Bruders um diese Uhrzeit noch ertragen will? Die Kumpelerlebnisse oder gar Weibergeschichten will er nicht wissen. Der Korridor blitzt kurz auf und Alicias verführerisches Lächeln leuchtet, als sie mit Thorsten hinter einer der barocken Türen verschwindet. Bernward Thiele zögert einen Augenblick vor dem Telefonhörer. Das ist ja unerträglich! Den ganzen Tag verfolgt ihn dieser Korridor, der Alfredo, Arpad und jetzt ruft ihn auch noch Thorsten an. Den Anruf seines Bruders einfach ignorieren, so tun, als wäre er nicht hier? Na gut, dann eben noch einmal, aber dieses Mal wird er dem Unfrieden entgehen. Er wird sich nicht hinreißen lassen, in Thorstens Lieblingsthemen einzusteigen. Verhalten nimmt er das Gespräch an. »Hallo Thorsten.« Gute Laune am anderen Ende der Leitung.

»Bernward! Und, wie läufts? Gestern Abend war wieder gut was los, beim Spiel.« Dunkel erinnert sich Bernward Thiele, daß auch er gern zum Heimspiel des FC TNT ins Stadion der Großstadt gefahren wäre. Das Stadion lag ganz in der Nähe seines Viertels. Bestimmt waren viele der alten Kumpel dort. Karin meinte aber, er solle diese Machoatmosphäre nicht zu oft inhalieren, er hatte ihr natürlich recht geben müssen und war zu Hause geblieben.

»Wir haben erst mal mit 'nem Sturzbier abgedichtet und dann ging's richtig los. Die haben sich in der ersten Halbzeit ein gutes Spiel geliefert, bis einer anfing, handgreiflich zu werden. Ich weiß gar nicht mehr, ob der vom TNT war oder von den anderen. Auf jeden Fall gab es dann ein großes Handgemenge und eine geile Schlägerei. Ich bin auch rein. Das war richtig gut, nicht immer der gleiche Scheiß, im Büro abhängen und so.«

»Wir haben es uns hier gemütlich gemacht. War auch schön.«

»Macht ihr das nicht jeden Abend? Egal, auf jeden Fall hatten wir unseren Spaß. Ein paar Kratzer habe ich zwar auch abgekriegt, aber man ist ja nicht aus Zucker.«

»Du, Thorsten«, Bernward Thiele versucht, Wohlwollen in die Stimme zu legen, »Ich glaube, ich brauche so etwas nicht mehr. Gewalt war noch nie so mein Ding, das weißt du ja. Es freut mich aber sehr, daß du den Abend genossen hast. Ist ja auch ein recht ungefährliches Abenteuer.«

Nach einer Pause legt Bernward Thiele nach und verstärkt das überlegene Lächeln, daß er geradezu gönnerhaft klingt: »Ist doch schön, du hattest deinen Abend, mit deinen Kumpels. Na ja, ich glaube, du brauchst ab und an so einen Männerabend.«

Kurze Zeit herrscht Stille. Dann antwortet Thorsten: »Klar brauche ich den. Die ganze Zeit nur den Geldverdiener und den Papa spielen ist nicht so mein Ding. Da muß ich schon mal einen drauf machen.«

»Ist doch auch schön. Nur – *ich* brauche das eben nicht. Wie geht es übrigens Gerda? Sie scheint ja kein Problem mit diesen Abenden zu haben.«

Thorsten zögert einen Augenblick: »Ich frage sie nicht. Ich sage ihr nur, daß ich mal einen Abend frei brauche. Sie braucht auch ab und an einen Abend für sich.«

Bernward Thiele erinnert sich, daß er das Gespräch nicht abdriften lassen will, und fragt dann nach den Kindern.

»Weißt du Bernward, eigentlich habe ich jetzt nicht so viel Lust auf den Frau-und-Kinder-Smalltalk. Sag einfach mal, ob es bei dir etwas neues gibt.«

»Nur das übliche, einige Fälle von Kindesmiß...« Weiter kommt Bernward Thiele nicht mit seiner Antwort.

»Ist schon gut, ich merke, ich hätte nicht fragen sollen. Laß uns ein anderes Thema finden. Wie steht es mit deinen Motorradtagen um Pfingsten?«

Als von Bernward Thiele keine Antwort kommt, besinnt sich Thorsten, um das Gespräch zu retten: »Ich denke, du könntest auch die eine oder andere Entspannung gebrauchen. Was meintest du übrigens mit ungefährlich?«

Thorsten wartet einen Moment: »Mach dir mal keine Sorgen, von der kleinen Rauferei wird dein Bruder nicht so schnell umgehauen.«

Im Korridor zwinkert Alicia Bernward Thiele zu, als sie mit Thorsten hinter der barocken Tür verschwindet. Einem starken inneren Impuls folgend sagt er: »Ich glaube, du weißt, wovon ich rede. Die Rauferei bringt dich und deine Familie viel weniger in Gefahr als deine Weibergeschichten, die du immer wieder anfängst.« Thorsten ist eine Weile still, hat sich dann wohl neu geordnet und lacht frech in das Telefon. »Und da hätte ich doch fast gewettet, daß du dieses Thema gar nicht ansprechen willst, aber ich kann mich ja irren.

Mach dir mal keine Sorgen. Ich bin weder im Stadion, noch im Bett in Gefahr. Aber wo wir schon beim Thema sind...«

»Du, laß das am besten mal.«

»In das Forum solltest du auch einmal reingehen. Wenn du willst, lege ich dir den User und das Password an. Nach allem, was ich von dir so höre, würde dir etwas Entspannung guttun. Bernward, hörst du eigentlich noch zu?«

Thorsten ist neben Gisela, Arpad und Alfredo der einzige, der ihn noch Bernward und nicht einfach nur Bern nennt. Bernward Thiele stellt sich den Bruder aber nicht telefonierend vor. Mächtig drängt sich das Bild in seine Vorstellung, wie Thorsten Alicia umarmt und liebt.

»Ja klar, ich bin noch dran. Ich höre dir zu, aber ich denke, dein Angebot brauche ich nicht. Um ganz offen zu sein, weiß ich sowieso nicht so genau, wie du dir das vorstellst mit deiner Freundin.«

Bernward Thiele stellt sich ein Stelldichein seines Bruders Thorsten mit der verführerischen Alicia vor, visualisiert die beiden nackt auf einem Hotelbett, auf dem sie sich streicheln und liebkosen, und spürt einen Anflug von Mißgunst in sich aufsteigen. Derweil erzählt der Bruder am Telefon tatsächlich von seiner Freundin. Durch das Schweigen auf der anderen Seite, vielleicht auch ein paar unvorsichtig heftige Atemzüge, fühlt er sich ermutigt, immer deutlicher zu werden. Als er zu nicht jugendfreien Sachen kommt, unterbricht ihn Bernward Thiele jäh und verbittet sich diese Grenzüberschreitung. Thorsten rudert zwei Schläge zurück, kommt aber immer wieder auf Alicias Anmut und ihre Zärtlichkeit zu sprechen. Sie sei aufgeblüht, seit sie nicht in mehr ihrer langjährigen Beziehung festklebe.

Das letzte Wort alarmiert Bernward Thiele. Doch Thorsten geht weiter. Er sagt, daß er selber auch in einer sinnentleerten Beziehung klebe. Die haben Nerven! Wenn die Beziehung langweilig wird, wenn sie bemerken, daß der erste Kick vorüber ist, dann fliehen sie aus der Beziehung wie aus einer langweiligen Kinovorstellung. Diese Art Beziehung scheint ja wirklich nicht viel mehr als Filmtheater zu sein. Da setzt man sich rein, läßt sich berieseln nach dem Motto »Mach mal!« und dann geht man wieder und meckert womöglich noch, weil es zu langweilig war. »Mach mal!« – das ist der richtige Ausdruck, bloß keine eigene Aktivität entwickeln! Daraus könnte ja etwas Ernsthaftes werden, oder vielleicht muß man sich dann noch in Frage stellen. Nee, Karin hatte schon recht, als sie die Forderung »Mach mal!« nach einem Seminar beklagte. Sie war sehr wütend auf die Teilnehmer, die nichts leisten, sondern ausschließlich konsumieren wollten. So scheint der Thorsten auch drauf zu sein.

Thorsten spricht weiter und wird wieder konkreter, erzählt, wie atemberaubend das Vorspiel mit Alicia im Hotelzimmer ist. Obgleich diese Grenzüberschreitung der ersten in keiner Weise nachsteht, versäumt es Bernward Thiele zu protestieren. Die überaus detailreiche Offenheit und Schwärmerei seine Bruders, erregt ihn so stark, daß er vollauf damit beschäftigt ist, seine Erregung am Telefon zu verheimlichen. Als Thorsten doch etwas bemerkt und ihn dreist auf seine Atmung anspricht, bleibt Bernward Thiele nur noch die Notlüge einer schweren Erkältung. Als er sie ausspricht, bemerkt er einen neidischen Unterton in seiner Stimme. Als sein Bruder dann wieder auf Alicias Zärtlichkeiten zu sprechen kommt, spürt Bernward Thiele, wie sich die Mißgunst in blanken puren Neid wandelt. Neid! Nun wird er wirklich wütend. Was fällt dem Bruder ein, ihn so vor sich selbst vorzuführen? Außerdem kann der Neid gar nicht echt sein. Worauf in aller Welt sollte er denn neidisch sein. Doch nicht etwa auf dies pubertäre Techtelmechtel seines kleinen Bruders mit der, wie es ihm scheint, noch recht infantilen, primitiven und wohl auch beziehungsunfähigen Alicia? Sie mag zärtlich sein, aber sie würde seine Denkweise, seinen Konsens und natürlich seine Ideale niemals verstehen können. Neid auf diese unreife Konsumbeziehung kann sich nur einem Mißverständnis verdanken. Wie dumm der Thorsten doch ist, seine Ehe und seine Familie für solchen Kram aufs

Spiel zu setzen. Bernward Thiele kann sich lebhaft vorstellen, wie schließlich aus den Resten von Thorstens Familie eine Problemfamilie wird, bei der man ein paar Jahre später vom Fußboden essen muß, wenn alle Regeln zusammengebrochen sind. Vom Fußboden essen! Das ist das Zeichen! Man kommt in eine dieser verwahrlosten Buden und der Boden liegt voll mit Essensresten, die überall hingeschmiert sind. Das ist das Ergebnis von Konsumbeziehungen wie dieser, die Thorsten ihm prahlerisch und selbstzufrieden präsentiert. Rücksichtslos! Daß Thorsten wirklich sein Bruder ist, kann sich Bernward Thiele gar nicht erklären. Was hat sie beide so verschieden werden lassen? Zum Glück, merkt er aufatmend, hat seine sexuelle Erregung nachgelassen, die er eben noch im Schritt spürte. Wie gut ist es doch, daß er Atemübungen kennt und die Technik mit den positiven Inhalten, die man rasch vor die negativen hängen kann. So ist es ihm möglich, den Lustanwandlungen zu widerstehen, die Thorsten, Alicia und ähnliche Menschen im Würgegriff halten.

Nachdem sich Bernward Thiele nun sehr entschieden weitere Erotika verbittet, erläutert Thorsten ausführlich, was Alica als Gegenleistung für ihre Zärtlichkeiten erwartet. Der scheinbare Themenwechsel läuft auf das gleiche hinaus. Bernward Thiele weiß, Karin und er haben solche Dinge noch nicht ausprobiert und würden es auch nie tun. Karin hat eben ein Problem mit diesen Dingen, die sie nicht näher bezeichnet, wie sie ihm in der endgültigen Diskussion vor fünfzehn Jahren klargemacht hat. Nein, das haben sie auch nicht nötig. Wenn er Karin mit so einem...

Von hinten raunt ihm Alfredo in die Ohren: »Du würdest es aber gern mal ausprobieren? Gib es zu!« Alfredo hat ihm noch gefehlt. Er schüttelt Alfredo und den Korridor ab. Die Frage, warum er seine Wünsche nicht an Karin heranträgt, die Frage bleibt. Karin ist sehr wichtig für Bernward Thiele und er weiß nur zu gut, wie sehr es ihn treffen würde, Karin zu verlieren. Sie hat ihm unmißverständlich klargemacht, daß sie für solche Dönekens nicht zu haben ist. Vor Jahren sagte sich Karin einmal von ihm los, nachdem er sich einem Konsens verweigert hatte. Er verbrachte einen Frühling ohne Karin, weil er sich dem Konsens verweigert hatte. Die Einsamkeit hat ihn überwältigt. Das soll ihm nicht wieder passieren. Nicht auszudenken, was Karin sagen und machen würde, wenn er nur eine der Praktiken erwähnte, die er gerade von Thorsten gehört hat. Und er muß sich diese pubertären Prahlereien seines Bruders Thorsten anhören!

Bernward Thieles Sinnieren wird aus dem Hörer gestört: »Bernward, hörst du mich noch? ... Bernward, huhu, hier ist dein Bruder.« Bernward Thiele bestätigt, daß er noch am anderen Ende der Leitung ist.

»Ist ja toll, daß du noch da bist Bernward«, antwortet Thorsten sofort, »Ich hatte schon gedacht, du würdest erst noch um Erlaubnis fragen, weiter mit mir sprechen zu dürfen.«

»Du, Thorsten, diese Provokationen sind hier echt fehl am Platz. Die Karin und ich führen eine reife Beziehung, wir vertrauen einander, aber damit hast du ja keine Erfahrung.«

Thorsten lacht auf und sagt dann kichernd: »Hört sich ja total prickelnd an, eure reife Beziehung. Mich würde aber interessieren – fickt ihr beide eigentlich überhaupt noch?«

Da spricht seine Herkunft, denkt Bernward Thiele. Richtig Arbeiterviertel! Er erinnert sich an seine Kindheit in Armut. Das ist das Viertel, in dem er mit seinem Bruder die Kindheit verbracht hat, und natürlich auch der dazu gehörende restringierte Code, den sein Bruder benutzt. Irgendwann, vor ein paar Jahren, hat Bernward Thiele seinem Bruder Thorsten den Unterschied zwischen restringiertem und elaboriertem Code auseinandergesetzt. Thorsten meinte dazu nur, daß er diesen elab-sonst-was-Scheiß sowieso schon auf der Arbeit den ganzen Tag benutzen müsse und daß er sich nach Feierabend darauf freue, wieder wie ein normaler Mensch sprechen zu dürfen. Bernward Thiele schmunzelt überlegen. Klar, das ist die Herkunft. Was soll er seinem Bruder denn darauf antworten? Als ihm klar wird, daß er sich eigentlich nur wiederholen kann, fällt ihm ein, daß Thorsten bestimmt verwegen genug wäre, völlig ungeschützt mit seiner Alicia oder wie sie heißt ins Bett zu gehen. Ja, doch, sie heißt Alicia... Er wundert sich, daß er sich den Namen der Freundin so schnell eingeprägt hat.

»Du, Thorsten«, beginnt er in fast vorwurfsvollem Ton, »ihr macht es doch wohl hoffentlich mit Kondom?«

»Klar doch«, sagt Thorsten »und ihr da in der kleinen Stadt, ihr lutscht bestimmt die Bonbons mit Verpackung?«

Bernward Thiele wird von starker Unruhe ergriffen, sagt für einige Sekunden gar nichts, so daß sein Bruder noch einmal nach seinem Verbleib am Telefon fragen muß, und bricht dann energisch und bestimmend heraus: »Hörst du keine Nachrichten? Weißt du nicht, wie viele von denen Aids haben? Mann, hast du überhaupt noch ein Gramm Grips in deiner geilen Birne?«

»Wie viele von denen Aids haben? Von denen? Was meinst du denn bitte mit von denen? Da komm ich jetzt nicht mehr mit.«

»Ist dir denn deine Familie vollkommen egal?«

»Ach komm!« gibt Thorsten zurück, »Sie hat kein Aids und ich habe auch kein Aids. Um aber ganz ehrlich zu sein, mir ist fast so, als verstoße ich gegen deinen Gutmenschen-Kodex, und das könnte auch der Grund sein, warum du anfängst, auf Aids herumzureiten. Das hört sich ja wie der blanke Neid an. Es besteht überhaupt kein Grund, hier über Aids zu reden. Ich sagte einfach nur, daß ich eine neue Freundin habe. Die andere wollte nicht mehr und die Gerda zuhause sagt schon lange, daß sie mich nur noch als so eine Art Geldboten sieht. Aus welchem Grund du dann gleich auf Aids kommst? Wer weiß?«

Aber Bernward Thiele hat sich wieder gesammelt, ist sich seiner Sache vollkommen sicher. Er muß den Thorsten um jeden Preis von diesem unheilvollen Pfad abbringen. Jeder weiß doch, daß Mädchen mit hoher Promiskuität fast immer Aids haben, und der Thorsten ist einfach zu naiv oder vielleicht ist es ihm auch ganz egal. Was immer auch der wahre Grund ist, Bernward Thiele muß den Thorsten stoppen, und zwar sofort.

»Du, Thorsten, das geht bei uns gar nicht. Ich sage dir noch einmal, die haben Aids und dieses Risiko ist für deine Familie zu hoch.«

Thorsten unterbricht ihn unwirsch, er sei nicht darauf aus, eine Moralpredigt von seinem Bruder, dem Gutmenschen, zu bekommen, nein, er wollte einfach nur etwas plaudern, aber das sei ja wohl unmöglich.

»Du, Thorsten«, fährt Bernward Thiele fort, »also wenn du mir versprichst, dich nicht wieder mit ihr zu treffen...«

Thorsten unterbricht ihn wieder, diesmal noch zorniger.

»Ich glaub es nicht, Bernward, blickst du jetzt gar nichts mehr? Ich habe dich heute Abend angerufen, weil ich einfach mal wieder mit dir reden wollte, und du drehst das Gespräch zu einem Haufen Regeln und jetzt auch noch zu einem Verhör. Was ist los mit dir? Sind das diese starren Regeln, die Karin dir aufzwingt.«

»Laß sofort die Karin aus dem Spiel und außerdem zwingt die mir gar keine Regeln auf. Die Regeln, die für uns gelten, erarbeiten wir gemeinsam.«

»Ist schon gut, ich weiß, und wenn die ausdiskutiert sind, dann darf niemand sie mehr in Frage stellen. Ehrlich gesagt, finde ich das ganze System ziemlich idiotisch, aber dir muß doch klar sein, daß es nur für euch gilt und nicht auch für andere.«

»Ist doch klar, daß für andere Leute andere Regeln gelten. Aber was du da machst, das geht grundsätzlich nicht. Ich denke, damit kommst du nicht durch.«

»Wie kommst du dazu, mir Vorschriften machen zu wollen?«

»Du hast kein Recht, Aids in deiner Familie zu verbreiten. Da muß ich einschreiten und hoffe auf dein Verständnis.«

»Ich weiß immer noch nicht, wie du auf diesen ganzen Aids-Scheiß kommst. Wer sagt dir, daß ich dabei bin, Aids in meiner Familie zu verbreiten?«

»Was du mir eben an Praktiken erzählt hast, Thorsten, ist dir eigentlich bewußt, daß da auch ganz gefährliche dabei sind?« Bernward Thiele stottert ein wenig, da er sich im Redefluß einiges bildlich vorstellt.

»Bernward, ich glaube, das gefährlichste in unserem kleinen Gespräch ist dein unbefriedigtes Liebesleben und vielleicht noch mehr das unbefriedigte Leben deiner lieben Karin.«

»Ich habe dich gebeten, Karin aus dem Spiel zu lassen!«

»Das geht gar nicht, denn ich spüre, wie sie ständig mitspielt, mitredet, mitdiktiert, wenn ich mit dir rede.«

»Glaub mir, Thorsten, meine Beziehung mit der Karin übersteigt einfach nur deinen kleinen Horizont, und deswegen wäre ich dir sehr dankbar, wenn du sie ab jetzt aus dem Spiel läßt.«

»Sieh dich doch an, mit welchem Neid du darauf reagierst, wenn ich dir ein echtes Liebeserlebnis erzähle, daß ihr beide ja offensichtlich nicht habt.«

Bernward kichert unbeholfen: »Du, laß mal. Nee, laß mal, ich und neidisch. Mann, ich habe mir einfach nur Sorgen um deine Familie und letztendlich auch um dich gemacht. Wenn du das Neid nennst? Aber ich glaube, du hast einfach nur Probleme, zu erkennen, wer auf deiner Seite ist. Und es ist so, wie ich sagte, deine Sexpraktiken bergen eine enorme Aids-Gefahr.«

»Sie bergen eine Gefahr für dich und die besteht darin, daß du dir mal klarmachst, wie halbherzig du lebst. Oder laß es mich am besten mal auf den Punkt bringen. Hast du dich schon mal so richtig im Schoß deiner Karin mit ihren vielen Regeln verbuddelt, um sie zu verwöhnen?«

Was will denn sein Bruder von ihm? Die Karin braucht so etwas nicht. Da ist er sich vollkommen sicher. Dann fragt er sich wieder, aus welchem Grunde ihn sein Bruder nach diesen unaussprechlichen Dingen fragt, bis er sich sicher ist, daß Thorsten so etwas mit seiner Alicia tut. Bernward Thiele kann seine Stimme kaum noch im Zaum halten.

»Du, Thorsten, weißt du eigentlich, was du da machst?«

»Klar«, hört er seinen Bruder sagen, »ich verwöhne meine Freundin und sie verwöhnt mich auch. Verstehst du, sie besorgt es mir aus Lust, nicht aus Pflichtgefühl!«

Bernward Thiele kann es kaum glauben. Erst gibt Thorsten zu, sich und seine Familie in unmittelbare Todesgefahr zu bringen, und dann verhöhnt er ihn auch noch. Es platzt einfach aus ihm heraus:

»Du dummes Schwein! Cunnilingus? Dann ist Aids dir sicher, du Trottel! Hörst du, dann ist Aids dein Gefährte für den Rest deiner Tage! Du kannst doch nicht einfach...«

»Klar kann ich das!« lacht Thorsten zurück, und wenn du es wissen willst wie sie mich dann verwöhnt, kann ich...«

»Wie kannst du Gerda eine solche Unaufrichtigkeit antun? Ist dir klar, daß die glaubt, du wärst einfach nur für sie da?«

»Lieber großer Bruder«, beginnt Thorsten mit einer längeren Klarstellung, »sei dir mal ganz sicher, daß ich weder Aids noch sonst irgendetwas Grausames in meiner Familie verbreite. Zu deiner Information, ich schlafe nämlich nicht mit meinen Kindern und mit Gerda auch schon lange nicht mehr, weil wir in Trennung leben. Und was die Unaufrichtigkeit betrifft, die du eben noch angesprochen hast, was du tust, das ist wirklich unaufrichtig. Du lebst in einer total unbefriedigten Ehe, die den Namen Ehe eigentlich kaum noch verdient. Du belügst deine Karin und auch den Justus jeden Tag, indem du ihnen weismachen willst, ihr wärt eine Familie. Ich sage dir, ihr seid nur eine neidische, geizige, armselige und verknarzte Wohngemeinschaft. Ich dagegen war ehrlich, denn als ich bemerkte, daß nichts mehr war mit der Gerda, da habe ich ihr das gesagt, und sie hat es mir auch bestätigt. Wir beide wissen, was der andere fühlt, auch wenn es nicht die schönsten Gefühle sind, und ich will nicht wissen, was bei euch zum Vorschein käme, wenn ihr euch gegenüber mal für einen kleinen Augenblick ehrlich wärt.«

Bernward Thiele atmet schwer. Wie kann Thorsten es wagen, seine Beziehung zu Karin, sein Glück und sein Heim so in den Dreck zu ziehen? Wie kann er es wagen?

228

»Außerdem«, so fährt Thorsten fort, »haben Alicia und ich einen Aidstest gemacht, bevor wir uns zum ersten Mal trafen. Hast du jetzt genügend Infos?«

»Wenn ich das glauben würde, ja dann wäre mir sicherlich wohler. Aber ich glaube das eben nicht. Du hast das alles nur schnell erfunden, um zu verhindern, daß ich die Sache mit deiner neuen Freundin ans Tageslicht bringe.«

»Ans Tageslicht? Du scheinst ja wirklich nichts zu verstehen. Die Sache ist schon längst bekannt. Gerda weiß zwar nichts von Alicia, sie weiß aber, daß wir praktisch in Trennung leben und daß wir uns von einander losgesagt haben. Das ist das Tageslicht!«

»Du, Thorsten, ich denke, du verlierst langsam den Boden unter den Füßen. Ich denke auch, daß du nicht mehr richtig unterscheiden kannst, wer eigentlich dein Freund ist und wer nicht.«

»Falsch, Bernward, ganz falsch! Was immer du mir in den letzten Minuten angedroht hast, von wegen du würdest die Sache ans Tageslicht bringen, war zu hundert Prozent neidgesteuert. Du kannst nicht akzeptieren, daß es Liebe gibt, die warm ist, und Sex, der auch noch Feuer und Leidenschaft hat. Sei vorsichtig, Bernward, denn du entwickelst dich langsam, aber sicher zu einem mißgünstigen, neidischen, geizigen kleinen Arschloch. Das ist die wirkliche Gefahr. Nicht Aids!«

»Du, Thorsten«, sagt Bernward Thiele am anderen Ende der Leitung, »das reicht jetzt wirklich. Ich beende das jetzt.« Dann legt er den Hörer auf, geht in die Küche, sieht aus dem Fenster auf die Häuser auf der anderen Seite der kleinen Gasse. Ihm ist, als wäre er gerade noch entkommen. Hätte er seinem Bruder noch länger zugehört, vielleicht hätte er sich dann in dessen Welt hineinziehen lassen. Wie gut, daß er das Gespräch beendet hat. Aber irgendwie hallen die Worte seines Bruders nach, und ihm scheint, er habe gerade einer unheilvollen Offenbarung gelauscht, einer Offenbarung, die seine liebe kleine Welt aus den Angeln heben könnte.

22:00 NACHT

Endlich kehrt Frieden ein im Haus der Thieles in der kleinen Gasse der kleinen Stadt im lieblichen Tal. Karin ist bestimmt schon eingeschlafen. Immerhin würde sie ja schon halb fünf morgens zu Gaias Ehren in der Wildnis herumstapfen und von Stein zu Stein springen, sich des gurgelnden Wassers im Bach, eben der Natur selbst erfreuen. Weil Karin sich so unbändig auf dies echte Mutter-Erde-Erlebnis freut, legt sie sich jeden Abend schon vor neun schlafen und jetzt, eine Stunde später, träumt sie sicher schon süß. Justus wird bestimmt noch etwas lesen. Meist liest er um diese Zeit Fantasy-Romane, die in einer ähnlichen Umgebung spielten, wie das Rollenspiel »Welten des Donners« in dieser mittelalterlichen sagenumwobenen Welt von Elfen, Magiern, strengen Königinnen und schwachen, kranken Königen. Ja, der Justus, das ist schon ein Überflieger, und die Ausfälle heute Abend während des Familienrats, die wird Bernward Thiele ihm sicherlich verzeihen, vielleicht sogar Karin. Der Justus macht alles mit links. Die anderen Pädagogen im Bekanntenkreis der Thieles haben ja auch schon zu Justus' viertem Geburtstag attestiert, daß er seinen Altersgenossen kognitiv weit voraus sei. Ja, kognitiv weit voraus! Bernward Thiele erinnert sich noch, denn Karin und er waren damals schon ziemlich stolz darauf. Andere Kinder machen ihren Eltern da nicht so viel Ehre. Die sind oft verhaltensauffällig, besonders die Jungen haben einen furchtbaren Bewegungsdrang, schlagen alles kurz und klein. Nicht so Justus. Der findet nicht einfach und kritiklos alles toll, was die anderen machen. Justus ist, wie Karin es immer gern ausdrückt, nicht Mainstream. Das ist natürlich etwas Besonderes und kommt daher, daß er nicht so primitiv und emotionsgesteuert ist wie die anderen Kinder, die sich ständig balgen, Fußball spielen und später in den Diskos auf die Suche nach einem Mädchen gehen. Bernward Thiele macht es sich auf dem Sofa bequem, denkt darüber nach, ob er sich noch

230

einen Tee aufgießen soll, und genießt den Frieden des Abends. Wie gut, so sagt er sich, daß sie hier zu dritt in einer ökologischen Idylle leben. Wie gut auch, daß Justus nicht die Grausamkeiten erleben muß, die für andere Kinder alltäglich sind. Immerhin kann er sich sicher sein, daß Karin und er ihn respektieren, und das ist wahre Liebe, nämlich Respekt und die unbedingte Einhaltung der Grenzen. Mit Schrecken denkt Bernward Thiele noch einmal an die vielen furchtbaren Grenzüberschreitungen, sagt sich dann aber, daß er doch besser zum Frieden des Abends zurückkehren will, denkt also lieber wieder an die positiven Dinge. An das Haus kann er besonders positiv anknüpfen. Noch während er berufstätig ist, wird er das Haus abbezahlen können. Sie hatten Glück, damals, als sie das Niedrigenergiehaus erwarben. Die Erbauer waren echte Ökos der ersten Stunde und sie dachten wirklich an alles. Das Haus ist zwar klein, aber dafür kann er sich sicher sein, daß hier keine giftigen Materialien verbaut sind. Praktisch alles hier in diesem Haus kommt direkt von Mutter Erde. Unwillkürlich denkt Bernward Thiele jetzt an Karin, die sich vor etwa zwei Jahren nach einem langen Nachmittag mit der Frauengruppe von Jesus Christus abgewendet hat, den sie vorher als viel zu machomäßig entlarvt hatte. Seitdem betet sie zu Gaia, der Mutter Erde selbst. Die Gebete und auch die Zeremonie hat sie aus einem neu erschienenen Buch gelernt und Bernward Thiele hat ihr nach den Plänen eben dieses Buches einen kleinen Schrein im Schlafzimmer gebaut. Sie sagte, er solle sich ruhig mal anschauen, sich mal klarmachen, daß schöpferische Kraft eigentlich immer weibliche Kraft ist. Er hat sich dann vorgestellt, neben Karins Schrein seinen eigenen, den des Donnergottes Thor aufzustellen, diesen Gedanken aber schnell wieder aufgegeben. So einen Macho-Mist braucht er doch nicht. Es ist schon in Ordnung, was Karin da macht, schließlich sind die Frauen so viele Jahre von den Männern unterdrückt worden und er, Bernward Thiele, schämt sich für jeden einzigen Tag dieser Unterdrückung.

Sie soll nur weitermachen. Bernward Thiele sieht auf die selbstgezogene Kerze, die Karin kurz nach dem Abendessen angezündet hat, bis ihm der Gedanke kommt, er könne doch noch kurz zu Justus hochgehen, um sich eine Weile zu ihm zu setzen. Oft hat er von Kollegen im Landkreis gehört, daß es auf Jugendliche in Justus' Alter stabilisierend wirkt, wenn Vater oder Mutter einfach nur anwesend sind, natürlich nicht grenzüberschreitend mit Körperkontakt, aber doch physisch anwesend. Die Kollegen, die es versuchen, konnten auch bestätigen, daß es auf ihre Jugendlichen außerordentlich stabilisierend wirke. Bernward Thiele hat bis jetzt noch keine Möglichkeit gehabt, diese Methode auszuprobieren, weil Justus bei jedem Versuch klarmachte, er wolle in Ruhe gelassen werden, weil er in einer kritischen Spielphase in »Welten des Donners« sei oder das Buch, das er gerade liest, einfach so spannend sei. An diesem Abend spürt Bernward Thiele, daß er eine echte Chance hat und Justus ihn als einfach nur Anwesenden gern annehmen würde. Der Justus hat sicher eingesehen, daß sein Aufstand im Familienrat infantil war, denn schließlich ist er kognitiv sehr weit und auch nicht nachtragend. Ja, da ist Bernward Thiele sich sicher. Heute geht das durch! Also steigt Bernward Thiele die Treppe hoch, klopft an Justus' Zimmertür und tritt ein, setzt ein einstudiertes Lächeln auf und begrüßt seinen Sohn mit »Hi, Justy!«

Zu seiner Verwunderung springt Justus panisch auf, hängt seine Jacke über den flimmernden Bildschirm, rennt Bernward Thiele entgegen, versucht, den Vater aus dem Zimmer zu drängen, und keucht dabei: »Bern, schnell raus hier. Das ist grenzüberschreitend!« Aber Bernward Thiele hat Bilder von nackter Haut gesehen. Nein! Das geht gar nicht. Das kann er nicht zulassen!

Bernward Thiele weiß, daß er jetzt autoritär werden muß, daß jetzt die Zeit zum Handeln gekommen ist. Also stößt er Justus zur Seite, reißt die Jacke vom Bildschirm, greift sich die Maus und betrachtet bestürzt die Internetseite mit homoerotischer Pornographie. Es ist nicht zu glauben. Gerade vor zwei Wochen hat Karin ihm als Vater, aber auch Justus als Sohn die PorNO-Grundsätze eindringlich erklärt. Und was ist jetzt das? Was sollen sie denn damit jetzt anfangen? Der schöne Frieden des Abends ist dahin! Er kann kaum mehr aufzählen, zum wievielten Mal er sich an diesem Tag mit aller Kraft zusammennehmen muß. Es hilft alles nichts. Er muß Justus klarmachen, daß hier ein eindeutiger Verstoß gegen den Konsens vorliegt.

Bernward Thiele setzt sich auf den freien Stuhl, ringt nach einer Geste und erinnert sich an Gerd, wie er mittags auf seine eigenen Fragen reagierte. Wie war das noch? Er blickt in eine Ecke von Justus' Zimmer, schließt die Augen und faßt sich mit Daumen, Mittelfinger und Zeigefinger an die Nasenwurzel, um darzustellen, daß er nicht mehr weiterweiß. In dieser Haltung verharrt er, bis er seine Augen wieder öffnet und in Justus' Richtung blickt, der jetzt eine andere Seite geladen hat. Justus tut, als würde er in aller Seelenruhe seine Unterlagen sortieren.

»Du, Justus«, beginnt Bernward Thiele, als er seine Gedanken wieder gesammelt hat, »manchmal frage ich mich in diesem Haus doch sehr, ob wir hier ganz und gar aneinander vorbeireden. Mir ist nämlich so, als hätten wir das Thema ausdiskutiert, als Karin die PorNO-Grundsätze erklärte.«

Justus kommt mit seinen Aufräumarbeiten zum Stillstand, wendet sich seinem Vater zu und grinst mit einem dreifachen Minus in Richtung ganz fies, so daß die Schneidezähne seinem Vater entgegenfunkeln. Dann verzieht er sein Gesicht zu einer Fratze und sagt: »Bern, vielleicht hast du es nicht so richtig mitbekommen. Die Grundsätze, die wir letzte Woche mit Karin besprochen haben, waren alle zum Schutz von Frauen vor männlicher Gewalt. Hast du da eben Frauen gesehen? Bern, hast du da Frauen gesehen?«

Bernward Thiele ist sprachlos, kramt in seiner Erinnerung und sieht ein, daß Justus durchaus die Wahrheit sagt, denn Karins Ansprache von letzter Woche bezog sich, wie Justus sagt, allein auf den Schutz des Weiblichen. Zum zweiten Mal faßte er sich mit Daumen, Mittel- und Zeigefinger an die Nasenwurzel und schließt die Augen. Was soll er jetzt tun? Ist das durch den Konsens gedeckt, daß Justus sich hier in seinem Haus mit seinen sechzehn Jahren solche Bilder anschaut? Soll Justus sich in aller Seelenruhe diese perversen Szenen ansehen, die die Pornoindustrie für Schwule vorhält? Aber wie soll er begründen, daß ihm das nicht gefällt? Beim Landkreis sind alle der Meinung, daß Schwule eigentlich die feinfühligeren und damit besseren Menschen sind. Das geht so weit, daß Bernward Thiele sich schon mehrmals gewünscht hat, selbst schwul zu sein. Dann, so sagt er sich, würde er die Frauen vielleicht besser verstehen oder mehr Hingabe in sich fühlen. Immer wieder kommt es vor, daß die Hiltrud oder auch der Gerd betonen, wie wertvoll die Schwulen seien und daß sie lebendig bewiesen, daß Männer doch zärtlich und feinfühlend sein können. Eigentlich hätte Bernward Thiele sich jetzt freuen müssen, daß sein Sohn einer dieser zarten, feinen Männer geworden ist. Gleichwohl, ein dunkles Gespür gibt ihm zu verstehen, daß ihm nicht wohl ist, wenn sein Sohn diesen Weg geht, der natürlich gleichwertig ist. Da ist er sich vollkommen sicher, denn es ist Konsens. Bernward Thiele bemerkt, daß sich seine Gedanken im Kreis drehen, daß er immer zum selben Punkt kommt, der da sagt, es sei grundsätzlich alles in Ordnung so, das sei eine akzeptierte Variation, aber im konkreten Fall stünden starke Bedenken dagegen.

»Du, Justus, wie du weißt, sind wir hier sehr offen und tolerant, ich meine Karin und ich, wir akzeptieren wirklich fast alles, und ich denke auch, daß es vollkommen in Ordnung ist, wenn du dich irgendwann entscheidest, daß du Männer liebst. Ich denke aber, daß das dann eine Art reife Entscheidung sein sollte und nicht nur eben, weil die Pornoindustrie dich in die falsche Richtung gelockt hat. Wenn du dich verlocken läßt, verpfuschst du dein Leben, und die Pornoproduzenten werden reich dabei.«

Justus ist von dieser Rede weder überrascht noch in die Enge getrieben, er scheint sich sogar schon eine Reihe von Argumenten zurechtgelegt zu haben.

»Bern, du scheinst wirklich die letzten Jahre geschlafen zu haben. Wie konnte dir entgehen, daß ich schon lange so fühle? Ist dir nicht aufgefallen, daß ich noch nie ein Mädchen mit nach Hause gebracht habe, seit ich am Gymnasium bin? Ist dir nicht aufgefallen, daß ich noch nie ein Mädchen erwähnt habe? Ich kann mit denen einfach nicht viel anfangen. Na ja, freundschaftlich, das ist ok, aber so eine an mich ranlassen? Nein, das geht nicht!«

Bernward Thiele ist überrascht, mit welcher Eindeutigkeit Justus sich als manifester Schwuler outet. Aber er bleibt bei der Meinung, das sei eine temporäre Anwandlung, die sich keineswegs verfestigt habe. Also beschließt Bernward Thiele, die Gründe für diese Abwehrhaltung zu thematisieren. Justus hat doch nichts gegen Frauen. Das ist gar nicht möglich in einer so aufgeschlossenen Familie wie ihrer. Der Justus wohnt immerhin bei Karin, einer emanzipierten, selbständigen und patenten Frau, und bei ihm, Bernward Thiele, einem Vater, mit dem man über alles reden kann. So denkt er und hofft, die Gründe für diese Abwehrhaltung zu erfahren, die Justus für schicksalhaft hält. Der Justus wird bestimmt gleich wieder zurückrudern.

»Du, Justus«, beginnt er dann, »ich denke, du überblickst das noch nicht ganz. Viele Jungs in deinem Alter sind noch nicht so gefestigt und meinen, daß sie mit Mädchen nichts anfangen können. Als ich zum Beispiel in deinem Alter war, da gab es bei uns in der Nachbarschaft in der Stadt eine Gruppe von Jungs, die öfter mal in den Puff gingen, weil sie schon mit vierzehn Jahren so geil auf alles Weibliche waren, daß sie es nicht mehr aushielten. Da sie aber kein Geld hatten, na ja, jedenfalls nicht genug, um die Frauen im Puff zu bezahlen, gingen sie nur und guckten verschämt. Ich ging nie mit. Nicht, daß ich die anderen Jungs verachtete, aber ich dachte mir einfach, daß ich da kein Interesse hatte. Das brauchte ich nicht. Schließlich bin ich in einem streng religiösen Elternhaus erzogen worden und ich wäre sicher umgekommen vor lauter Schuldgefühlen. Ich habe mich erst einige Jahre später für Mädchen interessiert. Und dann habe ich die Karin auch bald kennengelernt.«

Justus hat sich hingesetzt und Bernward Thiele ordnet seine Gesichtszüge zu einem väterlich milden Lächeln, um Justus den Eindruck zu geben, er könne sich ihm nun völlig gefahrlos anvertrauen. Der Justus wird bestimmt gleich einsehen, daß die Sache mit den Mädchen, an denen er kein Interesse hat, nicht so ernst ist und daß es sich noch in aller Ruhe entwickeln kann, immerhin ist er ja erst sechzehn und da entwickeln sich diese Dinge ganz allmählich. Bernward Thiele weiß zwar aus der Literatur, daß die Sexualität sich während der Pubertät deutlich früher entwickelt, meint aber, bei ihm in der Familie laufe das etwas anders, da er selbst, seine Brüder und auch die Karin alle richtige Spätzünder waren. Justus sieht zu Boden und sein Vater deutet dies als Zeichen, daß der kleine pubertäre Aufstand sich seinem Ende entgegenneigt. Der Justus wird jetzt in sich gehen, so sagt er sich und ist sich sicher, die Angelegenheit wird sich schon nach einigen Sätzen in Luft auflösen. Der wird gleich einsehen, daß er sich etwas verrannt hat und dann ist er wieder offen für alles Neue.

»Nein, Bern«, beginnt Justus, »es ist nicht, wie du denkst, Bern. Ich könnte nicht mit einem Mädchen. Du weißt schon, was ich meine. Ich könnte das auf gar keinen Fall. Ich kriege die Krise, wenn ich daran auch nur denke.«

Bernward Thiele ist aufgeschreckt und ordnet so schnell er kann seine Gesichtszüge neu. Schade nur, daß er nicht wie Karin über diese vorgefertigten Masken verfügt, die er in Windeseile hätte aufsetzen können. Aber vielleicht hilft es ja, seinen Gesichtsausdruck in Richtung ›schwer betroffen‹ zu verändern. Vielleicht wird der Justus dann bemerken, wie ernst es ihm mit diesem Gespräch ist. Also blickt er mit dem neu geordneten Gesicht zu seinem Sohn hinüber und fragt in getragenem Ton: »Ich denke, das mußt du mir etwas genauer erklären, Justus. Ich verstehe nämlich nicht ganz, aus welchem Grunde du der Meinung bist, daß du das, na ja, eben diesen Kontakt mit einem Mädchen auf gar keinen Fall haben könntest. Ich denke, das mußt du mir genau erklären.«

Justus schaut zu Boden, sieht auf immer den gleichen Punkt. Minuten vergehen, bis Bernward Thiele zum zweiten Mal auf ihn eindringt.

»Du, Justy, ich bin nicht hier, um dich zu bestrafen. Du weißt, wir sind keine von diesen autoritären Familien, in denen mit Strafe und Züchtigung erzogen wird. Also du weißt, ich bin hier, um dir zu helfen, und wie dir auch bekannt ist, funktioniert das mit der Hilfe nur, wenn du Hilfe auch annimmst. Vertrau deinem Vater!«

Justus blickt Bernward Thiele kurz an, senkt dann wieder seine Augen auf den gleichen Punkt, auf den er eben schon gesehen hat, bringt aber keinen Ton heraus. Bernward Thiele hat den Eindruck, Justus suche verzweifelt nach Worten, um das Unaussprechliche zu sagen. Was ist so furchtbar in seinen Gedanken, daß Justus sich nicht traut, es zu sagen, so fragt sich Bernward Thiele und sagt sich gleich darauf, er wäre ja heilfroh gewesen, als Jugendlicher einen so verständnisvollen und toleranten Vater zu haben. In seiner Jugendzeit hätte er niemals etwas Intimes mit seinem Vater besprechen können. Aus welchem Grunde hält der Justus sich also hinter dem Berg? Was hat er zu verbergen. Warum hat er nicht mehr Vertrauen? Wie sehr hätte Bernward Thiele sich über einen so aufgeschlossenen Vater und eine so diskussionsfreudige Mutter wie die Karin gefreut, als er selbst Jugendlicher war. Mit seinen Eltern gab es keine Diskussionen. Da war nur diese stumpfe, dumpfe Autorität. Warum kann der Justus sich ihm also nicht anvertrauen? Er hatte doch niemals Vertrauen mißbraucht!

»Du, Justy«, beginnt Bernward Thiele wieder, »ich bin wirklich ganz für dich da und ich denke, du kannst mir wirklich alles sagen, was dich bewegt. Hab Vertrauen.«

237

Justus sieht ihm jetzt in die Augen. Dann fragt er: »Bern, behältst du es auch für dich? Ich meine ganz für dich?«

»Du, Justy, wir geben hier nichts raus aus der Familie. Du weißt doch, daß hier alles unter uns bleibt und die anderen da draußen nichts davon erfahren werden.«

»Das meine ich nicht«, sagt Justus verängstigt, »ich meine, daß du es auch nicht Karin sagst. Ich will nicht, daß sie es weiß.«

»Wir haben aber Vertrauen zueinander. Die Karin wird sicher auch Verständnis dafür haben. Jetzt kann ich sie aber nicht mehr holen. Sie schläft schon.«

»Nein, ich meine es wirklich so, wie ich es sage. Ich will nicht, daß Karin es weiß. Sie soll nicht denken, daß es gegen sie gerichtet ist, und das wird sie sicher denken, wenn sie es weiß.«

Bernward Thiele denkt eine Weile nach, besinnt sich dann, daß zwischen Karin und ihm der Konsens bestand, daß sie voreinander keine Geheimnisse haben und daß sie zueinander aufrichtig sein wollen. Dann überlegt er kurz, wie er das Versprechen, das Justus von ihm verlangt, in diesen Konsens einbauen soll, und kommt auf den Gedanken, er werde ihr einfach erzählen, der Justus habe ihm ein Geheimnis unter Männern anvertraut. Vielleicht wird sie das verstehen. Wenn sie aber darauf besteht, daß er es ihr sagt, muß er sich natürlich an den Konsens halten.

»In Ordnung, Justy. Einmal können wir das machen. Aber sag dann bitte der Karin nichts davon.«

Dann wird er still und deutet damit an, er höre jetzt zu, was Justus ihm zu sagen hat.

»Mit den Mädchen und den Frauen, das ist so«, beginnt Justus stotternd und in einem ängstlichem Ton, »ich habe Angst vor dieser schrecklichen...« Dann bricht er ab, wird wieder still, blickt wieder auf den Fußboden, bis Bernward Thiele sich näher an ihn heransetzt und völlig entgegen dem Verbot der Grenzüberschreitungen Justus' Hand hält, um ihm zu versichern, er sei bei seinem Vater in Sicherheit.

»Ja, ich sag es einfach mal, wie es ist«, Justus' Stimme zittert, »Ich habe eine Scheiß-Angst vor diesen Fotzen. Ja, jetzt ist es raus. Die machen mir eine wahnsinnige Angst. Hast du mal gesehen, wie die aussehen?« Dann schließt er wieder die Augen, blickt auf den gleichen Punkt auf dem Fußboden. Irgendwann, nachdem er sich wieder erholt hat, spricht er weiter: »Die anderen Jungen in meiner Klasse sind alle geil darauf, ich meine auf die Mädchen, ihre Körper, ihre Brüste, diese dicken Hintern und auch auf diese Mösen, wie sie sie immer nennen, aber ich habe Angst davor. Wenn ich die auf Bildern sehe...«

Bernward Thiele atmet tief durch. Dieser Tag hat es wirklich in sich. Jedes Mal, wenn er meint, er hätte das furchtbarste Problem des Tages gemeistert, kommt ein noch furchtbareres zum Vorschein. Was soll er denn nun damit anfangen? Sein Sohn fürchtet sich vor dem weiblichen Geschlecht. Bernward Thiele kramt den Erinnerungen an seine Studienzeit und stößt er die fast vergessene Sache mit den Wilden, die ihn damals so beeindruckte, gleichzeitig aber abstieß. Diese Urmenschen, die heute noch in manchen Regenwäldern leben, haben eine, wie es so schön hieß, ambivalente Beziehung zum weiblichen Geschlecht. Da ist Geilheit auf der einen und Angst auf der anderen Seite. Wie soll er das Justus erklären? Der ist doch noch ein Kind!

»Du, Justy«, sagt er dann, »wenn ich mich recht erinnere, ist das ein Überbleibsel aus der Zeit der Urmenschen. In den Vorlesungen haben die uns damals gesagt, daß schon die Urmenschen so eine Doppelbeziehung zu... na ja, eben zu den Frauen hatten. Sie begehrten sie, hatten aber auch Angst. Wenn ich mich recht an die Vorlesungen erinnere, sagte Freud schon, die Wilden hätten auch solche Ängste.«

»Nein, Bern, das habe ich auch gelesen, als es anfing und ich etwas recherchierte. Bei mir ist es aber anders. Ich begehre gar nicht. Ich habe nur eine Scheiß-Angst, Bern!«

Bernward Thiele lächelt überlegen, weil er meint, er könne zurückdrehen, was sein Sohn ihm mitgeteilt hat.

»Bern, du nimmst das nicht wirklich ernst. Glaubst du nicht, was ich dir sage? Ich weiß nicht, wie ich es dir noch deutlicher darstellen soll.«

»Weißt du, Justy, ich denke, jeder von uns hat mal solche Ängste, aber ich würde einfach etwas Zeit verstreichen lassen, und alles wird sich wieder einrenken.«

»Da ist aber schon genug Zeit verstrichen und nichts hat sich eingerenkt. Ich sehe in meinen Gedanken an die Mädchen immer nur das gleiche, und das macht mir Angst.«

»Du siehst?« fragt Bernward Thiele ihn ungläubig, »Was meinst du mit du siehst? Das hört sich ja fast an, als ob du davon träumst.«

Justus unterdrückt eine Träne, schluckt und stottert: »In meinen Träumen...«, stammelt er, »eigentlich sind es gar keine richtigen Träume, denn ich sehe sie nur selten im Schlaf, dafür aber tagsüber, wenn ich mir diese laut vor sich hin gackernden Mädchen in der Schule anschaue. Jedenfalls sehe ich sie in diesen Gedanken immer wieder nur ein gefräßig bezahntes Maul.«

»Moment!« unterbricht Bernward Thiele, »Wen siehst du als gefräßiges, bezahntes Maul?«

»Bern, verstehst du denn nichts? Was die Mädchen zwischen den Beinen haben, eben diese furchtbaren Fotzen, die sehe ich so! Die beißen! Die wollen mich beißen, dahin, wo es weh tut! Ich habe Angst, wie soll ich da je mit einer Frau, mit einem Mädchen. Mann, Bern, die hat doch so ein gefräßiges Teil da unten!«

Bernward Thiele ist schockiert. Wie kommt Justus nur auf diese abstrusen Gedanken? Wer hat ihm so etwas eingeflößt? Wer hat ihn auf diese Ideen gebracht? Hier in ihrer lieben, kleinen Welt wäre er doch nie und nimmer auf solche Gedanken gekommen!

Wie kann er mit einer so verständnisvollen und gutmeinenden Mutter wie Karin und einem so bedachten Vater auf so abwegige Gedanken kommen? Da ist bestimmt jemand anders dran beteiligt. Den Lehrer Schrader, der Justus seit An-

240

fang des Semesters in Philosophie unterrichtet, den wird er sich noch einmal genauer ansehen. Der Schrader ist ja auch für den in Flammen aufgegangenen Familienrat heute Abend verantwortlich. Der hat bestimmt auch hier seine Finger im Spiel! Bernward Thiele entschließt sich, einen ernsten, aber gutmeinenden Gesichtsausdruck aufzusetzen, sucht eine Weile, bis er die angemessene Kombination gefunden hat, um seine Gesichtszüge neu zu sortieren, und sieht dann seinen Sohn an.

»Justy, das ist nicht der richtige Weg für dich. Ich glaube, wir können da eine Menge für dich tun. Ich kenne einen Berater, der nichts mit dem Landkreis zu tun hat. Der kann dir bestimmt helfen. Klar, Justy, das kriegen wir wieder hin.«

Als Bernward Thiele diese Worte sagt, weiß Justus nicht, was er damit anfangen soll. Ist sein Vater jetzt plötzlich der Ansicht, daß es nicht in Ordnung ist, schwul zu werden? Karin und Bern hatten oft betont, daß es im Konsens ist, daß Schwulsein nur eine Variation ist und nichts Minderwertiges. Ja, eigentlich ist es sogar die wertvollere Lebensart, da sie die feminine Seite des Mannes artikuliert.

Und jetzt plötzlich das? Er soll sich therapieren lassen! Und warum? Sie haben doch eine ganze Reihe schwuler und lesbischer Bekannter, und der Konsens sagt, das ist in Ordnung. Da ist gar kein Problem. Haben die ihn denn bis jetzt immer nur belogen? Justus fühlt Wut in sich aufsteigen. Sein Vater spricht, wann immer er ihn sieht, von weltverbessernden Theorien und Idealen und jetzt, wo es einmal wirklich darauf ankommt, zieht er sich in die Moral der Großeltern zurück. Er hat aber auf die Worte seines Vaters vertraut, die er wieder und wieder gehört und für die wahre Welt seines Vaters gehalten hat.

Während Justus über die Aufrichtigkeit und Wahrhaftigkeit seines Vaters nachdenkt, überschlägt Bernward Thiele seine Gedanken mehrmals. Klar, ihm ist bewußt, daß sie hier seit Jahren als aufgeklärte und tolerante Familie leben und Homosexualität völlig unproblematisch und selbstverständlich im Konsens enthalten ist. Er hat auch keine Probleme mit Schwulen und Lesben in ihrem näheren Freundeskreis. Wenn er sich aber ausmalt, wie Justus mit einem anderen Jungen herummacht, nein, das möchte er sich nicht bildlich vorstellen. Oder noch ärger: Justus gibt sich einem gut verdienenden älteren Herrn hin – das tut weh! Nein, er ist sich jetzt ganz sicher. Das hier ist etwas ganz anderes. Justus ist durch eine Laune auf die unselige Idee gekommen, daß er keinen Gefallen an Mädchen finden könne und sich zu Männern hingezogen fühle. Bernward Thiele ist sich sicher, er wird den Sohn zurückholen. Das Wie ist zwar völlig unklar, aber er wird ihn von dieser Idee befreien.

»Du, Justy«, faßt er zusammen, »das hier ist etwas ganz anderes. Ich bin mir ganz sicher, das kriegen wir wieder hin, wenn wir alle an einem Strang ziehen.«

»Ich kann aber nicht anders«, sagt Justus entschieden. »Bern, ich fühle so, wie ich es dir gesagt habe. Mit einem Mädchen, einer Frau, das geht nicht. Versteh es bitte, das geht gar nicht!«

Der störrische kleine Justy, erinnert sich Bernward Thiele, der sich verweigert oder seine Wünsche mit Gewalt und Gezeter durchzusetzen versucht. Bernward Thiele erinnert sich an die unwürdigen Szenen aus Justus' Kindheit, in denen Justus versuchte, ein Spiel zu gewinnen oder einen bestimmten Gegenstand zu ergattern. Wenn es ihm gelang, dann war die Welt in Ordnung, aber wehe, es gelang ihm nicht. Bernward Thiele muß unwillkürlich lachen, vernehmlich lachen. Ja, der kleine Justy, war einfach nicht gewöhnt, zu verlieren oder klein beizugeben.

»Was soll das jetzt, Bern?«, schreit Justus seinen Vater an.

Bernward Thiele, durch diesen Schrei aus seinen Gedanken aufgeschreckt, erinnert seinen Sohn daran, daß die Mutter schon schläft, da sie ihre allmorgendliche Verabredung mit Gaia hat. Außerdem erkundigt er sich, was sein Sohn überhaupt wissen will.

242

»Was soll das, daß du meckerst, als ob es da etwas zu lachen gäbe. Ich erinnere mich an nichts, das zum Lachen wäre.«

»Also jetzt mal halblang, mein Junge«, brüllt Bernward Thiele seinen Sohn beleidigt an, »erst einmal meckere ich nicht. Was das Grinsen betrifft, so haben wir aber schon oft über dein fieses Grinsen gesprochen. Und wenn ich hier etwas in mich hineinlächele, dann nur, weil ich mich an die alten Zeiten erinnere, als du noch so klein warst. Da warst du nämlich genauso störrisch wie heute. Da konntest du auch nicht verlieren. Und obwohl ich damals ganz schön genervt war von deinem Verhalten, habe ich das jetzt mit einer kritischen Distanz gesehen, die es mir erlaubt, darüber sogar etwas zu schmunzeln.«

Justus ist außer sich vor Wut. »Bern, wir reden hier nicht von Verlieren und Gewinnen. Ich habe dir im Vertrauen Geheimnisse meiner Seele verraten und du redest jetzt von diesen alten Kamellen? Was soll das?«

»Das soll nur deine uneinsichtige Haltung verdeutlichen. Ich habe dir meine Hilfe angeboten und du sagst mir frech ins Gesicht, daß du dir auf keinen Fall helfen läßt!«

»Ich dachte, du hättest Verständnis für mich«, sagt Justus niedergeschlagen, »aber die Ideale, die ich mir bei euch seit Jahren anhören muß, sind wohl nur leere Programmsätze. Du sagst ›Hilfe‹, aber die einzige Hilfe, die ich brauche, verweigerst du mir und findest es auch noch lustig.«

»Ich bin fest davon überzeugt«, sagt Bernward Thiele nun wieder in überlegener Milde, »daß du zurückkannst.«

»Es gibt kein Zurück!« schreit Justus, »Wohin überhaupt? Ich war schon immer der, der ich bin. ›Zurück‹ heißt Verdrängen und Leben mit Lügen!«

Bernward Thiele vertieft sich wieder in Szenen, als Justus als Fünfjähriger sein Recht nicht bekam. Da hatte er sich auf Bernward Thieles Rücken geworfen und immer wieder von hinten auf seinen Hals getrommelt. Er hatte geschrien ›Bern, du gibst mir den Ball jetzt!‹, aber er hatte ja keine Chance, und das mußte ihm irgendwann klar werden. Bernward

Thiele amüsiert sie bei der Erinnerung, wie Justus damals besinnungslos vor Wut auf seinen Rücken eintrommelte und immer wieder schrie. Er blieb schon damals ganz ruhig, denn im Umfeld des antiautoritären Kinderladens sagte der Konsens, man dürfe nicht laut werden und keine Gewalt anwenden, also ließ er den Justus so viel trommeln, wie er wollte. Überlegen spottete er: »Oh komm, Justy, du hast keine Chance, du schaffst es nicht.« Und Justus trommelte und schimpfte bis an den Rand seiner Kräfte. Die Erinnerung an die Macht, die er damals besaß, tut Bernward Thiele noch heute gut. »Trommle nur so viel du willst, du hast doch keine Chance. Ich nehme dein Fluchen nicht einmal wahr. Merkst du denn das nicht?« hatte er damals gesagt. Und weil die Erinnerung guttut, wird es den Worten von damals ganz leicht, erneut nach außen zu dringen.

»Oh komm Justy, du hast keine Chance, du schaffst es nicht.« Bernward Thiele wundert sich, wie flüssig diese Worte nach über zehn Jahren über seine Lippen gleiten. Für Justus sind diese Worte ein Initialzünder. Sein Gesicht verfinstert sich, der ganze Körpers verkrampft sich und er beginnt lautstark zu schreien, indem auch er Worte, ja ganze Sequenzen aus der Kindheit benutzt. »Bern, du bist arschdoof!« Er ballt mit Wut seine Fäuste und wiederholt die Schreie: »Arrrghhh! Bern, du Schwein! Du arschdoofes Schwein! Ich bleibe so, wie ich bin, Bern. Und wenn du's genau wissen willst: Ja, ich bin schwul! Und ich bleibe es auch!«

Bernward Thiele kostet seine Macht aus, die Macht, die sagt, mach was immer du willst, beleidige mich, trommle auf mich ein, aber du hast keine Chance! Dann wiederholt er den köstlichen Spruch: »Oh Justy, du hast doch gar keine Chance! Beruhige dich lieber, sonst kann die Karin morgen früh nicht zu Gaia.«

Aber Justus ist außer sich vor Wut. Er zittert und beginnt, mit den Fäusten in Richtung seines Vaters zu hauen, was für Bernward Thiele aber kein wirkliches Problem darstellt, da die Schläge so unkoordiniert sind, daß er ihnen mühelos ausweichen kann. Und wieder schreit Justus, diesmal so laut er eben kann: »Ah Bern, du bist arschdoof!«

Bernward Thiele amüsiert sich zum einen über seine Macht, zum anderen über Justus' Rückfall in diesen restringierten Code, den er als Fünfjähriger benutzte. Jeder Schlag ins Leere verschafft ihm ein Hochgefühl, wie er es seit langem nicht erlebt hat. Ja, das ist Macht! Lauthals lacht Bernward Thiele, lacht über die Unbeholfenheit und die Ohnmacht seines Sohnes und sagt wieder und wieder: »Komm Justy, du schaffst es nicht. Ach komm, du wirst es niemals schaffen! Du bist ganz klein, Justy!« Bernward Thiele triumphiert und seine Augen leuchten wie poliertes Silber.

Mittlerweile ist Karin von dem Lärm, dem Geschrei und dem Getrampel aufgewacht, hat sich das Batiktuch mit dem Regenwald-Aufdruck umgehängt und erscheint in der Tür zu Justus' Zimmer. Sie hat die Ich-erlaube-keine-Störung-der-Nachtruhe-Maske aufgesetzt und streckt so ernst sie kann den Zeigefinger der rechten Hand in die Höhe. Trotz ihrer unmißverständlichen Geste dauert es ein Weile, bis der ungleiche Kampf abebbt, den Justus gegen seinen Vater führt. Bernward Thiele, der zu Karin schielt und Justus nur noch so mit einer Hand abwehrt, beginnt, als hätte er sich die Worte schon seit längerer Zeit zurechtgelegt.

»Du, Karin, wir haben hier etwas, das wirklich wichtig ist, und ich denke, da ist es eher zweitrangig, daß wir deine Nachtruhe stören. Unser Sohn hat sich hier nämlich in aller Stille...« Weiter kommt er nicht, denn Justus stürzt sich auf ihn und versucht ihn am Weiterreden zu hindern. Justus erreicht damit nur, daß der Vater auch die zweite Hand einsetzt und ihn mit einem harten Griff in ein starres Bündel verwandelt. Als der Vater zum Weiterreden ansetzt, durchschneidet ein gellender Schrei das Zimmer wie von einem Ferkel, das der Schlachtbank entgegengeführt wird. »Neiiiiin, Beeeeern! Du hast versprochen, daß es unter uns bleibt. Du darfst es nicht weitersagen. Neiiiiiiin!« In panischer Augst schaut Justus abwechselnd zum Vater und zu Karin. Bernward Thiele macht eine Pause, nicht etwa zögernd, sondern im Auskosten seiner Macht. Justus verlegt sich aufs Betteln, faßt ihn an den Händen, versucht ihn von Karin wegzuziehen und schreit dann wieder so laut er kann: »Neiiinn! Ich habe es nur dir anvertraut. Du darfst es nicht weitersagen! Neiiin!«

Aber Bernward Thiele hat genug von diesem Spiel, faßt den aufsässigen Sohn mit festem Griff am Unterarm und verbietet ihm lautstark, sich noch weiter so aufzuführen. In der Familie herrscht Vertrauen. Und dieses besagt, daß jeder den jeweils anderen beiden vertraut. Und Punktum.

Justus reißt die Augen weit auf wie in Todesangst. Er brütet vor sich hin und scheint zu resignieren, bis er in einem letzten Aufgebot an Energie herausschreit, sie dürfe es auf gar keinen Fall wissen. Sie dürfe hier nicht einbezogen werden, auf gar keinen Fall. Karin, aufmerksam geworden, mischt sich jetzt ein, krallt sich Justus' anderen Unterarm, erhebt drohend den Zeigefinger der anderen Hand und sagt: »Nun ist aber Schluß mit den Dönekens! Dein Vater will mit mir sprechen und du unterbrichst ihn jetzt nicht mehr. Ist das klar?«

Kaum hat sie das gesagt, beginnt Justus zu zittern. Seine Bewegungen sind noch unkoordinierter als bisher. Aus seinen Augen ist zwar die Panik gewichen, aber nicht nur die Panik, das Leben überhaupt scheint aus ihnen gewichen zu sein. Karin streckt den Zeigefinger aus, hält ihn kurz vor Justus' Nasenspitze und droht: »Du hörst jetzt sofort auf mit deinem Gedöns und beruhigst dich, damit ich mit deinem Vater sprechen kann. Denk daran, du hast mich geweckt. Was wird Gaia morgen früh dazu sagen, wenn ich völlig verschlafen im Wald bin?« Eine erste Zuckung schießt blitzartig durch Justus' Körper, aber Bernward Thiele und Karin nehmen sie nicht zur Kenntnis, erfreuen sich vielmehr der Stille, die eingekehrt ist, der Stille, die es ihnen ermöglicht, sich zivilisiert zu verständigen. Bernward Thiele holt weit aus, berichtet von den Webseiten, die Justus sich angesehen hat, als er vor fast einer Stunde in sein Zimmer kam. Als Bernward Thiele dann das Gespräch auf Justus' Panik vor Mädchen und Frauen bringt, entweicht Karin, was ihr wohl schon länger auf der Zunge lag: »Oh Gaia! Ist das furchtbar, was ihr Männer da für perverse Gedanken habt! Gaia, warum hast du diese Spezies entstehen lassen?«

Justus kauert auf dem Fußboden und wimmert leise.

»Verstehst du, Karin, ich habe ihm in aller Ruhe angeboten, ihm zu helfen. Ich habe ihm klargemacht, daß er noch zurückkommen kann, habe ihm gesagt, daß ich keine weiteren Schwulenpornos erlaube. Aber er hat alles von sich gewiesen, meinte sogar, es sei ausdiskutiert und im Konsens enthalten. Dann wiederholte er immer wieder, wir hätten doch gesagt, es sei in Ordnung und vollkommen normal, so zu werden.« Jetzt unterbricht Karin ihn barsch. »Ist es auch. Erinnerst du dich denn nicht mehr an den Konsens?«

»Aber Karin, es waren Pornos! Verstehst du, Pornos! Ich habe doch nur versucht, die PorNO-Grundsätze umzusetzen!«, sagt Bernward Thiele, um nicht vor seiner Frau in Verdacht zu kommen, er habe aus verstecktem konservativem Gedankengut heraus versucht, den Sohn vom Schwulsein abzubringen. Dann rudert er noch einen Schlag zurück, rechtfertigt sich: »Selbst wenn er wirklich ein richtiger Schwuler ist, braucht er sich doch deswegen keine Pornos anzuschauen. Denk nur an die Darsteller, die in solchen Filmen zum bloßen Lustobjekt reduziert werden, Karin.«

Aber Karin blickt ihn nur verständnislos an, setzt die Jetztwird-es-ganz-ernst-Maske auf und doziert: »Bern, da hast du einiges völlig falsch verstanden. Die PorNO-Grundsätze haben den Sinn, uns Frauen vor euch Männern zu schützen. Was ihr Männer unter euch ausbrütet, ist nicht unsere Sache. Solange der Justus sich keine Pornos ansieht, in denen Frauen zu Lustobjekten reduziert werden, ist meine Welt in Ordnung. Mit den Schwulenpornos habe ich kein Problem.« Resigniert sieht Bernward Thiele ein, daß auch dieses Thema offensichtlich ausdiskutiert ist.

Karin sieht den sich immer noch auf dem Boden wälzenden Justus wie ein Insekt an, das zerquetscht werden müßte, wiederholt noch einmal:»Oh Gaia! Ist das furchtbar, was ihr Männer da für perverse Gedanken habt! Gaia, warum hast du diese Spezies entstehen lassen?« Sie schielt auf den undankbaren Bengel, der, wenn sie Bernward Thieles Worten trauen kann, ihr Geschlecht diabolisch beschimpft hat. Justus wimmert gebrochen, bis die Zuckungen seinen Körper wieder durchziehen. Die Spasmen werden stärker, Justus atmet stoßartig, ist dem Erbrechen nahe.

»Na ja, etwas Strafe muß doch sein. Gaia läßt eben nicht alles mit sich machen. Der Bengel da unten hat es einfach übertrieben.«

Bernward Thiele schmunzelt, obwohl ihm nicht ganz klar ist, was er da eigentlich auskostet. Justus' Krampf kommt zu einem traurigen Höhepunkt, an dem er sich wild zuckend auf dem Boden wälzt, bis nach einigen Minuten die Zuckungen abebben. Karin, die sich auf einen der Stühle gesetzt und die Ach-ist-das-furchtbar-Maske aufgesetzt hat, tut bestürzt, als könne sie nicht fassen, was hier vor sich geht. Justus kommt zur Ruhe, beginnt zu weinen, vergießt seine Tränen auf den Teppich und schaut dabei ins Leere. Bernward Thiele und Karin, die jetzt beide sitzen, beäugen die Szene mißtrauisch und jeder der beiden weiß, daß der andere gerade in seinem Repertoire der Pädagogik kramt, um die Erklärung für diese Szene zu finden. Justus weint immer noch und von Zeit zu Zeit ist in seinem Weinen ein gestammeltes Wort zu verstehen. Anfangs verstehen seine Eltern nur das Wort ›versprochen‹. Später ist dann ein halber Satz, etwa ›versprochen, nicht erzählen‹ zu verstehen. Als Bernward Thiele zum ersten Mal den ganzen Satz versteht, blitzt das Wort ›Verräter‹ in ihm auf. Und wieder hört er seinen Sohn schluchzen:»Bern, du hattest versprochen, es nicht zu erzählen!« Justus hat zwar das Wort ›Verräter‹ nicht ausgesprochen, aber so weit darf es auch nicht kommen. Es genügt nicht, daß er die innere Stimme mit antrainierten Übungen sehr effektiv und nachhaltig intern sanktioniert, daß er ihm nicht mehr gefährlich werden kann. Der Junge muß ein für alle Male daran gehindert werden, diesen ungeheuerlichen Verdacht auszusprechen. Bernward Thiele spürt, wie unvermittelt Wut in ihm aufsteigt, kalte Wut, die ihn kaltblütig macht. Was fällt diesem vor Spasmen zuckenden Bengel eigentlich ein, seinem Vater derartige Vorhaltungen zu machen? Was fällt dem ein? Er muß ihm zeigen, wer hier der Mächtige ist. Also besinnt er sich seiner Macht, mit der er Justus' Trommeln lächerlich gemacht hat, sagt, »Ach komm, Justy, der Karin vertrauen wir doch!«, bis er hört, daß Justus den Satz »Bern, du hattest versprochen, es nicht zu erzählen!« noch mehrmals schluchzend und wimmernd wiederholt.

Bernward Thiele spürt einen starken Impuls in sich, der da sagt, laß ihn nur schluchzen, laß ihn nur wimmern, aber laß nicht zu, daß er dich Verräter nennt, denn das mußt du dir wirklich nicht bieten lassen. Und Bernward Thiele kann der Versuchung nicht widerstehen, Justus' Widerstand endgültig zu brechen. Er hebt lachend an, schiebt Justus mit den Füßen etwas beiseite und wiederholt: »Oh Justy, du hast keine Chance!« Genauso wie damals, als Justus versuchte, den Ball zu ergattern.

Die Spasmen, die Justus erschüttern, werden wieder stärker und es ist, als seien Glaube, Liebe und Hoffnung erloschen und seine Seele falle in unermeßliche Finsternis.

Karin schaut Bernward Thiele ernst und verständnisvoll an, als hätte sie scharf über das pädagogische Problem nachgedacht, und sagt dann in sachlichem und getragenem Ton: »Bern, mit diesem Herrn Schrader dort im Gymnasium werden wir noch ein Hühnchen rupfen müssen. Solche Dönekens müssen wir uns nicht bieten lassen.« Bernward Thiele nickt ihr zustimmend zu und bestätigt: »Du, Karin, ich denke, du nimmst das in die Hand.«

00:00 SPIEGEL

Warum hat dieser Tag ihn so oft in Bedrängnis gebracht? Aus welchem Grund hat Alfredo so oft versucht, ihn wieder in diesen furchtbaren Korridor zu ziehen? Bernward Thiele spricht so zu sich selbst, während er sich die Zähne putzt, um den Schmutz dieses schrecklichen Tages abzukratzen. Die Lymphknoten schwellen schon wieder an. Vielleicht sind sie auch die ganze Zeit so angeschwollen. Wie auch immer, er putzt weiter, bis er sich gereinigt fühlt. Nachdem er die Zahnpasta, den Becher und die Bürste im Badezimmerschrank verstaut hat, ist ihm wieder einmal, als hätte er seinen Frieden wieder gefunden, wäre da nur nicht dieses unbestimmte Raunen aus seinem Innern, das sagt, er solle endlich kämpfen wie der Donnergott Thor mit seinem Hammer, anstatt sich diesem Frieden der Versklavung preiszugeben. Zum Glück kommt das Raunen schon nach wenigen Atemübungen zum Stillstand, so daß Bernward Thiele wieder zu seinem Frieden findet. Bedächtig schließt er die Tür des Badezimmers hinter sich, um Karin, die schon wieder schläft, nicht zu stören, öffnet die Schlafzimmertür, geht auf Zehenspitzen hinein, zieht die Tür zu und legt sich in seinen Teil des Ehebetts. Endlich! So fließt es ihm durch den Kopf. Endlich wieder ausgestreckt liegen auf der guten Matratze ganz aus Naturfasern. Zwar hat Bernward Thiele vergessen, für welche der vielen verschiedenen Naturfasern sich Karin nach unendlichen Beratungsgesprächen entschieden hat, aber sie hat ganz sicher die richtige ausgewählt. Klar, daß auch das Kopfkissen, die Decke und die Bettwäsche ganz aus Naturfasern sind. Ist doch wichtig, wenn man immerhin fast ein Drittel seines Lebens darin verbringt. Welch eine Entspannung, sich nach der Anstrengung eines solchen Tages endlich auf einer guten Matratze ausstrecken zu können. Man wird ja schließlich nicht jünger. Hoffentlich schwellen die Lymphknoten wieder ab bis morgen früh, denkt Bernward Thiele und betastet sie behutsam. Bloß keine Gewalt!

Denn, wenn es etwas Malignes ist, können schon bei leichter Gewalt diese schrecklichen Metastasen entstehen. Metastasen! Dieses Wort muß er unbedingt so schnell wie möglich los werden. Bloß weg damit, denn schließlich weiß er nur zu genau, daß es ihn schon manche Stunde Schlaf gekostet hat. Also schnell weg mit den Händen von den Lymphknoten. Mann, Mann! Wenn es nun aber wirklich Metastasen wären, dann hätte er nicht mehr lange, und das wär es dann gewesen. Immerhin ist sein Leben ein gutes und sinnvolles Leben, und er ist sich sicher, er würde es bestimmt wieder genauso leben. »Klar!« sagt jetzt das Raunen im Hintergrund, »wenn etwas mehr Lebensfreude dabei gewesen wäre, dann hätte es vielleicht noch ein mittelmäßiges Leben werden können.« Der hat Nerven! Was hat er, Bernward Thiele, ihm eigentlich getan? So fragt er sich, bis er plötzlich zu flüstern beginnt: »Was willst du eigentlich? Laß mich in Ruhe, ich habe dir doch nichts getan!«

»Aber dir selbst, du Ratte!« beginnt das Raunen zu kontern, »dieser Unsinn ist ja unerträglich. Das wäre ja wirklich ein tolles Leben gewesen. Oder ist da vielleicht ein unbestimmtes Gefühl, das du immer dann hast, wenn du dich neben deine Frau legst?«

Bernward Thiele versucht auszuweichen, atmet mehrmals bewußt und tief ein und aus, um das Raunen los zu werden. Wenigstens ist es bislang nur das Raunen gewesen und nicht auch noch Alfredo. Der fehlt noch. Mit Alfredo kann er ja gar nichts anfangen. Aber das Raunen insistiert weiter, und kaum hat er den letzten Gedanken zu Ende gedacht, ist auch Alfredo wieder da. Bernward Thiele sieht sich wieder im unheilvollen Korridor. Die schweren barocken Türen sind geschlossen und der Gang führt in tiefes Dunkel.

»Das ist absolut grenzüberschreitend«, flüstert Bernward Thiele, »laß mich sofort in Ruhe! Verstehst du? Laß mich sofort in Ruhe!« Den letzten Satz hat er etwas zu laut geflüstert, denn Karin bewegt sich und sagt halb im Schlaf, er solle doch still sein.

»Na ja, wenn sie sagt, du sollst still sein«, raunt Alfredo, »dann sei mal schön still. Sie hat es schließlich gesagt. Ist dir eigentlich klar, was Thor jetzt getan hätte? Kannst du dir das vorstellen?«

Bernward Thiele fürchtet, daß sein Flüstern immer lauter und lauter würde, bis er Karin ganz aufgeweckt hat.

»Ich frage dich noch einmal, ist dir klar, was Thor jetzt tun würde?«

Ihm ist klar, daß Alfredo ihn nicht aufgeben wird, um keinen Preis. Er wird sich mit diesem bösen Geist auseinandersetzen müssen. Vielleicht kann er unten im Wohnzimmer auf der Couch schlafen. Aber die Decke und das Kissen kann er nicht mitnehmen, denn Karin hat mehrmals darauf bestanden, daß die allergiefreien Dinge des Schlafzimmers nicht in andere Räume verbracht werden. Im Schuppen ist noch sein Schlafsack. Also gut, einmal umziehen, damit Karin endlich ihre Ruhe vor ihm hat. Natürlich lassen ihn Alfredo und der Korridor auch auf der Couch nicht einschlafen. Immer wieder die gleiche blöde Frage, was Thor oben im Schlafzimmer getan hätte. Bernward Thiele weiß jetzt mit Sicherheit, daß Alfredo ihm den letzten Rest seines Friedens nehmen will. Alfredo will Krieg, will Kampf und Entscheidung mit ihm, Bernward Thiele.

»Wenn du wirklich durch dein ewiges Abgetaste der Lymphknoten die Metastasen ausgelöst hast«, beginnt Alfredo erneut, »was hast du dann von deinem Leben gehabt? Oder anders ausgedrückt, meinst du, daß Thor sich mit dem, was du Leben nennst, zufriedengeben würde?«

Zu seiner Verwunderung bemerkt Bernward Thiele, daß ein aufrührerischer Teil von ihm sich auf die Polemik einläßt.

»Ja«, flüstert dieser Teil, »na klar, Thor hätte natürlich etwas anderes getan.«

»Sprich es aus!« beharrt Alfredo, »Sprich es jetzt gleich aus!«

»Nee, ist schon klar«, flüstert jetzt der aufrührerische Teil, der sich Alfredo angeschlossen hat, »Thor hätte sich die Frau da oben auf der Naturmatratze natürlich genommen.«

»Sprich es aus!«

»Klar, er hätte sie gefickt«, sagt jetzt der aufrührerische Teil so laut, daß es durch das Wohnzimmer hallt. Mann, Mann! Wenn Karin das gehört hat. Das ist ausdiskutiert und total grenzüberschreitend! Schnell steht Bernward Thiele auf, geht in das kleine Badezimmer im Erdgeschoß und schließt sich dort ein. Er weiß genau, daß Alfredo jetzt den Krieg richtig eröffnen wird.

»Wiederhole es«, fordert Alfredo ihn auf und der aufrührerische Teil ist nur allzu bereit dazu.

»Ja klar, Thor hätte sie natürlich sofort gefickt.«

»Und du«, raunt ihm Alfredo jetzt hämisch zu, »was tust du? Täusche ich mich, oder hast du dich gerade auf dem Klo eingeschlossen?« Der aufrührerische Teil verstummt, bis Alfredos Worte ihn in Grund und Boden stampfen.

»Du lebst, als hättest du mehrere Leben, die du hintereinander abfackeln kannst. Wenn das wirklich Metastasen sind, hast du dann ein zweites Leben, das dir noch Freude bringen kann? Ich sage dir frei heraus, du hast es nicht, und bei dem, was du hier als Leben ablieferst, ist Niflheim dir sicher, Erbärmlicher. Schämst du dich denn nicht, dich hier auf dem Klo zu verstecken? Denk an Niflheims Nacht.«

Bernward Thiele ist zerschmettert. »Du versteckst dich auf dem Klo, Erbärmlicher!« Erst jetzt wird ihm bewußt, daß er im Dunkeln auf der Klobrille sitzt. Vielleicht so ein Vorgeschmack auf Niflheim. Er schaltet das Licht ein und sieht sein Konterfei im Spiegel. Dieser Erbärmliche, den er auf der anderen Seite sieht, kann nicht ernsthaft daran denken, zu tun, was Thor getan hätte. Alfredo hat ihn beschrieben, wie er wirklich ist, denn er hat sich auf dem Klo versteckt.

Schwindel erfaßt Bernward Thiele und er spürt, wie eine bedeutungsschwere Veränderung in ihm vorgeht. Der Aufrührer, der noch vor kurzem eine kleine Außenseiterrolle spielte, hat den guten, lieben und reifen Bernward Thiele gefangen genommen, gefesselt und geknebelt. Kaum ist ihm bewußt, daß die Machtübernahme erfolgreich ist, spürt der

Aufrührer schon den Hammer in seiner Rechten. Der Thorshammer soll das Konterfei des Schwächlings dort im Spiegel zertrümmern, zermalmen!

»Ohne vorher zu fragen«, brüllt der Aufrührer jetzt, »hätte Thor sie gefickt! Diese Null aber drüben im Spiegel schließt sich auf dem Klo ein.«

Mordlust überkommt den Aufrührer, die Lust, diesen elenden Schwächling drüben im Spiegel zu schlachten, diese vertrocknete Schnepfe oben im Bett, dieses tote Stück Fleisch, das da auf der Biomatratze liegt zu grillen oder auch den fies grinsenden Zögling einfach zu entsorgen. Dann hört der geknebelte gute, liebe Teil seiner selbst wie von Ferne, daß der Aufrührer wieder brüllt: »Abschlachten, ja abschlachten werde ich dich, Schwächling, und auch euch da oben, aber vorher werde ich die Trockenpflaume ficken. Und glaub bloß nicht an diesen ganzen Zärtlichkeitsmüll! Einfach nur ficken! Hörst du?«

Unvermittelt kichert jetzt der gefesselte Teil. Immer wieder kichert der geknebelte Gutmensch in sich selbst hinein, weil ihm das Ganze so fürchterlich komisch vorkommt, verstummt aber, als der Aufrührer fortfährt: »Thors Hammer wird eisige Rache und stählerne Strafe auf euch herniederfahren lassen! Hört, hört, denn ihr werdet nicht verschont.«

Der Aufrührer ist mittlerweile von Kampfgeist berauscht, spürt Thors Hammer in seiner Rechten und beginnt völlig unvermittelt mit dem Hammer der Macht, bei dem es sich natürlich nur um Bernward Thieles ungeübte Faust handelt, auf den Spiegel einzudreschen, während er wieder und wieder brüllt: »Niflheim erwartet euch, ihr unwürdigen Seelen! Niflheim erwartet euch!«

Der Spiegel springt, so daß sich die Risse von der Mitte fast sternförmig nach außen ziehen aber der Aufrührer hämmert weiter mit dem vermeintlichen Hammer, bis sich die Faust, die eigentlich nur eine verkrampfte Hand ist, so tief an den Glasscherben geschnitten hat, daß das Blut über das kleine Waschbecken und den gefliesten Boden tropft. Als er das bemerkt, tanzt der Aufrührer und bindet dem Gutmenschen seine Fesseln auf, nimmt ihm den Knebel ab und fordert ihn auf, mit ihm zu tanzen. Aber der Gutmensch ist noch immer der alte, starrt den Aufrührer mit Entsetzen an, verzieht sein Gesicht zu einer strafenden Mimik und doziert: »Du, ist dir eigentlich klar, was du angerichtet hast?«

Kaum hat er das gesagt, ist alles still. Der Aufrührer und auch der raunende Alfredo sind verschwunden. Alles ist wieder sachlich, weiß die Decke, die oberen Teile der Wände und die Energiesparleuchte. Hell-terracotta die Wandfliesen mit wenigen Blutspritzern. Der Spiegel von der Mitte geborsten und mit Blut verschmiert. Das Waschbecken und die Toilette weiß mit vielen Blutspritzern und der Fußboden terracotta mit kleinen Blutlachen. Bernward Thiele atmet auf, denn er spürt, daß er wieder eins ist. Der böse Alfredo und der grausame Aufrührer in ihm sind nicht mehr da. Er ist sich jetzt sicher, daß er wieder der echte Bernward Thiele ist, der Gutmensch.

Dann blickt er in den zerschlagenen Spiegel, sieht sein Gesicht. Einige der Scherben zeigen es von vorn, andere von der Seite, etwa so, als blicke er in verschiedene Ansichten seiner selbst. Der Blitz trifft ihn, als er bemerkt, daß die Formen seines Gesichts geöffnet sind. Keine geschlossenen Formen, mal hier eine Kontur von links, dort eine gerissene Frontalansicht, gleich daneben eine Kontur von rechts. Er sieht diese Bruchstücke seiner selbst zuerst verängstigt an, lacht dann, bis ihm die Tränen kommen. Das Blut tropft weiter von seiner rechten Hand, die er gerade noch für den Thorshammer gehalten hat. Was hat er nur verbrochen? Allein die Worte, die seinen Mund verlassen haben, die hätte er doch nie aussprechen dürfen. Aber eigentlich war es ja der Mund des Aufrührers, der jetzt nicht mehr da ist. Ob Karin sein Brüllen gehört hat? Schon wieder kichert Bernward Thiele, denkt daran, daß einer dieser sexbesessenen Analytiker doch tatsächlich behauptet, resolute Frauen hätten tief in ihrem Innern eine masochistische Komponente.

Ob Karin das was Thor mit ihr gemacht hätte, tief in ihrem Innern sogar gelegen gekommen wäre? Das Kichern kommt jetzt nicht mehr zum Stillstand. Bernward Thiele setzt sich auf den Toilettendeckel und kichert, kichert und kichert immer weiter. Dann denkt er wieder an die frechen Worte des Traumgesichts. »Wenn du jetzt wirklich Metastasen bekommst...« Das ist zynisch, denkt er und ist sich sicher, daß es einfach nur zynisch ist und natürlich absolut grenzüberschreitend. Sich einen Spaß aus dem Leid anderer zu machen, das ist echt maligne, genau wie diese bösartigen Tumore, die plötzlich die unschuldigen Leute dahinraffen. Das Kichern bricht ab, als er an Holger Helms denkt. Der arme Holger, der ist damals im grauen November unerwartet von solch einem hinterhältigen malignen Tumor dahingerafft worden. Das hatte keiner verstanden. Dabei hatte Holger nicht ein einziges Mal diesen ganzen Junk angerührt, und geraucht oder getrunken hatte er auch nicht. Auf seinem Hof, der Schwarzbachmühle, hatte Holger nur ökologische und Biowaren erzeugt, und natürlich hatte er auch sich selbst und seine Familie konsequent von allen Giften ferngehalten. Bestimmt haben die nachts ein Faß Dioxin auf seinem Hof ausgekippt und er hat es nicht gemerkt. Mann, Mann, die kapieren einfach nicht, wie gut wir es mit ihnen meinen! Die kriegen gar nicht mit, wie wichtig die lieben Leute für die Gesellschaft sind. Warum überhaupt diese ständigen Angriffe? Was haben wir euch getan? Den ganzen Tag habt ihr mich verfolgt. Hört ihr, ihr habt kein Recht, mir meinen lieben kleinen Frieden zu zerstören. Ich bin ein guter Mensch, denn ich tue nur Gutes, hört ihr, nur Gutes! Wir Thieles sind nicht reich und auch nicht arrogant, also was habt ihr gegen uns? Wir sind mit unserer lieben kleinen Welt zufrieden, hier in der kleinen Gasse der kleinen Stadt im Flußtal. So verschwindet doch endlich!

»Ja, kapiert ihr denn nicht«, weint Bernward Thiele in sich hinein, »rafft ihr es denn nicht? Wir sind eine glückliche kleine Familie.«

256

03:00 FRIEDEN

Wie gut, daß der Schlafsack für die wilden Motorradtage noch an seinem Platz ist. Mit notdürftig verbundener rechter Hand arrangiert Bernward Thiele den Schlafsack und das Camping-Kopfkissen auf der Couch und legt sich zur Ruhe. Er fleht um Ruhe, um Schlaf. Laßt mich dieses Mal einschlafen, bitte! So fleht er sie an, obwohl er eigentlich gar nicht weiß, wen er da anfleht, aber sein Bitten wird erhört. Und wirklich, dieses Mal legt sich eine bleierne Müdigkeit über ihn, so daß er schnell einschläft, kaum hat er die Beine ausgestreckt. Die ersten Atemzüge nimmt er noch bewußt wahr, gleitet dann aber in eine andere Welt hinüber, die nicht den Gesetzen von Raum und Zeit unterliegt. Endlich Schlaf!

Bernward Thiele atmet gleichmäßig, ihm ist, als werde sein Körper Teil der Decke, der Matratze, des Sofas, als schlucke das Sofa ihn in sich auf. Seine Arme, Beine, sein Kopf, alles, was vorher als positiver Gegenstand in der Welt war, ist nur noch eine Form, ein Abdruck, negativ, bis der Raum sich ganz verflüchtigt und dann auch die Zeit.

Der Korridor ist wieder um ihn, genau der gleiche Korridor, jedenfalls sieht er auf den ersten Blick so aus. Dunkelheit, braune, in Anthrazit verlaufene Farbtöne mit einzelnen rötlichen Lichtflecken. Durch kleine Spalten unter den wuchtigen barocken Türen dringt das rötliche Licht in den Gang. Bernward Thiele bemerkt, daß der Gang zu beiden Seiten eine Unzahl dieser barocken Türen hat, links, rechts, aber auch oben und unten. Eigentlich weiß er aber nicht, wo oben und unten ist, weiß nicht genau, ob das was er als links und rechts ansieht, in Wirklichkeit oben und unten ist.

Gisela schwebt durch den Gang in Richtung Fluchtpunkt, schnell und lautlos, sie hat nur das luftige Sommerkleid an, genau wie damals in der Kaiserstadt. Als sie an Bernward Thiele vorbeischwebt, zeigt sie in Richtung Unendlichkeit, flüstert ihm zu, er solle hinterherkommen, heute nacht könnten sie vielleicht alle zusammen Opa verabschieden. Wie kann das sein? Bernward Thiele schwebt durch den Gang, läuft, ohne zu wissen, worauf er eigentlich läuft, aber er läuft hinter Gisela her, und er weiß, daß da etwas Bedrohliches hinter ihm ist. Er läuft schneller. Die Dunkelheit des Gangs erstreckt sich zu beiden Seiten in der Flucht, nach hinten und nach vorn, aber hinter ihm ist etwas. Das weiß er und er glaubt auch zu wissen, daß es Alfredo ist, der ihn von hinten bedroht. Gisela ist plötzlich wieder weg. Er läuft vorbei an diesen schweren Türen in ihren steinernen barocken Rahmen aus schwarzem Marmor. Wo ist eigentlich vorn, hinten, oben, unten, rechts, links? Er läuft an den Türen vorbei und sieht aus Angst nicht hinein, wenn sie sich öffnen wie von Geisterhand geführt. Warum öffnen sich diese Türen, fragt er sich und spürt Angst. Kaum spürt er die Angst, schon sieht er, daß Hände an Armen lang wie Schlangen aus diesen Räumen nach ihm greifen. Da öffnet sich wieder eine dieser schweren Türen und schon kommen drei der Greifer auf ihn zu. Er geht jetzt langsam, bleibt zwischen zwei Türen stehen, glaubt, dort sei er sicher. Aber die Tür unter ihm öffnet sich und schon greifen die Schlangenhände nach ihm. Er rennt, so schnell ihn seine Beine tragen. Je schneller er rennt, desto schneller öffnen und schließen sich die Türen. Panik! Überall tauchen plötzlich diese Schlangenhände auf und Bernward Thiele rennt. Der Lärm der klappenden Türen ist kaum zu ertragen. Die Türen öffnen und schließen sich so schnell, daß sie zur anderen Seite durchschlagen, etwa wie die Türen in einem Western-Saloon. Ist das überhaupt möglich, daß diese schweren Eichentüren auf die andere Seite durchschlagen? Egal! Sie tun es und viele der durchschlagenden Türen stellen sich Bernward Thiele in den Weg, von oben, unten, rechts, links. Lärm, Schlangenhände aus allen Richtungen! Er muß diesem Gang unbedingt entkommen! Dann öffnet sich eine Tür, hinter der ein tiefrotes Leuchten sichtbar wird, und Justus rennt in Panik aus dem roten Zimmer heraus auf den

Gang. Justus rennt, aber Bernward Thiele spürt die Angst, bis er bemerkt, er ist Justus und Justus ist er. Wie ist das möglich? Egal! Er macht sich keine weiteren Gedanken und rennt um sein Leben. Nur wenige Zentimeter hinter ihm versuchen die Schlangenhände seiner habhaft zu werden. Justus rennt, schreit, blickt seinen Vater in Verzweiflung an und hinter ihm schlagen die Türen durch wie Saloontüren. »Kann ich denn Justus sein und vor Bernward wegrennen?«, denkt Bernward Thiele, aber kaum hat er so weit gedacht, legen sich zwei der Schlangenhände um seinen Knöchel und er muß sie energisch wegreißen, um sich zu befreien. Justus rennt jetzt auch vor seinem Vater davon, aber der holt ihn ein, packt ihn am Handgelenk.

Alles ist still, seit Bernward Thiele Justus' Handgelenk gepackt hat. Alles ist wieder dunkel und die eben noch durchschlagenden Türen sind wieder geschlossen. Das schwache, rötliche Licht dringt jetzt nur noch durch die Spalten unter den Türen. Justus zittert vor Angst, aber sein Vater hält ihn am Handgelenk fest und versichert ihm, zusammen werden sie die richtige Tür für ihn finden, die Tür, hinter der die Erlösung ist.

»Bern, du hast mich immer wieder verraten. Wie soll ich dir noch trauen?«

»Sieh mich an«, sagt Bernward Thiele, »ich habe es doch auch geschafft, als ich damals die richtige Tür finden mußte. Komm, Justus. Komm einfach mit mir. Wir öffnen die Türen zusammen, danach werden... nein, ich denke, es ist besser, ich öffne sie, sehe hinein und wenn es ungefährlich ist, dann sage ich es dir.« Sanft zieht er an Justus' Arm, bis Justus, getrieben von der Angst, wieder allein in diesem furchtbaren Gang zu stehen, willenlos hinter ihm hertrottet. Dann öffnet der Vater die erste Tür, sieht auf der anderen Seite Plüschsofas mit drei prallen Damen darauf, die sich ihm schelmisch kichernd zuwenden. Schnell, aber behutsam schließt er die Tür wieder, da ihm sofort klar ist, diese Tür ist nicht die richtige.

»Wer ist dort?« fragt Justus mit einem Zittern in seiner Stimme, und wieder bemerkt Bernward Thiele, er ist Justus, er selbst zittert jetzt.

»Fehlanzeige«, sagt sein Vater und fügt hinzu, »Wir müssen Geduld haben, um die Tür für deine Erlösung zu finden.«

Weitere Türen öffnen sich. Bernward Thiele sieht nackte Mädchen, die sich in Marmorpools winden oder sich ihm unverblümt anbieten, ihn begierig anblicken, aber schon beim zweiten Hinsehen die Zähne fletschen und Krallen ausfahren, als seien sie die Gorgonen. Er sieht massive Mütter mit ausladenden Brüsten, die ihrem Freier am Herd ein dampfendes Mahl zubereiten, dann wieder plüschige Salons mit Damen aller Länder, aber immer schließt er schnell wieder die Tür, damit der verängstigte Justus diese Bilder nicht mit ansehen muß, und immer wieder spürt er auch Justus' Angst. Wenn Justus sehen müßte, was sich hinter diesen Türen abspielt, würde seine verletzliche Seele bestimmt noch stärker traumatisiert, so denkt Bernward Thiele und sieht seinen Sohn mit Bedauern an.

»Ich sehe es an deinem Grinsen, Bern, du wirst mich schon wieder enttäuschen«, sagt Justus. Der arme Justus, denkt Bernward Thiele, was der hier für Ängste ausstehen muß.

»Dieses Mal bestimmt nicht, Justus. Ich weiß, irgendwo an diesem furchtbaren Gang ist die richtige Tür für dich, ganz bestimmt.«

Sie gehen weiter den Gang entlang, bis Justus zu einer leicht angelehnten Tür blickt. Als hätte die Bewohnerin hinter der Tür Justus' Blick gefühlt, schließt sich die Tür, kaum ist sein Blick darauf gefallen. Da schwebt Gisela heran, stellt sich neben Justus, flüstert ihm zu, er solle vor dieser Tür stehen bleiben, nur stehen bleiben und nicht anklopfen, denn die Bewohnerin sei sehr schüchtern. Justus geht zu dieser Tür, bleibt vor ihr stehen. Die Tür öffnet sich wieder einen Spalt. Von seiner Furcht gepackt tritt Justus einen Schritt zurück. Die Tür öffnet sich weiter und ein zartes junges Mädchen tritt schüchtern hervor. Sie ist mit einem weißen

Umhang bekleidet, dessen Kapuze auch ihre Haare bedeckt, fast wie eine Nonne ganz in Weiß. Schlank und zart und mit in sich gekehrtem Blick steht sie Justus gegenüber. Nachdem sie Justus erblickt hat, senkt sie ihre Augen zu Boden, sagt, sie fürchte sich.

»Auch ich fürchte mich«, sagt Justus und fügt hinzu, »vielleicht ist es ja das gleiche.«

»Die Lemminge«, flüstert sie, »die Lemminge sollen ertränkt werden und dabei haben sie doch niemandem etwas getan.« Zwei Tränen stehen in ihrem Gesicht. Justus sieht das Mädchen in Weiß an, fragt, »welche Lemminge?«

Sie läßt drei der kleinen rattenartigen Tierchen aus ihrem Umhang auf den rechten Arm laufen und die Tiere setzen sich nebeneinander darauf. »Sieh nur«, flüstert sie, »sie können doch niemandem etwas tun. Warum will man sie denn ertränken?«

Justus lächelt das Mädchen in Weiß an und verliert langsam seine Furcht.

Der dunkle Korridor mit den schweren Eichentüren ist nicht mehr da. Bernward Thiele ist jetzt nur noch Justus, steht mit dem Mädchen in Weiß auf einer hohen Klippe über dem schäumenden Ozean und sie sehen zum Abgrund. Sie hält ihren Arm mit den drei Lemmingen über die Klippe und flüstert: »Sieh nur, sie zittern. Die Legende sagt, sie seien begierig darauf, sich zu opfern, aber es ist nur eine Legende.«

»Die wollen einfach nur weiterleben, genau wie wir.«

Das Mädchen in Weiß schaut nach unten, traut sich nicht, Justus direkt in die Augen zu sehen und fragt dann mit zitternder Stimme: »Weißt du ganz sicher, ob du noch weiterleben willst? Ich frage mich oft, ob und wofür ich leben will, und weiß eigentlich nie die Antwort.«

Der Wind säuselt leicht um die Klippe. Justus und das Mädchen in Weiß stehen hoch über dem Ozean.

»Es ist schön hier mit dir«, sagt das Mädchen in Weiß, »du hörst zu, ganz anders als die anderen, die mich immer nur bedrängen, mich aber gar nicht sehen.«

Justus bemerkt, das Mädchen in Weiß fühlt wie er selbst. Er fühlt sich ihr nahe, aber kaum spürt er die Nähe, kommt die Angst zurück. Sie ist eben doch ein Mädchen.

Als hätte sie parallel zu ihm dasselbe gedacht, sagt sie: »Näher kann ich dich nicht heranlassen, denn ich weiß, dann kommt der Schrecken zurück und ich muß die Tür wieder schließen.«

Justus ist erleichtert, daß sie diese Worte sagt, sonst hätte er sie sagen müssen. Das Mädchen in Weiß kennt auch Justus' Angst, also treten sie beide einen Schritt zurück, sehen wieder auf das Meer, manchmal auch auf die Lemminge, die sich auf ihrem Arm versammelt haben.

»Ja, du hast recht«, sagt Justus leise, »dann müßte auch ich die Tür wieder schließen.«

Sowie seine Worte verhallt sind, bemerkt Bernward Thiele, daß sie auf einer Insel mitten im Meer stehen. Wo ist die Landzunge geblieben, die die Klippe eben noch mit dem Festland verband? Aus den Augen des Mädchens in Weiß liest Justus, daß auch sie den Verbleib der Landzunge nicht kennt. Beide sehen auf den Ozean hinaus, der sich beruhigt hat, bis plötzlich zu ihrer Rechten, zur Linken und geradeaus Türen aus dem Wasser erscheinen.

»Ach, wenn man doch wüßte, welche die richtige ist«, sagt das Mädchen in Weiß. Dann öffnet sich die rechte Tür. Jetzt steht nur noch die offene Zarge im Ozean und das Türblatt schwingt leise quietschend im Wind hin und her. Über der geöffneten Tür steht der Schriftzug ›Liebe‹ und die beiden hören wie von Ferne die Melodie ›Once more you open the door...‹ durch die geöffnete Tür erklingt. Die Tür zur Linken trägt den Schriftzug ›Weisheit‹ und die geradeaus stehende Tür den Schriftzug ›Macht‹. Justus und das Mädchen in Weiß können damit nichts anfangen, sehen wieder auf die rechte Tür mit dem Schriftzug ›Liebe‹ und lauschen eine Weile der Melodie.

»Ich kann das nicht mehr ertragen«, flüstert das Mädchen in Weiß und die rechte Tür schließt sich wieder, die Musik verstummt. Justus weiß, daß die Melodie auch ihm zu viel geworden wäre, ist wieder dankbar, daß das Mädchen in Weiß ihm zuvor gekommen ist. Plötzlich und ohne jede Vorwarnung gehen die rechte und die linke Tür in Flammen auf, sind nicht mehr da, und aus der mittleren Tür mit dem Schriftzug ›Macht‹, die jetzt ganz allein dasteht, kommt eine lebendig gewordene Peitsche heraus. Wie eine wild angreifende Schlange bewegt sie sich in Richtung des Mädchens in Weiß und schreit mit der wütenden Stimme einer Irren: »Meinst du, du könntest ihn verderben? Daraus wird nichts, du kleine Schlampe.« Bernward Thiele ist entsetzt, spürt Justus' Angst in sich hochsteigen, will nicht mehr hinsehen. Wie soll das bloß enden?

Die lebendig gewordene Peitsche fährt krachend auf den Rand der Insel. Das Mädchen in Weiß ist in ihrer Furcht zu einer Statue erstarrt und augenblicklich ist die Insel verschwunden. Statt ihrer ist da nur noch eine steinerne Pritsche. Bernward Thiele ist Justus und mit schweren Ketten darauf gefesselt. Das Meer ist zu Kerkerwänden um sie herum erstarrt. Die lebendig gewordene Peitsche schlägt unbarmherzig auf das Mädchen in Weiß ein und die herrische Stimme schreit. Das Mädchen in Weiß blutet, vergeht fast vor Furcht, flieht im Kreis um die steinerne Pritsche in der Mitte der Kerkers, auf der Justus angekettet ist. Als die Stimme der Peitsche »Du kleine Hure!« schreit, löst sich das Mädchen in Weiß in einen Nebel auf und ist nicht mehr da. Justus ist jetzt allein, mitten in diesem Kerker. Er liegt auf der Pritsche festgeschnallt. Die Peitsche mit ihrer fürchterlichen Stimme kreischt: »Soso, du ungezogener Lümmel. Jetzt gehst du deiner gerechten Bestrafung entgegen.« Eine Frau in schwarzem Leder taucht auf, ergreift die die Peitsche und schlägt nach Justus.

Justus zerrt an den Handfesseln, an den Fußfesseln, will sich losreißen, schreit von Angst ergriffen: »Bern, du hast mich schon wieder verraten. Ich wußte es. Ich habe Angst vor ihr, bitte hol mich hier raus!«

Aber die Peitschenfrau ist da und droht mit weiterer Bestrafung. Sie wirft den schwarzen Lederumhang beiseite, ist nur noch mit einem schwarzen, ledernen Büstenhalter und einem ebensolchen Minirock bekleidet und Justus weiß, unter diesem Minirock ist sie nackt. Panische Angst ergreift ihn. Er versucht sich loszureißen, zerrt, schreit, bis ihm die Stimme versagt und er versteht, daß er keine Chance hat. Die Peitschenfrau hat jetzt die Es-ist-mir-ganz-ernst-mit-deiner-Bestrafung-Maske aufgesetzt und schreit: »Weißt du Lümmel, was passiert, wenn ich diesen Rock hochziehe?« Justus weiß genau, dann wird das Ungeheuer frei, beginnt zu stottern: »D...das...Ung...Ungeheuer. Nein! Nein, bitte nicht!« Dann stellt sie sich auf die Pritsche, zieht den Rock so hoch, daß Justus ihre Scham sieht. Er versucht die Augen abzuwenden, aber sie sind fixiert. Ein letzter Schrei, dann Stille, Leere, kein Raum mehr und auch keine Zeit.
Bernward Thiele fällt wie Justus tief und tiefer, spürt, wie er irgendwann von Gisela aufgefangen wird, die wie ein Windhauch herbeischwebt. Sie hält ihn wie einen Säugling in den Armen, setzt ihn behutsam auf einen Stuhl im weißen Zimmer. Ein weißes Zimmer, alles weiß, Wände, Boden, Decke, auch Tisch, Stühle, Fenster, Tür. Bernward Thiele ist jetzt wieder ein anderer, tritt ein, ganz in Weiß, fragt, wie Justus sich gemacht hat hinter der Tür mit dem Mädchen in Weiß. Er tut, als wisse er nichts von der lebendig gewordenen Peitsche und auch nichts von der Bestraferin, die Justus in Panik versetzte. Justus wendet sich wortlos ab und sein Vater wundert sich, weil sie anfangs gut zusammengearbeitet hatten. Aber Justus will nicht mehr sprechen, zieht sich in eine Ecke des Raumes zurück. Dort weint er leise vor sich hin und Bernward Thiele hört, wie Justus seinen Vater immer wieder Verräter nennt. Er schluchzt und berichtet seinem Vater von der Peitsche und dem schwarzen ledernen Minirock. Bernward Thiele lacht, sagt, das könne er sich nicht vorstellen, Justus habe bestimmt nur phantasiert. Dann ergänzt er, in dieser durch und durch unlogischen Welt gebe

es natürlich Chimären. Justus sagt, er glaube kein Wort, und bemerkt, wie das weiße Zimmer kippt.

Gisela steht am Fenster, ruft den beiden zu: »Keine Angst, Jungs, auf der anderen Seite wartet der Opa auf euch, rutscht ruhig hindurch.« Das Fenster wird zu einem Trichter und das Zimmer kippt immer weiter, unaufhaltsam, bis Bernward Thiele und Justus sich nicht mehr halten können und in den Trichter rutschen. Sie rutschen, rutschen, fallen aus dem Trichter unten heraus. Auf der anderen Seite sind sie wieder in dem dunklen Gang mit den vielen barocken Eichentüren. Eine der Türen steht weit offen und die beiden sehen durch die Öffnung einen wunderschönen grünen Garten, fühlen den kühlen Wind, hören ihn säuseln, so als wollte er sie auf die hinter der Tür liegende Unendlichkeit aufmerksam machen.

»Komm, Justus«, sagt Bernward Thiele und deutet auf den Garten, »Opa erwartet uns und wir haben nur eine einzige Stunde, du weißt doch noch, wie das mit den Besuchszeiten ist hier im Hospiz.«

Dann geht er mit Justus zu einem der im Garten stehenden Rollstühle, begrüßt den Opa. Der Opa, von Karzinom und Metastasen gezeichnet, wundert sich, daß Justus so groß geworden ist, fragt, warum er denn nicht bei der Beerdigung gewesen ist.

»Da habe ich doch glatt meiner eigenen Beerdigung zugeschaut und der kleine Frechdachs war nicht dabei und jetzt ist er so groß geworden.«

»Wir sind gerade angekommen«, flüstert Bernward Thiele dem Opa zu und bietet Justus einen Sitzplatz an. Dann fügt er hinzu: »Und du wartest hier schon zehn Jahre?«

»Mehr als zehn Jahre, aber jetzt seid ihr ja da. Das ist gut, denn dann kann die Vorstellung endlich losgehen.«

Der Wind weht schneeweiße Wolken in die dunkelblaue Weite, flüstert ihnen zu, hier sei schon die andere Seite, wo der Opa für immer verweilen wird, und sie müßten nachher wieder zurück.

»Welche Vorstellung?« fragt Justus.

»Na, meine Beerdigung«, sagt Opa, »die erste war doch nur die Probe und dann auch noch ohne den kleinen Frechdachs.

»Siehst du, Bern«, bestätigt Justus, »Opa hat auf mich gewartet.«

'Dann läßt Justus seine Tränen völlig ungehindert fließen, wendet sich an Opa und verspricht: »Dieses Mal komme ich bestimmt. Versprochen, Opa.«

Ein Pfleger kommt, holt den Opa ab; er muß jetzt wieder auf die Station. Opa läßt sich von dem Pfleger wegschieben, lächelt den beiden zu und sagt in einem schelmischen Ton: »Nicht vergessen, die Vorstellung ist nächste Woche Mittwoch um elf. Und dieses Mal will ich nach der Vorstellung in Frieden gehen.«

ENDE